La Bonne Étoile d'Elsie

Sarah McCoy

La Bonne Étoile d'Elsie

Traduit de l'anglais (États-Unis)
par Anath Riveline

ÉDITIONS
FRANCE
LOISIRS

Titre original : *The Baker's Daughter*
Publié par Cronw, an imprint of the Crown Publishing Group, a division of Random House, Inc.

Une édition du Club France Loisirs,
avec l'autorisation des Éditions Les Escales.

Éditions France Loisirs,
123, boulevard de Grenelle, Paris
www.franceloisirs.com

ISBN : 978-2-298-06494-0

Dear Amis des Livres,

It is with great joy that I present my book to you, dear French readers! Elsie and Reba's stories are of hope and heartbreak, courage and redemption, and the way history rises steadily with time, ready to feed our present hunger with the substance of the past. Given our shared affinity for suprême pâtisseries et livres, I pray you read with open hearts and eager appetites. Bon appétit et merci beaucoup!

Yours most truly,
Sarah McCoy

Chers *amis des livres,*

C'est avec un immense plaisir que je vous présente mon livre,
chers lecteurs français !
Les récits d'Elsie et de Reba racontent l'espoir et la douleur, le courage
et la rédemption, et la façon dont l'histoire s'élève progressivement
avec le temps, prête à nourrir notre faim d'aujourd'hui
avec la substance du passé. Vous qui partagez mon goût
pour les *pâtisseries suprêmes et les livres,* j'espère que vous me lirez
avec générosité et un bel appétit.
Bon appétit et merci beaucoup !

Bien à vous, très sincèrement,
Sarah McCoy

À Brian
Zahlen, bitte, mein Schatz.
Ich liebe dich.

« Chacun de nous est une lune,
avec une face cachée que personne ne voit. »
MARK TWAIN, *En suivant l'équateur*

« Un rai de lumière blanc tombe des cieux
Sans se laisser fragmenter en couleurs
La clarté, à jamais matinale lueur ;
Les collines vertes, pâturages spacieux ;
Les anges invités si tôt vont partir
Pour chercher dans un rire quoi conquérir…
C'est la neige étouffée qui tout relie
De la vague au loin qui s'anéantit. »

« Et du haut d'une falaise est proclamé
Le rassemblement des âmes pour la naissance,
L'épreuve par l'existence est nommée,
Les ténèbres recouvrent la substance.
Les esprits courbés viennent saluer
En flots, contre-courants et courants croisés.
On ne peut qu'écouter ce tendre pleur
Parce qu'il suggère un rêve qui demeure ! »

ROBERT FROST, « L'Épreuve par l'existence »
in A Boy's Will (1913)

Prologue

Garmisch, Allemagne

Juillet 1945

Bien longtemps après que le fourneau d'en bas avait refroidi et que celui d'en haut avait chauffé, que tout le monde s'était blotti dans les draps en coton, elle sortit délicatement les pieds de sous le couvre-lit fin et s'avança sans un bruit dans la pénombre. Elle ne mit pas ses chaussons de peur que leur claquement réveille son mari endormi. Elle s'arrêta un instant devant la chambre des filles, la main sur la poignée, et tendit l'oreille. Un léger ronflement lui parvint, sur lequel elle accorda sa respiration. Si seulement elle pouvait arrêter les saisons, oublier le passé et le présent, pousser la porte et se glisser à côté d'elles comme avant. Mais elle était incapable d'oublier. Son secret l'éloigna, la poussa vers les marches étroites qui grinçaient sous son poids. Elle avança alors sur la pointe des pieds, se retenant au mur d'une main.

Dans la cuisine, des boules de pâte aussi rondes et blanches que des bébés s'alignaient sur le plan de travail et embaumaient l'air de lait et de miel et de la promesse de lendemains meilleurs. Elle craqua une allumette dont la tête noire s'enflamma et vint embraser la mèche avant de se consumer. Elle préférait les rubans de fumée des bougies aux ampoules électriques dont la clarté compromettante bourdonnait au-dessus de sa tête. Des soldats armés patrouillaient dehors, elle ne pouvait prendre le risque d'attirer l'attention ou de réveiller sa famille.

Elle s'agenouilla sous le pain qui levait, déplaça un pot noirci et tâtonna dans l'obscurité pour trouver la fente dans le sol où elle avait caché la nouvelle lettre plus tôt dans la journée. Ses paumes, calleuses à cause du rouleau à pâtisserie, s'égratignèrent sur les planches en bois. De petites échardes s'enfoncèrent dans sa peau, mais elle ne les remarqua même pas. Son cœur tambourinait dans ses oreilles et propageait de la chaleur le long de son bras, jusqu'au bout de ses doigts. Elle sentit enfin le froissement du papier.

La lettre était arrivée au courrier, coincée entre un reçu d'un meunier voisin et une vieille édition de *Signal Magazine*, la couverture déchirée, les pages tellement trempées qu'elles en étaient illisibles, à l'exception d'une réclame pour un splendide vélo BMW en aluminium destiné au cycliste « moderne ». Cette correspondance ennuyeuse avait d'autant plus fait ressortir l'écriture délicate et le cachet qui datait d'un mois. Elle l'avait tout de suite reconnue et avait rangé la lettre dans la poche de son *Dirndl*[1]

---

1. Costume traditionnel en Allemagne du Sud et en Autriche.

avant que les clients dans le bureau de poste puissent y jeter un œil soupçonneux.

De retour à la maison, son mari l'avait interrogée.

— Quelles sont les nouvelles ?

— Rien de neuf. Des sous et encore des sous.

Elle lui tendit le magazine et la quittance.

— Il faut acheter encore et encore, ça ne s'arrête jamais.

Elle plongea les mains dans ses poches, serrant la lettre de toutes ses forces.

Son mari grogna, jeta le magazine en lambeaux dans la poubelle, puis glissa une lame en haut de l'enveloppe du meunier. Il en retira le reçu et l'approcha de ses yeux, additionnant les chiffres mentalement pour finir par acquiescer d'un petit hochement de tête.

— Tant que le monde tournera, les hommes continueront à se réveiller affamés le matin. Et heureusement, sinon nous aurions mis la clé sous la porte, *ja* ?

— *Ja*, répéta-t-elle. Où sont les enfants ?

— Dehors, ils accomplissent leurs tâches.

Elle partit vers la cuisine vide cacher la lettre en lieu sûr.

À présent, avec le croissant de lune suspendu dans le ciel aussi fin qu'une arête de poisson, elle se ratatina et baissa la bougie vers le sol. Le cachet en cire de la lettre avait été descellé plus tôt quand elle l'avait serrée dans sa main. Des petits bouts étaient répandus sur le sol. Elle les ramassa soigneusement pour les jeter au fond du bougeoir. Elle déplia le papier et lut le contenu familier. Ses mains tremblaient à chacun des mots si graves, aux phrases si lourdes de sens. Sa respiration s'accéléra à tel point qu'elle dut se couvrir la bouche d'une main pour s'empêcher de faire du bruit.

La flamme de la bougie vacilla, se tordit. Une veine bleue tremblait à l'intérieur. L'air avait changé. Elle se raidit et écouta le mouvement à peine perceptible de l'autre côté de la cuisine. Une souris, pria-t-elle. Un chien errant reniflant la porte de derrière. Une rafale de vent ou un fantôme de passage. N'importe quoi, mais pas une personne. Elle ne devait pas être découverte. Pas avec cette lettre dans la main.

Elle se tassa davantage sous le comptoir, chiffonnant la lettre entre ses genoux, s'agrippant à la casserole en fer qui sentait encore les oignons bouillis de la veille. Elle attendit que la flamme se redresse et arrête de s'agiter, la fixant avec une telle intensité que ses yeux finirent par piquer. Elle les ferma pour les soulager et revit des images pareilles à d'anciennes photos : des fillettes avec des nœuds assortis au bout de leurs tresses, assises sous un arbre fruitier ; un garçon aux membres si frêles qu'on aurait dit des roseaux penchés sur le bord d'une rivière ; un homme, le visage marqué d'ombres, avalant du chocolat qui suintait par un trou dans son torse ; une femme dansant dans un feu de joie sans se brûler ; des milliers d'enfants mangeant des montagnes de pain.

Quand elle ouvrit les yeux, la flamme s'était éteinte. Le noir de la nuit se transformait en bleu cobalt. Elle s'était endormie dans sa cachette. Mais le matin arrivait, elle risquait désormais de se faire repérer. Elle en sortit, ses os craquant et claquant.

Elle emporta la lettre avec elle, dans les plis légers de sa chemise de nuit. De nouveau, elle s'engagea dans l'escalier sur la pointe des pieds, passa à côté de la chambre des filles. Elle entra dans sa chambre à coucher et se glissa sous les couvertures, son mari était toujours dans les bras de Morphée. Lentement et avec précision, elle se pencha sur le lit et glissa la lettre sous le matelas. Ensuite, elle posa la main sur sa poitrine.

Elle ne reconnut pas les battements de son cœur, comme si quelqu'un d'autre s'était introduit en elle pour marteler cérémonieusement, alors que le reste de son corps gisait inerte et froid. Le réveil sur le chevet résonnait de son tic-tac familier, sans le toc du balancier de l'horloge. Ses pulsations le comblèrent. Dans son esprit, elle relisait les mots de la lettre au diapason. Soudain, la sonnerie retentit dans un fracas. Le marteau frappa la cloche encore et encore.

Elle ne bougea pas.

Son mari roula sur le côté, emportant la couverture avec lui, exposant son corps. Elle resta raide comme un cadavre. Il arrêta le réveil, se retourna pour l'embrasser et se leva. Elle fit semblant de dormir du sommeil profond qui laisse entrevoir une parcelle d'éternité.

Bientôt, elle le suivrait dans cette journée, taisant ce qu'elle savait et accueillant le soleil blanc et chaud, aussi irréprochable que possible. Elle s'occuperait des enfants, laverait la vaisselle, remonterait les pendules, balaierait le sol. Elle cuirait le pain et glacerait les brioches avec du sucre fondu.

1

3168, Franklin Ridge Drive
El Paso, Texas

5 novembre 2007

Reba avait appelé la boulangerie allemande d'Elsie tous les jours depuis plus d'une semaine sans parvenir à la joindre. Chaque fois, elle avait été accueillie par l'accent nasillard de l'ouest du Texas sur le répondeur. Elle avala une gorgée de jus d'orange pour enrober sa voix de soleil et de douceur avant que le bip retentisse.

— Bonjour, c'est Reba Adams du magazine *Sun City*. Je vous téléphone encore une fois pour parler à Elsie Meriwether. J'ai laissé mon numéro dans mes deux messages précédents, donc si vous pouviez me rappeler... ce serait super. Merci.

Elle raccrocha et jeta le combiné sur le canapé.

— P.-S. : si vous pouviez sortir la tête du four pour écouter vos satanés messages !

— Et pourquoi tu n'irais pas là-bas ? suggéra Riki en enfilant son manteau.

— J'imagine que je n'ai pas d'autre choix, concéda Reba. Je dois rendre mon papier dans deux semaines. Je pensais que ce serait une partie de plaisir de l'écrire. Une heure au téléphone, j'envoie le photographe sur place prendre quelques clichés et le tour est joué. Ce n'est qu'un article léger qui doit donner le sourire…

Elle ouvrit le réfrigérateur et vit le cheesecake au caramel que Riki se réservait pour le soir.

—Noël à travers le monde, avec un point de vue local.

—Oui, ça ne devrait pas être trop difficile, commenta Riki en secouant ses clés de voiture. On a le Texas et le Mexique, on se fiche du reste, non? plaisanta-t-il.

Reba leva les yeux au ciel, impatiente qu'il parte. Anticiper son départ avec tant de plaisir la rendait tristement nostalgique. Autrefois, sa présence provoquait en elle des vagues de bonheur, comme si elle avait bu trop de vin. Ses remarques prétentieuses, dignes d'un cow-boy, l'amusaient, son physique ténébreux et son accent espagnol rendaient tout exotique et incandescent, insolent et irrésistible.

Alors qu'elle écrivait un article sur l'immigration, elle l'avait suivi dans un poste de patrouille frontalière, pratiquement incapable de tenir son stylo droit pour écrire. Les vibrations de sa voix s'insinuaient le long de sa colonne vertébrale jusqu'au bout de ses doigts.

La visite du poste ainsi que l'interview s'étaient terminées là où elles avaient commencé, à l'entrée.

—Nous ne sommes que des gars comme les autres qui faisons notre métier, avait-il conclu en lui ouvrant la porte quand elle était sortie.

Elle avait hoché la tête et était restée plantée là pendant un long moment embarrassant, incapable de convaincre ses pieds de bouger sous l'effet magnétique de son regard sombre.

— Il se peut que j'aie besoin d'un complément d'informations, vous seriez disponible plus tard ? avait-elle demandé, et il s'était empressé de lui donner son numéro de portable.

Quelques semaines plus tard, elle était allongée nue à ses côtés, se demandant quelle était la femme qui avait pris possession de son corps. Pas Reba Adams. Ou, en tout cas, pas la Reba Adams de Richmond, en Virginie. Cette fille n'aurait jamais couché avec un homme qu'elle connaissait depuis si peu de temps. Scandaleux ! Mais elle se sentait comme une nouvelle femme, et cela faisait vraiment du bien. Alors, elle s'était lovée contre lui et avait posé le menton sur son torse bronzé, sachant qu'elle pourrait se lever et le quitter quand l'envie lui en prendrait. Le pouvoir qu'elle en tira la laissa légère et satisfaite, mais elle ne voulait pas partir et ne voulait pas non plus qu'il parte. De temps en temps, elle priait pour qu'il reste. C'est ce qu'il avait fait et, maintenant, elle se sentait comme un oiseau migrateur attaché à un rocher du désert.

Nerveuse, Reba se trémoussa sur ses pieds. Son estomac gargouilla.

— À tout à l'heure, lança Riki en lui embrassant l'arrière de la tête.

Reba ne se tourna pas.

La porte s'ouvrit et se referma, un courant d'air frais de novembre s'infiltra, enveloppant ses chevilles nues. Une fois que son pick-up blanc et vert de la protection des frontières eut dépassé la fenêtre, elle sortit le gâteau du réfrigérateur et, pour qu'il reste parfaitement symétrique, elle coupa une tranche très mince sur chacune des trois parts qui restaient et lécha la lame du couteau.

*

Au milieu de l'après-midi, Reba se gara devant la boulangerie allemande d'Elsie sur Trawood Drive. La boutique était plus petite qu'elle ne l'aurait imaginée. Une pancarte abîmée en bois pendait sur la porte : « *Bäckerei* ». L'odeur de levure et du glaçage au miel embaumait l'air malgré les bourrasques qui soufflaient autour des montagnes Franklin. Reba remonta le col de sa veste. C'était une journée froide pour El Paso, avec un maximum de dix-sept degrés.

La clochette au-dessus de la porte de la boulangerie sonna, alors qu'une brune en sortait, accompagnée de son petit garçon. L'enfant tenait un bretzel à moitié mangé parsemé de gros sel.

— Mais quand est-ce qu'on ouvrira le pain d'épice ? demanda-t-il.

— Après le repas, répondit-elle en le prenant par sa main libre.

— Qu'est-ce qu'on mange pour le dîner ? interrogea le garçonnet en mordant dans le pain.

— *Menudo,* dit-elle en secouant la tête. Manger, manger, manger. Tu ne penses qu'à ça !

Elle passa à côté de Reba, traînant le garçon derrière elle. Un parfum de cannelle et de piment de la Jamaïque les enveloppait.

Reba entra dans le magasin, déterminée à avoir enfin des réponses. Un air de jazz s'échappait d'enceintes au-dessus de sa tête. Un homme lisait le journal, installé à une table, devant une tasse de café et une tranche de *Christstollen.* Une blonde mince mais robuste s'affairait derrière le comptoir, renversant un plateau de petits pains croustillants dans un panier.

— Jane ! Tu as mis des graines de tournesol, alors que j'avais dit de mettre des graines de carvi ! cria une voix derrière le rideau séparant la cuisine de la boutique.

— Je suis avec une cliente, maman, rétorqua Jane, glissant une mèche de cheveux derrière son oreille.

Reba reconnut l'accent texan qu'elle avait entendu sur le répondeur.

— Qu'est-ce que je vous sers ? C'est la dernière fournée de *Brötchen* pour aujourd'hui. Tout frais.

Elle fit un petit signe de tête vers le panier.

— Merci, mais... voilà, je suis Reba Adams.

Jane s'arrêta, mais ce nom ne semblait absolument rien lui dire.

— J'ai laissé des messages sur votre répondeur.

— Pour commander un gâteau ?

— Non. Je suis journaliste pour le magazine *Sun City*. Je voudrais interviewer Elsie Meriwether…

— Oh, désolée. J'écoute en général le répondeur le dimanche, mais ce week-end j'ai oublié.

Elle se tourna vers la cuisine.

— Maman, quelqu'un voudrait te parler.

Elle tapota ses doigts sur le comptoir en rythme avec le groupe de jazz.

— Maman ! appela-t-elle de nouveau.

— Je pétris ! cria la mère au milieu d'un bruit de casserole.

Jane adressa à Reba un timide haussement d'épaules.

— Je reviens.

Elle écarta le rideau, révélant des appareils électriques en acier inoxydable et une grande table de boulanger en chêne.

Reba examina les miches dorées rangées dans des paniers sur les étagères ouvertes : *Roggenbrot* (pain de seigle), *Bauernbrot* (pain de campagne), *Doppelback* (cuit deux fois), *Simonsbrot* (pain complet), forêts-noires, pains aux oignons, bretzels, roulés au pavot, *Brötchen* (petits pains blancs). Derrière une vitre, elle vit des rangées de gâteaux avec sous chacun son étiquette : tarte au massepain, amaretti, trois sortes différentes de *Kuchen* (noix, fromage blanc et cerise, cannelle et beurre), barres aux amandes et miel, strudel, *Christstollen*, *Quittenspeck* à l'orange (pâte de coing), pâtisseries danoises au fromage blanc et *Lebkuchen* (pain d'épice). Un papier sur la caisse indiquait : « *Gâteaux de fête sur commande.* »

Reba sentit une nouvelle fois son estomac gargouiller. Elle détourna le regard pour se concentrer sur les grandes tiges d'aneth à côté de la caisse. Tu n'as pas le droit, tu n'as pas le droit, se répéta-t-elle. Elle plongea la main dans sa poche pour en sortir une pastille aux fruits qu'elle mit aussitôt dans sa bouche. Elle avait un goût de bonbon et apportait la même satisfaction.

Une autre casserole claqua, suivie par une série de jurons en allemand. Jane revint avec de la farine toute fraîche sur son tablier et ses avant-bras.

— Elle finit de préparer des tartes. Un café en attendant, mademoiselle ?

— Non, merci. Je vais juste aller m'asseoir, répondit Reba en secouant la tête.

Jane indiqua les tables, remarqua la farine sur son bras et l'épousseta. Reba s'installa, puis sortit son carnet de notes et son magnétophone. Elle voulait s'assurer de rapporter du matériel pour rédiger son article et ainsi s'éviter un autre voyage. Jane nettoya la vitrine avec un produit qui sentait la lavande, puis continua avec toutes les tables de la boulangerie. Sur le mur en face de Reba était suspendue une photo en noir et blanc. Au premier coup d'œil, Reba pensa qu'il s'agissait de Jane à côté d'une femme plus âgée, Elsie peut-être. Mais elles n'étaient pas habillées comme maintenant. La plus jeune portait une longue cape sur une robe blanche, ses cheveux blonds attachés en chignon. La plus âgée, à ses côtés, était vêtue d'un *Dirndl* traditionnel, brodé de ce qui semblait être des marguerites. Les mains serrées devant elle, elle adressait un regard docile à l'objectif, tandis que la plus jeune penchait une épaule en avant et affichait un large sourire. Ses yeux brillants et légèrement impatients fixaient la personne derrière l'appareil.

— Oma et maman, Noël 1944, commenta Jane.

— L'air de famille est indéniable, lança Reba, contemplant toujours la photo dans le cadre.

— C'était à Garmisch avant la fin de la guerre. Elle n'a jamais été du genre à beaucoup parler de son enfance. Elle a épousé papa quelques années plus tard, dès que les lois militaires de non-fraternisation ont été levées. Il est resté là-bas pendant dix-huit mois avec le corps médical de l'armée.

— Ils ont dû vivre une histoire extraordinaire. Deux personnes d'univers complètement différents qui se rencontrent de cette façon…

— C'est toujours comme ça, non ? affirma Jane en secouant son torchon.

— Quoi ?

— L'amour, dit-elle en haussant les épaules. Ça vous frappe, boum !…

Elle aspergea la table de lavande, puis l'essuya.

L'amour était bien la dernière chose dont Reba voulait parler, surtout à une inconnue.

— Donc votre père est américain et votre mère allemande ?

Elle dessina une hélice sur son carnet, espérant que Jane se contenterait de répondre à ses questions, sans en poser de son côté.

— Oui, papa était texan. Il est né et a grandi ici.

À la mention de son père, les yeux de Jane s'illuminèrent.

— Après la guerre, il a demandé un poste à Fort Sam, à Houston. L'armée l'a envoyé à Fort Bliss, expliqua-t-elle en riant, mais papa a toujours dit que n'importe où au Texas valait mieux que la Louisiane, la Floride ou le satané Nord, bon Dieu !

Elle secoua la tête, avant de lever les yeux.

— Vous n'avez pas de famille à New York, dans le Massachusetts ou dans le coin, n'est-ce pas ? On ne peut plus savoir d'après l'accent, de nos jours. Désolée, mais j'ai eu une mauvaise expérience avec un pizzaiolo de Jersey, je ne suis pas près de l'oublier…

— Pas de problème.

Elle avait un cousin éloigné qui était allé à l'université de Syracuse et avait fini par s'installer à New York. Sa famille n'imaginait pas comment on pouvait survivre aux hivers glaciaux et se disait que le froid mordant devait avoir une mauvaise influence sur les gens. Reba n'avait voyagé dans le Nord-Est du pays que très rarement et toujours en été. Elle était attachée aux régions chaudes. Les gens y étaient toujours bronzés, souriants et heureux.

— Je suis originaire du Sud. De Virginie. Richmond.

— Qu'est-ce qu'une fille de Virginie fait ici ?

— L'attrait du Far West, plaisanta Reba avec un haussement d'épaules. Je suis venue ici pour être journaliste au magazine *Sun City*.

— Eh bien ! Ils vont recruter si loin ? s'étonna Jane en jetant le torchon sur son épaule.

— Pas tout à fait. Je me disais que je commencerais ici pour faire mon chemin jusqu'en Californie – Los Angeles, Santa Barbara, San Francisco...

C'était un rêve qui l'habitait toujours. Reba se trémoussa sur sa chaise.

— Deux ans plus tard et je suis toujours ici...

Elle se racla la gorge. C'était elle qui faisait toute la conversation alors qu'elle avait besoin d'entendre Jane.

— Je comprends, mon cœur.

Jane s'assit devant Reba et posa son produit à la lavande sur le sol.

— C'est une ville frontalière, ça, c'est sûr, un endroit de transit, de passage, mais certains y restent pour de bon. Coincés entre là où ils étaient et là où ils se rendaient. Et après quelques années, on ne se souvient plus de sa destination, de toute façon. Alors, on s'installe.

— Je note, affirma Reba. Mais vous, vous avez vécu ici un bon bout de temps, non ?

— Toute ma vie. Je suis née à l'hôpital de Beaumont à Fort Bliss.

— Alors, où est-ce que vous vous rendez, si vous êtes déjà chez vous ?

— Ce n'est pas parce que vous êtes née quelque part que vous êtes chez vous, riposta Jane en souriant. Parfois, je vois passer les trains et je regrette de ne pas pouvoir sauter dedans. Je regarde les avions dans le ciel, désirant plus que tout être parmi les passagers. Maman m'a toujours dit que j'étais tête en l'air, rêveuse, dans la lune. Ce que je suis, c'est vrai, mais j'aurais tant aimé ne pas l'être. Rêver ne m'a jamais fait du bien.

2

Lebensborn
Steinhöring, Allemagne

20 décembre 1944

Chère Elsie,

Après avoir entendu la nouvelle que l'Estonie est tombée aux mains de l'Armée rouge, c'est avec la plus grande anxiété pour nos forces allemandes que j'écris cette lettre et le cœur gros de la perte de nos hommes. Le complexe ici à Steinhöring et tous les appartements voisins ont couvert leurs fenêtres de noir. Plusieurs des filles ont perdu des membres de leur famille, des pères et des frères. En outre, bon nombre des compagnons du Lebensborn ont péri, l'un d'eux étant le géniteur de mes jumeaux. Pauvre Cristof. Je n'ai fait sa connaissance qu'à cette occasion au printemps dernier. Il n'avait pas encore vingt-deux ans, la peau plus douce qu'une nectarine. Bien trop jeune pour disparaître. Cela me rend furieuse, ce gâchis perpétuel de vies, cette guerre. Je comprends qu'il n'y ait pas de meilleure façon de mourir que pour notre patrie, mais je maudis le diable étranger qui fait couler le sang aryen. Nous ne nous laisserons pas piétiner. Cela ne fera que raviver la flamme de notre torche commune et l'Allemagne sortira victorieuse ! Comme l'a dit le Führer : « La confiance du peuple allemand accompagnera toujours ses soldats. » Et notre confiance demeurera inébranlable.

Plutôt que de se complaire dans le désespoir, le Lebensborn s'est engagé à faire des fêtes à venir les plus impressionnantes jamais vues. J'aide à la décoration pour les célébrations de Yule. Nous avons déjà beaucoup d'officiers SS qui ont accepté l'invitation de l'association. Nos soldats ont plus que jamais besoin de soutien et de réconfort. Nous faisons des provisions auprès des communautés voisines pour trouver de la viande et des légumes, et je suis bien décidée à fournir du pain de bonne qualité à l'instar de celui que prépare Papa dans ses fours. Je n'ai pas encore trouvé un seul boulanger à la hauteur des recettes des Schmidt. J'ai l'impression de manger de la boue durcie quand je mets dans ma bouche un morceau de pain de ces boulangers de Steinhöring. La maison et notre famille me manquent tant !

Depuis la naissance des jumeaux, je n'ai pu passer que très peu de temps avec Julius. J'espère pouvoir me rattraper maintenant que les bébés sont dans la pouponnière du Lebensborn. Je ne l'avouerai qu'à toi, ma petite sœur, mais je m'inquiète pour eux. Ils sont tous les deux plus petits que Julius à sa naissance. J'espère que ce n'est dû qu'au fait qu'ils ont partagé le même utérus et que bientôt ils deviendront aussi joufflus et en bonne santé que les enfants aryens. Il ne faut pas que l'on pense que j'enfante une progéniture inférieure. Déjà, cela m'a pris trop de temps pour concevoir de nouveau. Ils ne m'ont gardée que parce que je leur ai prouvé que j'étais une bonne fille du Reich.

Les officiers apprécient ma compagnie, même si je ne peux raconter, même pas à toi, les choses que je suis contrainte de faire pour rester auprès de Julius dans l'association. Certains de ces hommes, bien que d'apparence noble, sont totalement débauchés dans la chambre à coucher. Tu es vierge, Elsie, tu ne connais pas ça et je prie tous les jours pour qu'un Allemand bienveillant fasse de toi sa femme avant que tu deviennes sa maîtresse. C'est ce que j'avais espéré pour Peter et moi. Je repense à notre dernier Noël ensemble lorsqu'il m'a demandé ma main, en nous offrant le coucou que nous avons dans la cuisine et en plaçant l'anneau en or sur la tête de la figurine en bois, comme une couronne. Quelle merveilleuse journée de Noël ! Les figurines étaient sorties du coucou et avec elles la bague. Mutti et Papa étaient si fiers. Comme la vie était simple et heureuse, alors.

Comment se passent les préparatifs de Noël ? La boulangerie a-t-elle toujours autant de clients, malgré le rationnement ? Une des filles ici a de la famille à Berlin et elle raconte qu'il est pratiquement impossible de se procurer ne serait-ce qu'une miette. Les Berlinois troquent leurs bijoux et leur or pour du pain azyme et de la peau de porc séchée. Je soupçonne ces rumeurs d'être des mensonges répandus par les espions pour effrayer les fidèles. Tout arrive ici en faible quantité, mais on peut acheter un gâteau ou une chope de bière brune tous les jours de la semaine. Comment cela se passe-t-il à Garmisch ? Comment vont Mutti et Papa ? Je leur écrirai très bientôt. Transmets-leur tout mon amour, que je t'envoie aussi.

Heil Hitler,

Hazel

*

Bäckerei Schmidt
56, Ludwigstrasse
Garmisch, Allemagne

21 décembre 1944

Chère Hazel,

Bonne Saint-Thomas ! La boulangerie ne désemplit pas à cette période de l'année. Avec seulement nous trois pour pétrir la pâte, surveiller le four, approvisionner les étagères et nous occuper de la caisse. Et avec des gens comme Frau Rattelmüller, c'en est presque intolérable. Quelle peste ! Toujours en train de se plaindre ou de me faire des remarques désagréables sur mes cheveux mal coiffés, de me traiter de paresseuse ou de me demander si j'ai encore la crasse de la veille sous les ongles. (Ce qui n'est pas le cas. Je les brosse chaque soir !) Elle me fait vraiment honte devant Mutti et Papa, à me considérer encore comme une enfant. C'est l'hôpital qui se moque de la Charité. Elle se comporte de manière très étrange, ces derniers temps.

Avant, elle venait à des heures normales, comme les autres clients, mais plus maintenant. A 5 h 30 le matin, elle débarque devant la porte, tapant sur les fenêtres, frappant sa canne contre la porte, alors qu'elle sait très bien qu'on n'ouvre qu'à 6 heures. Je pense qu'elle est sénile. Sans compter qu'une douzaine de Brötchen, c'est vraiment énorme. N'est-elle pas au courant qu'on est à court de farine et de lait ? Tu devrais voir les rations SS que Papa est contraint d'utiliser. Le lait en poudre et la farine sont comme des briques à pétrir. Plusieurs clients se sont plaints d'avoir trouvé des cailloux dans leurs petits pains et d'avoir manqué de peu de se casser une dent. Par conséquent, je dois désormais, en plus de mes corvées habituelles, passer au tamis toute la farine que nous recevons.

Frau Rattelmüller a juré que si elle se blessait les gencives et mourait d'infection, nous aurions son sang sur les mains. Mais il faudrait plus d'un caillou pour venir à bout de cette vieille sorcière. Je suis sûre qu'elle se présentera encore pendant plus d'un siècle pour dévorer tout notre pain et frapper sa canne ridicule un peu partout. On ne sera jamais débarrassés d'elle.

Ce matin, j'en ai eu plus qu'assez, alors, je me suis réveillée tôt avec Papa et je me suis forcée à me lever malgré la température. (Cet hiver est plus froid que le précédent. Trop froid même pour que la glace fonde sur les auvents. Tu te souviens du mois de décembre où nous avions sucé des glaçons trempés dans du sucre ? Tu m'avais dit que des petits lutins des neiges en mangeaient tous les soirs, et moi, je t'ai crue parce que j'en avais envie... même si je savais bien qu'ils n'avaient jamais existé.) J'étais en bas, un plateau de Brötchen tout chauds dans les mains tandis que Frau Rattelmüller remontait la rue dans son long manteau et avec sa coiffe.

Sans lui laisser l'occasion de frapper à la porte avec sa canne, je lui ai ouvert. « Bonjour, Frau Rattelmüller. » Je lui ai adressé un sourire plus large que le lac Eibsee. « Vos Brötchen vous attendent. Voilà, j'espère qu'ils ne sont pas déjà froids. Les lutins des rêves ont dû vous rendre visite, cette nuit, pour que vous dormiez autant. » J'ai tourné la tête vers la pendule pour l'effet. « Eh bien, vous avez près d'une minute de retard ! »

Papa n'a pas pu se retenir. Il a éclaté d'un rire si fort que les casseroles en ont tremblé dans la cuisine et que Frau Rattelmüller est devenue verte de rage. Elle a acheté deux pains aux oignons au lieu de sa commande habituelle. Mutti et Papa ont gâché toute une fournée de Lebkuchen parce qu'il a tant ri qu'il en pleurait dans la pâte. Mais ça en valait la peine. Je regrette tant que tu n'aies pas été avec nous ! Tu aurais toi aussi ri aux larmes, comme quand Papa mettait son chapeau de bouffon pour le carnaval de mardi gras. Mutti n'était pas ravie, elle. Elle m'a dit de ne pas faire des tours pareils à la vieille dame. Elle est très fragile, m'a-t-elle grondée. Mais j'ai répondu à Mutti que Frau Rattelmüller me tapait sur les nerfs depuis bien trop longtemps. En plus, nous sommes en temps de guerre : qui n'est pas fragile ?

Mutti, égale à elle-même, s'est emparée au même moment des raisins de Corinthe pour préparer des Thomasplitzchen qu'elle a apportés à Frau Rattelmüller en signe de réconciliation. Elle est chez elle à l'instant où je t'écris.

Je me demande ce que tu fais à Steinhöring. Tu me manques terriblement. Tu imagines que ça fait déjà six Noël que tu es partie ? Ça me paraît une éternité et cette guerre est plus longue encore. Il n'y a rien de nouveau ici. Le mont Zugspitze est d'un ennui mortel. De toute façon, personne ne skie, cette saison. J'aimerais retourner au bord de la mer. Tu te rappelles cet été sur la côte yougoslave quand nous étions enfants ? Les promenades sur les plages de galets et comme nous mangions des concombres froids sous le soleil. Nous étions si heureux à l'époque. J'ai l'impression que ça fait cent ans. Nous ne pourrions pas y retourner, maintenant. La guerre, la guerre, toujours la guerre. Elle est partout et j'en ai assez.

Pour ce qui est des nouvelles plus joyeuses : es-tu au courant ? Notre ami Josef Hub a été promu lieutenant-colonel et transféré à Garmisch. Selon les rumeurs, il transmettrait des informations provenant des troupes des montagnes au Reichsführer Himmler. Tu imagines ? Mais il n'est pas comme les autres. Son rang ne l'a pas changé du tout. Il vient toujours à la boulangerie et mange des petits pains aux raisins avec Papa tous les samedis. Mutti jure qu'il a les yeux les plus bleus du pays, mais je lui ai dit que j'ai vu beaucoup d'autres yeux aussi bleus. Elle a un faible pour Josef à cause de tout ce qu'il a fait pour nous.

Comment va Julius ? Tu m'as dit qu'il a été accepté dans une école spéciale pour futurs officiers. Papa a failli exploser de joie quand je lui ai lu ce passage. Nous sommes tous tellement fiers de vous deux.

Ne t'inquiète pas pour nous et la Bäckerei. Les rations SS sont petites et de mauvaise qualité, mais elles restent tout de même supérieures à ce que reçoivent tous les autres boulangers de la ville. Josef et Papa ont passé un marché. La Gestapo apporte de la farine, du sucre, du beurre et du sel par la porte de derrière tous les dimanches après-midi, et Papa dépose une caisse de pain à leur quartier général tous les lundis. Les affaires marchent vraiment bien. Je sais que je ne devrais pas me plaindre de nos longues journées de travail quand tant de nos concitoyens subissent des épreuves bien plus graves que nous.

Mutti t'a-t-elle dit ? Je vais à la fête de Noël nazie. Josef pense qu'il est temps que j'assiste à l'une de leurs soirées. Il m'a offert la plus jolie des robes, couleur ivoire. Même si l'étiquette en a été retirée, il a dit qu'elle venait de Paris. Au début, je me disais que je ne pourrais pas accepter, mais il a donné à Mutti un poudrier irisé et à Papa une pipe en palissandre. Je suppose que ce sont nos cadeaux de Noël. Quel luxe ! Étant donné qu'il n'a pas de famille, Josef s'est lié à Mutti et Papa comme s'ils étaient ses propres parents, que Dieu les protège. Sa compagnie est une bénédiction et j'espère que ça nous assurera d'autres sacs de sucre et d'autres cadeaux ! La robe prouve qu'il a bon goût.

Je demanderai à Papa de me photographier avant d'aller à la fête. Je veux que tu voies la robe. Je t'écrirai encore une fois à Noël. J'espère que tu recevras vite cette lettre, la poste n'est pas rapide ces derniers temps.

Heil Hitler.

Ta sœur qui t'aime,

Elsie

3

Bäckerei Schmidt
56, Ludwigstrasse
Garmisch, Allemagne

24 décembre 1944

— Elsie, dépêche-toi ! Ne fais pas attendre Herr Hub, appela Mutti en bas de l'escalier.

Elsie se débattait avec les boutons de ses gants en agneau. Elle ne les avait portés qu'une seule fois, des années plus tôt à sa première communion. Avec eux, tout ce qu'elle touchait avait la douceur de la pâte fraîchement montée. À sa communion, elle ne les avait pas retirés quand le pasteur luthérien lui avait tendu le calice. La coupe lisse dans ses mains gantées lui avait paru purement divine, mais la gorgée âcre de vin rouge, pas autant. Elle avait d'instinct mis la main sur la bouche après avoir goûté le sacrement aigre et avait ainsi taché les doigts de la main droite. Mutti avait crié au sacrilège avant de tremper les gants dans de l'eau et du vinaigre pendant pratiquement toute une journée. Pourtant, il restait toujours une légère teinte sur son index.

Elsie mit une dernière touche de rouge sur sa lèvre inférieure et l'étala en serrant les lèvres. Elle vérifia que toutes ses épingles à cheveux étaient cachées et cligna des yeux très fort pour les rendre brillants. Elle était prête. C'était sa première soirée nazie officielle, une soirée de fête. Elle n'aurait pu faire meilleure impression. La robe, en soie ivoire brodée de perles en cristal, tombait parfaitement, donnant à ses seins et à ses hanches une rondeur qui leur faisait défaut. Elle pinça les lèvres devant le miroir, se disant qu'elle ressemblait exactement à l'actrice américaine Jean Harlow dans *Une fine mouche*.

Avec sa grande sœur, Hazel, elles avaient passé toutes leurs vacances d'été à assister en matinée aux projections de films hollywoodiens de contrebande. *Une fine mouche* était un des préférés du propriétaire, qui était aussi le projectionniste. Il le passait deux fois par semaine. Elsie venait de terminer un stage d'anglais à la *Grundschule* et elle cueillait avidement des mots et des expressions dans les répliques des acteurs. Au moment de la rentrée des classes, elle rejouait des scènes entières devant Hazel dans leur chambre à coucher, arborant les chapeaux à plume de Mutti et ses fausses perles. Ses intonations en anglais sonnaient tellement juste que Hazel jurait qu'elle aurait pu passer pour une pin-up américaine. C'était avant que Jean Harlow meure et que les nazis ferment le cinéma pour avoir projeté des films américains. Le propriétaire, comme tant d'autres, avait disparu sans laisser de traces.

Peu de temps après, la *Bund Deutscher Mädel*[1] était devenue obligatoire et Elsie et Hazel avaient participé à l'arrachage des posters de Jean Harlow et William Powell pour les remplacer par des images sévères du Führer. C'était leur travail d'intérêt général organisé par la BDM et Elsie avait détesté le faire. En fait, elle détestait tout ce qui touchait à la BDM. Elle échouait à toutes les activités qui préparaient à être une bonne épouse et une bonne mère de famille, à part la cuisine. Elle ne supportait pas de passer tous ses samedis à faire de la gymnastique. Alors que Hazel s'épanouissait et devenait de plus en plus populaire, Elsie se sentait oppressée et étouffée par l'uniforme et les règles de conduite strictes. Par conséquent, dès l'âge de onze ans, elle supplia Mutti de la laisser travailler à la boulangerie. Elle avait entendu que Papa parlait d'engager un nouvel assistant dans la boutique pour prendre les commandes et servir les clients. Elle s'était proposée avec tout l'enthousiasme de sa jeunesse. Cela signifiait pour elle une dispense de la BDM et cela économiserait à sa famille le coût d'un salaire. Même si Papa accepta, il prit fait et cause pour le régime et demanda à sa sœur qu'elle lui apprenne la doctrine hitlérienne sur la beauté de la jeunesse. Elsie avait obéi, plus ou moins, mais ensuite Hazel s'était fiancée et la BDM interdisait la participation des filles mariées. Quand sa grossesse avait

1. « Ligue des jeunes filles allemandes ».

été révélée, elle était partie à Steinhöring. La BDM n'acceptait pas les mères non plus. Alors, quand Elsie atteignit l'âge de mettre en pratique ces principes, elle n'avait plus personne pour les lui enseigner et la guerre avait rendu sa présence à la boulangerie indispensable. Elle ne voyait pas l'intérêt que la BDM plaçait dans la « culture harmonieuse de l'esprit et du corps » si sa famille devait se battre pour joindre les deux bouts.

Désormais, quelques heures avant une soirée nazie officielle, elle regrettait de ne pas avoir été plus attentive aux leçons de son enfance à la BDM. C'était comme se rappeler le goût d'un fruit qu'on aurait vu seulement en peinture, mais jamais mangé. Elle aurait voulu que Hazel lui donne des conseils. Les seules instructions qu'Elsie avait retenues sur l'art de la séduction dataient des images de starlettes sur grand écran. Ce soir, ce serait la première fois qu'elle serait invitée par un homme, elle ne pouvait se permettre la moindre erreur.

— Vous dansez divinement bien, murmura-t-elle en anglais au miroir en se représentant William avec Jean, l'image baignée d'un filtre argenté.

— Elsie ! appela Papa.

Elsie s'enveloppa rapidement les épaules de sa cape bordeaux et s'examina une dernière fois, impressionnée par la femme sophistiquée que son reflet lui offrait dans le miroir. Elle se dépêcha ensuite de descendre.

En bas, Mutti, vêtue de son plus joli *Dirndl* brodé, balayait les miettes. Le balai rêche frottait le sol poli.

— Je ne pense pas que Josef remarquera les miettes de pain, commenta Elsie. Laisse un petit cadeau de Noël aux souris.

Mutti s'arrêta quand elle vit sa fille et posa son poing sur la taille.

— *Ach, ja,* tu n'auras rien à envier aux belles jeunes filles qui seront présentes ce soir.

— *Freilich*[1] *!* s'exclama Papa en sortant de la cuisine. Tu rendras Josef très fier !

Il posa un bras sur l'épaule de Mutti qui se blottit contre lui.

— J'ai promis à Hazel que je lui enverrai une photo, annonça Elsie.

Papa alla chercher son appareil.

Mutti ajusta les plis de sa pèlerine à capuche.

— Ris toujours à ses plaisanteries, conseilla-t-elle. Les hommes aiment cela. Et essaye... essaye d'être posée. Le Führer apprécie cette qualité chez les femmes.

— Je sais, je sais, grommela Elsie. Allez, Mutti, arrête de te faire du souci pour moi.

— Je t'en prie, ma chérie, fais un effort.

Elsie tourna la tête vers son père.

— Papa, tu l'as trouvé ?

— Ne fais pas comme ces tziganes ou ces juives imprévisibles, continua Mutti. Souviens-toi que ta sœur est au Lebensborn. Et n'oublie pas la *Bäckerei*. Herr Hub s'est montré très généreux.

---

1. « C'est sûr ! »

Elle s'éclaircit la voix.

— Nous serions aussi mal lotis que les autres sans sa gentillesse. Regarde Herr Kaufmann. La Gestapo est arrivée chez lui en plein milieu de la journée et l'a embarqué pour l'envoyer dans un de leurs camps. Tout ce qu'il a fait, c'est refuser que son fils rejoigne la *Deutsches Jungvolk*[1]. Un mot de travers et c'est terminé, Elsie.

Papa revint avec l'appareil photo.

— Je ne suis pas sûr que la pellicule soit encore bonne.

Il ouvrit l'obturateur et tourna le bouton.

— *Kein Thema*[2], soupira Elsie.

Mutti se faisait toujours trop de soucis. Comme la plupart des femmes en Allemagne, elle voulait que ses enfants soient propres sur eux, que son mariage soit exemplaire et son foyer un véritable musée. Mais elle pouvait bien déployer tous les efforts du monde, Elsie ne correspondrait jamais à la norme de l'époque.

— Il sera là d'une minute à l'autre. Papa, dépêche-toi !

Elsie se posta à côté de Mutti et pria pour être à la hauteur ce soir. Elle voulait qu'ils soient fiers d'elle.

— Regarde, lança Papa. Deux des femmes les plus gracieuses d'Allemagne. Tu seras une bonne épouse, Elsie. Comme dit le Führer…

Il s'interrompit pour lever une main dans les airs.

---

1. « Jeunesse allemande ».
2. « Pas question ».

— « Ton univers est ton mari, ta famille, tes enfants et ton foyer. » Mutti et Hazel sont d'excellents exemples.

Depuis six mois, Papa parlait d'elle comme d'une chose à marier et il citait le Führer à tout bout de champ. Cela tapait sur les nerfs d'Elsie. Elle n'avait jamais compris pourquoi il fallait citer quelqu'un d'autre. Elle essayait de ne jamais le faire. Elle avait ses propres idées.

— *Gut*. Je comprends. Je me comporterai du mieux que je peux. Allez, prends la photo !

Papa regarda à travers l'objectif.

— Luana, rapproche-toi de ta fille.

Mutti s'exécuta et Elsie sentit son parfum d'aneth et de seigle bouilli. Elle craignait de s'imprégner de l'odeur et respecta par conséquent une distance de sécurité.

— Prête ? demanda Papa en levant son doigt au-dessus du bouton.

Elsie sourit, impatiente de voir Josef. Elle avait hâte de goûter sa première coupe de champagne. Il le lui avait promis.

*

— C'est tellement beau ! s'exclama Elsie, alors que le chauffeur s'arrêtait devant la salle de banquet des nazis sur Gernackerstrasse.

Le pavillon en bois était décoré de cœurs gravés sur les balcons et de fresques colorées représentant des bergers en *Lederhosen*[1], des baronnes parées de bijoux et des anges aux

1. Culotte de peau, vêtement bavarois traditionnel.

ailes déployées. À chaque fenêtre, des drapeaux rouge et noir avec des croix gammées flottaient dans le vent alpin. On avait installé une cascade de lumière qui illuminait la neige et dessinait une magnifique couronne. Les auvents gelés ressemblaient à du glaçage sur un *Lebkuchen*. Une maison de conte de fées en pain d'épice, tout droit sortie des pages des frères Grimm.

— C'est vous qui êtes belle, complimenta Josef en posant la main sur le genou d'Elsie.

Sa chaleur s'insinua à travers sa cape en laine et la soie de sa robe.

Le chauffeur ouvrit la portière. Un tapis bordeaux avait été placé sur la neige pour éviter que les convives glissent ou abîment leurs bottes. Josef prit la main d'Elsie pour l'aider à descendre du taxi. Elle s'empressa de sortir, laissant le drapé d'ivoire et de pierreries en cristal couvrir ses pieds. C'était Josef qui lui avait acheté sa robe et elle n'avait pas de chaussures pour aller avec. À contrecœur, elle avait emprunté les plus beaux escarpins noirs de Mutti, qui semblaient usés même après qu'elle les avait cirés pendant une heure.

Josef glissa la main gantée d'Elsie dans le creux de son bras.

— Il ne faut pas être nerveuse, la rassura-t-il. Pas avec un si joli minois allemand. Ils vont vous adorer au premier regard.

Il toucha sa joue de son gant en cuir. L'estomac d'Elsie fit un bond – comme lorsque les bretzels sont à une minute de se transformer en briques dans le four. Pour cela, elle savait exactement quoi faire : se précipiter pour les en sortir et les faire refroidir à la fenêtre. Mais ici, habillée comme une star de cinéma, elle n'en avait pas la moindre idée. Elle inspira profondément. L'air chargé de l'odeur des pins lui piqua le nez. Ses yeux se remplirent de larmes. Les lumières se brouillèrent et elle s'agrippa au bras de Josef pour ne pas tomber.

— Allons, tout va bien, s'émut-il en lui tapotant la main. Souriez.

Elle obéit.

La porte du pavillon s'ouvrit et la plainte des violons s'en échappa. À l'intérieur, le portier lui prit sa cape. Dans la lumière des chandeliers, les perles en cristal projetèrent des arcs-en-ciel miniatures sur l'uniforme de Josef.

— *Heil Hitler*, Josef ! salua un homme râblé avec une petite moustache sur la lèvre.

Des restes de nourriture y étaient collés. Elsie essaya de cacher le dégoût qui lui venait en pensant à tout ce qui pouvait s'y être accroché.

— Qui est-ce ? demanda-t-il.

— J'ai l'honneur de vous présenter Fräulein Elsie Schmidt, annonça Josef en claquant ses talons. Et voici le capitaine Günther Kremer de la SiPo[1].

— C'est un plaisir, affirma Elsie en hochant la tête.

— Charmante, déclara Kremer en se tournant vers Josef et en lui adressant un clin d'œil.

---

1. *Sicherheitspolizei* : « police de sécurité » allemande créée en 1936 par Himmler.

— Günther et moi nous connaissons depuis de nombreuses années. C'était l'un de mes hommes à Munich. Frau Kremer est-elle ici ce soir ?

— *Ja, ja*. Quelque part, répondit-il en faisant un signe de la main par-dessus son épaule. Elle discute certainement de ses petites cuillères en étain ou d'une bêtise du même genre. Et si nous buvions un verre ?

Ils suivirent Kremer le long d'un couloir bordé de drapeaux nazis et de sapins de Noël décorés de fruits confits, alors que celui-ci parlait de vin, de nourriture et des célébrités présentes. Elsie n'écoutait pas, trop éblouie par le faste de l'endroit. C'était comme dans ses rêves, exactement comme les salles de danse et les soirées de fête dans les films hollywoodiens de son enfance. Son cœur battait la chamade. Oh, comme elle voulait faire partie de ce monde ! Le monde du pouvoir de Josef, le prestige, et l'euphorie sans limites qui émanait de tous et de toute chose dans cette salle, comme les fruits glacés sur une tarte aux fraises. À cet instant, elle oublia la planche à pâtisserie et les cendres noires du four, ne pensa plus aux pièces durement gagnées et aux coupons de rationnement usés dans sa main. Auprès de Josef, elle pouvait s'imaginer être l'une d'entre eux, une princesse royale du Troisième Reich. Elle pouvait se laisser aller à croire que la misère et la peur n'existaient plus en dehors de ces murs.

Le couloir s'ouvrait sur la grande salle de banquet. De longues tables blanches étaient dressées, avec des candélabres toutes les quatre places. Un quatuor à cordes jouait sur l'estrade, leurs archets s'unissant à la perfection. Des couples virevoltaient en cercles lents sur la piste de danse, évoquant le mécanisme miniature d'une horloge. Les hommes portaient des uniformes SS, formant un arrière-plan de manteaux foncés et de brassards rouge écarlate. Les femmes égayaient la scène de leurs robes colorées, prune et abricot, orange et vert concombre – un mélange de jeunes et de plus âgées.

Une brune rondelette dans une robe lamée rouge toisa Elsie de la tête aux pieds, s'arrêtant sur ses chaussures. Elsie suivit son regard jusqu'aux escarpins de Mutti. Elle se dépêcha de les cacher sous son ourlet. Un serveur approcha avec un plateau de flûtes remplies d'un liquide blond et pétillant. Josef en tendit une à Elsie.

—Pour vous. Je tiens toujours mes promesses. Mais doucement. On ne connaît l'effet du champagne que quand on y goûte.

Du champagne. Elsie en saliva. Elle avait toujours vu les acteurs dans les films en boire une gorgée et devenir tout joyeux. Elle espérait que cela aurait le même effet magique sur elle. Elle prit le verre, émerveillée. Elle n'en connaissait que la couleur : or clair, comme les germes de blé juste avant la cueillette. Elle imaginait que ce serait aussi sucré que le miel et aussi bon que le pain. Elle trempa les lèvres et but.

Les bulles acidulées la prirent par surprise. La sécheresse d'abord. De la levure de boulanger trempée dans l'eau. Elle avala pour ne pas recracher dans sa flûte mais ne fut pas assez rapide pour cacher son expression.

Josef rit.

— Vous vous y habituerez.

— Prenez une autre gorgée, et puis une autre encore. Si, à la troisième, vous n'aimez toujours pas, je finirai votre verre pour vous, proposa Kremer en gloussant.

Les boutons de son manteau s'enfonçaient dans son ventre rebondi.

Malgré elle, Elsie se rappela le conseil de Mutti et se força à rire délicatement. C'était l'ami de Josef, après tout. Elle voulait qu'il l'apprécie. Elle s'exécuta donc et but de nouveau, essayant de finir son verre.

— *Prost!* On dirait que tu t'es trouvé une Fräulein avec du caractère, commenta Kremer. M'accorderiez-vous une danse pendant que Josef va vous chercher une autre flûte?

Elsie trouva le regard de Josef.

— Je ne suis pas très douée, hésita Elsie.

— N'ayez crainte, lança Kremer en la prenant par le coude et en l'entraînant vers la piste de danse. Je promets d'aller très lentement.

Il la serra contre lui et plaça une main en bas de son dos, tandis que l'autre enfermait les doigts gantés de la jeune fille. Son uniforme rêche se pressait contre la robe, enfonçant les pierreries dans sa peau, comme un millier de pointes.

Par-dessus son épaule, Elsie chercha Josef. Il sourit, soulevant sa flûte de champagne vide.

Quand elle le vit se tourner pour appeler une serveuse, Kremer glissa la main plus bas encore dans son dos.

Elsie se dégagea.

— Herr Kremer ! s'indigna-t-elle en rougissant.

Il la força d'un geste brusque à se coller contre lui.

— Chut ! C'est une fête. Ne vous donnez pas en spectacle, Fräulein.

Ses lèvres esquissèrent un rictus mauvais, tandis qu'il la noyait dans la foule.

— Je voulais vous parler en privé. Voyez-vous, certains trouvent étrange qu'un homme de la stature de Josef s'amourache de la fille illettrée d'un boulanger ordinaire, alors qu'il pourrait avoir des options bien plus intéressantes, à commencer par votre sœur.

Elle grimaça à la mention de son manque d'instruction. Hazel, elle, était allée au lycée et avait fini la meilleure de sa classe, alors qu'Elsie n'avait même pas terminé la *Hauptschule* pour travailler à plein-temps dans la boulangerie. Elle venait à peine de rencontrer le colonel Kremer, mais lui semblait bien la connaître, elle ainsi que sa famille.

— Il y a tant d'espions, de nos jours. Tout le monde se méfie des nouveaux jolis minois.

Il se pencha et inspecta son visage de bien trop près pour qu'elle soit à l'aise. Son haleine chaude sentait l'œuf pourri.

Elsie tourna la tête.

— Ma famille connaît Josef depuis des années.

— *Ja*, et qui sait combien de secrets vous avez déjà réussi à lui soutirer pour les passer à l'ennemi ?

— Je ne suis pas une espionne ! s'offusqua-t-elle. Mon père fournit le pain au QG nazi à Garmisch. Ma sœur est au Lebensborn.

— Je me fiche d'eux. C'est vous qui m'intéressez, siffla-t-il entre ses dents.

Ils se déplaçaient en cercles sur la piste. Une femme avec des plumes de paon dans ses cheveux couleur argent fronça le nez quand ils se bousculèrent. Elsie déglutit. Elle avait la tête qui tournait. Elle s'était toujours montrée fidèle à la patrie, comment pouvait-elle prouver son allégeance ? Elle n'avait que sa parole.

L'uniforme de Kremer puait la transpiration et le tabac. Des bulles de champagne lui remontèrent dans la gorge. Elle voulait le gifler, appeler Josef à la rescousse, mais les pointes aiguisées de l'uniforme de Kremer lui rappelaient les conséquences possibles, pas seulement pour elle-même, mais aussi pour sa famille. Elle prit sur elle.

Le morceau se termina. Le quatuor écarta les archets des cordes, se leva et salua.

— Voici, ma chère.

Surprise, Elsie sursauta et cogna le verre dans la main de Josef, renversant sur eux le liquide pétillant.

— Je suis désolée, s'excusa-t-elle en essuyant les gouttes sur les revers de son uniforme.

À cause de l'amidon, elles restaient en surface, ne s'imprégnant pas dans le tissu. Ce ne fut pas le cas pour sa robe et le champagne stria la soie.

— Pas de mal, affirma Josef en la prenant par le bras. Je connais une laverie à laquelle aucune tache ne résiste.

Il lui embrassa la main.

— Merci pour la danse. C'était un plaisir, complimenta Kremer en claquant ses talons avant de prendre congé, les gratifiant d'un nouveau rictus.

Le chef du quatuor s'avança sur l'estrade.

— Mesdames et messieurs, si vous voulez bien prendre place, nous allons commencer notre concert de Noël.

Josef la conduisit jusqu'au milieu de la table de banquet. Tout au bout, Kremer était assis aux côtés de Frau Kremer, une petite bonne femme frêle, avec le teint blafard et un nez pointu. Elle croisa le regard d'Elsie et plissa les yeux.

Elsie tourna sa chaise vers Josef pour l'éviter.

— Josef, commença-t-elle, sa voix tremblant tellement qu'elle dut s'interrompre et se reprendre. Je dois vous parler de…

— Regardez ! l'interrompit-il en lui montrant la scène. Une surprise. Vous aimez la musique ? Wagner, Hotter, Clemens Krauss ?

Les mains d'Elsie s'étaient engourdies. Elle défit le bouton mousquetaire de ses gants et tira sur les doigts trempés de champagne.

— *Ja*, mais je ne suis jamais allée à l'opéra.

Il fronça les sourcils.

— Tss, tss. Je vous enverrai quelques enregistrements.

Elsie n'avait pas de tourne-disque, mais elle n'était pas en état de le lui expliquer. Elle retira ses gants et se sentit soudain entièrement nue, l'air sur sa peau l'agressa. Elle joignit les mains pour se donner des forces.

— Josef, essaya-t-elle de nouveau.

— Et maintenant, annonça le musicien, un petit récital pour accompagner votre dîner !

Il baissa le micro, plaça un tabouret devant et s'assit avec son violon.

Josef tapota ses lèvres de son index.

— Plus tard, chuchota-t-il.

Un murmure de curiosité traversa les convives, qui se turent enfin lorsqu'une garde SS à la tignasse blonde accompagna un garçonnet sur l'estrade. Âgé de six ou sept ans au plus, il portait une simple chemise en lin avec des gants assortis, un pantalon noir et une cravate. Il aurait ressemblé à n'importe quel autre enfant vêtu pour une fête de Noël si ses cheveux n'avaient pas été tondus ras et que sa peau n'avait pas eu une teinte si terreuse. On aurait dit un fantôme. La femme lui ordonna de monter sur le tabouret et il obéit, soumis. Quand il leva la tête, ses yeux semblèrent aussi profonds et limpides que de l'eau de source.

Le violoniste joua une longue note aiguë. Le garçon, les poings le long de son corps, prit une grande inspiration, ouvrit la bouche et chanta. Sa voix de contre-ténor résonna entre les murs. Plus personne ne parlait. Tout le monde s'était tourné vers lui. Son chant pur et lisse coupa le souffle à Elsie. Toute sa vie, elle avait entendu cet air de Noël, elle l'avait chanté elle-même, mais jamais *Douce nuit* n'avait sonné ainsi.

« Dans les cieux, l'astre luit... »

Les violons disparurent, mais sa voix demeura.

« Seul le chancelier toujours combattant, protège l'Allemagne de jour comme de nuit... »

Avant la fin de son chant, les serveurs commencèrent à apporter les plats. La porcelaine et les verres claquaient sur leurs plateaux, pendant qu'ils versaient du vin couleur rubis aux invités. Les conversations reprirent. Une femme rit trop fort.

« Veillant toujours sur nous... veillant toujours sur nous... »

Elsie ferma les yeux.

— Du vin ? demanda un serveur derrière elle.

« Douce nuit, sainte nuit... »

La voix du garçonnet ne vacilla pas un instant. Jamais elle ne perdit sa note parfaite.

Une boule grossit dans la gorge d'Elsie, charriant des émotions qu'elle avait essayé de réprimer plus tôt.

— Il a une voix merveilleuse, remarqua Josef.

Elsie hocha la tête, retenant ses larmes.

— D'où vient-il ?

— Il chante à l'arrivée des détenus à Dachau, expliqua Josef. Le Sturmscharführer Wicker l'a entendu et il l'a fait chanter à plusieurs de ses fêtes. Tout le monde l'apprécie. Il a une voix unique, envoûtante, si vous passez outre ses origines.

— *Ja*, unique, concéda Elsie, se reprenant.

« Il nous apporte grandeur, bonheur et santé. Oh, donne aux Allemands le pouvoir », termina le garçon.

Le violoniste s'avança vers le micro.

— Je cite notre Führer : « Toute nature est un combat gigantesque entre la force et la faiblesse, une victoire éternelle des forts sur les faibles. »

Il claqua ses talons et resserra le nœud de sa cravate.

— *Guten Appetit.*

L'assemblée plongea dans une cacophonie de bruits de vaisselle et de discussions. Le violoniste commença un nouveau morceau, sur lequel l'enfant chanta également, mais Elsie l'entendit à peine car il était noyé par le vacarme ambiant.

— Est-il juif ? demanda-t-elle à Josef.

— Sa mère était une chanteuse juive et son père, un compositeur polonais. La musique coule dans son sang.

Josef coupa un *Brötchen* en deux et étala du beurre sur chaque moitié.

— Julius, mon neveu, chante aussi. Selon Hazel, il est vraiment doué.

— Il faudra qu'on lui demande de chanter pour nous.

Il posa une des tartines sur l'assiette d'Elsie.

— Ce soir, c'est la dernière fois que ce garçon se produit. Il retourne au camp demain. Avec ce qui se passe dans les Ardennes…

Il mordit dans son pain.

— Je suis désolé. Ce n'est pas un sujet à aborder à une fête de *Weihnachten*.

Elle avait entendu parler pour la première fois des camps, quelques années plus tôt, quand les Grün, une famille de commerçants qui vendaient les meilleurs savons et shampooings de la région, avaient disparu en pleine nuit. Elsie allait dans leur boutique au moins une fois par mois. Leur fils, Isaac, plus jeune qu'elle de deux ans, était le garçon le plus beau de la ville. Il lui avait adressé un clin d'œil, une fois où elle avait acheté du savon au lait et au miel. Secrètement, elle avait pensé à lui, alors qu'elle était allongée dans son bain chaud, la vapeur s'élevant autour d'elle comme un voile de senteurs. Le souvenir l'embarrassait désormais. Même s'ils étaient juifs, on les aimait beaucoup dans la communauté. Un jour, le mot *Juden* avait été peint sur leur vitrine et le lendemain ils n'étaient plus là.

Une semaine plus tard, alors qu'elle faisait la queue dans la boucherie, elle entendit la femme du cordonnier dire à l'oreille du boucher que les Grün avaient été envoyés dans le camp de Dachau où on les aspergeait d'hydroxyde de sodium comme du bétail et où ils n'avaient pas besoin de shampooing parce qu'on les rasait. L'image effraya tant Elsie qu'elle sortit du magasin en courant. Quand Mutti demanda où était l'agneau, Elsie prétendit que le boucher n'en avait pas, même si elle en avait vu une demi-douzaine pendus dans la vitrine. Elle ne parla jamais à ses parents ni à qui que ce soit de ce qu'elle avait entendu et ne posa aucune question au sujet des Grün. Personne ne parlait d'eux. Et même si la femme du cordonnier, comme les autres femmes en ville, était une championne pour colporter les ragots, Elsie décida de ne pas la croire. À présent, en revanche, elle ne pouvait faire autrement que de voir le crâne rasé du petit garçon.

Josef renifla son vin avant d'en avaler une gorgée.

—Il y a autre chose dont je voudrais discuter, annonça-t-il en glissant la main dans son uniforme pour en sortir une petite boîte. Quand je l'ai vue, j'ai su que c'était un signe.

Il ouvrit le couvercle, révélant une bague de fiançailles en or constellée de rubis et de diamants.

—Je pense que nous serons très heureux ensemble.

Sans attendre de réponse, il la passa au doigt de la jeune fille.

Les serveurs les interrompirent, plaçant de grands plateaux entre les candélabres. Le groin d'un cochon grillé nargua Elsie, avec ses yeux vitreux et ses oreilles croustillantes dressées comme à l'écoute. Des pommes de terre à la crème entouraient la bête, ainsi que des petites saucisses à l'arrière, telle une queue spectrale. Même si Elsie avait rarement vu autant de nourriture de sa vie, son estomac se retourna de dégoût.

—Accepteriez-vous de devenir ma femme ?

Un bourdonnement résonna dans sa tête. Josef avait pratiquement deux fois son âge, c'était un ami de son père. Elle l'aimait comme un oncle, un grand frère peut-être, pas comme un mari. Les regards en coin des convives nazis semblaient la presser comme un casse-noix. Josef attendit, patient et confiant. L'avait-il toujours considérée ainsi ? Était-elle tellement naïve qu'elle n'avait jamais repéré les signes ?

Les pierres précieuses jetaient des reflets rouge sang dans la flamme des bougies.

Elsie cacha ses mains sous la table.

— C'est trop, lâcha-t-elle.

Josef planta sa fourchette dans le ventre du cochon, découpant des tranches de viande juteuses. Il prit l'assiette d'Elsie pour la servir aussi.

— Je sais, je n'aurais pas dû vous faire ma demande ce soir, avec tout ce qui se passe. Mais je n'ai pas pu m'en empêcher.

Il rit et lui embrassa la joue.

— Quelle superbe fête de Noël !

Elsie se concentra sur la nourriture devant elle pour oublier la bague. Mais le porc était si gras qu'elle n'avait pas besoin de mâcher. La couenne glissait dans sa gorge. Les pommes de terre étaient grises et pâteuses, les saucisses farineuses et pas assez cuites. Elle fit descendre le tout avec du vin rouge, retrouvant l'impression qu'elle avait eue à sa première communion. L'acide lui brûla le gosier. Du pain. Elle mordit dans son *Brötchen* beurré, savourant le goût familier et réconfortant.

Elle ne parla pas de tout le repas. À la fin du plat principal, le récital du garçon s'acheva. Le quatuor revint sur l'estrade après la pause, pour attendre le dessert et la danse. Elsie regarda, au-delà des convives attablés, la garde SS emmener l'enfant à la voix d'or vers une porte de service.

— Ce garçon, il doit vraiment repartir là-bas ? demanda-t-elle, en se tournant vers Josef.

Les candélabres en argent illuminaient la cavité vide du porc et les uniformes nazis.

Une fourchette de *spätzle* devant la bouche, Josef la regarda.

— C'est un juif, répondit-il.

Il engloutit les nouilles de pomme de terre avant que le serveur lui retire son assiette.

— Il n'est qu'à moitié juif, riposta Elsie, l'air de rien. Et sa voix... ce n'est pas à eux qu'elle appartient, ajouta-t-elle en haussant les épaules.

— Un juif est un juif.

Josef lui prit la main, tâtant la bague à son doigt.

— Vous êtes trop sentimentale. Oubliez cela. Ce soir, nous faisons la fête.

De la chaleur s'élevait des bougies en reflets ondulés. Les tempes d'Elsie se mirent à battre. Le bourdonnement dans sa tête redoubla.

— Josef, voulez-vous bien m'excuser ?

Elle repoussa sa chaise et se leva.

— Tout va bien ?

— S'il vous plaît, ne faites pas attention. J'ai besoin d'un instant pour...

— Oh. Les toilettes sont en bas du couloir, à droite. Ne vous perdez pas ou j'envoie la Gestapo vous retrouver !

Il rit.

Elsie déglutit, dessinant sur ses lèvres un sourire forcé. Elle avança doucement dans la salle illuminée, mais accéléra le pas quand elle fut seule dans le couloir sombre. Elle passa à côté des toilettes et ouvrit la double porte qui donnait sur la ruelle de derrière.

4

Boulangerie allemande d'Elsie
2032, Trawood Drive
El Paso, Texas

5 novembre 2007

Le portable de Reba vibra.

— Excusez-moi.

Elle lut le texto :

Je dois m'occuper d'un camion rempli de clandestins. Rentrerai tard.

Elle laissa échapper un soupir et jeta son téléphone dans son sac.

— Un souci ? demanda Jane.

— Non, juste une nouvelle soirée seule avec un plat à emporter en perspective. Ça ne va pas me changer.

— Je comprends, mon cœur, compatit Jane en pianotant sur la table. Votre petit ami ?

— Pas exactement.

Reba fit semblant de chercher quelque chose dans son sac à main avant de le refermer.

— Allons, on est entre filles, insista Jane en faisant mine de se sceller la bouche avec une clé.

Reba réfléchit. Encore une fois, Jane jouait avec la ligne qui séparait la journaliste de son sujet. Ou plutôt, elle la poussait carrément. Ce n'était pas professionnel de se livrer sur ses relations. Son travail consistait à faire parler les personnes interviewées de leur intimité. Ensuite, elle écrivait un article et le magazine le publiait pour le grand public. Elle était connue pour ses portraits. Elle pouvait convaincre absolument n'importe qui de lui confier ses pensées les plus secrètes, mais sa vie à elle devait rester privée. Et elle avait bien l'intention de s'y tenir. Elle venait de rencontrer cette femme, Jane était une parfaite inconnue. Oui, c'était complètement déplacé.

Mais il y avait quelque chose chez elle, une douce intensité, qui lui donnait l'impression, justifiée ou non, qu'elle pouvait lui faire confiance. Et il fallait bien le dire, Reba n'avait pas beaucoup d'amis à El Paso, elle ne se fiait pas à grand monde. Elle avait été trop souvent trompée par des gens qui disaient une chose et faisaient le contraire. Trop de mensonges. Comment leur jeter la pierre ? Elle aussi mentait, tous les jours. Des petits et des gros mensonges. Et elle se mentait à elle-même. Elle voulait croire qu'elle n'avait pas besoin d'être avec quelqu'un. Qu'elle était indépendante, autonome, libre. Riki était le seul ici auquel elle avait bien voulu s'ouvrir et seulement dans des limites bien définies. Mais, depuis quelque temps, même avec lui, ça se corsait. Elle ressentait une solitude lancinante et, avec elle, le vide familier qui avait autrefois menacé de l'engloutir tout entière. Deedee, sa grande sœur, lui manquait, et sa mère aussi. La famille. C'était précisément pour les fuir qu'elle avait parcouru des milliers de kilomètres.

Dans le calme des nuits d'El Paso, quand Riki travaillait tard, la solitude la rongeait parfois comme quand elle était enfant. Alors, elle se servait un verre de vin, ouvrait la fenêtre de la cuisine et laissait la brise chaude du désert chatouiller les rideaux en lin. Cela lui rappelait son dernier dimanche d'août à Richmond. Deedee était venue chez elle avec deux bouteilles de château-morrisette. Elles avaient bu, les pieds nus sur l'herbe fraîchement tondue, des touffes vertes entre les orteils. Au moment d'ouvrir la deuxième bouteille, le vin n'était déjà plus la seule chose qui se déversait dans la nuit. Éméchées, la tête pleine de rêves illusoires, elles oublièrent leurs larmes de petites filles et dépeignirent un avenir chimérique jusqu'à ce que les lucioles éteignent leurs lumières. Et pour une fois, elles comprirent pourquoi leur père avalait le bourbon comme de la limonade. Ça faisait du bien de faire comme si le monde était merveilleux ; avaler les peurs, engloutir les souvenirs, baisser la garde et profiter, ne serait-ce que l'espace de quelques heures.

Reba se frotta le front.

— C'est mon fiancé.

— Vraiment ! s'exclama Jane en s'adossant contre sa chaise. Où est la bague ?

Reba posa la main sur sa chaîne et sortit de sous sa chemise le solitaire qu'elle y avait mis en pendentif.

— Un diamant, commenta Jane. Pourquoi ne le portez-vous pas au doigt ?

— Il m'empêche de taper sur l'ordinateur. Trop serré, je pense.

— Vous pouvez l'agrandir, vous savez.

Reba s'empara de son dictaphone et se battit avec les boutons.

— Le mariage est pour quand ?

— On n'a pas fixé de date. On est tous les deux assez occupés…

— Quand est-ce que vous vous êtes fiancés ?

— Euh… en août, répondit Reba.

— Vous feriez bien de commencer à y réfléchir. De nos jours, ça prend du temps de tout organiser. Je peux vous montrer notre album de pièces montées de mariage pour vous donner envie…

Reba regretta d'avoir abordé le sujet et eut immédiatement recours à une stratégie journalistique : rediriger la conversation.

— Vous êtes mariée ?

Jane prit le chiffon de son épaule et l'agita comme une majorette.

— Ah, non, pas une vieille bonne femme comme moi. J'ai raté le coche.

Elle s'accouda à la table.

— Sans parler du fait que personne ne serait jamais assez bien pour maman, à moins qu'il n'ait des épaulettes. Bien sûr, elle n'a jamais rien dit de tel, mais j'ai toujours eu le sentiment qu'elle voulait que j'épouse un militaire, comme l'était mon père. Armée américaine, Luftwaffe, n'importe… Mais je ne suis pas une femme à soldat. L'uniforme et tout le tintouin, ça me rend dingue. Attention, ne vous méprenez pas, je respecte ce qu'ils font. J'ai une grande estime pour le service qu'ils rendent à la patrie et leur sacrifice. C'est une profession honorable et, chaque fois qu'une troupe revient à Fort Bliss, je vais leur porter nos petits pains et nos pâtisseries, gracieusement bien sûr. Mais je n'en veux pas dans mon lit et encore moins comme mari.

Une mèche argentée lui tomba sur les yeux, qu'elle glissa derrière son oreille.

— Je n'ai jamais ramené de garçon à la maison. Je n'en voyais pas l'intérêt.

Elle recula de nouveau sur sa chaise, pencha la tête, sans lâcher Reba du regard.

— Mais j'ai quelqu'un dans ma vie. On est ensemble depuis des années. J'étais alors une frêle petite chose avec des taches de rousseur. Il n'a jamais demandé ma main et, franchement, si on y pense, c'est bien plus méritoire de rester fidèle sans une étiquette pour le justifier. Rien pour dire « cette personne est à moi ».

Jane fixa la bague qui pendait au cou de Reba.

Reba se tortilla sur sa chaise, essayant de chasser son regard. Elle se racla la gorge.

— On est un peu pareilles. Je ne suis pas du genre à me précipiter vers l'autel.

— C'est une jolie bague.

La sonnette de la porte retentit et un homme portant un pull militaire gris entra.

— Bonjour, monsieur, vous désirez ? demanda Jane.

Elle se leva, emporta avec elle le produit à la lavande et retourna derrière sa caisse.

— Ma femme veut que je commande un gâteau, expliqua-t-il en regardant la vitrine, désespéré. C'est pour l'anniversaire de mon fils. Elle a essayé d'en faire un, mais il n'est pas monté. Sa fête est dans quelques heures, c'est pour cela que je suis venu.

Il se frotta nerveusement les mains. Un tatouage d'aigle apparut sous sa manche.

— Je serais vraiment reconnaissant de tout ce que vous pourriez faire. Elle est allemande, ma femme. Nous avons emménagé à Bliss le mois dernier et elle ne connaît personne ici. Tous ses amis et sa famille sont à Stuttgart. Elle a dit qu'elle n'avait pas réussi à trouver les bons ingrédients à Albertson et elle a jeté à la poubelle le gâteau glacé que j'ai acheté ce matin. Elle veut retrouver le goût de chez elle.

Il leva la tête vers Jane, ses yeux bleus l'implorant.

— Je veux juste qu'elle soit heureuse. Si vous avez un gâteau allemand en trop dans la cuisine…

— Je vais en parler à ma mère. Elle a un don pour faire apparaître des choses à partir de rien.

Elle partit derrière le rideau.

Reba s'attendit à entendre un cri ou des jurons, mais rien.

Jane revint au bout d'une minute.

— Pourriez-vous nous accorder deux heures ?

— La fête est à quinze heures, répondit l'homme en se détendant.

— Ce sera prêt.

— Merci infiniment ! Je vous suis vraiment très reconnaissant.

Il se tourna pour partir, mais Jane l'arrêta.

— Comment s'appelle votre fils ?

— Gabriel. Gabe.

— On mettra son prénom sur le gâteau.

— Ça fera plaisir à ma femme. À mon fils aussi. Merci encore ! Vous n'avez pas idée de ce que ça représente.

Il sortit et le vent referma la porte derrière lui.

— Ça, c'est de l'amour ! s'exclama Jane en riant. Il ferait n'importe quoi, cet homme-là, pour aider sa femme à organiser une belle fête d'anniversaire pour leur fils.

Elle griffonna le nom sur une feuille.

— Je ne me suis jamais laissé impressionner par les grandes démonstrations de romantisme. L'amour est dans les petites choses, les attentions quotidiennes, la gentillesse et le pardon.

Reba avait toujours imaginé l'amour sauvage et indompté. L'amour vrai était une flamme passionnée qui brillait de tout son éclat jusqu'à ce qu'elle se consume. Elle ne vacillait pas, ne baissait pas, affaiblie par la banalité du quotidien. Reba repensa à la façon dont Riki et elle se comportaient ces derniers temps, pesant leurs mots soigneusement, débordant de politesse écœurante, comme des acteurs qui jouaient un rôle. Elle rangea la chaîne et la bague sous son chemisier.

— Maintenant qu'on vient de recevoir cette commande, je ne suis pas sûre que maman pourra vous parler aujourd'hui. Vous pourriez revenir ?

En franchissant le seuil de la boulangerie, Reba avait été bien décidée à rassembler tout le matériel dont elle aurait besoin en une seule visite. Mais, après une heure passée ici, cela ne la dérangeait pas de revenir. En fait, l'idée lui plaisait plutôt.

— Oui, bien sûr. J'apporterai mon appareil photo la prochaine fois. Le magazine enverra un photographe, mais j'aimerais prendre quelques photos moi-même, si ça ne vous dérange pas.

Les rayons impeccables et les bonbons multicolores feraient d'excellents clichés. Elle en eut l'eau à la bouche.

— Pas de problème. D'ailleurs..., lança Jane en soulevant une vitre. Vous avez bien assez attendu, prenez donc quelque chose. Maman dit qu'on n'est jamais vraiment seul avec un strudel...

Elle s'empara d'une part recouverte d'un glaçage scintillant.

— Non, je ne peux pas, refusa Reba. Je ne mange pas de produits laitiers.

— Oh, ma pauvre. Je croyais que ça se traitait, affirma-t-elle en replaçant le strudel.

— Ce n'est pas une intolérance au lactose, précisa Reba. Je n'ai pas de problème avec le lait. Mais j'évite, c'est tout. Je faisais partie de l'association PETA[1] à l'université : le droit des animaux, « Le lait, ça craint », ce genre de chose...

— Le lait, ça craint ? répéta Jane, intriguée.

— C'était une campagne de PETA, expliqua Reba.

— Oh ! ponctua Jane en se pinçant les lèvres. Et les *Lebkuchen*, alors ? C'est la spécialité de maman. Elle utilise de l'huile d'amande, pas de beurre. C'est le secret de la famille, vous devez promettre de ne pas le révéler.

Jane n'avait manifestement pas l'intention de la laisser partir les mains vides. Reba accepta donc.

— Promis.

*

Cette nuit-là, Reba était assise seule dans la cuisine à grignoter le bout de ses *Lebkuchen*. Décorés d'amandes effilées éparpillées comme des pétales de fleur, les carrés étaient presque trop beaux pour être mangés. Mais la journée avait été longue et elle n'avait plus aucune volonté. La mélasse et la cannelle séchée collaient dans sa bouche, elle se versa un petit verre de lait pour faire glisser le tout. De la mousse se forma à la surface, dessinant des perles transparentes.

---

1. PETA, sigle de : Pour une éthique dans le traitement des animaux.

Quand elle était rentrée à la maison, elle avait posé le paquet de biscuits sur le comptoir, décidée à ne pas y toucher, mais elle fut incapable de les jeter. Leur parfum sucré embaumait la cuisine, le bureau et, par l'escalier, jusqu'à la chambre à l'étage où elle rédigeait des notes, à plat ventre sur son lit. Au bout du compte, après que le soleil avait fondu dans le désert et que la lune orange d'automne était apparue dans le ciel tel un gros gâteau, elle renonça, se sentant trop seule, et descendit se préparer un petit en-cas sucré.

Elle se demanda si elle devait en laisser un à Riki, mais il l'interrogerait alors sur sa journée et elle n'avait pas l'énergie d'expliquer qu'elle avait parlé pendant une heure à Jane sans obtenir la moindre information. Inévitablement, il demanderait de quoi elles avaient discuté et elle ne voulait pas ouvrir la boîte de Pandore. Mais elle n'arrivait pas à se sortir Jane et la boulangerie de l'esprit, ni de la bouche d'ailleurs.

Elle trempa le dernier carré dans le lait, avant de l'avaler et se délecta. Loin des yeux, loin des pensées, aussi simple que cela. Elle but tout le lait et rinça le verre pour ne laisser aucune trace.

Tout avait commencé par un petit mensonge. Elle avait fait croire qu'elle ne mangeait pas de produits laitiers. Cela faisait si longtemps maintenant qu'elle ne savait plus comment revenir en arrière.

L'université. Reba partageait une chambre avec Sasha Rose, dont les parents étaient expatriés à Singapour. Une petite jeune femme qui nourrissait une passion pour le végétarisme et l'art italien. Elle ne participait jamais aux orgies de pizzas pepperoni ou d'ailes de poulet sur les coups de minuit. Elle préférait étudier Botticelli et Titien devant un bol d'edamame ou de figues bio.

Lors d'un week-end en famille, en première année, les parents de Sasha étaient venus lui rendre visite. Sa mère avait l'air d'être sa jumelle, avec des cheveux aux mèches argentées et un accent britannique marqué.

— Comme tu m'as manqué, ma chérie ! déclara-t-elle en serrant Sasha si fort dans ses bras que Reba dut détourner le regard, gênée par cette effusion de tendresse et émue aux larmes.

Le père de Sasha, originaire de Tallahassee, était grand et mat de peau. Il affichait toujours un sourire plaisant et une humeur agréable. Son charisme irradiait tel le soleil de Floride. Sasha se dégagea de l'étreinte de sa mère pour se jeter au cou de son père. Reba suivit la scène, craignant de voir le visage de Mme Rose obscurci d'un voile de jalousie, de peur ou de ressentiment. Mais les voir s'embrasser semblait plutôt la réjouir.

— Reba, vous venez dîner avec nous ! insista M. Rose.

Elle eut un tel mouvement de recul quand il avait posé la main sur son dos qu'il sentit le besoin de nuancer.

— Enfin, si vous avez d'autres projets, bien sûr, nous comprenons tout à fait.

Elle était libre, mais la situation l'avait tant embarrassée qu'elle craignait de ne pouvoir se détendre pendant le repas.

— J'ai un examen lundi, mentit-elle, et le sourire de M. Rose s'adoucit, prouvant qu'il avait compris.

La mère de Reba et sa sœur, Deedee, avaient été retenues ce week-end-là à cause d'un problème d'emploi du temps. L'une avait une réception à son club et l'autre, son diplôme de fin d'études à préparer. Au début, Reba en avait été plutôt soulagée, mais après avoir vu Sasha avec ses parents parfaits, elle ressentit un besoin impérieux de voir sa famille, sa mère, Deedee et même son père. En vain.

— Travaillez bien, lança M. Rose.

Le trio prit congé, bras dessus, bras dessous.

Refermant derrière eux, Reba aperçut son reflet dans le miroir accroché à la porte. Ce qu'elle y vit lui parut tellement terne à côté de la resplendissante famille Rose qu'elle enfila un jogging à capuche et partit se terrer sous les couvertures tel un campagnol sous son rocher.

Elle avait toujours été mélancolique et insatisfaite de tout ce qui la concernait. Épaisse aux endroits où elle aurait dû être fine, trop plate et trop grande, elle n'avait jamais trouvé sa place auprès des pom-pom girls et des Glee Clubbers, les petites sœurs des amies de sa sœur. À seize ans, quand son père était mort, elle se priva entièrement de vie sociale pour passer ses déjeuners et ses après-midi dans la salle de journalisme silencieuse à éplucher les magazines et à examiner les photos muettes.

Durant le premier semestre de Reba à l'université, Deedee lui avait suggéré de s'inscrire à une activité qui lui permettrait de s'épanouir : yoga, danse, natation… Qu'elle reparte de zéro. Reba préféra le club de boxe, enfilant une paire de gants et s'entraînant avec son coach. Tout le monde sur le campus la connaissait d'après les photos du *Daily Cavalier*, les lèvres gonflées à cause du protège-dents, les cheveux noirs et crépus écrasés sous le casque, les gants levés et prêts au combat. Elle passa pour un ovni tout droit sorti de la famille Adams, fille d'un vétéran du Vietnam médaillé et petite-fille d'un des plus importants propriétaires d'aciéries. Deedee avait toujours été très populaire. Les joues roses, souriante, intelligente et douée, elle était déjà en faculté de droit. Alors que Reba… Reba gribouillait dans son cahier et jouait à se déguiser avec les garçons. Elle avait toujours l'impression de décevoir sa mère et sa sœur.

Alors, dans un soudain sursaut de raison, elle décida d'imiter Sasha, d'apprendre d'elle et avec un peu de chance de s'imprégner de sa sophistication. Première étape : le végétalisme. Elle fit des recherches rapides en bibliothèque sur le mode de vie et le régime à suivre. Les bases furent pénibles à adopter. Aucun produit animal, un point, c'est tout. Reba se dit qu'il serait bon qu'elle se rallie à une cause, qu'elle se batte réellement pour quelque chose, mais tout le règne animal, cela lui parut un peu beaucoup. Alors, elle choisit les vaches : pas de yaourt, pas de beurre, ni de bœuf. Chaque bol de glace refusé serait un bovin sauvé. Elle s'y tint pendant près de trois semaines.

Puis, le jour de la Saint-Valentin arriva et Sasha lui rappela qu'on arrachait les veaux aux pis de leurs mères pour produire du chocolat. Sasha et son petit ami assistèrent à une soirée « Viagra végétarien » organisée par la PETA, tandis que Reba resta chez elle.

La tristesse l'avait frappée de plein fouet ce soir-là, la rongeant de l'intérieur. « Le loup affamé », comme l'appelait son père. Vaseux d'alcool, il le leur avait décrit, à Deedee et elle, quand elles étaient enfants : comment il se faufilait derrière lui dans l'ombre de la journée et réduisait ses nuits en fragments décousus. Ensuite, il s'était versé un autre verre, sirotant, souriant et leur faisant promettre de ne pas en parler à leur mère. Elles avaient promis, tout en croisant les doigts derrière le dos. De toute façon, ça ne changeait rien.

— Des histoires de croque-mitaine, rien de plus, avait conclu leur mère, balayant le sujet du revers de la main. Vous savez bien qu'on ne peut pas le prendre au sérieux quand il est dans cet état-là. Maintenant, filez au lit et faites de beaux rêves, mes amours.

Après la mort de leur père, Reba avait découvert son dossier médical, alors qu'elle aidait à nettoyer son bureau. Il avait subi des traitements par électrochocs pendant des années pour soigner une dépression sévère et, jusqu'à la semaine de son décès, il avait consulté tous les jeudis un psychiatre de l'université de médecine de Virginie. Le docteur Henry Friedel indiquait que son père avait souffert de tristesse chronique, d'anxiété, de sentiment de désespoir. Crises de boulimie suivies de périodes sans appétit, insomnies, incapacité à prendre des décisions, culpabilité non résolue, changements d'humeur extrêmes et sens de la réalité altéré. En lisant la liste de ses symptômes, elle avait tremblé : ils auraient pu être les siens. Le docteur Friedel expliquait ensuite que tous ses symptômes préexistants avaient été cachés aux officiers de l'armée chargés du recrutement, puis exacerbés par les combats.

Dans le dossier, elle trouva une série de notes rédigées à la main au cours des séances de son père. Alors qu'elle les soulevait du carton, une page s'échappa du classeur et tomba à terre. Bien que cela concernât la vie privée de son père, la curiosité l'emporta.

28 février 1985

En plus des plaintes précédentes du patient et du traitement clinique mentionné plus haut, M. Adams continue de souffrir d'insomnies dues à des terreurs nocturnes et se réveille avec des images de ses activités lors de son service au Vietnam. Au cours des séances, il se concentre toujours sur la femme du district de Sõn Tinh et de sa fille adolescente qu'il prétend avoir violée sous l'influence de produits psychotropes, qu'il avait obtenus de façon illégale auprès d'habitants de la région. M. Adams affirme qu'il a vu plus tard un loup noir en train de dévorer les restes des deux femmes. (Je n'ai pas encore établi si le loup est une expérience réelle ou, plus probablement, représente la manifestation de sa culpabilité.) L'attention du patient se fixe sur l'insigne de la compagnie gravé dans la poitrine nue des victimes. M. Adams n'arrive pas à se rappeler si ces actes de mutilation ont été perpétrés par lui ou par ses camarades. Il ne peut pas non plus expliquer s'il a joué un rôle dans leur mort. Cependant, l'aspect délibéré de cet épisode reste le centre de nos discussions et alimente son anxiété, sa culpabilité, ses changements d'humeur drastiques et l'autophobie qui en résulte. Il oscille entre rationalisation et autoaccusation.

Aujourd'hui encore, M. Adams a décrit en détail les ordres de ses supérieurs d'attaquer et de tuer tous les Viêtcongs dans les petits villages. Quand on l'interroge sur ce qu'il ressent au sujet des meurtres de civils, hommes, femmes, enfants, M. Adams déclare : « Ils disaient qu'on devait les éradiquer pour toujours. On suivait les ordres. J'essayais d'être un bon soldat. Je ne voulais pas me trouver là, je voulais être chez moi auprès de ma famille. » Quand on lui demande si le viol lui a été ordonné par ses supérieurs hiérarchiques, M. Adams devient extrêmement émotif et désordonné et réclame une dose d'anxiolytique. La séance s'est achevée tôt. Je lui ai prescrit du lorazépam `et fixé une consultation supplémentaire le mardi 5 mars.`

Reba rangea vite la page dans le classeur et regretta sur-le-champ de ne pas pouvoir revenir en arrière, de ne pas avoir ramassé la feuille les yeux fermés. Elle ne voulait pas connaître les secrets de son père. Elle avait remis le dossier dans le carton qu'elle avait refermé avec du gros scotch, espérant ensevelir le passé et enterrer le loup de son père pour toujours.

Mais, seule dans sa chambre ce soir de Saint-Valentin, elle entendait son hurlement solitaire résonner en elle. Elle se rendit alors à la supérette du campus et s'acheta un litre de lait et la plus grande boîte de chocolats du rayon.

—Il a de la chance, celui que vous avez choisi, commenta la caissière.

Elle sourit.

—Eh oui.

Elle rentra chez elle et mangea toute la boîte à elle seule, réconfortée par le chocolat à la cerise et l'idée que la caissière la pensait en galante compagnie. Elle but le lait directement au goulot. Fruit défendu, il lui sembla encore meilleur.

Plus tard, quand la bouteille commença à sentir le moisi dans leur poubelle, Sasha demanda d'où venait l'odeur.

—Du lait de soja, répondit Reba. Je pense qu'il était gâté dès le départ.

Après l'avoir observée un instant, Sasha haussa les épaules.

— Ça m'est déjà arrivé. Achète du bio la prochaine fois, il est toujours bon.

Voilà comment ça avait commencé. Un caprice. Pourtant, dix ans plus tard, Reba mentait toujours. Mais ses mensonges ne se limitaient plus à une bouteille de lait. Ils se propageaient telle de la moisissure et s'étendaient à toutes les parties de sa vie, pourrissant tous ses efforts.

Le mensonge semblait pourtant la voie la plus simple vers la réinvention. Elle pouvait ainsi oublier sa famille et son enfance : la joie hystérique de son père, suivie par de longues périodes de découragement, son haleine saturée de whisky lors de la prière du soir ; les heures qu'elle avait passées cachée dans l'armoire, la nuit, le visage chatouillé par les ourlets des robes, le corps de son père étendu sur le sol, la brûlure de la corde sur son cou, le cri des sirènes et les pleurs de sa mère, la colère et la culpabilité ressenties sur sa tombe parce qu'il avait choisi la facilité, parce qu'il les avait abandonnées.

Elle n'avait plus besoin d'être cette Reba. Il suffisait d'une histoire et sa famille devenait aussi parfaite que maman aimait le faire croire. Papa était un héros du Vietnam, pas l'homme hanté qui arbore un sourire comme on porte une cravate colorée jusqu'à ce que le nœud se mette à vous étouffer.

Elle n'avait jamais compris pourquoi sa mère lui trouvait tant d'excuses. Si elle avait reconnu sa maladie devant ses filles, peut-être qu'elles auraient pu l'aider, l'empêcher de se faire du mal. Peut-être que toutes les trois auraient pu l'aimer assez pour le guérir. Mais chaque fois que Reba essayait de trouver un coupable, elle se souvenait de la voix enragée de son père, des pleurs étouffés de sa mère, du verre brisé et de l'odeur des pancakes aux noix de pécan le matin. Sa mère préparait toujours des pancakes aux noix de pécan les lendemains de nuit agitée. Ils couvraient l'odeur du bourbon répandu sur le plancher. Écœurées, Deedee et elle en mangeaient des dizaines, pour faire plaisir, comme s'il s'agissait de leur dernier repas. Maman jouait la comédie pour les mêmes raisons que Reba : c'était agréable de croire les mensonges. La seule chose dont Reba était persuadée, c'était que maman aimait papa. L'amour rendait aveugle. Cela terrifiait Reba qu'on puisse devenir à ce point handicapé.

En grandissant, son désir d'échapper à la réalité s'accrut. Parfois, dans les aéroports, les gares, ou tout autre endroit de passage où elle ne reverrait plus jamais les gens qu'elle croisait, Reba se faisait passer pour quelqu'un d'autre, et ce qui l'effrayait, c'était qu'elle en arrivait à croire ses propres inventions.

Un jour, dans un train qui reliait Richmond à Washington, elle entama une discussion avec un homme d'affaires assis à côté d'elle, en se présentant comme une championne olympique de skate-board partie retrouver son équipe dans la capitale. L'homme lui offrit son repas, il se sentait honoré de dîner avec une athlète d'un tel niveau. Au moment de se séparer, une vague de scrupules la balaya. Elle vomit son steak dans les toilettes et pria pour n'être pas gravement malade : schizophrène, mythomane et bipolaire comme son père.

Partir vers l'ouest fut la solution qu'elle trouva, un nouveau départ. Elle pourrait enfin être elle-même. Mais elle n'était plus très sûre de qui elle était vraiment. Sa première rencontre avec Riki avait été une nouvelle performance d'actrice : la journaliste fougueuse qui saute dans le lit après quelques rendez-vous seulement en prétendant croire au coup de foudre. En fait, elle voulait juste s'en persuader. Elle avait espéré qu'en parlant d'amour elle échapperait à ses démons. Comme ce ne fut pas le cas, elle se mit à se demander si l'amour suffisait.

C'était pour cette raison qu'elle ne portait pas la bague de fiançailles. Si elle épousait Riki, elle avait deux choix : devenir ses mensonges pour toujours, ou exposer sa vraie nature au risque de le perdre. Elle aurait tant aimé qu'il puisse la connaître sans qu'elle ait à expliquer son passé. Avant de pouvoir se marier, elle devait découvrir où commençait la vérité et où s'arrêtaient ses mensonges.

Des phares éclairèrent la cuisine et quelques minutes plus tard, la porte d'entrée s'ouvrit.

— Reba ? appela Riki.

— Je suis ici.

Il entra et appuya sur l'interrupteur.

— Pourquoi restes-tu assise dans le noir ?

La lumière agressa les yeux de Reba.

— Je n'étais pas dans le noir, le four est allumé.

— Le noir partiel, concéda Riki, en sortant des pièces et des chewing-gums de ses poches qu'il posa dans le bol sur la table. Ne te transforme pas en vampire, d'accord ?

Il l'embrassa sur le haut de la tête, retira sa veste de policier et s'assit.

— Longue journée ? demanda-t-elle, connaissant déjà la réponse d'après les cernes sous ses yeux.

— On a attrapé une famille qui vivait dans sa voiture sur le parking de Walmart. Plutôt triste. On les ramène au Mexique demain. Le plus jeune enfant est un bébé. Il est resté dans sa couche sale je ne sais combien de temps.

Riki se frotta le menton.

— Ça me rend malade. Le père essayait juste d'offrir une vie meilleure à sa famille…

À force d'entendre tous les jours des histoires similaires sur les immigrants clandestins, Reba ne ressentait plus aucune compassion. Alors qu'en général Riki défendait le point de vue des États-Unis, il se mettait désormais de plus en plus à la place des Mexicains. Elle ne comprenait plus pour qui il voulait qu'elle ait de la peine. Du coup, elle en restait aux principes de base.

— Ne te donne pas le mauvais rôle. Comme tu me l'as toujours dit, il faut respecter les lois. Si on ne le fait pas, on doit en subir les conséquences.

Elle avala une miette de biscuit qui s'était coincée dans une molaire.

— Je suis passée chez Rudy après mon interview, pour prendre un plat à emporter. Je t'en ai laissé si tu as faim.

— C'était comment ?

— Chez Rudy ? demanda-t-elle, espérant qu'il n'insisterait pas. Tu sais que j'adore leur dinde fumée.

Elle se leva et partit vers le réfrigérateur.

— Non, le portrait que tu es en train d'écrire, mademoiselle *Sun City*.

— Bien. Mais je dois y retourner. Tu es sûr que tu ne veux pas manger ?

Elle prit le carton sur l'étagère.

— J'ai déjà mangé. Pourquoi tu dois y retourner ? Elle t'a rembarrée ?

Reba haussa les épaules.

— Je vais réussir à obtenir ce dont j'ai besoin pour mon article. Mais, maintenant, ce que je veux vraiment...

Elle lui prit la main et la posa sur sa taille.

— C'est arrêter de parler. Je n'ai fait que ça de la journée.

Elle savait comment changer de sujet pour de bon.

— Tes désirs sont des ordres !

Sa respiration s'accéléra et elle l'entraîna à l'étage. Ça, au moins, elle ne le feignait pas et elle espérait que Riki pouvait en ressentir toute la vérité.

5

Soirée nazie de Weihnachten
19, Gernackerstrasse

24 décembre 1944

Il avait commencé à neiger. Des milliers de flocons irisés tombaient sur le sol. Elsie leva la tête et laissa les petites touffes spongieuses se poser sur son visage. Le froid lui éclaircit l'esprit et même si elle grelottait, elle restait dans la ruelle en silence, regardant le monde se transformer en mascarade de conte de fées. Les rues sales se couvraient de blanc. Les arbres sombres se chargeaient de cristal. Les voitures garées étaient déjà devenues des montagnes de sucre. Elle aimait la neige fraîche, cela changeait tout.

Le vent s'engouffra sous sa robe, engourdit ses jambes et parcourut son dos de frissons. Elle s'entoura le corps de ses bras. La bague de Josef à son doigt était glacée. Elle la retira et frotta le métal dans ses mains. C'était une ravissante bague qui lui avait été offerte par un homme bon, mais elle ne ressentait pas grand-chose pour un moment si important. Elle la tourna : rubis et diamants, rouges et blancs. Pourquoi cela ne pouvait-il pas simplement être un autre cadeau de Noël ? Comme la robe et le champagne.

Elle s'apprêtait à la remettre à son doigt quand elle remarqua quelque chose. Une rayure ? Non, trop précis et soigné. Elle dirigea l'anneau vers la lumière de la fenêtre. Presque intacte, une inscription. En hébreu.

Une vague de chaleur s'empara de son corps et sa peau se couvrit de sueurs froides. Elle savait que la Gestapo confisquait aux juifs tous leurs biens de valeur, mais elle n'avait jamais réfléchi à ce qu'ils devenaient. Comme leurs propriétaires, ils s'évanouissaient tout simplement dans la nature.

La neige redoubla d'intensité. Les flocons avaient perdu leur légèreté, ils tombaient désormais alourdis d'un cœur de glace. Le vent lui piquait les yeux. Elle les plissa pour examiner clairement l'anneau. C'était la bague de fiançailles de quelqu'un d'autre. Elle se demanda si son poids manquait à un doigt inconnu.

Elsie se rapprocha d'un cageot protégé par une couverture sous le balcon et respira l'air glacé jusqu'à ce que les battements de son cœur se calment.

— Qu'est-ce que vous faites ici ? demanda Kremer en poussant la porte de derrière.

Elsie enfila la bague.

— La chaleur à l'intérieur... je suppose que je ne supporte pas le champagne. Je vais bien, maintenant.

Elle avança vers l'entrée, mais il l'arrêta.

— Regardez-vous, vous tremblez. Combien de temps êtes-vous restée dehors ?

Il lui frotta les bras de ses doigts calleux.

— Il vaudrait mieux que je rentre.

— Vous avez besoin qu'on vous réchauffe...

Avant qu'elle puisse se dégager, Kremer l'enveloppa dans son manteau. Les relents de vin rouge et de saucisse que dégageait son haleine lui agressèrent le nez.

— Capitaine Kremer, s'il vous plaît.

Elsie essaya de se débattre, mais ses bras gelés pesaient des tonnes.

— Vous avez l'odeur de la boulangerie, dit-il en se penchant vers elle. Est-ce que vous en avez aussi le goût ?

Il lui embrassa le cou.

— Arrêtez ! Lâchez-moi ! cria-t-elle.

Kremer posa une main sur la bouche de la jeune fille.

— Si vous faites encore un bruit..., gronda-t-il dans son oreille en déboutonnant son holster. Les officiers ont eu l'ordre d'abattre toutes les espionnes qui tenteraient de les séduire.

La tenant fermement, il releva rapidement sa robe et glissa une main le long de sa cuisse.

— Sale porc ! Comment osez-vous ?

Elle lui donna un coup de pied et s'écarta.

— Je ne suis pas une espionne !

Elle lui cracha au visage.

Il la gifla avec une force qui la fit tourner sur elle-même.

— Une jolie Fräulein avec un si mauvais caractère !

Il la poussa contre le cageot et lui maintint les deux bras au-dessus de la tête.

— Je ne veux pas vous faire de mal.

Il se dépêchait d'ouvrir la boucle de sa ceinture.

— Espèce de bête. Je vais le dire à Josef !

— Vous croyez qu'il voudra toujours de vous, quand il aura découvert que vous m'avez séduit ?

Il souleva le tissu de sa robe et baissa son pantalon.

— Pendant une nuit sacrée, par-dessus le marché !

— Je vous en prie ! paniqua Elsie. Je n'ai jamais...

Les cuisses de l'officier étaient chaudes et rugueuses. Le frottement de son uniforme rêche sur les perles de sa robe irrita sa peau en dessous.

— Quelle version pensez-vous qu'ils vont croire, hein ? Celle d'une concubine immorale ou d'un officier du Reich ?

— Mon Dieu, s'il vous plaît !

Kremer lui emprisonna les mains et cala solidement ses pieds.

Soudain, un hurlement suraigu retentit, une seule note qui déchira l'air telle une sirène. Et, à sa grande surprise, Kremer la lâcha. Elle tomba à terre. Du cristal délicat parsemait les empreintes sales de l'officier.

Le cri continua.

Kremer s'empara de son arme tout en remontant son pantalon. Il visa vers la droite et la gauche, cherchant la source du bruit. Le cageot en bois derrière eux. Il souleva la bâche.

Le garçonnet juif était assis à l'intérieur, une couverture sur la tête, parfaite figurine de crèche. Le son sortait de sa bouche.

— Silence ! ordonna Kremer en frappant le canon de son arme sur les lattes de bois.

La note ne faiblit pas.

— Démon juif ! cria-t-il en armant son pistolet.

Elsie se sauva vers les portes de la salle et rencontra Josef qui sortait.

— Elsie ! s'écria-t-il. Que se passe-t-il ?

Kremer se tenait le bras tendu, menaçant le garçonnet.

Elsie cacha son visage dans l'épaule de Josef.

— Günther, arrête ça ! ordonna Josef.

Le garçon se tut.

— C'est un juif, pourquoi perdrions-nous notre temps à le ramener au camp ? demanda Kremer en appuyant son index sur la détente.

Josef lui frappa le bras et la balle s'enfonça dans la neige.

— Ce n'est pas à toi de le faire ! tempêta Josef.

C'était la première fois qu'Elsie le voyait en colère. Elle trembla de tout son corps devant tant de férocité.

Josef ramassa le pistolet et vida le barillet. Des balles tombèrent sans bruit dans la neige. Il plaça le canon sur la tempe de Kremer. Aucun des deux ne parla.

Le tissu mouillé se solidifiait sur le corps d'Elsie. Un cocon de glace. Elle avait un goût de fer dans la bouche. Elle porta un doigt à ses lèvres. Quand elle le regarda, il était rouge. Elle s'était coupé l'intérieur de la lèvre. Elle suça le sang chaud pour l'arrêter.

La couverture qui protégeait le garçon tomba, exposant son crâne pâle et ses joues baignées de larmes. Son menton trembla, lui rappelant la seule fois où elle avait vu son neveu, Julius. Après sa naissance, ils avaient rendu visite à Hazel à Steinhöring. Dans son berceau, Julius pleurait pour qu'on le nourrisse. Il était si menu et fragile que ses larmes paraissaient trop grandes. Pour le petit garçon juif, c'était pareil. Elsie voulait le prendre dans ses bras et le consoler.

— Josef. Mon ami ! s'écria Kremer.

Josef pressa le métal sur sa peau.

— « Et alors, elle appellera devant son jugement tous ceux qui aujourd'hui, possèdent le pouvoir, piétinent la justice et la loi… »

Il appuya sur sa tempe le canon encore plus fort et continua, exalté :

— « … qui ont conduit nos hommes dans la misère et la ruine et qui, au mépris du bien de notre patrie, ont préféré leur propre ego à la vie de la communauté. »

Il recula, laissant une marque profonde sur le front de Kremer.

Josef se reprit.

— Cela te ferait du bien de comprendre notre mission !

Il rendit l'arme vide à l'officier, se racla la gorge et réajusta les manches de son uniforme pour qu'elles soient parfaitement alignées.

— Le dessert est servi.

Il prit Elsie par le bras et ouvrit la porte, libérant dans l'allée un air de violons festifs.

— Viens, Günther.

Kremer obéit et les suivit.

Le garçon dans la cage restait parfaitement silencieux. Elsie voulait regarder une dernière fois par-dessus son épaule, mais n'en fit rien, de peur de se transformer en statue de sel.

6

Boulangerie allemande d'Elsie
2032, Trawood Drive
El Paso, Texas

10 novembre 2007

La boulangerie avait été débordée tout le reste de la semaine à cause d'un mariage le vendredi. Reba revint donc le samedi, décidée à obtenir son histoire et, pourquoi pas, encore quelques *Lebkuchen*.

Quand la cloche au-dessus de la porte retentit, Jane se détourna du plateau de pains chauds.

— Eh, regardez qui voilà ! Ça me fait plaisir de vous voir.

Elle fit le tour de la caisse et prit Reba dans ses bras.

Raide sous l'effet de surprise, Reba se détendit vite dans son étreinte. Le parfum de Jane, chèvrefeuille et santal, lui rappela les étés de son enfance au bord de la mer. Avec Deedee, elles avaient passé des journées entières à sucer des tiges de fleurs et à construire des châteaux sur les dunes.

— À moi aussi, rétorqua-t-elle en reculant, pressée de se débarrasser de sa nostalgie.

Elle n'avait répondu à aucun des appels de Deedee depuis la demande en mariage de Riki. Chaque fois que sa sœur téléphonait, Reba se convainquait que ce n'était pas le moment, qu'elle était trop occupée pour discuter, qu'elle la rappellerait. Mais elle ne l'avait jamais fait. Les semaines se succédaient et il s'était passé tant de choses que le seul fait de parler de tout lui parut insurmontable. Trop à dire pour une seule conversation. Je lui enverrai un e-mail demain, se promettait-elle tous les jours.

— Vous avez été très occupée ? demanda-t-elle à Jane.

— Ouaip. Un petit gars qu'on a connu en couches-culottes vient de convoler en justes noces avec une fille de Cruces. On fait des gâteaux de mariage sensationnels. Donnez-nous la date du vôtre et il sera prêt, lança Jane avec un clin d'œil.

— Il sera rassis d'ici à ce que je trouve le temps de me libérer.

— On mettra une double couche de fondant et on le gardera sous vide. L'intérieur restera léger comme une plume. Une de nos clientes a gardé une part dans son réfrigérateur, même pas le congélateur, jusqu'à son troisième anniversaire de mariage et elle a dit qu'il était aussi bon que le jour de la cérémonie ! Et je ne vous raconte pas des craques.

Reba éclata de rire et se détendit.

— Je suis sûre qu'ils ont souffert d'atroces douleurs au ventre, ce soir-là.

— Peut-être, mais au moins ils ne sont pas allés au lit le ventre vide, rétorqua Jane en se tournant vers la cuisine. Maman ! Reba du *Sun City* est là pour l'interview.

Un Mexicain s'installa à une table avec un roulé au chocolat et une tasse de café au lait.

— Voici Sergio, présenta Jane. Un habitué.

Sergio salua d'un petit signe de la tête.

— Un peu plus de sucre, mon cœur ?

— Je suis déjà entouré de toute la douceur du monde, répondit-il avec un accent espagnol chantant.

Le courant qui passait entre eux n'échappa pas à Reba.

— Ça fait longtemps qu'il vient ici ? demanda Reba en s'asseyant.

— Hmm, depuis quand tu viens manger mes roulés, Serg ?

— Depuis que tu as commencé à compter les petits sous de ta maman, dit-il en trempant son gâteau dans son café.

— Il n'y a pas plus fidèle comme homme, commenta Jane.

Reba se sentit un peu gênée par cet échange.

— Depuis mes dix-neuf ans, continua Jane. Je me souviens de la première fois où il a passé cette porte. Il ne parlait pas un mot d'anglais, encore moins l'allemand. Il m'a montré une pâtisserie du doigt et m'a tendu des pièces, la moitié en pesos.

Elle se donna une petite tape sur la cuisse.

— Ça remonte à loin alors, remarqua Reba. Je ne crois pas connaître quelqu'un en dehors de ma famille depuis si longtemps.

— Le temps vous emporte comme une tornade. Vous êtes encore jeune, vous verrez.

Son regard se posa un instant sur Sergio, avant de revenir sur Reba.

— Maman va arriver d'ici une minute.

En allant à la cuisine, elle s'arrêta pour donner une serviette en papier à Sergio. Même s'il n'avait rien demandé, il s'en empara avec un sourire et s'essuya la bouche.

Reba organisa ses affaires : bloc-notes, stylo, dictaphone. Alors qu'elle patientait, elle essayait d'imaginer la jeune fille de la photo environ soixante années plus tard.

Soudain, elle vit Elsie dans l'embrasure de la porte. Ses cheveux de neige étaient coupés court, les côtés retenus par des pinces marron. Bien ronde au niveau des hanches, elle avait une taille fine et portait un pantalon kaki très moderne avec une chemise couleur crème aux manches retroussées. Même à soixante-dix-neuf ans, elle avait de l'allure et un air déterminé. Elle portait un plateau de petits pains aux raisins et à la cannelle qu'elle posa au milieu de la table.

— Bonjour, lança-t-elle. Je suis Elsie Meriwether.

— Reba Adams, se présenta Reba en hochant la tête.

La poignée de main de la vieille dame était ferme, mais chaleureuse.

— Ravie de faire votre connaissance. Je suis désolée de ne pas avoir pu vous recevoir la dernière fois.

Elle parlait très clairement malgré les intonations allemandes.

Elsie s'assit et approcha le plateau de Reba.

— Jane m'a dit que vous ne mangiez pas de produits laitiers, alors, je les ai préparés sans. Ils sont bons.

Reba ne voulait pas démarrer l'interview sur une fausse note.

— Merci, dit-elle en mordant dans une part. En effet, délicieux.

Elle ne mentait pas.

— *Gut,* se réjouit Elsie en croquant elle aussi un gâteau. Donc, vous vouliez me parler de la vieillesse.

Reba avala trop vite et s'étouffa légèrement.

— Non, non. J'écris un article sur Noël, dit-elle en se reprenant. Un portrait culturel sur les fêtes de fin d'année dans le monde.

— Les Allemands célèbrent Noël comme partout ailleurs. La veille de Noël, nous mangeons et buvons. Le jour même, nous recommençons. Je crois que c'est également ce que font les Américains et les Mexicains, non ? dit Elsie en fronçant les sourcils, provocante.

Reba tapota son stylo sur le carnet. Pas vraiment une phrase à citer. En tout cas, pas pour l'angle qu'elle voulait adopter dans son article.

— Ça vous dérange si j'enregistre notre discussion ? demanda-t-elle, un doigt sur le bouton de son dictaphone.

— Du moment que vous me promettez de ne pas le mettre sur Internet, répondit Elsie avec un haussement d'épaules. Je ne suis pas assez vieille pour ne pas y avoir vu toutes sortes de saletés. Rien que des seins nus et des grossièretés. Je cherchais une recette de miches à la crème et vous n'imaginez pas ce qui s'est affiché sur mon écran d'ordinateur.

Reba toussa.

— Malgré mon grand âge, je n'avais jamais rien vu de pareil.

— Maman, gronda Jane derrière la caisse. Ce n'est pas pour entendre ça que Reba est ici.

— Je ne vais pas vous dire ce qui s'est passé quand j'ai tapé roulé au chocolat fondant.

Reba baissa la tête pour dissimuler son sourire.

— Maman !

— J'explique juste à Mlle Adams que je ne veux pas qu'elle mette mes propos sur Internet.

Reba se racla la gorge.

— Promis. Pas d'Internet. Et, s'il vous plaît, appelez-moi Reba.

Reba appuya sur le bouton d'enregistrement. Il était temps qu'elle obtienne ses réponses.

— Donc, vous êtes originaire de Garmisch, en Allemagne ? Elsie, parlez-moi un peu de cette photo sur le mur.

Reba indiqua le cliché en face d'elles.

— Celle de vous, la veille de Noël.

Elsie rompit un petit pain avec ses mains.

— Ce vieux machin… Ça m'étonne que le soleil ne l'ait pas encore complètement effacé.

Ça aurait sans doute été mieux. Ça remonte à des années. J'ai quitté l'Allemagne peu de temps après.

— Vous n'y êtes jamais retournée ? demanda Reba. Votre pays ne vous manquait pas ?

Elsie la regarda droit dans les yeux.

— Les gens se languissent souvent de choses qui n'existent pas, des choses qui ont été, mais ne sont plus. Mon pays me manquera toujours parce qu'il n'est plus.

— Est-ce que vous considérez les États-Unis comme votre nouveau pays ?

— *Doch !* Le Texas est là où je suis, où ma fille vit et où mon mari est enterré, mais ce n'est pas mon pays. Je ne retrouverai plus jamais mon pays, pas dans cette vie. C'est la seule vérité.

Reba prit une profonde inspiration et s'humecta les lèvres. Il fallait qu'elle s'y prenne autrement. Ça ne s'annonçait pas aussi facile qu'elle l'avait cru.

— Pourriez-vous me décrire un Noël typique en Allemagne ?

Elle décida de se montrer directe, sans détour.

— Je ne pourrai pas, non, déclara Elsie en mâchant un autre bout de gâteau. J'ai grandi pendant la guerre, il n'y avait pas de Noël typique.

— D'accord.

Reba dessina un cercle sur une feuille. Une cible qu'elle devait atteindre.

—Et le Noël de cette année-là ? demanda-t-elle en montrant la photo. Pourriez-vous juste me parler de celui-là ?

Le regard d'Elsie se posa sur le cadre qui pendait au mur, légèrement de travers sur son clou.

7

Soirée nazie de Weihnachten
19, Gernackerstrasse

24 décembre 1944

De retour dans la salle du banquet, Elsie tremblait aux côtés de Josef.

— Tenez, mangez quelquc chose de chaud, proposa-t-il. Ça vous fera du bien.

Elle put à peine avaler une bouchée fumante du dessert, bien que ce fût son préféré, du *reisbrei*[1] à la cannelle. Elle se brûla la langue et sentit un froid glacial lui envahir la poitrine.

Josef ne lui posa aucune question sur ce qui s'était passé dans la ruelle avec Kremer et elle lui en fut reconnaissante. Elle n'aurait pas pu en parler, même si elle en mourait d'envie. Elle voulait se lever, le montrer du doigt et le dénoncer en hurlant. Mais c'était un officier de la Gestapo admiré et elle la fille d'un boulanger. Avec Hazel au Lebensborn et les ressources de sa famille qui dépendaient des bienfaits des nazis, ses responsabilités étaient bien plus importantes que son honneur. Son silence les protégeait tous. Pour l'instant.

---

1. Riz au lait.

Les serveurs débarrassèrent les assiettes. Les musiciens se lancèrent dans une nouvelle mélodie et des couples se levèrent pour danser.

— S'il vous plaît, j'aimerais rentrer, chuchota Elsie.

Elle s'empara de ses gants et les enfila sur sa nouvelle bague. Les rubis et diamants boursouflèrent le tissu qui lui dessinait si parfaitement les doigts auparavant.

Josef lui souleva gentiment le menton pour examiner son visage. Elle détourna le regard. Il lui prit la main et embrassa ses doigts.

— Bien sûr, Fräulein Schmidt.

Quelques minutes plus tard, il la conduisit hors de la salle de réception, dans le couloir argenté et jusqu'à la voiture noire, dont le moteur tournait déjà. Après un petit trajet dans la ville, ils se garèrent devant la boulangerie. Une lumière était allumée à l'étage. Sûrement Mutti qui l'attendait.

Elsie et Josef n'avaient pas échangé un mot depuis qu'ils avaient quitté la table. Méfiante après les calomnies de Kremer et toujours en état de choc, elle avait peur que Josef lui reproche cet incident et se fâche contre elle. Elle jouait avec les boutons de ses gants, trop lâches sur leur fil.

— Je suis désolée de vous avoir fait quitter la soirée si tôt.

Ce fut tout ce qu'elle put prononcer sans faire monter trop haut la panique en elle. Il fallait qu'elle reste calme. Si elle se montrait trop émotive, Josef risquerait de croire que les accusations de Kremer étaient fondées.

— Je n'aime pas veiller trop tard, moi-même, la rassura Josef en regardant par la fenêtre. Je regrette ce qui s'est passé. J'espère que vous n'avez pas été blessée.

Elsie mit un doigt sur sa lèvre. Elle ne saignait plus mais avait commencé à gonfler.

— *Nein*, lâcha-t-elle en déglutissant avec peine.

Josef poussa un soupir, la tête toujours tournée dans l'autre direction.

— Kremer est un bon officier. Il a trop bu, ce soir. Son comportement est inacceptable, affirma-t-il avant de s'éclaircir la voix. Il a fait un mariage de convenance, sans amour. Il lui arrive d'aller chercher là où il ne devrait pas.

Elsie hocha la tête, son corps raide comme une pierre.

Josef inspira profondément avant de la regarder.

— Vous ne m'avez pas encore donné de réponse, Elsie.

Cette fois, ce fut elle qui détourna les yeux, fixant la porte de la boulangerie. Elle aurait tant voulu se trouver déjà à l'intérieur, avec la pâte qui montait en silence. Il fallait qu'elle lui dise ce qu'elle ressentait. Elle n'était pas Mutti. Elle ne pouvait pas se contenter d'être une bonne épouse et elle tremblait en pensant au « mariage de convenance » de Kremer. Elle voulait bien plus que cela. Elle voulait l'effervescence qu'elle avait vue chez Myrna Loy quand William

Powell l'avait demandée en mariage dans *Une fine mouche*. « À la lune », avait dit Powell juste avant d'embrasser Loy. C'était ce qu'Elsie voulait, la lune.

Vidés, les nuages de neige flottaient bas, recouvrant le sommet du Zugspitze et les étoiles au-dessus, et baignant la vallée d'un voile hivernal sans fin.

— Je..., bredouilla-t-elle, se forçant à regarder Josef dans les yeux. Je ne peux pas...

Mais Josef l'interrompit.

— Je comprends. Votre premier bal nazi, la veille de Noël, une demande en mariage..., énuméra-t-il en lui caressant la main. Ça fait trop pour une seule nuit.

Sa peau était chaude contre son gant et elle aurait tant aimé que cela suffise à lui réchauffer tout le corps, à la faire fondre tel du sucre liquide. Il ouvrit la portière et l'air glacial s'infiltra dans l'habitacle.

— Je viendrai souhaiter de bonnes fêtes à votre famille.

Elle grelotta. Il avait raison, la soirée avait été déjà assez animée et pleine d'émotions. À Noël, ils méritaient tous un peu de tranquillité. Elle lui ferait comprendre plus tard. Elle fit un petit signe de tête pour le saluer et mit un pied dehors.

— Elsie ? dit-il en la retenant.

Elle se tourna lentement, inquiète de la question qui risquait de suivre. Mais Josef l'embrassa. Contrairement à la bouche humide de Kremer et aux dents aiguisées qu'il avait plantées dans son cou, les lèvres de Josef étaient douces et précises, comme un moule *springerle* sur de la pâte à biscuits. Elle n'osa pas respirer de peur de gâcher le moment.

— À demain.

— À demain, murmura Elsie.

Elle descendit de la voiture, ses souliers usés glissant sur la neige fraîche. La poignée de la porte était gelée et il lui fallut forcer avant de l'ouvrir. Derrière la vitre sombre de la voiture, l'ombre de Josef la fixait, attendant qu'elle soit à l'intérieur pour repartir.

Elsie referma derrière elle. Après le claquement métallique de la serrure, le calme s'installa. Pas de violons, ni de chanteur juif. Pas de rafales de vent, ni de cris. Rien que le balancement relaxant de la pendule. Elle posa son sac et retira les chaussures de Mutti, le carrelage froid lui paraissant plus chaud que ses orteils gelés.

— Elsie ? appela Mutti. C'est toi ?

Elsie serra sa cape autour d'elle et partit vers l'escalier. Mutti se tenait en haut en chemise de nuit, un bougeoir recouvert de cire à la main. La flamme de la bougie vacillait et projetait des ombres sur les marches.

— Ton père dort, mais moi je n'y arrivais pas. C'était un joli bal ? demanda-t-elle, complètement réveillée malgré l'heure tardive.

Elsie aurait tant voulu se jeter dans les bras de sa mère et sangloter, mais elle n'était plus une enfant et tout le poids de sa vie d'adulte la plantait au sol.

— Tu as fait ce que je t'ai dit ? Tu t'es montrée douce et agréable ? Josef était content ?

Elle attendit, impatiente, les réponses d'Elsie.

— *Ja,* lâcha simplement Elsie, la boule dans sa gorge l'empêchant de développer.

Mutti lui adressa un sourire gentil.

— Tu as de la chance, Elsie. Josef est un très bel homme.

Elsie hocha la tête.

— S'il te plaît, va te recoucher. Il est tard. Tu vas attraper froid.

— *Ja,* bonne nuit. Joyeux Noël, ma chérie.

La lumière de la bougie de Mutti faiblit avant de disparaître. Elsie partit vers la cuisine, alluma le fourneau pour se faire bouillir un peu d'eau. Des *Lebkuchen* au gingembre en forme de cœur étaient posés sur la table en bois, leur glaçage se durcissant pour former des enjolivures et des petits points nets. Papa en avait préparé cinq : pour Max, Luana, Hazel, Elsie et Julius. La tradition voulait qu'il se lève avant eux afin d'accrocher les cœurs sur la plus haute branche du sapin de Noël.

La bouilloire siffla. Elsie défit les boutons de ses gants et commença à les retirer. La bague accrocha le satin. Elle parvint à libérer le tissu et inspecta l'accroc. Même Mutti ne pourrait pas réparer cela. Les pierres scintillaient dans la lumière de la flamme. Elle retira l'anneau et chercha, gravés à l'intérieur, les mots en hébreu. Elle ne put les voir, mais elle savait qu'ils s'y trouvaient. Après avoir posé la bague sur la table, elle frotta la marque qu'elle avait laissée sur son doigt. Elle y penserait le lendemain. La nuit était déjà trop longue. Son cœur tambourinait, ses yeux brûlaient. Elle ne désirait plus qu'une boisson chaude et sa couette.

Dans l'obscurité, la vapeur de la bouilloire s'éleva tel un fantôme en colère. Elsie la retira du feu et choisit de la camomille dans la collection d'infusions de Mutti. Un vent froid souffla sur ses pieds. La porte de derrière était maintenue entrouverte par la chaîne. Une carpe, à peine plus grosse que sa paume ouverte, gisait dehors dans une bassine de glace. C'était aussi la tradition de garder une carpe à l'extérieur la nuit de Noël. Certains expliquaient que cela servait à recevoir la bénédiction de saint Nicolas, d'autres que c'était pour parfumer le poisson de l'air alpin. Ces quelques dernières années, les gens abandonnaient petit à petit cette pratique. La misère était trop grande. Du gras de porc jeté aux chiens était rattrapé par des centaines de mains affamées. Elsie se doutait que Papa avait dû marchander beaucoup de son pain au marché noir pour obtenir ce tout petit poisson. La volonté de Mutti de perpétuer cette coutume en laissant la porte ouverte lui paraissait une relique dérisoire des jours meilleurs. Mais Elsie ne pouvait pas reprocher à sa mère quelque chose qu'elle faisait aussi à sa façon tous les jours. L'odeur du pin brûlé embaumait l'air de la nuit. Elle respira profondément.

Des petits glaçons s'étaient formés sur la chaîne en métal. Elle les retira de la main, les jetant dans la ruelle. Alors qu'ils atterrissaient dans la neige, quelque chose bougea dans le noir. Elsie se figea. Son souffle s'accéléra.

— Qui est là ?

La neige tombait. Le vent sifflait dans les arbres.

C'était la nature qui lui jouait des tours, se dit-elle. Elle n'avait pas beaucoup mangé et avait bu sa première coupe de champagne. Étonnant qu'elle ne voie pas des ours mauves ! Elle mit le dos de sa main sur sa joue. Sans avoir touché à la tisane, elle était brûlante, fiévreuse. Aller directement au lit, voilà ce qu'il lui fallait.

— S'il te plaît…

Un petit visage blême apparut en bas de la porte.

Elsie sursauta, renversant les boutons de camomille par terre.

— S'il te plaît, répéta la voix en tendant la main. Aide-moi.

Elsie se recula, écrasant les bourgeons séchés sous ses pieds.

— Va-t'en ! gronda-t-elle. Tu… es un fantôme ! Va-t'en d'ici !

Elle souleva la bouilloire qui sifflait.

— J'ai suivi ta voiture. La main disparut.

— Quoi ?

Les battements du cœur d'Elsie redoublèrent.

— Ils vont me tuer…

Il se glissa par la fente dans la porte, levant les yeux vers elle.

C'est alors qu'elle reconnut l'enfant juif qui avait chanté.

— Qu'est-ce que tu fais ici ?

— Il a cassé la cage, alors, je me suis enfui.

— Tu t'es enfui ? répéta-t-elle en posant la bouilloire. Oh, mon Dieu…

Elle se frotta les tempes, son crâne menaçant d'exploser.

— S'ils te trouvent ici, ils vont tous nous arrêter. Pars !

Elle le repoussa du pied.

— Va-t'en d'ici !

— Je t'ai aidée. S'il te plaît, aide-moi.

Il restait collé contre la porte. Il respirait péniblement, sa peau avait pris une teinte bleutée à cause du froid.

Ce n'était qu'un enfant, du même âge environ que Julius et aussi inoffensif que n'importe quel petit garçon, allemand ou juif. Il mourrait s'il restait dehors, tué par la cruauté de la nature ou celle de l'homme. Elle avait le pouvoir de le sauver si elle défaisait seulement la chaîne.

Le vent lui cingla le visage. De lourds flocons de neige s'accumulaient sur ses cils.

Elle pensa aux accusations de Kremer. Manifestement, des rumeurs couraient sur elle et sa famille. Si l'enfant restait et mourait sur son paillasson, les gens penseraient sûrement qu'elle avait joué un rôle dans son évasion. Elle ferma les yeux. Son cœur battait à tout rompre. Ce n'était qu'un petit garçon, sûrement pas une menace. Elle pourrait le renvoyer dès le lendemain, l'emmener sur le sentier du bois d'Eckbauer, le relâcher dans la nature comme Hansel et Gretel. Quelle importance, un enfant ?

Un juif ? Elle aurait préféré qu'il disparaisse tout simplement.

Dehors, des voix résonnèrent dans la rue vide, on foulait la neige, des chiens jappaient. Ils arrivaient. Elsie avança, défit la chaîne et entraîna le garçonnet glacé dans la cuisine. Elle referma la porte. Il était moins grand qu'il en avait eu l'air sur la scène du banquet nazi, ses poignets aussi fins que des amandes, ses doigts plus petits que des gousses de vanille.

— Vite, il faut que tu te caches !

Les voix se transformèrent en cris. Les chiens aboyaient.

Elsie regarda autour d'elle dans la cuisine. Elle ne connaissait aucune cachette. La seule qu'elle avait en tête se trouvait à l'étage, l'espace étroit dans le mur de sa chambre, mais ils n'y arriveraient jamais à temps. Il restait une seule possibilité. Elsie ouvrit le four, encore chaud des gâteaux cuits pendant la journée. Elle souleva le petit corps, pas plus lourd qu'une fournée de bretzels.

— Tu seras en sécurité.

De ses doigts osseux, il lui attrapa les bras.

Une lumière scintilla à la fenêtre de la cuisine. Il fallait qu'ils se dépêchent.

Elle le regarda droit dans les yeux.

— Comme tu l'as dit, tu m'as aidée tout à l'heure, alors, fais-moi confiance, maintenant.

Il se laissa faire et se ratatina dans l'antre de brique.

— Tiens, prends ça pour te couvrir, ordonna-t-elle en prenant une cape en laine.

Il obéit sur-le-champ.

Elsie ferma la porte du four, les mains tremblantes. De la transpiration perlait sur sa lèvre supérieure. La pendule à coucou sonna les douze coups et deux figurines en bois sortirent par les portes puis dansèrent en rond avant de repartir. Un faisceau lumineux éclairait désormais les fenêtres de devant. On frappa des coups à la porte. C'était le jour de Noël.

8

Boulangerie allemande d'Elsie
2032, Trawood Drive
El Paso, Texas

10 novembre 2007

— Alors là, ce fut le pire des Noël ! s'exclama Elsie.

— Comment ça ? demanda Reba en tapant son stylo sur le carnet.

— Un froid mordant. Je suis tombée malade. Sans doute une pneumonie, mais personne n'a su le dire. On ne trouvait plus de médicaments. Le pays était en guerre, les gens mouraient... Ce pain aux raisins est vraiment bon.

Elle finit sa part, des miettes de cannelle tombant sur son chemisier.

— Je vais l'ajouter à nos spécialités, dit-elle en se tournant vers la cuisine. Jane, prépare davantage de ces petits pains. Tu les appelleras les petits pains de Reba. Ça vous plaît, *ja* ? interrogea-t-elle en s'adressant à Reba.

Celle-ci acquiesça d'un hochement de tête, mais enchaîna pour qu'Elsie ne s'arrête pas en si bon chemin.

— Mais sur la photo, vous êtes si élégante. Où vous rendiez-vous ?

Elsie décoinça un morceau de raisin entre ses dents.

Reba écouta le magnétophone qui tournait toujours.

— À une fête nazie.

La main de Reba se souleva sur la page. C'était plus intéressant qu'elle ne s'y attendait. Elle essaya de garder une voix neutre.

— Vous étiez une nazie ?

— J'étais allemande.

— Et donc, vous souteniez les nazis ?

— J'étais allemande, répéta Elsie. Être nazi est un positionnement politique, pas une ethnie. Le fait que je sois allemande ne fait pas dc moi une nazie.

— Mais vous alliez à une de leurs fêtes ?

— J'étais invitée par un officier pour *Weihnachten,* une fête de Noël. Alors j'y suis allée.

Reba lui lança un regard perplexe.

— Ça n'a rien de différent avec ici, continua Elsic. Vous pouvez aimer et soutenir vos frères, maris et pères, vos soldats, sans pour autant adhérer à la politique qui sous-tend la guerre. Je le vois tous les jours à Fort Bliss.

Elle s'adossa à son siège.

Reba s'éclaircit la voix.

— Vous ne pouvez tout de même pas comparer le régime nazi avec les Américains en Irak, c'est totalement différent.

Elsie ne cilla pas.

— Vous savez tout ce qui s'y passe ? Non. C'était pareil pour nous, à l'époque. Nous savions que certaines choses n'étaient pas bien, mais nous avions trop peur pour changer ce que nous savions, et encore plus peur de découvrir ce que nous ne savions pas. C'était notre patrie, nos hommes, notre Allemagne. Nous soutenions la nation. Bien sûr, maintenant, c'est facile pour des regards extérieurs de porter des jugements, dit-elle en levant les mains au ciel. Donc, oui, je me suis rendue à une fête nazie avec un officier nazi. Ce n'étaient pas tous des monstres. Tous n'étaient pas Hitler ou le docteur Mengele. Il y avait aussi des hommes normaux et même des hommes bien. On essayait de vivre. C'était déjà assez dur comme ça.

Elle laissa échapper un soupir.

— Vous avez assisté à des actes de violence ou de barbarie sur des juifs ? demanda Reba en bafouillant légèrement, ne sachant comment formuler une telle question.

— Oui et non, répondit Elsie en plissant les yeux. Quelle différence ? Vous ne saurez jamais la vérité. Si je vous réponds non, est-ce que cela fera de moi une meilleure personne ? Innocente de tout ce que vous comprenez de l'Holocauste et de l'Allemagne nazie ? Mais si je dis oui ? Cela fait-il de moi une méchante ? Est-ce que cela gâche ma vie entière ?

Elle haussa les épaules et poussa une miette au sol.

— Nous nous racontons tous des mensonges, sur nous-mêmes, notre passé, notre présent. Nous imaginons que certains sont minuscules, insignifiants et d'autres énormes, compromettants, alors qu'ils reviennent tous au même. Seul Dieu en sait assez pour pouvoir juger nos âmes.

Ses yeux gris-vert transpercèrent Elsie.

— Voilà, je vous ai raconté un de mes secrets. À votre tour, maintenant.

Le cœur de Reba s'emballa.

— Mon tour ? s'écria-t-elle dans un rire nerveux. Non, non, c'est moi qui mène l'interview.

— Ce n'est pas juste, s'offusqua Elsie, les bras croisés. Je ne dirai plus un seul mot à votre magnétophone si vous ne répondez pas à mes questions.

Reba réfléchit aux options qui s'offraient à elle. Elle n'avait jamais été confrontée à une telle situation. Les journalistes interrogeaient et ceux qu'ils questionnaient répondaient. Voilà. Pas de renversement de situation. Mais l'échéance approchait à grands pas. Pas le temps de jouer les fines bouches.

— D'accord. Qu'est-ce que vous voulez savoir ? demanda-t-elle à contrecœur.

— Jane m'a dit que vous étiez fiancée. Comment s'appelle l'heureux élu ?

— Riki, répondit Reba dans un soupir.

— C'est un homme bien ?

— Le meilleur des hommes.

— Quel travail fait-il ?

— Il est garde-frontière.

— Garde-frontière ! s'exclama Elsie en riant. Il ne doit pas chômer, alors.

Sergio termina son café.

Bonne journée, mesdames.

Il tendit sa tasse vide et son assiette à Jane, derrière la caisse, et leurs mains semblèrent s'attarder plus que nécessaire.

— *Hasta mañana*, salua Jane.

En avançant vers la porte, il se frotta le ventre.

— Vos petits pains me conduiront dans la tombe, madame Meriwether.

— Tu répètes cela depuis des années, riposta Elsie.

— Au moins, tu y entreras avec le sourire et un ventre rempli de sucre, commenta Jane en riant.

Il lui fit un petit signe de la main comme s'il tapotait un chapeau imaginaire. La porte se referma derrière lui en sonnant.

— On dirait que c'est un bon client, remarqua Reba.

— Le meilleur des clients, acquiesça Elsie. Donc, expliquez-moi. Pourquoi n'avez-vous pas encore fixé de date de mariage avec Riki ?

Reba se tourna vers Jane et lui adressa un regard mauvais.

Jane haussa les épaules.

— Désolée, vous ne m'aviez pas dit que c'était un secret.

— Je ne suis pas prête, c'est tout, affirma Reba en se redressant.

— Pas prête ! Vous l'aimez ?

La question était si directe qu'elle prit Reba au dépourvu. Elle tritura son stylo.

— Bien sûr. Je n'aurais pas dit oui si je ne l'aimais pas.

Elsie se pencha en avant.

— Alors, suivez mon conseil, ce n'est pas si souvent que le destin met sur votre chemin un homme bon que vous aimez. C'est un fait. Tous ces films et ces émissions à la télé, où tout le monde dit « je t'aime ! », les célibataires se choisissant les uns les autres, comme des biscuits dans un bocal, pfff ! Des sornettes. Ce n'est pas de l'amour. Ce n'est rien d'autre que de la sueur et de la salive. L'amour, le vrai... commença-t-elle en secouant la tête. Il ne vient pas souvent. J'ai entendu aux informations hier soir que cinquante pour cent des mariages se terminent par un divorce. Et le présentateur qui disait : « C'est terrible. Vous y croyez, vous ? » Moi, je dis *ja*, bien sûr que j'y crois, parce que ces gens se mentent et mentent à l'autre. De la romance et des blagues. La vérité, c'est que tout le monde a une face cachée. Si vous voyez la sienne et que vous l'acceptez, et s'il voit aussi la vôtre et l'accepte, alors, vous partagez quelque chose de spécial.

Elle désigna du doigt la chaîne de Reba sur sa poitrine.

— Portez cette bague ou rendez-la-lui ! Voilà ce que je vous conseille.

La boulangerie était vide. C'était l'heure calme entre le petit déjeuner et le déjeuner.

— Je peux vous interrompre ? intervint Jane en se dirigeant vers la table avec un bol de glaçage. Maman, goûte ça. La crème me paraît tournée.

Elsie trempa le doigt dans le bol et le porta à sa bouche.

— Jette-le. Les blancs d'œufs n'étaient pas bons.

— Ils avaient l'air bien dans le bol ! s'énerva Jane en tapant du pied. Bon sang, j'ai un gâteau d'anniversaire à décorer pour cet après-midi !

— Ce n'est la faute de personne. Parfois, on ne peut savoir qu'après avoir essayé, expliqua Elsie.

9

Bäckerei Schmidt
56, Ludwigstrasse
Garmisch, Allemagne

25 décembre 1944

À l'étage, Mutti et Papa s'agitaient. Elsie balayait sous la table les feuilles de camomille tombées au sol. Le peu qu'il restait, elle le mit dans une tasse et versa de l'eau chaude, sa main incroyablement ferme. La bague de Josef se trouvait sur le plan de travail saupoudré de farine.

Dehors, les cris se firent entendre après un autre coup à la porte.

— Que se passe-t-il ? demanda Papa depuis le haut des marches, en allumant la lumière. J'arrive, j'arrive.

Elsie cacha la bague dans le creux de sa main, au moment même où Mutti entra dans la cuisine.

— Elsie, que se passe-t-il ?

— Je ne sais pas, je buvais une camomille et soudain…

Elle tourna le dos à sa mère, laissa la bague tomber au fond de la tasse et essaya de ne pas regarder le four.

Quatre officiers de la Gestapo entrèrent avec des fusils. Deux d'entre eux entouraient Papa.

— Fouillez ce que vous voudrez, nous n'avons rien à cacher. Au beau milieu de la nuit et la veille de Noël, bon sang !

— Mes excuses, Herr Schmidt, mais nous avons des ordres, expliqua un soldat trapu avec une feuille de chêne sur les épaulettes.

— Que se passe-t-il ? demanda Mutti.

Les pieds nus sur le carrelage, elle grelottait.

— Un juif s'est enfui.

— Il n'y a pas de juif ici, Standartenführer, répliqua Papa en donnant une tape sur le four. Seulement des pâtisseries et du pain.

Un frisson traversa Elsie. Les poils de ses bras se hérissèrent.

— Où étiez-vous ? interrogea un des officiers en s'adressant à Elsie, tout habillée contrairement à ses parents.

— Elle revient de votre fête, répondit Papa. Avec le lieutenant-colonel Josef Hub.

— C'était une excellente soirée, jusqu'à maintenant, commenta Elsie.

— Désolé de vous déranger. Ça ne prendra pas beaucoup de temps, promit le Standartenführer. Pouvons-nous ? demanda-t-il en montrant la maison du bout de sa matraque.

— Bien sûr, allez-y… cherchez là où ça vous chante, dit Papa.

Deux des hommes montèrent à l'étage, leurs bottes résonnant sur les marches usées. Les deux autres restèrent dans la cuisine.

—J'ai laissé ma gaine dans la chambre, chuchota Mutti.

Elsie leva les yeux au ciel. À en croire la description que faisait Hazel des jarretières que ses compagnons SS lui offraient en cadeau, elle se dit que des hommes pareils avaient vu bien plus affriolant.

—Je doute qu'ils remarquent tes vieux dessous, Mutti.

—Chut ! gronda Papa.

Elsie repoussa sa tasse de tisane et croisa les bras sur la poitrine. Mutti releva le col de sa chemise de nuit sous son menton. Un des soldats se racla la gorge et partit fouiller l'extérieur de la maison.

Le dernier officier fit le tour de la cuisine et s'arrêta à côté du four avant de s'adresser à Papa.

—Vos *Lebkuchen* sont mes préférés. Vous en faites encore ?

—Nous sommes fermés pour Noël.

—Mais le four est chaud ?

Il posa la main sur le métal.

Le cœur d'Elsie menaça de s'échapper de son torse à force de battre. Tout son corps se tendit.

—*Doch*, les fours en brique ne refroidissent pas en une nuit, dit Papa en bâillant et en se grattant le cou.

Le soldat l'imita, retira son chapeau et s'essuya le front. Dans la lumière de la lampe, Elsie vit à quel point il était jeune. Pas plus de quinze ans.

—Tenez.

Papa découvrit quelques pains d'épice déformés posés sur un plateau.

— Prenez-en autant que vous voulez. Ils ne sont pas très beaux, mais ça ne les rend pas moins bons.

Le garçon hésita une fraction de seconde seulement.

— Merci, Herr Schmidt.

Il s'approcha de Papa et fourra plusieurs biscuits dans la poche de son uniforme. Il s'arrêta dès que ses compagnons revinrent.

— Rien à signaler, lança le Standartenführer. On continue. *Gute Nacht.*

Les soldats sortirent mais le garçon s'attarda.

— Joyeux Noël, dit-il, les yeux brillants de jeunesse et de sommeil.

— Un très bon Noël à vous et à votre famille, répondit Papa.

Le soldat lui adressa un rictus gêné et courut rejoindre les autres.

Papa verrouilla la porte après le départ des hommes.

— Vous y croyez, vous ? s'offusqua Mutti en pianotant des ongles sur le plan de travail en bois. Un juif évadé ! La nuit de la naissance de notre Sauveur. Incroyable !

Elsie commença à avoir le vertige. La pièce tournait autour d'elle. Elle prit une gorgée de la tisane fade, tiède et légèrement amère. L'or scintillait dans le fond. Elle poussa la tasse vers un bol de pâte de *Christstollen,* bien rebondie sous le chiffon. Papa la préparerait pour le petit déjeuner. Il fallait qu'elle envoie ses parents au lit et qu'elle sorte l'enfant.

— J'avais laissé la porte entrouverte pour la carpe, expliqua Mutti en allant vers la chaîne qui pendait.

Elle se tourna vers Elsie.

— Allons nous coucher, appela Papa depuis l'escalier.

Les doigts et les orteils d'Elsie étaient tout engourdis.

— J'avais froid, lança-t-elle.

On entendait les pas de Papa sur les marches.

Elles se regardèrent un long moment. De la transpiration gouttait entre les seins d'Elsie.

— Je suis désolée, dit-elle d'une voix qu'elle espérait calme.

Mutti remit la chaîne sur la porte et l'entrouvrit, puis examina la cuisine.

— Tu es fatiguée, finit-elle par dire.

Une brise glacée souleva sa chemise de nuit. Elle s'enveloppa de ses bras.

— Termine ta tisane et va au lit.

Au pied de l'escalier, elle regarda une dernière fois autour d'elle.

Ce ne fut qu'à cet instant qu'Elsie se mit à trembler. Elle jeta l'infusion et récupéra la bague. Ne sachant où la mettre, elle la passa à son doigt. Le silence s'abattit sur la maison. Elle aurait aimé que cela reste toujours ainsi, qu'il n'y ait personne caché dans le four. Elle voulait se glisser sous sa couette et faire comme si cette nuit affreuse n'avait jamais existé.

Une vieille dame, hagarde et blanche, se refléta dans la petite fenêtre de la cuisine. Elsie regarda par-dessus son épaule. La femme aussi. C'est alors qu'elle reconnut son reflet. Poussant un soupir, elle se passa une main dans les cheveux. Qu'avait-elle fait ? Elle ferait mieux de jeter ce garçon dans la neige. La Gestapo lui mettrait vite la main dessus et il retournerait là où était sa place. Elsie frémit en l'imaginant dans un camp de travail, si mince, si fragile. Mais s'ils le trouvaient dans la boulangerie, sa famille risquait de tout perdre. Sa tête tourbillonnait et elle se retint au four pour ne pas tomber. Elle regrettait son geste. Elle aurait dû fermer la porte pour se débarrasser du juif. Mais elle ne l'avait pas fait. Alors quoi, maintenant ?

Doucement, elle ouvrit la porte du four. Le noir, puis un visage blafard sortit telle la lune derrière un nuage.

— Comment t'appelles-tu ?

— Tobias, murmura-t-il.

— Viens, dit-elle en lui tendant les bras.

10

Munich, Allemagne
12, Albertgasse
Nuit de cristal

9 novembre 1938

Le sous-lieutenant Josef Hub se tenait devant la porte, un revolver dans son holster et une lourde masse dans les mains. Les trois hommes sous ses ordres attendaient avec impatience son commandement pour exécuter les ordres de la Gestapo. Mais le jeune sous-lieutenant de vingt-trois ans s'arrêta un instant, peu sûr de lui et du pouvoir qu'il tenait au bout de ses bras. L'étoile jaune était sans appel. Utiliser le heurtoir en laiton marqué de la lettre « u » du mot juif semblait déplacé pour cette occasion.

— On casse d'abord la fenêtre ? demanda Peter Abend, un diplômé des Jeunesses hitlériennes âgé de dix-neuf ans.

Les rangs débordaient de soldats comme Peter, des garçons qui venaient tout juste de quitter leurs culottes courtes et affluaient vers la ville depuis leurs campagnes, déterminés à témoigner une dévotion absolue au Reich. Des histoires simplettes de prouesses guerrières remplissaient leurs têtes, leurs bras se chargeaient d'armes et soudain, ils se trouvaient habités d'une nouvelle mission qui dépassait de loin celle des semailles et des enclos à cochons. Aucun d'eux n'avait étudié à l'université. Tous étaient des élèves d'une seule école de pensée, qui suivaient une seule voie.

— *Nein*, répondit Josef.

Il frappa la masse sur la porte.

— Ouvrez !

Rien.

— Ouvrez ou nous allons défoncer la porte !

Silence.

Le moment était venu. Les ordres qu'il avait reçus étaient sans équivoque. Il portait l'uniforme, il avait été entraîné dans les rangs, participait à la grande parade du Führer Hitler. Le moment était venu d'agir, en dépit de ses réserves et de ses convictions personnelles.

« L'individu doit enfin comprendre que son ego personnel n'a aucune importance par rapport à l'existence de la nation. » C'étaient les mots d'Hitler. L'union de la nation. L'Allemagne pure.

À contrecœur, il souffla dans son sifflet et les trois soldats chargèrent la porte qu'il connaissait bien. Le chêne tint bon au début, mais finit par craquer et le montant se fendit. Une femme cria à l'intérieur.

— Nous sommes ici sur ordre du Troisième Reich pour chercher Herr Hochschild, annonça Josef.

La famille s'était calfeutrée dans le couloir sombre. Frau Hochschild était plantée droit et ferme aux côtés de son mari, leurs quatre enfants derrière eux. Les trois filles pleuraient « papa » et le petit garçon, quatre ans au plus, tenait vaillamment la main de son père.

Herr Hochschild s'avança d'un pas.

— Je n'ai commis aucun crime.

— Vous êtes juif. Votre nature même est un délit, affirma Peter.

— Tais-toi, ordonna Josef.

Peter obéit, mais il arma son fusil avec bruit. Les deux soldats à côté de lui l'imitèrent.

Josef se plaça devant leurs canons.

— Herr Hochschild, suivez-nous, s'il vous plaît, et aucun mal ne sera fait à votre famille. Je vous en donne ma parole.

Il pouvait suivre les ordres sans appliquer des mesures barbares. Il était officier du Troisième Reich et avait lu *Mein Kampf*. Il avait compris qu'on pouvait influencer son prochain par le discours bien plus que par n'importe quelle autre force. Ses trois jeunes soldats ne connaissaient rien d'autre que les entraînements de tir et les jeux militaires.

— Rendez la situation moins pénible pour vos enfants, *mein Herr*. Venez, le pria Josef en faisant un geste vers la porte.

Herr Hochschild fit encore un pas, sortant de l'ombre.

— Josef ? C'est bien toi ?

Josef baissa la tête pour que la visière de sa casquette lui cache les yeux.

— Mais oui. Josef, tu me connais.

C'était la pure vérité. Herr Hochschild avait été professeur de littérature. Il avait enseigné à l'université de Munich où Josef avait étudié un semestre. C'était avant que les professeurs juifs soient renvoyés et que les SS le recrutent.

Quelques années plus tôt, il était venu dîner ici même et avait été accueilli par Frau Hochschild, une femme joyeuse aux yeux en amande qui portait toujours des émeraudes pour mettre en valeur ses cheveux noirs. Elle n'en avait plus maintenant. Tous les bijoux des juifs avaient été confisqués pour financer le Nouvel Ordre. Même si certains, il le savait bien, servaient plutôt à décorer les oreilles des femmes de ses commandants.

Les filles étaient toutes petites la dernière fois qu'il les avait vues. C'était une nounou autrichienne qui s'occupait des bébés et refusait catégoriquement qu'on donne des bonbons aux enfants. Josef avait vite appris sa leçon quand il avait offert un sac entier de gommes multicolores en forme d'ours. Elle s'en était rapidement emparée. Entassées dans le couloir, les filles le fixaient désormais, leurs joues creuses.

La maison n'avait pas le même aspect à l'époque, largement éclairée par des lampes qui donnaient l'impression que les fleurs du papier peint poussaient directement sur le mur. Cela lui avait rappelé le jardin de sa mère en été. À présent, les fleurs étaient déchirées, à moitié brûlées. Le couloir sentait la moisissure et la fumée. Ça avait été un endroit plein de vie et de joie, et il ne pouvait s'empêcher de grimacer en entendant la voix si familière de Herr Hochschild. La même voix qui avait disserté avec lui de Goethe et Brecht et avait lu Novalis et Karl May en partageant du vin à côté d'un feu de bois. L'espace d'un instant, il regretta de ne pouvoir fermer les yeux et revenir à des temps plus simples.

— Je ne peux pas abandonner ma famille, supplia Hochschild.

Il s'approcha de Josef.

— Ne bougez pas ! hurla Peter.

— Vous devez obéir, déclara Josef.

— Je vous en prie, ne faites pas ça ! implora Frau Hochschild.

— Nous avons des ordres.

Deux soldats encerclèrent Herr Hochschild, leurs fusils pointés sur son dos.

— Nous étions amis ! gémit Frau Hochschild. Tu es... un traître ! lâcha-t-elle en s'élançant vers Josef pour le gifler.

Peter tira. De si près que la balle déchira le sternum de Frau Hochschild et la renvoya droit dans les bras de ses enfants. Son dernier regard croisa celui de Josef.

— Soyez maudit ! hurla Herr Hochschild en direction des officiers.

Il tendit une main vers la joue de sa femme, mais fut plaqué au sol avant de pouvoir la toucher. Les visages de ses enfants se figèrent dans des hurlements muets, tandis que les soldats l'entraînaient hors de la maison.

Quand ils furent partis, Josef se tourna vers Peter, respira profondément puis assena un coup de masse sur ses mains. Le fusil s'écrasa sur le plancher. Peter tomba à genoux, des esquilles perçant la peau de ses paumes. Josef l'attrapa par la gorge.

— Ce ne sont... que... des juifs, siffla Peter.

Josef serra plus fort, ses gants en cuir crissant sur la peau. Peter était mort avant le retour des deux autres soldats, qui tentèrent d'arrêter Josef. Les enfants avaient assisté à toute la scène, recouverts du sang de leur mère, silencieux, alors qu'on entendait au-dehors cris, tirs de fusils et éclats de verre brisé.

Josef le lâcha enfin. Ses doigts tremblaient, douloureux.

— Traître, chuchota le garçonnet, reprenant le dernier mot de sa mère.

Josef enjamba le corps sans vie de Peter, se retenant de vomir. L'air glacé de novembre aida à calmer sa nausée. Dans la fourgonnette de police, Herr Hochschild pleurait.

— Et les enfants ? demanda un des hommes.

— Laissez-les, lança Josef.

— Où est Peter ?

— Maison suivante. Allez ! ordonna Josef en tendant sa masse au jeune homme. Il ne peut y avoir qu'un seul peuple, un seul empire, un seul Führer.

11

Service des douanes
et de la protection des frontières
des États-Unis
8935, Montana Avenue
El Paso, Texas

10 novembre 2007

— J'ai essayé de te joindre sur la radio, lança l'agent Bert Mosley mâchonnant un cure-dents.

Riki jeta dans la poubelle le reste de son petit déjeuner, un burrito de chez *Taco Cabana*.

— Désolé, je devais être déjà sorti de ma voiture. Qu'est-ce qui se passe ?

— On a reçu un appel d'une dame qui dit avoir vu des gamins mexicains sur le sentier derrière sa maison. Vraiment jeunes. Deux voitures sont garées pas loin. La femme ne parle pas espagnol, alors, elle voulait qu'on vienne voir. Je me suis dit, vu que tu étais déjà dehors..., expliqua Bert en tendant l'adresse à Riki.

— Mais je suis là maintenant, remarqua Riki en prenant le papier. Westside ?

Bert hocha la tête.

— D'accord, mais à charge de revanche, céda Riki en prenant les clés de sa voiture. Nettoie un peu la salle de détention pendant ce temps.

Le gars de Tolentino avait l'air plutôt malade quand je l'ai remis à la police de Chihuahua.

— Le vieux avait une sorte de peste mexicaine. Tu as vu les plaies sur son bras ? Il est fou de croire qu'on allait le laisser entrer dans notre pays... pour qu'il contamine tout le monde avec l'Ebola ou un truc du genre.

— C'était du zona.

— Pardon, j'avais pas remarqué que je parlais au *docteur* Chavez, se moqua Bert.

— Ce qui est sûr, en tout cas, c'est qu'il était malade. Il faut aérer la cellule.

— C'est moi la fée du logis. Je ne manquerai pas de repasser les draps et d'arranger les tulipes.

— Fais pas ton paresseux d'Anglo-Saxon, plaisanta Riki pour détendre l'atmosphère.

Après avoir travaillé ensemble pendant trois ans, leurs blagues se résumaient à quelques répliques récurrentes.

— Gros et bête, c'est mon créneau. La paresse, c'est toi. On doit s'en tenir à nos rôles, sinon... c'est la cata, affirma Bert en riant.

Riki lui adressa un rictus.

Sur la route, la radio passait une chanson de Shakira. Riki pensa à Reba. Il disait toujours qu'elle était la version brune de la chanteuse, surtout le matin quand ses cheveux en pagaille recouvraient son oreiller. Il venait de la laisser ainsi, naturelle et belle. Parfois, il lui fallait toute la volonté du monde pour ne pas monter dans le lit à côté d'elle, enfouir son visage dans ses cheveux et toucher sa peau, se mêlant à son odeur. Mais il savait qu'au moment où il le ferait, elle le verrait et le repousserait. Il ne pouvait pas avoir en même temps la Reba qu'il voyait et celle qui le voyait. C'étaient deux femmes différentes et il préférait en avoir une qu'aucune des deux.

Il éteignit la radio et vérifia l'adresse. L'endroit lui disait vaguement quelque chose. Un nouveau complexe de maisons aux couleurs pastel se développait avec des rues aux noms providentiels comme via Del Estrella ou via Del Oro. Derrière le grand lotissement s'étendait un canal d'irrigation et, plus loin encore, la rivière, petite tache d'eau toute rouillée. Une piste en béton pour les joggeurs serpentait tout le long, la chaleur s'élevant du sol en volutes. Une pancarte d'agence immobilière vantait le luxe de l'endroit : « *Résidence de standing au bord du Rio Grande !* » Deux, trois ans plus tôt, il aurait été impossible de payer quelqu'un pour venir vivre là. On n'y trouvait que broussailles, saleté et terriers à perte de vue. À présent, de grandes fenêtres et de petits jardins proprets scintillaient sous le soleil du désert. Artificiels, mais jolis. Il s'arrêta en face de la maison de la dame qui avait appelé. Un pavillon rose sur deux niveaux avec des balcons en fer qui entouraient l'étage, donnant à l'ensemble un air de gâteau d'anniversaire à étages.

Avant même qu'il coupe le moteur, une petite bonne femme arriva sur le pas de la porte dans un pantalon kaki. Il descendit de sa voiture.

—Ils sont ici depuis plus d'une semaine, lança-t-elle immédiatement. Mon mari m'a dit de les ignorer et je l'aurais bien fait, vraiment, mais il y a aussi des enfants. C'est tout bonnement malsain pour eux de vivre dans une voiture et de se baigner dans la rivière boueuse comme des animaux ! Alors, j'ai dit à mon mari que je vous appelais pour leur bien, enfin, celui des enfants. Ils ont besoin de vrais soins. Leur mère devrait avoir honte !

Elle passa une main dans ses cheveux coupés au carré. Des boucles d'oreilles en gouttes d'eau pendaient contre son cou.

—Elle est là aussi. Tous les matins, elle lave sa vaisselle dans ce bourbier. De la vaisselle ! On aurait pu penser qu'après s'être faufilée à travers la frontière comme ça, elle se montrerait un peu plus discrète. Je veux dire, franchement... Tous les jours, je regarde par la fenêtre et ils sont là, à vivre comme au XIXe siècle !

Elle fit signe à Riki de la suivre dans la maison.

—Et hier, j'ai vu cette petite fille, un vrai bébé, qui rampait dans la crasse sans surveillance et je me suis dit : et si un serpent ou un coyote arrivait ? Je n'aurais pas pu me le pardonner si j'avais laissé cette enfant mourir derrière chez moi sans rien faire pour empêcher ça.

À l'intérieur, un schnauzer miniature s'élança sur les talons de Riki en jappant. La maison sentait la peinture fraîche et les bougies à la vanille, comme celles que Reba allumait quand elle prenait de longs bains.

— Tais-toi, Teeny ! ordonna la femme en repoussant le chien avec son pied. J'espère que vous n'avez pas peur des chiens.

— Non, madame.

— Je suis Linda Calhoun, au fait, se présenta-t-elle en tendant la main.

— Officier Riki Chavez.

Les doigts de la femme se dérobèrent aussitôt qu'il eut touché sa main douce et huilée.

— Nous venons de Caroline du Nord. Mon mari travaille pour Union Pacific, les chemins de fer. Nous avons emménagé ici il y a quelques mois. Je dois encore m'habituer… à tout.

Elle agita la main, comme si elle chassait des mouches, avant de conduire Riki vers la porte du fond.

— Les voitures sont par là.

Elle pointa le doigt en direction de la rivière, mais ne voulut pas quitter l'air conditionné.

Plus bas, sur la berge, une Dodge cabossée à quatre portes était garée sur la piste en béton. Pas de trace du deuxième véhicule.

— Ils sont dedans en ce moment ?

— J'imagine. Où est-ce qu'ils pourraient être sinon ?

— Je vais leur parler.

Il mit sa casquette et contourna la clôture qui séparait le jardin des Calhoun du sable crasseux.

Cinq cents mètres plus bas, le nouveau complexe de maisons colorées et de jardins verdoyants s'arrêtait brusquement, un pré avec des chevaux s'étendait jusqu'à des mobile homes montés sur des blocs de béton. Arrivé au niveau de la voiture, il aperçut des marques de pneus qui menaient vers une caravane à la porte barricadée et aux fenêtres condamnées. Il sortit son talkie-walkie.

— El Paso, vous me recevez ?

Un craquement, suivi d'un sifflement aigu.

— 10-4.

— Bert, je suis sur place, annonça Riki en jetant de nouveau un œil vers le mobile home, avant de se tourner vers la Dodge devant lui.

Des couvertures et des chemises noires coincées en haut des vitres cachaient l'intérieur et des bouts de tissu flottaient dans l'air.

— Précise ton 10-20, demanda Bert.

— En dehors de Doniphan, sur le canal Rio, à environ cinq cents mètres de la route. Il y a un élevage de chevaux et quelques caravanes. Un passage souterrain derrière moi.

Riki s'agenouilla sur la boue durcie et mit un doigt sur la deuxième marque de pneus. Plus profond qu'une quatre-portes. Sûrement un camion.

— Eh, Bert, est-ce qu'il y a des géophones dans les broussailles par ici ?

— Certainement, pourquoi ?

Il suivit les marques le long de la rive et jusqu'au désert qui s'étalait devant lui.

— Je veux m'assurer qu'on surveille cet endroit. Il me paraît louche. Ça pourrait être une planque.

— Bien reçu. Besoin de renfort ?

— 10-23. Le mobile home a l'air vide pour le moment. Si la dame dit qu'elle a vu des enfants depuis une semaine, j'imagine qu'ils ont été abandonnés là. Envoie-moi juste une dépanneuse pour le véhicule et fais un 10-29. Peut-être qu'il est enregistré au nom d'un contrebandier.

La radio grésilla.

— 10-4. Sois prudent, Riki. Joue pas les héros.

— Bien reçu. Pas de héros.

Riki sortit l'arme de son holster. Bert avait raison, il ne devait pas prendre le moindre risque. Le mois dernier, un officier avait été brûlé au troisième degré et il occupait toujours un lit en soins intensifs après qu'un clandestin l'avait arrosé de kérosène et avait allumé le feu. Le type avait laissé l'agent carboniser sur place avant de s'enfuir. Il ne devait pas être loin de New York à l'heure actuelle, alors que l'agent subissait sa deuxième série de greffes de peau sur les bras, le torse et le visage. Sa femme avait réussi à ne pas craquer quand leur fils de cinq ans, apeuré, s'était éloigné de cet homme qu'il ne reconnaissait pas. Seule, plus tard, elle avait fondu en larmes dans le couloir.

Riki frappa à la vitre côté conducteur, puis s'écarta légèrement.

— Bonjour, il y a quelqu'un ?

Il appuya sur la poignée. Fermée à clé. Près du pneu à l'avant, une poupée habillée d'un *rebozo* coloré gisait à terre. De petites empreintes de pas trouaient la poussière.

Linda Calhoun avait parlé d'une mère et de ses enfants. Il frappa de nouveau.

— *Señora ?*

Il perçut de l'agitation derrière les couvertures.

— Je ne suis pas ici pour vous causer des ennuis. Je veux vous aider. Ouvrez, dit-il fermement, et il le répéta en espagnol.

Il entendit un léger cliquetis avant de voir la portière s'ouvrir. Une Mexicaine bronzée le fixait, les larmes aux yeux.

— *Por favor,* supplia-t-elle. *Mis niños.*

Deux petites têtes apparurent sur la banquette arrière.

— Vous avez des papiers ? Un visa ?

— Non... pas de visa.

— Vous ne pouvez pas rester ici si vous n'êtes pas citoyens des États-Unis. D'où venez-vous ?

— *Para mis niños,* répéta-t-elle.

— Vous êtes des clandestins. Je sais que vous comprenez cela. Êtes-vous seuls ou êtes-vous venus avec un groupe, un leader ?

Elle se couvrit le visage des deux mains et sanglota.

Il laissa échapper un soupir. La femme avait dû donner toutes ses économies à des passeurs pour traverser la frontière. Une fois de l'autre côté, le chef du groupe les avait soit abandonnés là, soit leur avait demandé de l'attendre dans sa voiture. Dans les deux cas, elle avait sûrement connu l'enfer au cours des quelques semaines passées, vivant dans la chaleur et la saleté du désert, affamée, apeurée. Et maintenant elle voyait ses rêves se briser pour elle et ses enfants. Elle aurait sans doute préféré rester dans la voiture et mourir sur le sol américain que retourner d'où elle venait. Il l'avait déjà vu des milliers de fois : le désespoir justifiait l'impensable.

— *Señora,* ça, dit-il en montrant la voiture, ce n'est pas une bonne vie pour les enfants. Il y a une manière d'y arriver, mais ce n'est pas celle-là.

Il ouvrit grande la portière.

— Sortez.

Elle lui prit les deux mains.

— *No deportación. Por favor, señor.*

Il avala la boule qui se formait dans sa gorge. Ça lui faisait toujours ça.

— Je suis désolé, mais c'est la loi et vous l'enfreignez.

Riki était né à El Paso, directement américain. Son père et sa mère, nés à peine à un kilomètre de là, à Juárez, au Mexique, avaient attendu deux ans pour un visa et encore sept ans pour obtenir la nationalité. C'était un système détraqué qui convenait seulement aux plus riches ou aux plus patients. Ses parents faisaient partie de la deuxième catégorie. Il comprenait l'appréhension de cette femme, mais il comprenait également les notions de devoir et de justice. Sa famille avait respecté les lois de leur terre d'accueil et, que cela plaise ou non, il jugeait que tout le monde devait en faire autant. Riki pensait que la seule façon d'apprécier ce que la vie avait à offrir était de suivre et d'honorer les règles qui la gouvernaient. Les ignorer revenait à voler son voisin ou à uriner sur la Bible. Pourtant, la compassion qu'il ne pouvait s'empêcher d'éprouver le rendait mal à l'aise quand il devait traiter une femme et des enfants comme des malfrats.

Au loin, Linda Calhoun regardait par la porte, retenant son chien. Ses boucles d'oreille en diamants luisaient comme des feux de joie.

Riki appela Bert sur sa radio, alors que la femme rassemblait ses affaires.

— Je ramène une femme et ses deux enfants. Pratiquement sûr qu'il s'agit de citoyens mexicains. Vu personne d'autre.

— 10-4.

Un petit garçon en short et tongs était assis sur son tricycle rouillé dans le jardin d'une maison toute proche. Il ne les regardait pas. Ses yeux étaient rivés sur le mobile home à côté.

— Je reviens au poste, annonça Riki en rangeant la radio dans sa poche.

Il donna un coup de pied à une motte de boue séchée.

La femme mexicaine demanda à ses enfants de prendre leurs affaires. Le plus âgé fourra une chemise déchirée et un jean dans un sac. La fille passa sur les sièges de devant pour enjamber les genoux de sa mère. Debout à côté de la roue avant, elle serrait sa poupée contre elle et suçait son pouce. De magnifiques yeux noirs scrutaient Riki sans jamais cligner. Il se demanda si sa fille à lui lui ressemblerait, même avec le nez fort de Reba et sa peau claire.

Le garçonnet sur son tricycle se tourna vers eux.

— Au revoir ! lança-t-il en agitant la main. Bye-bye !

Sa mère passa la tête par la porte de son cabanon.

— *¡Vete de aquí!* Le déjeuner.

Les gratifiant d'un large sourire, le petit descendit de son tricycle et obéit. La femme leva les yeux vers Riki avant de fermer la porte. Tout ce temps, la petite fille à ses pieds le dévisageait. Le bord de sa casquette de base-ball se reflétait dans son regard noir.

12

Bäckerei Schmidt
56, Ludwigstrasse
Garmisch, Allemagne

25 décembre 1944

Joyeux Noël, Hazel. Je t'écris les pieds gelés et un cataplasme à la moutarde sur la poitrine. J'ai très mal dormi la nuit dernière. La Gestapo est venue chez nous après minuit. Ils ratissaient la ville à la recherche d'un juif évadé. Ils ont obligé Papa et Mutti à se tenir dans la cuisine vêtus uniquement de leurs chemises de nuit. La veille de Noël ! Dans quelle époque atroce vivons-nous ?

Mutti dit que j'ai de la fièvre. Peut-être que j'aurais dû manger davantage pendant la fête. On a eu du cochon rôti, des pommes de terre à la crème, des saussices et du Reisbrei pour le dessert, mais rien de tout cela n'avait son goût habituel. Je n'ai pas non plus aimé le champagne. Les bulles ont gâté la saveur des aliments dans ma bouche. Tout était farineux, comme si ça avait été prémâché. J'ai eu de terribles maux de ventre. Pour ce qui est de la robe dont je t'ai parlé dans ma dernière lettre, le tissu est peut-être ravissant à regarder, mais il ne protège pas du froid. Maintenant, elle est fichue de toute façon. La jupe est tachée et les pierres se sont décousues.

Nous avons essayé de profiter de la journée de Noël autant que possible, mais nous étions tous de méchante humeur. Mutti a préparé une petite carpe, Papa, un Christstollen.

J'ai mangé devant la cheminée jusqu'à ce que la chaleur fasse s'envoler les petits oiseaux en bois qu'Oma a fabriqués. Ensuite, je suis retournée au lit. Mon nez est enflé et n'arrête pas de couler, mes yeux sont rouges et mes joues pâles comme du poisson bouilli. J'ai l'air de la peste personnifiée et c'est bien ainsi que je me sens. Josef est venu ici il y a une minute. J'ai demandé à Mutti de le renvoyer chez lui. Je dois me confier à toi. Tant de choses sont arrivées... Josef m'a offert une bague de fiançailles. Je l'ai mise sous mon matelas pour l'instant, je n'ai pas décidé quoi faire. Hazel, je ne l'aime pas, mais c'est un homme meilleur que tous ceux que je connais. Il nous protège et se montre bon envers Mutti et Papa. Ils disent que c'est une union excellente pour notre famille. Mutti dit qu'on n'a pas besoin d'amour pour être une bonne épouse, juste besoin d'une bonne recette de Brötchen et d'un dos solide. Mais tu aimais Peter, n'est-ce pas ?

Oh, Hazel, j'aimerais t'en dire tellement plus, mais je n'ai ni la force ni le courage d'écrire. Quand rentreras-tu enfin ? Tu me manques. Tu savais toujours quelle était la meilleure chose à faire. Je voudrais tant être plus comme toi. S'il te plaît, écris vite et souhaite un bon Noël de ma part à Julius. Heil Hitler.

Ta sœur qui t'aime

Elsie

P.-S. : est-ce que l'association ouvre le courrier ?

*

Lebensborn
Steinhöring, Allemagne

27 décembre 1944

Chère Elsie,

Aujourd'hui, j'ai reçu ta lettre du 21 décembre et j'ai ri comme je n'avais plus ri depuis longtemps en lisant ton récit sur Frau Rattelmüller. Elle a toujours été excentrique. Mais nous ne devons pas oublier ce qui lui est arrivé. Si mon mari et mes enfants avaient péri dans une maison en feu, moi aussi, je serais devenue folle. Je n'étais qu'une enfant, mais je me souviens encore comment elle est restée sur leur tombe à pleurer. Il paraît que chaque cercueil contenait une poignée de cendres. Quatre personnes réduites en poussière, tu imagines ? Je regrette que Mutti et Papa m'aient emmenée à l'enterrement. Je déteste me le rappeler. Parfois je voudrais effacer des souvenirs…, effacer le passé.

Je suis désolée que Julius et moi n'ayons pas pu venir à la maison cette année. Avec les combats dans les Ardennes, l'association a interdit aux femmes et aux enfants de voyager. Comme vous me manquez, toi, Mutti et Papa. Tu as raison. Cela fait trop longtemps que je ne suis pas revenue vous voir. Garmisch est rempli de vieux fantômes, mais je te promets de venir avec Julius pour mon anniversaire au printemps si nos efforts de guerre portent leurs fruits.

Comme je te l'ai écrit dans ma dernière lettre, nous avons célébré hier le solstice d'hiver avec un majestueux banquet de Julfest. Beaucoup plus d'officiers que prévu y ont assisté, ce qui nous a réjouis ! L'un d'eux, dénommé Günther, a demandé explicitement après moi. Cela a causé du remous parmi les filles, vu qu'on ne lui attribuait que des jeunes femmes triées sur le volet. Ses ancêtres aryens figurent parmi les plus vieilles familles du pays. Et ça se voit. Sa mère est une Stern, des bières Stern. Il a paru plutôt intéressé par notre Bäckerei et a posé tout un tas de questions. Il y a beaucoup de similarités entre la fermentation du blé et celle du pain. Nous avons passé un moment très agréable. J'espère qu'il reviendra.

Encore des bonnes nouvelles. J'ai enfin reçu une carte d'honneur ! Toutes mes craintes concernant les jumeaux se sont révélées infondées. L'association ne donne ces cartes qu'aux meilleures filles, par conséquent ils doivent être satisfaits du développement des enfants. La fille est joviale et intrépide. Elle a pleuré pendant tout son baptême SS et quand ils ont brandi le poignard au-dessus de sa tête, elle a essayé d'attraper la lame ! Tout le monde dit qu'elle a du sang viking dans les veines. Le garçon est un peu faible, mais j'étais comme lui, petite.

Avec ma carte d'honneur, j'ai le droit de payer un loyer plus bas et j'ai des privilèges spéciaux pour mes courses. Je n'ai rien pu acheter pour agrémenter mes Dirndl - ruban en satin, dentelle, boutons en étain - depuis un an. Tout doit revenir à la nation, bien sûr. Mais je dois dire que je suis tout excitée à l'idée de me fournir en tissu, fils et crochets de la meilleure qualité. C'est comme si Noël recommençait pour moi.

J'ai vu Julius la veille de Noël. Les enfants ont chanté des Weihnachtslieder, c'était magnifique. Je te jure que j'arrivais à distinguer la voix de Julius, claire et pure, au-dessus des autres. Je sais que ce n'est que de l'orgueil maternel mal placé. Le chœur de nos garçons est bien meilleur que celui de Vienne, à ce qu'on dit. Nous espérons produire certains des meilleurs vocalistes du pays, mais il y a encore beaucoup de travail. Les capacités naturelles sont là, mais il manque l'étincelle. Peut-être que Hans Hotter pourra venir leur donner des leçons.

Après le concert, on nous a accordé une heure avec nos enfants. Le père Noël a servi des parts de Weihnachtsstollen au sucre et les plus jeunes ont joué avec une moustache blanche et des mains poisseuses, laissant des petites taches sur les bras, les jupes et les visages. Je n'ai pas ressenti autant de bonheur depuis des mois. Julius avait l'air de bien se porter. Il a dit qu'il aimait beaucoup ses cours et qu'il sait claquer ses talons comme il faut. Il est vraiment doué pour ça et rit en entendant le frottement du cuir. Ensuite il lève le bras et crie « Heil Hitler ! » Je n'en reviens pas de la vitesse à laquelle il devient un petit soldat.

Il m'a de nouveau interrogée sur son père. Je n'ai toujours pas le cœur de lui dire la vérité, alors, je lui ai expliqué qu'il conduit un appareil de la Luftwaffe quelque part en Yougoslavie et qu'il ne trouve pas de facteur pour transporter ses lettres. Il était content d'entendre cela et a tout de suite demandé que je lui offre un camion en jouet. Je lui ai donné une autre part de Stollen à la place, mais je n'en ai pas pris pour moi. J'essaye de perdre le poids que j'ai pris avec les jumeaux.

Alors, tu as assisté à ta première soirée SS ? Ma petite sœur qui grandit. Je suis sûre que ça t'a beaucoup plu. Mon premier bal des Jeunesses hitlériennes avec Peter était un enchantement. Au fait, Josef est-il célibataire ? Je ne me souviens pas que tu m'aies dit s'il était marié. J'espère que non, pour toi. Mais si oui, ne sois pas trop déçue. Peut-être qu'on te demandera de rejoindre le Lebensborn. J'aimerais tant pouvoir profiter de ta compagnie. Je me sens parfois seule ici. Sottise sentimentale, je sais bien. Cependant, le son du sommeil et de la respiration d'une autre personne à mes côtés me manquent. Je suppose que j'ai passé trop d'années à partager une chambre avec toi.

Je ne dors pas beaucoup ces derniers temps. J'essaye d'imaginer Julius, de l'autre côté de l'enceinte, sur son petit lit et le son de sa respiration. Ça m'aide. Je suis sûre qu'il sera un homme meilleur, un Allemand meilleur, grâce à mon sacrifice. Toi aussi, tu seras bientôt une épouse et une mère, tu verras.

Je pense souvent à toi, Elsie, et je t'envoie tout mon amour.

Heil Hitler.

Hazel

13

3168, Franklin Ridge Drive
El Paso, Texas

10 novembre 2007

Reba était déçue de l'interview qu'elle venait de faire. Une fois rentrée chez elle, elle avait retranscrit l'enregistrement dans l'espoir d'être passée à côté d'une réflexion réjouissante en prenant des notes. Mais pas une seule parole enjouée n'avait été prononcée au sujet de l'Allemagne ou des fêtes de Noël. Reba n'avait aucune idée de la façon dont elle parviendrait à rédiger un article rempli de bonne humeur avec ce dont elle disposait et l'échéance approchait à grands pas. Son rédacteur en chef de *Sun City* avait déjà laissé deux messages sur sa boîte vocale.

Relisant l'interview, elle grogna. Les commentaires d'Elsie avaient été vraiment anecdotiques, mais Reba ne pouvait pas complètement lui en vouloir. Elle ne s'était pas montrée aussi professionnelle que d'habitude. Elle s'était laissé entraîner à parler de mariage, de fiancés et d'amour. Bon Dieu, qu'est-ce qui lui avait pris ? C'était la mention des nazis. Ça lui avait serré la gorge et elle ne s'en était pas remise. Elle avait totalement oublié son but : écrire un article pour les fêtes. Au lieu de cela, elle s'était lancée dans une tragédie sur la Seconde Guerre mondiale, fantasmant sur la vie SS secrète d'Elsie. Maintenant elle devait en assumer les conséquences.

Elle alluma le magnétophone.

« Ma pauvre Reba Adams, tu es gravement atteinte », se gronda-t-elle, et elle éteignit l'appareil avant de le jeter dans son sac.

Frustrée et épuisée, elle referma son ordinateur portable. Un bon bain chaud, voilà ce qu'il lui fallait. Elle tourna le robinet à fond, remplissant la baignoire d'eau fumante, puis elle alluma des bougies. Leur odeur lui rappelait son enfance, les feux de camp dans le jardin et les desserts au léger goût de pin.

Quand son père était dans une phase euphorique, le monde était parfait, un conte de fées qui s'était en effet révélé complètement fictif. L'été était leur saison préférée, à son père et à elle. Elle se sentait aussi légère que les longues journées et tous ses souvenirs étaient remplis de miel et de soleil. Dès que les températures baissaient en automne, quand elle se réveillait et découvrait que sa mère avait ajouté une couverture sur son lit pendant la nuit, elle grelottait et sentait son cœur se glacer et s'endormir comme les érables de Virginie.

« Les arbres font les morts, avait dit une fois son père en la portant sur les épaules à travers les bois enneigés derrière la maison. Peut-être que, si on les chatouille, on pourrait leur faire arrêter ce petit jeu. »

De ses doigts gelés, il avait gratté l'écorce, puis il avait posé l'oreille sur le tronc et poussé un soupir.

Pas un rire. Plus muet qu'une église...

Il n'avait jamais su les heures que Reba avait passées plus tard dehors, à chatouiller les arbres, espérant entendre quelque chose.

Il ne devait pas y avoir plus d'une nuit de gelée par an à El Paso. Riki plaisantait en disant que la ville connaissait trois saisons : le printemps, l'été et l'enfer. Elle préférait ça. Pour Reba, l'enfer ne brûlait pas, il gelait.

Elle enfila son jogging à capuche de l'université en attendant que la baignoire se remplisse. Sur la route du retour, elle s'était arrêtée au *McDonald's* pour manger une salade et sentait encore le goût de l'assaisonnement au fond de sa gorge. Du vin aiderait à le faire passer. Elle trouva une bouteille de chardonnay ouverte, s'en versa un verre et essaya de ne pas remarquer le léger parfum de vinaigre. Il était tard, la lune brillait dans le ciel au-dessus des montagnes Franklin. Elle aimait boire au clair de lune. Riki n'était pas encore rentré, comme presque tous les jours. Mais ce soir, elle avait envie de parler. Elle voulait raconter à quelqu'un le récit d'Elsie et de la fête de Noël nazie pour voir la réaction que cela susciterait.

Pour casser le mordant du vin, elle fouilla dans le placard en quête d'une friandise à se mettre sous la dent. Une boîte de thon, un paquet de penne, un sachet entamé de chips, un peu de céréales. Pas grand-chose. Un bol rempli de bonbons pastel attendait dans le fond. Elle en prit quelques-uns. Elle ne se souvenait pas de la dernière fois qu'elle avait fait les courses, ni qu'elle y avait été contrainte. Elle ne mangeait jamais avec Riki et peut-être que cela expliquait en partie le problème.

Le cœur de la maison dans laquelle Reba avait grandi était la cuisine. Chaleureuse, de style sudiste, c'était un endroit sûr, loin du bar à alcools du salon et de la pénombre des chambres. Avec des omelettes au fromage et des biscuits au beurre, sa mère y préparait le petit déjeuner en robe de chambre et chaussons. L'après-midi, elle buvait du thé à la menthe tout au long de l'année. C'était le domaine de sa mère, un confort stable, vers lequel Reba se sentait attirée malgré elle.

Seulement les bons soirs, on pouvait y trouver son père. C'était dans ces moments-là qu'il appelait ses filles pour qu'elles chipent dans le réfrigérateur du poulet frit et de la polenta froide avant d'aller se coucher. Sa mère ne voulait pas qu'on mange après vingt heures, alors, elle faisait comme si elle n'entendait pas leurs rires ni ne voyait les os dans la poubelle le lendemain. Reba considérait son enfance comme une pièce de monnaie. Simple comme bonjour de passer d'une face à l'autre : papa triste, papa gai.

Elle avait neuf ans, l'été où Deedee était partie en pensionnat, et du jour au lendemain, c'était comme si un linceul était venu recouvrir leur maison. Reba était restée dans son lit pendant des jours, malheureuse comme les pierres et refusant de laisser sa mère peindre la situation avec des couleurs vives. Finalement, ce fut un hurlement, un soir, qui la fit se rendre vers la salle de bains de sa mère. Reba la trouva en train d'essuyer son nez ensanglanté.

— Qu'est-ce qui s'est passé ?

— Rien. Je me suis cognée à la porte.

Il était vingt-trois heures passées et son père n'était pas là.

Sa mère serra le mouchoir taché dans sa main et se dépêcha d'en appliquer un propre sur son visage.

— Papa est parti se promener. Je veux que tu retournes au lit et que tu y restes. Il est de méchante humeur, ce soir.

Quand elle essaya de sourire, le Kleenex qui sortait de son nez cacha sa bouche. Tout ce que Reba put voir fut ses yeux apeurés.

Elle était partie se recoucher, comme le lui avait demandé sa mère. Elle resta allongée dans son lit à faire craquer ses articulations encore et encore, attendant d'entendre le cliquetis de la porte de derrière. Quand elle s'ouvrit enfin, Reba retint sa respiration tandis que les pas lourds de son père retentissaient sur chaque marche. Après une demi-heure sans un bruit, Reba s'autorisa à s'endormir, mais elle plongea dans un sommeil sans repos fait de sursauts au moindre craquement du plancher ou sifflement du vent dans les arbres.

Le lendemain matin, la mère de Reba, déjà maquillée, la réveilla.

— Debout ! Le monde appartient à ceux qui se lèvent tôt ! J'ai préparé des pancakes aux noix de pécan. Si on allait au cinéma ce matin ? On va passer le samedi entre filles. Papa dort encore.

Malgré le fard à paupières et le fond de teint soigneusement appliqués, le cocard mauve ressortait clairement.

— Je sens les noix de pécan grillées ! Je vais me dépêcher de les sortir du four avant qu'elles brûlent.

Elle se précipita vers la cuisine sans un mot de plus.

Quand Deedee revint à la maison pour le week-end de la fête de Christophe Colomb, Reba l'entraîna dans leur vieille cachette à l'intérieur du placard et expliqua en larmes ce qui s'était passé la semaine précédente. C'était la première fois que papa avait frappé maman et, même s'il n'avait jamais levé la main sur elles, Reba se demandait s'il en serait capable. À la fin du récit de Reba, Deedee baissa les yeux vers le sol.

— Parfois j'ai du mal à dormir, confia Deedee. Je rêve que je trouve un serpent dans mon lit, mais je lui dis : « Disparais, espèce de vieux serpent, je ne crois pas que tu es vraiment là, tu n'es pas réel. » Et il s'en va. Essaye ça la prochaine fois, d'accord ?

Reba fut très attristée que sa grande sœur ne prenne pas immédiatement la défense de sa mère. Sa défense à elle, aussi.

— Il l'a frappée ! insista-t-elle, mais l'ulcération dans sa voix passait pour de l'incertitude.

— Essaye mon truc et, si ça ne marche pas, nous allons…

Au lieu de finir sa phrase, Deedee l'embrassa sur la joue et la laissa par terre au milieu d'un tas de chaussures.

Pendant des années, Reba s'était demandé « nous allons quoi ? » Mais elle n'avait jamais abordé le sujet ensuite. Même pas après la mort de leur père. Et malgré leurs liens très forts, elle s'était depuis censurée face à sa sœur. Elle n'avait jamais parlé à Deedee du dossier médical de leur père ni de la retranscription qu'elle avait lue. Une partie d'elle avait peur de rencontrer le même type de réaction peu convaincante.

Reba avala une poignée de bonbons. Et si elle faisait une surprise à Riki en préparant la recette de poulet frit de sa mère ? Elle engloutit une autre bouchée. Oui, mais elle ne savait pas si Riki aimait le poulet frit et elle n'avait aucune idée de ce que contenait la recette, à part l'ingrédient évident, du poulet. Elle était à peu près sûre, en tout cas, qu'elle ne pourrait pas le cuire au micro-ondes. Reba but une gorgée de vin et referma le placard. Non, préparer un mauvais repas ne ferait qu'aggraver la situation.

Elle monta à l'étage, se déshabilla et glissa dans le bain. L'eau chaude permit d'effacer de ses mains la coloration bleue et rose du sucre. Ses seins paraissaient plus gros dans l'eau claire, mais ses cuisses et son ventre aussi. Ce n'était que justice. Elle posa son verre sur le bord de la baignoire et plongea plus profondément jusqu'à ce que ses yeux soient à la hauteur de la vapeur qui s'élevait de l'eau tels des fantômes dansants. Le collier autour de son cou luisait sous la surface. Elle remonta la chaîne en argent et la laissa pendre de droite à gauche, se laissant hypnotiser par le mouvement.

« Ne reste pas assise sous le pommier », fredonna-t-elle pour elle-même.

Elle repensa à Elsie, élégamment vêtue pour assister à son bal nazi. Elle avait dit que certains d'entre eux étaient même des « hommes bien ». De bons nazis ? N'était-ce pas contradictoire ?

— On dirait que quelqu'un a passé une bonne journée, commenta Riki en passant la tête par la porte de la salle de bains.

Reba lâcha l'anneau et remonta ses genoux contre sa poitrine.

— Je ne t'ai pas entendu entrer.

Il s'assit sur le bord de la baignoire.

— Ça fait plaisir de te voir...

— Bien sûr. Tous les hommes aiment voir une nana toute nue.

Elle enveloppa ses tibias de ses deux bras. Une mèche de cheveux collait à sa joue.

Riki la glissa derrière son oreille.

— Ce n'est pas moi qui vais dire le contraire, mais je pensais à « heureuse ». Ça fait plaisir de te voir heureuse.

Il avait apporté le froid métallique de novembre avec lui. Elle en eut la chair de poule. Elle allongea les jambes pour profiter de l'endroit où l'eau était la plus chaude. Ses orteils picotèrent.

—Tu en veux ? demanda-t-elle en lui tendant son verre de vin.

—Je passe mon tour. La journée a été longue, dit-il en bâillant. Nous avons arrêté une jeune mère et ses deux enfants. On les a trouvés sur Westside. Une des habitantes nous a appelés, une bonne femme originaire de Caroline du Nord.

—Bon Dieu, tu n'imagines pas comme leur porc me manque. Tu as déjà entendu parler du barbecue de Caroline ? Rien à voir avec le texan. Plus de sauce et moins fumé.

Reba essayait de changer de conversation. Tous les jours, Riki revenait à la maison avec une autre anecdote déchirante. Elle ne voulait pas se laisser gâcher la soirée avec une nouvelle couche de tristesse.

—Les gamins étaient tellement effrayés, continua Riki en secouant la tête. Je sais que ça a coûté à cette femme tout ce qu'elle avait pour passer la frontière. C'est une famille que j'aurais vraiment aimé ne pas renvoyer chez elle.

Reba posa les pieds sur le robinet.

—C'est ton travail. C'est pour le bien du pays.

Elle lui répéta ce qu'il lui avait dit des centaines de fois.

—Je sais, mais depuis quelque temps...

Il posa le pouce sur un point qui sautillait entre ses deux yeux.

— Ce n'est pas pareil qu'il y a un ou deux ans. Avant, c'étaient des groupes d'hommes qui s'infiltraient à l'intérieur de nos frontières pour se faire un peu d'argent et, ensuite, ils repartaient. Maintenant, ce sont des familles. Des femmes et des enfants. Ils ne sont pas différents de toi ou moi, ils sont seulement nés du mauvais côté de la rivière.

— Tu es différent, bien sûr, affirma-t-elle, se redressant trop vite et éclaboussant de l'eau en dehors de la baignoire. Tu es un Américain cultivé. Ce sont des clandestins qui enfreignent nos lois. Tu ne peux pas t'identifier à eux. Tu dois... je ne sais pas, prendre du recul. Comme moi avec les gens que j'interviewe. Je ne peux pas faire mon travail correctement si ça devient personnel.

Le bout de ses seins durcit à cause de l'air froid. Elle replongea sous l'eau.

Le robinet gouttait. Elle sirota son vin.

Elle avait fait des recherches sur les lois régulant l'immigration. C'était comme ça qu'elle avait rencontré Riki. N'était-ce pas lui qui déclarait que les règles étaient les mêmes pour tout le monde ? Il voyait la vie en noir et blanc, et elle avait toujours trouvé cela rassurant. Qu'il parte explorer les différentes teintes de gris la dérangeait.

— Tu dois prendre de la distance. Tu ne peux pas t'attacher à ces gens. C'est toi qui vas souffrir au bout du compte. En tout cas, c'est l'expérience que j'en ai.

Elle pressa un peu de savon liquide sur une éponge.

— Tu pourrais me frotter le dos ?

— C'est un peu naïf et carrément insensible, tu ne trouves pas ? lança-t-il en prenant l'éponge.

— C'est la vérité, assura-t-elle en jouant avec la mousse.

— Vraiment ?

Il lui massa les épaules en cercles.

— Pour moi, c'est plus de la peur. Si tu ériges des clôtures autour de toi, tu te fais plus de mal que de bien. On a tous besoin de quelqu'un, Reba.

— C'est très John Wayne comme remarque, dit-elle en lui tournant complètement le dos. Bien sûr qu'on a tous besoin de quelqu'un, mais ça ne veut pas dire pour autant que c'est à toi de jouer le sauveur.

Une partie d'elle voulait que ce soit aussi simple : partir sur son cheval dans le clair de lune sans ressentir la peur de la déception, mais elle avait appris il y a bien longtemps que la confiance était une chose très fragile. Les héros qui galopaient à l'horizon avaient l'air terne, et au mieux médiocre, dans la lumière de leur salon.

— C'est peut-être ce que je veux, pourtant.

Riki plongea l'éponge dans l'eau et la pressa au-dessus du dos de Reba.

— Alors, tu t'es trompé de profession…

Reba expira et prit l'éponge des mains de Riki. Elle ne voulait pas parler de cela maintenant. Elle n'en avait pas l'énergie.

— L'Allemande que j'ai interrogée aujourd'hui à la boulangerie, elle m'a dit qu'elle côtoyait les nazis pendant la guerre.

— C'est une nazie ?

— Je ne crois pas qu'elle le soit. Et je ne suis pas sûre qu'elle l'ait été.

— Soit tu es raciste, soit tu ne l'es pas, il n'y a pas d'entre-deux.

Elle retrouvait le Riki qu'elle connaissait.

— Tu penses ? demanda-t-elle, alors qu'elle aurait voulu le formuler plus comme une affirmation.

— J'en suis sûr, dit-il fermement en la faisant pivoter vers lui.

— Oui, tu as raison, concéda-t-elle en hochant la tête. Mais est-ce qu'on ne fait pas tous passer notre bien avant celui des autres ?

Elle promena la main dans l'eau savonneuse.

— Nous sommes tous humains, Reba. De simples hommes.

— Les hommes se trahissent.

Le solitaire scintillait dans le bain. Riki s'empara de la chaîne.

— Il serait plus en valeur sur ton doigt, tu sais ?

Elle recula et le bijou retomba dans la mousse.

— Je n'ai pas envie d'en parler.

— Je dis juste...

— Je sais ce que tu dis.

Elle se lava les jambes avec l'éponge.

— Je trouve que j'ai fait preuve de beaucoup de patience, Reba, affirma Riki en se levant. Mais il faut parfois faire des choix, comme tu le dis toi-même.

— J'ai fait mon choix, dit-elle en donnant des petites tapes dans l'eau. Regarde, je suis là ! Pourquoi tu n'arrêtes pas d'insister ?

Elle frotta fort au point qu'une rougeur apparut sur son genou. Sa respiration s'était accélérée.

— Ça fait près de quatre mois et nous n'avons toujours pas fixé la date. On n'en a même pas discuté. En fait, je ne pense pas que tu en aies seulement parlé à ta famille…

Elle continua ce qu'elle faisait sans s'occuper de ses reproches. Elle éclaboussait de l'eau par-dessus la baignoire.

— Réponds-moi, Reba.

Elle s'arrêta. Que pouvait-elle dire ? Elle l'aimait, mais ce n'était pas la vie qu'elle désirait. Il prétendait qu'il ne fallait pas ériger de clôture, mais c'était exactement ce qu'il lui faisait. Il l'avait enterrée dans cette ville frontalière, l'avait enfermée dans son périmètre entouré de barbelés. Depuis le moment où elle avait accepté sa demande, elle avait ressenti le besoin de s'enfuir, de courir aussi vite qu'elle pouvait. Elle avait peut-être abandonné l'ancienne Reba en Virginie, mais cette nouvelle Reba ne lui convenait pas non plus. Jane l'avait bien dit : elle était coincée entre les deux. Son esprit était déchiré entre l'Est et l'Ouest, entre qui elle était et qui elle voulait être. Seuls Riki et sa fichue bague qu'elle mettait autour du cou la retenaient.

— Il me faut une aspirine, lâcha-t-elle en se frictionnant les tempes.

— Il faut surtout que tu prennes une décision. On ne peut pas continuer comme ça éternellement.

Reba compta les bulles à la surface de l'eau, se sentant plus lourde qu'une pierre.

14

Lebensborn
Steinhöring, Allemagne

1er janvier 1945

Chère Elsie,

Une demande en mariage par un officier ! Bien sûr que tu vas accepter. Elsie, je suis tellement fière de toi. Et jalouse, je l'avoue. Je sais que c'est pour le bien de la nation, mais je ne crois pas me montrer déloyale quand je prie pour rencontrer un homme (quel que soit son âge) qui cherche une épouse. Nous faisons des Allemands, pas l'amour, comme ils ne cessent de me le rappeler. Mais l'amour me manque et souvent je me demande à quel point ma vie aurait été différente si Peter était en vie. J'aurais été comme toi, une femme de SS. Bien sûr, si j'avais su, à l'époque, que j'étais enceinte de Julius, j'aurais insisté pour que nous nous mariions avant qu'il parte pour Munich. Mais ce genre de pensée ne me fait pas de bien. Il est mort, à quoi bon combattre la volonté du destin ? Tout arrive poir une raison, n'est-ce pas ce que le prêtre nous disait ?

Je ne suis pas allée à l'église depuis un moment. L'association n'approuve pas le sentimentalisme religieux, mais je porte toujours ma croix en étain. Celle que Papa nous a donnée à Pâques quand Herr Weiss a jeté accidentellement la table de sa belle-mère dans le feu de joie. Même si nous savons tous qu'il l'a fait pour se venger de sa belle-mère parce qu'elle lui interdit de fumer sa pipe dans la maison ! Je ris encore en me rappelant la tête de la pauvre femme.

C'est là aussi que j'ai rencontré Peter, au festival du printemps. Il était si beau dans son uniforme des Jeunesses hitlériennes et si fier de montrer ses médailles à toutes les jeunes filles. Il cachait bien son jeu ! A l'école, c'était le plus calme des garçons. Il sentait toujours le jus d'orange que sa maman lui pressait pour le petit déjeuner. Ensuite il a rejoint les Jeunesses hitlériennes et il est revenu changé. Un homme prêt à conquérir le monde. C'est étrange comme on peut fréquenter quelqu'un jour après jour sans le remarquer, jusqu'à ce qu'une étincelle éclaire son visage. Alors, on voit ce qu'on n'a jamais vu avant et on a beau faire des efforts, on ne peut pas revenir en arrière pour ne rien voir de nouveau. Regarde-moi, je radote. Oui, j'aimais Peter, mais il y a tellement plus. Du moins, c'était mon expérience à moi. C'est bien que Josef et Papa soient amis. Mutti a raison. C'est une belle union, Elsie.

Aujourd'hui, j'ai acheté un ravissant tissu pour confectionner un Dirndl. Mon amie Ovidia qui travaille au magasin m'a dit que c'était de la laine d'agneau italienne, tissée main. J'en ai envoyé une partie à Mutti pour qu'elle fasse la jupe. Elle brode si bien. Je n'ai pas encore décidé ce que je préférais, les coquelicots rouges ou les edelweiss blancs. Qu'en penses-tu ? Peut-être que je devrais laisser Mutti décider, même si elle dit toujours que le rouge est la couleur qui me va le mieux. De mon côté, je couds un corsage marron pour aller avec les deux. J'espère que j'aurai réussi à le finir pour notre visite au printemps. Mutti est capable de coudre un Dirndl en une semaine, mais je n'ai jamais eu sa dextérité ni son habileté. De plus mon corps est encore gonflé après les jumeaux, et je veux que la robe tombe bien. L'association me conseille de les sevrer tôt. J'espère que cela aidera.

La fille se porte à merveille, rose et potelée comme un chérubin. Le garçon, en revanche, ne se développe pas aussi vite qu'espéré. Il est plus petit que la moyenne, mais de bonne composition. Il ne pleure jamais, ni ne geint comme sa sœur. Les infirmières disent qu'il reste allongé toute la journée dans son berceau sans rien dire et parfois elles en oublient sa présence. Pendant l'allaitement, la fille avale pratiquement tout ce que j'ai à donner, alors que le garçon s'endort presque tout de suite au sein. Ils sont si différents. Difficile de croire qu'ils ont partagé le même utérus. Les médecins se font du souci pour le garçon. Même si je sais qu'il n'est pas à moi, mais est un enfant de la patrie, je ne peux m'empêcher de vouloir le protéger. Je sens tous les os de son petit corps quand je le tiens dans mes bras. Je l'ai appelé Friedhelm en attendant qu'il soit assez fort pour que l'association le rebaptise.

Je suis désolée d'apprendre qu'un juif a gâché votre Noël. Dans quelle époque terrible vivons-nous ! Des nouvelles des Ardennes nous sont arrivées avec la disparition de bon nombre des pères de notre association. Plusieurs autres Lebensborn ont été fermés et les enfants ont été amenés ici. Je partage désormais une chambre avec une mère du Luxembourg nommée Cata et une de Stuttgart, Brigette. Cata est nouvelle à Steinhöring, mais Brigette est ici depuis l'ouverture de l'association.

Lauréate de la croix d'argent l'année dernière pour sa grande fertilité, elle est une des favorites de beaucoup d'officiers SS admirés. Elle a donné naissance à sept enfants parfaits et elle les appelle par un numéro plutôt que par leur nom. Je ne sais pas si c'est parce que cela lui fait de la peine d'utiliser leur prénom ou si c'est parce qu'elle est entièrement dévouée à la cause. Brigette avait la plus grande chambre de toute l'enceinte avant, mais elle a été transformée en pouponnière pour les nouveaux enfants.

Nous ne sommes pas amies. Nos relations ont été entachées après que le commandant Günther m'a réclamée moi, plutôt qu'elle. C'était un de ses habitués, apparemment. Par conséquent, je fais au mieux en ces temps difficiles. J'essaye de rester loin de Brigette et de faciliter autant qu'il m'est possible l'adaptation de Cata dans cet environnement nouveau pour elle. Elle est très nerveuse et dit tout ce qu'elle pense sans réfléchir. Brigette dit qu'elle est plus bavarde qu'une pie. Mais si Cata est une pie, alors, Brigette est un vautour.

Je prie pour une victoire rapide de nos combattants afin que le Nouvel Ordre de l'Allemagne commence enfin. Alors, peut-être que je pourrais revenir à la maison pour toujours, trouver un homme respectable à épouser et avec qui j'élèverais nos enfants. C'est mon rêve, Elsie.

Je vous envoie tout mon amour, à toi, à Papa et à Mutti et je vous souhaite une excellente Saint-Sylvestre de 1945 à tous.

Heil Hitler.

Hazel

P. S. : le courrier est inspecté au hasard par l'association, mais aucune de mes lettres n'a jamais été ouverte jusque-là. J'envoie toute ma correspondance directement par le bureau de poste de Steinhöring ou je la transmets à mon amie Ovidia pour qu'elle s'en charge. Nos écrits sont en sécurité entre nous, ma petite sœur.

*

Bäckerei Schmidt
56, Ludwigstrasse
Garmisch, Allemagne

2 janvier 1945

Chère Hazel,

Cela fait des semaines que nous n'avons reçu aucun mot de ta part. Avec les combats tout proches, j'imagine que le courrier ne circule pas aussi vite que d'habitude. J'essaye d'être patiente, mais ce n'est pas facile. Mutti se fait du souci pour toi et Julius. Nos ennemis sont plus près que jamais. Je prie pour que tu sois en sécurité. Tu me manques tellement.

Je suis encore convalescente après la maladie dont je t'ai parlé dans ma dernière lettre. Malgré les efforts de Mutti, les cataplasmes de moutarde n'ont pas beaucoup aidé. Finalement, Papa a appelé le docteur Joachim qui m'a donné une cuillère de poudre de Dover et a demandé à maman de me préparer des tisanes à l'anis. Il ne lui restait plus de médicaments : ils sont tous envoyés à nos hommes sur le front. Heureusement que ce n'était pas la grippe ! J'ai entendu des rumeurs selon lesquelles une épidémie a ôté la vie à plusieurs personnes à Hambourg et à Berlin. Je prie pour qu'elle ne vous frappe pas à Steinhöring !

Sept tasses de thé amer plus tard, j'ai rempli un pot de chambre entier à mon réveil et ma toux s'est calmée. Un ange veillait sur moi. Le dernier jour de 1944, j'étais en bien mauvais état, mais j'ai pu enfin me reposer. J'ai raté la Saint-Sylvestre : je dormais au moment du passage à la nouvelle année. Cela fait bizarre de ne pas vivre des instants aussi importants, comme si un objet de valeur m'avait été volé, mais que je ne pouvais accuser aucun coupable. C'est peut-être pour cela que 1945 me semble si étrange.

La veille du jour de l'An, Frau Rattelmüller est passée chez nous pour lire notre avenir. Vous avez aussi fait du Bleigiessen[1] à l'association ? Si oui, à quoi ressemble ton avenir ? Celui de Papa a la forme d'une plume : du changement dans son foyer. Il l'a attribué à la victoire prochaine du Reich et à la reprise des affaires. Pour Mutti, c'était une vache : un traitement pour une maladie. Elle me fait boire toutes sortes d'infusions depuis. Ils ont versé le plomb fondu dans l'eau pour moi : ça a formé un anneau. Mutti, bien sûr, l'a interprété comme l'annonce de mon mariage avec Josef, mais Frau Rattelmüller lui a rappelé qu'un anneau est aussi la mise en garde contre des frasques à venir. Ça ne m'étonne pas qu'elle prédise des malheurs. Peut-être que la vieille sorcière m'a lancé une malédiction parce que je me suis moquée d'elle avec ses Brötchen.

La nuit dernière, j'ai rêvé que Josef était ficelé comme un cochon de lait et qu'on le mettait dans notre four avec le Roggenbrot. J'essayais de le sauver, mais je n'arrivais pas à ouvrir la porte. Je me suis réveillée trempée de sueur. Dans un autre rêve, tu étais sur le perron de derrière avec un revolver et tu me disais de courir. J'ai demandé où, mais tu ne répondais pas. Tu as simplement dit « cours » et c'est ce que j'ai fait, dans les rues vides et tout en haut de la montagne Kramer jusqu'à atteindre la hutte de saint Martin. Là, je me suis arrêtée et j'ai baissé les yeux vers Garmisch, qui avait disparu. Juste un trou noir dans la vallée. Tu m'as toujours dit que les rêves avaient des sens cachés. Tu y crois toujours ? Si oui, qu'est-ce que ça veut dire ? Je préférerais autant oublier ces cauchemars, trop horribles pour y penser. Des démons, selon maman, alors, je dépoussière ma bible et je prie encore et encore.

1. « Plomb fondu ».

J'ai accepté la demande en mariage de Josef. Mutti et Papa sont aux anges. Voir leur bonheur me donne du courage, mais tout de même, je me demande si ça suffit.

J'espère que tu pourras venir nous voir au printemps. Ton opinion est très importante pour moi. T'avoir à nos côtés en cette période difficile nous aurait tellement aidés. Je dois te dire, Hazel, j'ai un secret. Je n'ai pas le courage de l'écrire, mais je ne peux en parler qu'à toi et le plus vite sera le mieux. Il me consume tellement que mon esprit ne connaît aucun répit. Je crains d'avoir fait une grosse erreur. Je prie pour que, si j'ai eu tort, les conséquences n'affectent pas Mutti, Papa ou toi. S'il te plaît, écris vite, Hazel. Les jours entre chaque lettre sont si longs.

Heil Hitler.

Ta sœur qui t'aime,
Elsie

*

Les pas de Mutti craquèrent sur le plancher. Elsie jeta un œil à la lame de la cloison pour s'assurer qu'elle était en place.

— Tu dois te sentir mieux ? demanda Mutti en entrant avec un plateau sur lequel était posée une soupe de panais aux oignons. Ça fait plaisir de te voir réveillée.

— J'écrivais à Hazel, lança Elsie en montrant du doigt la feuille de papier.

Mutti posa le plateau à côté.

— Tu veux que je la poste pour toi ?

— Ce n'est pas urgent, répondit Elsie en la pliant.

Mutti n'était pas de nature curieuse, mais Elsie ne pouvait pas prendre le risque.

— J'irai moi-même dès que je me sentirai mieux. Ça m'aide de lui parler comme si elle était auprès de moi, ajouta-t-elle en cornant la lettre. Elle me manque.

Mutti remonta la couverture.

— Je suis contente qu'elle t'écrive. Papa et moi n'avons plus reçu un seul mot depuis plus d'un mois.

Elle déplaça la cuillère sur le plateau.

— Elle est occupée, continua-t-elle. Et avec la guerre…

Elle posa une main sur le front d'Elsie.

— Bien. Tu n'as pas de fièvre. Je suis sûre que Josef est pressé de te voir.

Mutti lui tapota la main. Les rubis scintillaient dans la lumière faible.

— Il faut que tu sois complètement rétablie. Heureusement que ce n'était pas une infection. Le docteur Joachim dit qu'on ne trouve plus un seul médicament, même pas au marché noir. Pourvu que les conditions soient meilleures à Steinhöring.

Elle joignit les mains en signe de prière.

Elsie leva des yeux pleins de tendresse vers sa mère.

— Hazel m'a demandé de vous transmettre tout son amour à Papa et à toi. Elle a l'air de se porter mieux que nous tous.

Elle ne voulait pas que Mutti s'inquiète.

Mutti massa le bout des doigts d'Elsie pour faire circuler le sang.

— *Gut*. Ça me rassure. N'oublie pas de lui dire combien nous l'aimons dans ta lettre. Je dois retourner auprès de ton père. J'ai profité d'une accalmie pour t'apporter ton repas. Mange pendant que la soupe est encore chaude.

Elle se leva et se dirigea vers la porte.

— Mutti, la rappela Elsie. Je pourrais avoir encore quelques petits pains, s'il te plaît ?

Mutti hocha la tête.

— L'appétit revient, se réjouit-elle. Excellent signe.

Elsie écouta les pas s'éloigner pour se rapprocher de nouveau quelques minutes plus tard.

— Tout droit sortis du four de Papa. Et un petit morceau de beurre que j'avais caché dans l'armoire.

Mutti posa l'assiette sur le plateau.

— J'ai dit à ton père que nous devrions cuire une autre fournée de *Brötchen* le matin. Frau Rattelmüller en a acheté une douzaine avant même qu'on ouvre !

— Cela fait des mois qu'elle fait ça. Je te l'ai dit, elle a perdu la tête.

— Du moment qu'elle nous paye, lança Mutti en gratifiant Elsie d'un clin d'œil complice.

Elle referma la porte en partant.

Elsie but sa soupe. Le parfum aromatique qui s'en échappait lui fit un bien immense. La soupe de Mutti avec le pain de Papa : rien de meilleur au monde. Elle serra le bol de ses deux mains juste assez fort pour ne pas se brûler.

D'en bas, la voix de Mutti lui parvenait à travers le plancher en pin, alors qu'elle accueillait les clients.

Elsie vérifia que la porte était fermée et tendit l'oreille avant de sortir de sous la couette, une clé dans la main. Le sol était plus chaud que l'air, très agréable sous ses pieds. Une fois la serrure fermée, elle murmura.

— Tobias ?

Le pan du mur du fond s'écarta.

— De la soupe de panais.

Tobias s'extirpa de l'espace confiné, vêtu d'un pull torsadé noir qui ressemblait plus à une robe sur lui. Le ventre de Papa n'y entrait plus depuis longtemps et le pull restait là, inutile, au fond du coffre en cèdre. Papa n'avait jamais remarqué son absence. Avec la température dans les chambres à l'étage, Elsie ne pouvait pas prendre le risque que Tobias attrape froid et se mette à renifler jusqu'à ce qu'on le découvre.

Elle s'empara du petit pain et le trempa dans la soupe. Sur l'autre, elle étala du beurre.

— Tiens.

— Et toi ? chuchota Tobias.

Ses yeux brillaient.

Jusqu'à ce jour, son estomac n'avait pas été capable d'ingérer plus que du thé, du bouillon et des bretzels qu'elle trempait pour ne pas avoir à mâcher. Par conséquent, Tobias avait mangé la même chose. Alors qu'Elsie maigrissait, étonnamment, ce régime profita à Tobias. Ses joues se gonflèrent, son ventre se remplit, lui donnant plus l'apparence d'un garçon que d'un spectre.

Même s'il parlait rarement, Elsie s'était attachée à sa compagnie, comme les elfes imaginaires de son enfance qui vivaient dans les cabanes de jardin et les armoires en bois.

— Va manger là-bas, c'est plus sûr.

Tobias acquiesça et retourna derrière le mur. Il se glissa entre les planches et entraîna l'assiette avec lui.

Ça avait été leur quotidien depuis Noël. Au début, Elsie paniquait chaque fois que ses parents montaient prendre sa température. Son cœur battait la chamade et elle se mettait à transpirer de la tête aux pieds, rendant ses symptômes encore pires qu'ils ne l'étaient. Quand le docteurJoachim était venu, elle avait failli s'évanouir de peur. Mais Tobias semblait parfaitement caché. Même Elsie oubliait sa présence jusqu'à ce qu'une quinte de toux vienne lui déchirer la poitrine et lui coupe la respiration. Alors, il sortait de sa cachette pour lui apporter de l'eau et fredonner une chanson qui apaisait ses douleurs. Elle essayait d'oublier qu'il était juif. C'était plus facile comme ça. Mais il fallait qu'elle ne pense plus au fait qu'elle le cachait là.

Lors d'un délire causé par la fièvre, elle avait rêvé qu'elle appelait la Gestapo pour leur dire qu'elle avait trouvé un garçon dans son mur. Elle sauvait sa famille et était acclamée en héroïne. Quand elle se réveilla, Tobias lui caressait le front en chantonnant tout doucement et elle balaya son affreuse pensée. Elle ne pouvait pas le dénoncer. Plus maintenant. Les choses avaient changé. Il était quelqu'un pour elle, désormais.

À chaque repas, elle partageait son pain avec lui et elle lui montrait les trésors qu'elle avait enfouis dans le mur creux. Celui que Tobias préférait était l'affiche pour les haricots à la tomate du Texas : l'image d'un cow-boy galopant à travers un champ de tournesols. Tobias passait le doigt sur le sourire de l'homme et les lettres U-S-A. Elle conservait également une broche en forme d'edelweiss, des photos des films de Jean Harlow, Myrna Loy et William Powell, un exemplaire de *A Boy's Will* avec la couverture déchirée, un bocal de galets de la plage en Yougoslavie, un petit flacon de shampooing à la rose et une barre de Ritter Sport Schokolade toujours dans son emballage. De peur que Tobias se montre trop gourmand, elle le prévint que, s'il mangeait le chocolat, on le trouverait sûrement, à cause de l'odeur trop familière et perceptible pour les sens d'un boulanger. Mais, après une semaine à se contenter de petites bouchées, elle comprit vite qu'il n'était pas de nature gloutonne.

Quelques minutes après qu'il était reparti, l'assiette resurgit. Elsie sortit de son lit pour la récupérer. Dans la lumière de la lampe, les rubis de la bague de Josef projetaient des gouttelettes rouges sur le papier peint. Elle ne s'était toujours pas habituée à son éclat. La décision d'accepter sa demande était venue subitement.

Le lendemain de Noël, la Gestapo était de retour. Tobias n'ayant toujours pas été retrouvé, tous les officiers avaient reçu l'ordre de procéder à un dernier ratissage, en journée cette fois. Leurs bottes sortirent Elsie de son délire fiévreux.

— Elle est malade ! avait hurlé Papa.

Ils étaient entrés dans sa chambre avec des fusils en bandoulière. La pièce parut trop lumineuse pour les yeux endormis d'Elsie, tous les recoins et ses secrets étalés au grand jour. Elle avait remonté les couvertures sur sa fine chemise de nuit et elle avait gémi de peur et d'épuisement.

Un soldat se dirigea vers le coin de la pièce et se mit à frapper le mur avec la crosse de son arme. Un autre regarda sous son lit et dans l'armoire en cèdre, jetant les *Dirndl* et les pulls sur le sol.

— Je vous en prie, arrêtez ! avait supplié Mutti.

— Nous devons vérifier partout, avait répliqué l'officier en avançant vers le mur du fond.

— Non ! avait crié Elsie dont la poitrine convulsait à tel point qu'elle dut réprimer une quinte de toux pour parler. Je suis la fiancée du lieutenant-colonel Josef Hub. Si vous ne partez pas immédiatement, il vous fera passer en conseil de discipline pour avoir manqué de respect à notre famille !

Sa tirade lui coupa le souffle et la toux fut plus violente que jamais.

Les hommes se tournèrent vers le Standartenführer qui leur fit signe de partir. Mutti et Papa en restèrent sans voix.

— Fiancée ? demanda tout de même son père.

Et voilà comment la décision avait été prise.

Les pierres précieuses qui scintillaient sur l'anneau en or avaient beaucoup impressionné ses parents. Ils ne possédaient rien de tel. Mutti se disait que Josef l'avait achetée à un marchand de Paris, mais Elsie connaissait la vérité.

Elle s'agenouilla à côté du mur.

— Tobias ? chuchota-t-elle.

La planche s'ouvrit en craquant.

— Tu parles hébreu ? demanda-t-elle en retirant l'anneau de son doigt. Qu'est-ce que ça veut dire ?

Une main sortit du mur. Il prit la bague et la maintint de sorte que la lumière poussiéreuse éclaire l'intérieur. Puis il la lui rendit.

— Alors ?

Silence.

— C'est trop usé ?

— *Ani ledodi ve dodi li.* « Je suis à mon bien-aimé et mon bien-aimé est à moi », dit-il de sa voix claire et chantante. C'est dans la Torah.

15

Gare de Garmisch
Allemagne

6 janvier 1940

Le capitaine Josef Hub reçut une permission et prit le train le samedi pour Garmisch. Aux archives nazies, il avait fait connaissance avec une secrétaire très bavarde qui raffolait des sucreries et avait la couperose qui en témoignait. Après des semaines à flirter, à l'aide de gaufres au sucre et de sous-entendus habilement placés, il réussit à la convaincre de lui donner le dossier de Peter. À l'intérieur, il trouva l'adresse de la famille Abend.

La carte de la ville était placardée sur le mur de la gare et il parcourut toutes les lignes colorées. Il s'était trouvé exactement au même endroit, quatre ans plus tôt, pour les jeux Olympiques de 1936. À l'époque, les quais avaient été envahis d'une foule agitant des drapeaux aux couleurs de son pays, chantant les louanges du nouveau stade d'Hitler et se pressant pour apercevoir leur athlète favori. Maintenant, hormis quelques rares voyageurs, ils étaient vides.

La locomotive du train gémit et eut du mal à se mettre en branle, comme rongée par l'arthrose. Il était content d'être sorti, tenant à la main le papier sur lequel il avait noté l'adresse de Herr et Frau Abend. Ils louaient quelques chambres au-dessus de leur maison aux skieurs de passage et aux couples en vacances. Petits aubergistes, indiquait le dossier de Peter. De simples travailleurs. Ils avaient deux enfants, Peter et Trudi. Peter était le plus âgé des deux.

— Des bagages, officier ? demanda le porteur.

— *Nein,* répondit Josef en glissant l'adresse dans sa poche. À quelle heure repart le dernier train pour Munich ?

— Vingt et une heures.

Cela lui donnait près de douze heures, même s'il n'avait pas l'intention de rester autant.

— Où se trouve la Schnitzschulstrasse ?

— En bas de la route, indiqua l'homme. Voulez-vous que j'appelle un taxi ?

— Une petite marche me fera du bien, affirma Josef en ajustant son chapeau.

Le porteur haussa les épaules et lui indiqua la direction.

Ce que Josef voulait, en fait, c'était un peu plus de temps. Pour se mettre en condition. Il avait redouté ce jour autant qu'il l'avait attendu. Mais maintenant qu'il était arrivé, il n'avait rien à voir avec ce qu'il avait imaginé. La matinée était trop tiède et ensoleillée pour un mois de janvier. Il s'était préparé à un froid mordant, à des rues vides, qui iraient avec son humeur. Mais, au lieu de cela, la ville foisonnait de commerçants et sentait bon le pain chaud et les feux de cheminée. Les enfants se couraient après dans les rues pavées, les clochettes des magasins résonnaient lorsque les clientes en talons et chapeaux à plumes entraient et sortaient. Deux jeunes femmes lui sourirent et gloussèrent. Un boucher versa un seau d'eau rose dans le caniveau.

— *Guten Morgen, Hauptsturmführer*.

— *Guten Morgen,* salua à son tour Josef en lisant le nom des rues.

— Je peux vous aider ? demanda le boucher.

— Je cherche la Schnitzschulstrasse, l'auberge des Abend.

— Au coin de cette rue. Frau Abend prépare une soupe d'agneau exquise pour ses hôtes. La viande vient de ma boutique. C'est toujours la meilleure, je vous promets que vous ne serez pas déçu.

Josef hocha la tête, sachant bien qu'il ne resterait pas dîner.

Ce soir de novembre, il avait agi impulsivement, par rage. Il était gêné par son manque de retenue et de contrôle. Peter avait raison, ce n'étaient que des juifs. Mais, malgré tout ce qu'il avait lu, appris et entendu rabâcher, malgré les certitudes du parti sur cette race honnie, les Hochschild avaient été ses amis et ses enseignants, et ils s'étaient montrés d'une générosité sans commune mesure. Il ne pouvait nier cette vérité, pas moins qu'il ne pouvait nier le meurtre de Peter Abend. Il avait été confronté aux deux, mais il ne le reconnaîtrait jamais. Il était à présent capitaine dans l'armée du Troisième Reich et attendait une promotion.

Peter avait désobéi aux ordres. Discipline et foi, voilà les axes centraux qui le gouvernaient.

Mais il avait beau tenter de rationaliser ses actions, il n'avait pas l'esprit tranquille. Il avait commencé à souffrir de migraines un an plus tôt. Les douleurs fulgurantes lui brouillaient la vue au point qu'il ne voyait plus que des tunnels d'obscurité. Il était resté allongé pendant des heures, catatonique et suffocant, se demandant si c'était ce que Peter avait ressenti alors qu'il l'étranglait ou Frau Hochschild dans sa tombe. Il priait pour que Dieu l'emporte dans la nuit, mais le matin, il se levait, enfilait son uniforme et effectuait son devoir. Ses supérieurs remarquèrent son amaigrissement et sa mine défaite et lui ordonnèrent de consulter un médecin des Waffen-SS qui lui avait prescrit des injections de méthamphétamine, l'enjoignant de revenir dès qu'il se sentait fatigué, anxieux ou inquiet. Les migraines s'arrêtèrent, mais le médicament ne fit rien contre ses insomnies. Il passait ses nuits éveillé à faire les cent pas en lisant et relisant *Mein Kampf* jusqu'à ce que le docteur lui donne aussi des somnifères. La combinaison des médicaments et des injections avait l'air de fonctionner, et il avait l'impression d'être remis sur pied – non, de se sentir mieux que jamais, même. Enfin, s'il n'y avait pas eu les cauchemars dans lesquels il entendait le fils de Herr Hochschild murmurer et sentait le pouls de Peter qui ralentissait sous ses doigts. Il se réveillait alors en nage, tremblant à l'idée que le rêve était vrai.

Il espérait faire taire les chuchotements des spectres et alléger sa conscience en se rendant chez les Abend. Sa culpabilité l'entraînait vers eux, tel un papillon de nuit vers la lumière.

Il frappa à la porte.

— *Ja ?* répondit une jeune fille que Josef reconnut comme étant Trudi, la sœur de Peter.

— Je cherche Herr Abend.

— Vous êtes ici pour skier ?

Elle posa une main sur sa taille et avança sa hanche osseuse dans un geste qui ne convenait pas à son âge.

— *Nein.*

— Mon père n'est pas à la maison, dit-elle en examinant son uniforme. Mais ma mère peut vous louer une chambre.

— Pourrais-je lui parler ?

— Entrez, invita Trudi en ouvrant grande la porte.

Josef la suivit. Dans l'étroit couloir, une photo pendait à un gros clou au mur : une fille avec des nœuds dans les cheveux et Peter en uniforme posaient à côté de leurs parents.

— Maman, nous avons un hôte, annonça Trudi en conduisant Josef vers un petit salon où une dame aux cheveux gris cousait.

En le voyant, elle glissa sa corbeille de couture sous le canapé.

Un hôte ? Asseyez-vous, je vous en prie. Nous facturons à la nuit, le petit déjeuner et le dîner sont inclus. Je vais vous faire un prix, comme vous êtes officier. Mon fils était officier.

Josef s'exécuta.

— *Nein*… je ne suis pas ici pour une chambre. Je suis venu vous parler, à votre mari et à vous.

— Mais vous avez dit… commença Trudi.

— Chut, ordonna Frau Abend.

Trudi se tut aussitôt et mordilla ses ongles.

— Herr Abend ne reviendra pas avant un moment. De quoi vouliez-vous nous parler, capitaine…

— Hub. Josef Hub. Appelez-moi Josef.

Il déglutit péniblement.

— Je connaissais votre fils.

— Peter ? demanda Trudi.

Frau Abend lui décocha un regard furieux et la jeune fille retourna à ses ongles.

— *Ja,* je vous écoute.

— Il était sous mon commandement, expliqua Josef, ressentant dans son œil un élancement de douleur. La nuit où il est mort. J'étais là.

Il s'interrompit. Il était venu pour se disculper, mais il n'était pas sûr de ce qu'il devait révéler.

— Je le connaissais. C'était un soldat dévoué.

La chaleur dans le salon des Abend le faisait transpirer. Le col de son uniforme l'étouffait.

— J'étais à ses côtés quand il a été tué. C'est pour cela que je suis venu vous dire… enfin, je suis venu vous parler…

Le menton de Frau Abend retomba sur sa poitrine. Sur la table reposait une tasse de thé vide, un croissant de peau d'orange ramollie dans le fond.

— Mon Peter, murmura-t-elle, la lèvre inférieure tremblante. Mon fils unique…

Même si Josef avait veillé à recevoir une injection avant son départ de Munich, la pièce se mit à tourner, les coins s'obscurcirent. Il prit une profonde inspiration. Si une migraine démarrait, il n'aurait aucun moyen de battre en retraite.

— C'était un excellent soldat, déclara Josef en se raclant la gorge. Sa mort est une grande perte. Une tragédie.

Frau Abend renifla et prit sur elle.

— Merci, lança-t-elle avec une froideur cinglante. Aucun de ses amis n'est jamais venu. Nous avons reçu un télégramme. Pas le corps. Ils ont dit…

— Brûlé, chuchota Trudi.

Josef se rappela les torches des troupes des Jeunesses hitlériennes jetées au hasard dans les immeubles et l'incendie qui suivit dans toute la rue.

— Nous avons eu un bel enterrement pour honorer sa mémoire. Nous avons enterré des effets personnels dans un caveau familial à Saint-Sébastien.

Josef hocha la tête.

— Vous avez fait partie des Jeunesses du Reich ? Vous connaissez sa fiancée, Hazel ? interrogea Trudi.

— Il était fiancé ? s'étonna Josef.

— Il a un fils, aussi.

— Trudi, va faire la vaisselle du petit déjeuner et donne les restes au chien, somma Frau Abend.

Après le départ de la fille, elle continua.

— Peter était fiancé à Hazel Schmidt, la fille de Max Schmidt, le boulanger. Une charmante Fräulein, dit-elle dans un soupir. Comme leur enfant est né en dehors du mariage, mais de bonne ascendance allemande, il a été confié à l'association du Reich à Steinhöring. C'est l'endroit le plus convenable pour lui.

— Je ne savais pas.

Une bûche crépita dans la cheminée. La chaleur de la pièce lui parut soudain insupportable.

— Bien, lança-t-il en se levant. J'ai un train à prendre.

— Si jamais vous revenez, nous faisons de bons prix. Pendant les jeux Olympiques, les affaires marchaient vraiment bien, mais plus maintenant.

Elle le raccompagna à la porte.

La lumière du jour lui fit plisser les yeux, mais la fraîcheur de la montagne soulagea sa douleur.

— Je vais prier pour vous, capitaine Hub, lui assura Frau Abend.

Elle ferma la porte avant qu'il puisse la remercier.

Un homme passa avec un gros pain enveloppé dans du papier. L'estomac de Josef gargouilla. Il n'avait pas encore mangé de la journée et l'odeur lui monta aux narines aussi férocement que la migraine dans sa tête. Il partit dans la direction d'où venait l'homme, avançant dans une ruelle où deux garçons jouaient avec des bâtons au milieu de pigeons qui picoraient des miettes. Une dame vêtue d'un manteau de fourrure sortit de la boutique, une boîte de pâtisseries à la main. Au-dessus d'elle, il lut la pancarte : « *Bäckerei Schmidt* ».

*

Des clients patientaient dans la file d'attente. Un homme avec des lunettes à la monture fine, derrière une femme appuyée sur sa canne.

— Il me faut un bon pain solide. Pas un machin plein d'air et de sucre, ça abîme les dents.

La jeune fille derrière la caisse s'empara d'une miche brune.

— Oui, ça ira, accepta la femme en l'inspectant et en tendant son sac à la vendeuse.

Elle posa de la monnaie sur le comptoir et se dépêcha de sortir. La clochette sur la porte tinta pour annoncer son départ.

— De rien, Frau Rattelmüller, lâcha la jeune fille, alors que la dame était déjà loin.

Elle se gratta la tête, mettant de travers le foulard bleu qu'elle portait sur les cheveux.

Était-ce la fille du boulanger dont avait parlé Frau Abend ? se demanda Josef. La Hazel de Peter ? Elle semblait bien trop jeune : sa peau rouge et brillante, son cou et ses bras minces comme des brindilles. Avait-elle vraiment pu donner naissance à l'enfant de Peter ? Plus il vieillissait, plus il avait l'impression que tout le monde rajeunissait autour de lui. Il aurait donné une bonne trentaine d'années à la secrétaire des archives nazies et fut stupéfait de découvrir qu'elle avait bien dix ans de moins.

L'homme aux lunettes commanda des petits pains aux graines de pavot et paya avec des coupons de rationnement. La jeune fille se pencha sur un panier et une mèche blonde lui tomba sur les yeux. Elle la repoussa pour la coincer sous le foulard. Très jolie.

— Que puis-je pour vous ? demanda-t-elle, le fixant de ses yeux couleur de pin.

Il consultait encore le tableau des viennoiseries.

— Qu'est-ce qui est frais ? demanda-t-il.

— Tout, répondit-elle, confiante.

— Tout ? répéta-t-il en souriant. Vraiment ?

— Rien ne reste sur les étalages assez longtemps pour rassir. Les gens ont faim. Nous sommes en guerre, vous n'aviez pas remarqué ?

Elle fit la grimace en regardant son uniforme.

Il se racla la gorge pour ne pas rire. Elle était fougueuse, d'une manière bien différente de la jeune Trudi Abend. Il admira l'intelligence intrépide qui émanait d'elle.

— Eh bien, je prendrai des *Brötchen* et du beurre, à manger sur place. Si ça ne cause pas trop de tracas.

Elle haussa les épaules et se tourna vers la huche à pain.

— On vous nourrit, vous nous payez. Je ne vois pas comment cela pourrait causer des tracas.

Elle lui tournait le dos tout en parlant.

Avec sa taille fine, elle se penchait facilement, sans la lourdeur d'une adulte. Il aurait pu l'entourer d'une seule main.

Elle revint vers lui avec une assiette.

— Le beurre est à payer en plus. Trente Reichspfennig ou l'équivalent en coupons de rationnement.

Hub posa des pièces sur le comptoir, mais il lui prit la main alors qu'elle s'apprêtait à ramasser l'argent.

— Hazel ?

La jeune fille fronça les sourcils et glissa les pièces dans sa main.

— Je suis le capitaine Hub. J'étais soldat avec Peter Abend, expliqua-t-il en attendant sa réaction.

Elle ne cilla pas. Calme et posée, elle ouvrit la caisse.

— Je suis Elsie. La sœur de Hazel.

Il hocha la tête. Bien sûr. Si Hazel avait le même teint et les mêmes cheveux blonds, il n'était pas étonné qu'on l'ait recrutée au Lebensborn. Même les os des joues et du nez d'Elsie prouvaient sa descendance nordique. Il avait passé des heures à étudier la légitimité scientifique de la suprématie aryenne, espérant trouver de quoi justifier ses actions et le fardeau qu'il devait porter.

Il prit l'assiette.

— Je sors de chez les Abend où j'ai présenté mes condoléances à sa famille. Ils m'ont dit que Peter était fiancé à Hazel.

Elsie prenait des petits cakes à la cannelle d'un plateau en métal pour les poser sur une étagère en verre.

— C'est pour cela que vous êtes venu ? demanda-t-elle, provocante.

— Que je suis venu ?

Il baissa les yeux vers le *Brötchen* qui, à la cuisson, s'était ouvert en croix sur le dessus.

Elle termina de placer les cakes et essuya avec le doigt une goutte de glaçage.

— *Ja*, ils étaient fiancés. Il est mort et elle est partie à Steinhöring avec Julius, son fils.

Elsie se lécha le doigt, se pinça les lèvres et l'examina des épaulettes jusqu'aux bottes.

— Si vous avez des questions, il faudra vous adresser à mon père. Ce n'est pas mon rôle de discuter d'affaires de famille avec un étranger. Vous pouvez aussi bien être un officier nazi que Winston Churchill, je ne vous connais pas.

Elle fit passer ses tresses par-dessus ses épaules et rapporta le plateau dans la cuisine.

Elle était audacieuse, un trait de caractère à la fois condamné et admiré dans les statuts de la *Bund Deutscher Mädel*. À tort ou à raison, Josef trouvait cela rafraîchissant.

— *Doch*, je suis venu pour manger mon petit déjeuner, affirma Josef en haussant les épaules.

Son mal de tête se calmait.

Il s'installa à l'une des deux petites tables et coupa le pain entre ses doigts, découvrant une mie blanche et tendre, légèrement collante au centre.

Une femme et son fils entrèrent dans le magasin. Ils se disputaient au sujet de ce que devrait choisir l'enfant : lui voulait un pain au sucre, elle, qu'il prenne un bretzel au fromage. La mère lui répétait qu'il serait gros comme une vache s'il ne mangeait que du sucre, alors qu'elle-même était plus rebondie qu'une pomme au four. Exaspérée par la marche dans le froid et la querelle, elle siffla entre ses dents et poussa son fils vers le comptoir.

— Choisis quelque chose de bon pour la santé ! ordonna-t-elle. Pourquoi pas un *Bialy* ?

Le garçonnet colla son nez contre la vitre, laissant une marque de gras.

Sa mère pencha la tête vers la cuisine.

— Elsie ! appela-t-elle. Max... Luana ! Vous êtes partis en vacances ?

L'enfant lui tira la langue alors qu'elle regardait ailleurs.

Josef mordit dans la croûte, amusé par le mépris de l'enfant et impatient de revoir Elsie.

Elle revint en époussetant la farine sur ses mains.

— Nous sommes là, Frau Reimers.

Un homme âgé, le teint vermeil et les cheveux grisonnants, la suivait de près.

— *Grüss Gott*, Jana et Herr Ahren ! Comment vont mes meilleurs clients ? demanda le boulanger.

— *Gut*, répondit Frau Reimers sèchement. Je voudrais une boule de *Bauernbrot* et Ahren prendra… dit-elle en regardant son fils. Eh bien ? Dis à Herr Schmidt ce que tu veux.

— Un roulé à la cannelle, déclara-t-il sur un ton plat.

La femme laissa échapper un soupir en rajustant son chapeau.

— Bien sûr, tu as choisi le plus cher. Très bien, mais souviens-toi que les Jeunesses hitlériennes ne prennent pas les gros.

— Je ne veux pas aller aux Jeunesses hitlériennes, rétorqua-t-il.

Elle le gifla.

— Imbécile. Regarde…, lança-t-elle en montrant Josef d'un signe de tête. Tous les bons Allemands veulent devenir officiers. Mais il faut pouvoir entrer dans l'uniforme.

Josef continuait à manger sans s'occuper d'elle. Le garçon était bien trop jeune pour avoir à se soucier d'entrer dans les rangs de l'armée ou d'un surpoids éventuel.

— Oh, Jana, laissez-le tranquille, votre bonhomme. Regardez-moi ! J'ai grandi avec des viennoiseries et des pâtisseries et les médecins me trouvent en pleine santé.

— Un roulé à la cannelle ? demanda Elsie.

— J'imagine, céda la femme en haussant les épaules. Mais, Max, à ce prix…

— Le sucre n'est pas facile à trouver. Les réserves ne sont plus ce qu'elles étaient.

— N'est-ce pas une punition divine que de me donner un enfant qui ne vit que de sucre et de beurre ?

Elsie emballa le gâteau qu'elle tendit au garçon, tandis que son père changeait de sujet, parlant de l'effet du froid sur son aneth à la fenêtre.

— Tiens, Ahren, chuchota Elsie. Moi aussi, je les adore, assura-t-elle en lui adressant un clin d'œil.

Il lui répondit avec un petit sourire.

— *Wunderbar !* s'exclama Frau Reimers en fouillant dans son sac. Max, vous êtes le meilleur boulanger de la patrie, le complimenta-t-elle en payant. Allez, viens, Ahren.

Ils sortirent l'un derrière l'autre. Sans la grosse voix de la femme, la boulangerie parut trop calme. Les pas de Herr Schmidt résonnèrent sur le carrelage alors qu'il se dirigeait vers Josef.

— Bonjour, officier. Ma fille me dit que vous voudriez me poser quelques questions au sujet de ma fille aînée, Hazel, et de Peter Abend, paix à son âme.

Josef se leva respectueusement en essuyant les miettes de ses lèvres.

— C'est en partie vrai. J'étais venu ici pour parler aux Abend et je me suis arrêté dans votre boulangerie pour prendre mon petit déjeuner.

— *Ach, ja.* Et nous sommes ravis que vous l'ayez fait.

Herr Schmidt tendit la main et serra fermement celle de Josef.

— Les Abend sont de braves gens. La perte de Peter fut un coup terrible pour nous tous.

Il s'assit à la table et invita Josef à en faire de même.

— Elsie, apporte-nous du thé noir.

— Nous n'avons que des racines de chicorée, répondit-elle.

— Alors, prépare de la chicorée.

— Mais, papa, il ne nous en reste pas beaucoup…

— Fais ce que je te dis, ma fille, ordonna-t-il. Ce n'est pas tous les jours que nous avons un officier et un ami de la famille comme client.

Elsie quitta la salle.

— Sa sœur lui manque, expliqua Herr Schmidt. Elle est jeune et ne comprend pas grand-chose à la politique, à la guerre, au patriotisme… Mais nous sommes très fiers de notre Hazel.

Josef avala un dernier morceau de *Brötchen* coincé entre ses dents.

— *Sag mal,* d'où venez-vous ?

— Munich.

Herr Schmidt s'adossa à sa chaise.

— La capitale du mouvement.

Josef hocha la tête en souriant et repoussa son assiette sur laquelle restait un peu de beurre.

16

Service des douanes
et de la protection des frontières
des États-Unis
8935, Montana Avenue
El Paso, Texas

11 novembre 2007

— Carol prépare des boulettes de viande avec des spaghettis pour le dîner, Riki. T'es sûr que t'en veux pas ? demanda Bert en enfilant son manteau.

— Merci, mais je me suis arrêté chez *Taco Cabana*, dit Riki en montrant un grand sac de plats à emporter sur le réfrigérateur. Je me suis dit que ça plairait aussi aux enfants.

— Je comprends pas comment tu fais. J'ai essayé ton régime de *Taco Cabana* et j'ai pris trois kilos en une semaine. Ça fait pratiquement cinq cents grammes par jour !

— Ce doit être génétique, suggéra Riki en bandant son bras. Le corps reconnaît la nourriture de ses ancêtres.

Bert rit.

— C'est plutôt que, quand je mange un repas avec Carol et les enfants, je n'arrive à finir que la moitié de mon assiette. Il se passe toujours trop de choses pendant les repas.

Il haussa les épaules en souriant et passa son doigt sur le tableau du planning.

— Demain, tu les ramènes ?

— Aux aurores.

Bert se racla la gorge et fouilla dans sa poche pour attraper ses clés.

— Tu as parlé à Reba ?

Riki posa les pieds sur le bureau.

— Je l'appellerai sûrement plus tard.

— Je peux passer la voir pour toi. Jeter un œil, comme elle est seule…

Il gratta sa barbe naissante avec la grosse clé.

C'était une proposition très généreuse, mais Bert ne connaissait pas la Reba que Riki connaissait.

— C'est elle qui l'a voulu.

— D'accord. Tu n'as pas à rester ici, tu sais. Carol et moi, on peut t'héberger le temps que tu trouves où loger.

— Merci, Bert. C'est sympa.

Bert ajusta sa casquette et partit.

Quelques officiers allaient et venaient, mais le poste était bien trop calme. Riki alluma sa radio, un air de musique s'échappa des enceintes. Il fredonna tout en surfant sur Internet. C'était ainsi qu'il voyageait. Il visitait les vignobles du nord de la Californie, les bayous de Louisiane, les langoustiers du Maine, la Maison Blanche, le mémorial de Lincoln, les montagnes Blue Ridge et les océans de chaque côté. Il se déplaçait en un clic d'un lieu à un autre sans avoir à quitter le confort de son fauteuil.

Riki était casanier par nature et n'avait pas été plus au nord que Santa Fe ni plus à l'est que San Antonio. C'est en partie ce qui l'avait attiré chez Reba. Elle était d'ailleurs. Elle était entrée dans sa vie avec le monde sur les épaules et, à travers son regard, il avait espéré voir tout ce qu'il avait toujours voulu voir sans avoir à sortir de chez lui. Ce n'était pas tant qu'il avait peur de s'éloigner que le sentiment qu'il devait rester là où était sa place, avec les gens qui lui ressemblaient.

Ses parents l'avaient influencé dans ce sens. Même s'ils avaient eu le courage de traverser le Rio Grande pour devenir citoyens américains, ils n'avaient jamais laissé Riki oublier qui il était : le fils d'immigrés mexicains, différents par leur culture, leurs traditions, leur origine et religion.

Même les derniers jours de la vie du père de Riki, alors que la tuberculose affaiblissait son corps et fatiguait son esprit, ils avaient regardé sur CNN les politiciens et les journalistes discuter des lois régissant l'immigration.

« Ils volent leur travail aux vrais Américains », avait déclaré à la caméra une des personnes interrogées.

« Restez de votre côté de la frontière ! » avait crié un autre.

— Tu vois, *mi hijo*, tu vois, avait lancé son père, avant d'être pris d'une quinte de toux. Fais attention ! Tu ne dois faire confiance qu'à ton propre peuple.

Cela fit beaucoup de peine à Riki que, même sur son lit de mort, son père les considère encore, lui et sa famille, comme des étrangers sur une terre hostile. Déterminé à lui prouver qu'il se trompait, Riki avait postulé à un travail de garde-frontière. Il avait montré à son père à quel point il était américain en protégeant ses concitoyens. Personne ne pouvait ainsi mettre en doute son allégeance nationale, quels que fussent ses origines et ses ancêtres. C'était un compatriote dévoué aux États-Unis, un habitant fidèle d'El Paso, au Texas, et il était heureux de rester là. Du moins, c'est ce qu'il pensait. Mais maintenant qu'il entrait dans sa troisième année comme officier des douanes, il en avait vu assez pour savoir que derrière la façade dorée se trouvaient des hommes aux mains calleuses qui tiraient les fils de marionnettes. Il y avait plus en jeu qu'une frontière, les côtés d'une clôture, les Américains contre les Mexicains. Il y avait au Mexique des hommes plus proches de lui que tous les politiciens qui dictaient des lois depuis le Capitole, à des milliers de kilomètres de là.

Il ouvrit la page de l'office du tourisme de Washington et ses banlieues en Virginie. Des noms, rien d'autre. Reba ne lui avait jamais parlé de son État d'origine, si ce n'est à de rares moments où elle ne s'était pas censurée. Une fois, alors qu'une tempête sans pareille s'était abattue sur la ville en averses furieuses, elle avait regardé par la fenêtre, soudain transportée à des kilomètres de là.

—Le temps en Virginie est toujours comme ça. Ensoleillé et dégagé un jour, couvert et orageux le lendemain. Avant, je pleurais quand il pleuvait.

Elle s'était entouré le corps de ses deux bras et il avait vu parfaitement de quoi elle avait l'air, enfant.

— Ce n'est qu'une tempête, l'avait-il rassurée.

— Oui, mais ça me rappelle qu'elles peuvent encore éclater.

C'était la première fois qu'il avait décelé son sentiment d'insécurité caché et la distance qu'elle voulait mettre entre eux. Cela l'avait inquiété. Il l'aimait. Alors, par volonté de lui prouver sa fidélité et qu'elle pouvait se reposer sur lui, il l'avait demandée en mariage. Mais la perspective de cette union ne faisait que creuser l'écart entre eux, remplissant leur maison, tel un ballon prêt à exploser et ne lui laissant que peu de place. Il voulait être avec Reba pour le reste de sa vie, mais ce qui aurait dû être du dévouement se transformait en rancœur des deux côtés. Il l'imagina de nouveau dans la baignoire brûlante, les joues et les tétons rougis, à boire du vin comme si elle venait de gagner au loto, et sa bague de fiançailles qui flottait dans la mousse.

Une famille de blonds dans un jardin de tulipes le fixait sur l'écran avec une légende qui disait : « La Virginie, l'État des amoureux ». Il se mordit la lèvre.

— *Señor*, appela une femme depuis la cellule.

Une série de coups sur la porte suivirent.

— Oui ? demanda Riki en ouvrant. Que puis-je pour vous ?

— *¿Puedo tener una manta más para mi hija ?*[1] interrogea la femme.

Il avait apporté une petite télé dans la cellule. Les enfants regardaient un épisode des *Simpsons*. La fille, blottie contre son frère, se redressa en entendant la voix de Riki et tira la couverture verte du dos du garçon. Il grogna et la lui arracha d'un coup sec, la lui retirant complètement. Elle ne dit rien, mais lui donna une petite tape.

— *Ay ! Mamá !* cria le petit. *Ella me pateó*[2].

La femme fit taire les enfants.

— *Lo siento, señor*[3].

— Pas de problème. Je vais en chercher une autre.

Il se rendit dans la remise pour y trouver une couverture toute douce en flanelle. Quand il revint, les deux enfants se couraient après. La fille détalait, la couverture à la main, devant son frère qui la suivait en faisant des bruits de cochon. Il la rattrapa vite, la retourna et lui chatouilla le ventre, la faisant éclater de rire. La femme était assise en silence sur le lit, son visage rongé par l'inquiétude.

— Voilà, lança Riki en posant la couverture rose à côté d'elle.

Elle passa la main dessus.

1. « Je peux avoir une couverture pour ma fille ? »
2. « Elle m'a tapé ! »
3. « Je suis désolée, monsieur. »

— Merci.

La fille demanda à son frère de refaire le cochon et ils se remirent à courir.

— *Niños, paren !*[1] les somma la Mexicaine.

— Non, ils peuvent jouer, affirma Riki.

Les voir de meilleure humeur le réconfortait un peu. Ils étaient restés muets et honteux pendant la plus grande partie de leur détention, alors qu'ils n'étaient que des enfants, pas des criminels.

Il s'installa à côté de la mère, les ressorts du lit s'écrasant sous son poids.

— Vous venez d'où ? *¿Qué Pueblo ?*

— *Barreales, Juárez,* répondit-elle, les yeux baissés vers le sol.

Riki hocha la tête. Il connaissait. Une région pauvre à l'est de Juárez.

— Vous y avez de la famille ?

— *Están muertos*[2], dit-elle en remuant, mal à l'aise.

— Je suis désolé, assura-t-il en se grattant le cou. Mes parents aussi sont décédés.

À chaque inspiration, la poitrine de la femme se soulevait et retombait comme si elle avait dix fois son âge.

— *¿Usted tiene niños ?*[3] demanda-t-elle en levant d'immenses yeux vers lui.

— Non.

---

1. « Arrêtez, les enfants ! »
2. « Ils sont morts. »
3. « Vous avez des enfants ? »

Il n'avait pas réussi à convaincre Reba de porter sa bague, alors ses enfants…

— Je ne suis pas marié, expliqua-t-il, blessé par les mots qu'il venait de prononcer.

Pouffant de rire, la fille courut vers sa mère et se cacha le visage dans ses genoux. Le garçon gronda et continua ses grognements, mais s'arrêta en regardant Riki.

Bart Simpson s'écria *« ¡ Ay, caramba ! »* à la télévision.

— Vous avez faim ?

Le garçon posa la tête sur l'épaule de sa mère et plissa les yeux.

Ils avaient dévoré leur déjeuner : sandwiches à la dinde et au fromage sur du pain blanc, Doritos et cookies au chocolat au lait. Ils n'en avaient pas laissé une seule miette. Mais maintenant, c'était l'heure du dîner. Il imaginait qu'ils avaient bien besoin de quelque chose de chaud.

— Je suis passé chez *Taco Cabana*.

Ce n'était certainement pas fait maison, mais c'était ce qu'il avait de mieux à proposer.

— Des tacos ? demanda-t-il aux enfants.

Le garçon haussa les épaules.

— Suivez-moi, invita Riki en leur faisant signe de sortir, mais les trois restèrent derrière des barreaux invisibles.

Ils n'avaient pas quitté la cellule de détention depuis leur arrivée. Avec une salle de bains propre, des lits et une télévision, c'était le *Ritz* comparé à la Dodge rouillée. Pourtant, le confort ne pouvait pas remplacer la liberté. Riki avait vu assez d'hommes et de femmes enfermés dans cette cellule pour le savoir. Cela lui faisait mal d'avoir à expulser ces gens, ses frères, comme du bétail, les ramenant à leur ghetto de Juárez sans espoir ni perspectives. Mais c'était la loi, et Riki avait foi dans la loi. Baisse la tête, fais ce que tu as à faire, ne pose pas de questions et tu seras récompensé au bout du compte : même son père croyait en cette philosophie. Au fond de lui pourtant, il se demandait quelle était la place de la compassion humaine dans l'obéissance aveugle.

— *Venga*[1], les encouragea-t-il.

Le garçon attrapa sa sœur par les épaules, les traits du visage endurcis par le soupçon.

— Je vous promets que cela ne vous causera aucun problème, affirma Riki, mais les mains sur la petite fille se resserrèrent.

À contrecœur, Riki se dirigea vers son bureau. Il devrait leur apporter la nourriture.

— Bon Dieu, il va falloir apprendre à faire confiance ! lâcha-t-il dans un soupir.

— Et pourquoi ? demanda le garçon, provocateur.

Riki fit volte-face.

— Tu parles anglais ?

Il entourait le torse de sa sœur de son bras protecteur. La tête de la fillette se tourna tour à tour vers Riki et vers son frère.

— Ouais.

---

1. « Viens ! »

— Alors, tu comprends. Ce n'est pas un piège, ni un test. Vous pouvez sortir. Il n'y a aucun risque. J'ai des plats chauds pour ta famille et pour toi, si vous voulez manger.

— *¿Qué? ¿Qué él dijo?*[1] intervint sa mère, mais l'enfant l'ignora.

— Mon papi m'a mis en garde contre vous. Il m'a dit que les policiers nous diraient de les suivre, de leur faire confiance. Ils vous donnent à manger et après ils vous enferment avec les rats *y los serpientes*.

Riki indiqua la pièce rafraîchie par l'air conditionné.

— Tu as vu des rats et des serpents ? interrogea-t-il en faisant mine d'inspecter les lieux.

Le petit se mordilla la lèvre et secoua la tête.

— D'accord. Alors, pourquoi tu crois à quelque chose qui n'est pas vrai, plutôt que de me faire confiance ?

La fillette se tassa sous l'emprise de son frère. La mère croisa les bras, le front ridé d'inquiétude, confuse de se retrouver en dehors de la discussion.

Après un moment passé à dévisager Riki, le garçon arrêta de se mordre la lèvre.

— Si c'est vrai, qu'est-ce que vous avez comme tacos, alors ?

Riki se retint de rire.

— Deux au bœuf, trois flautas au poulet, deux fajitas au steak et, comme accompagnement, du riz et des haricots.

---

1. « Quoi ? Que dit-il ? »

— Vraiment ? demanda le garçon, relevant les sourcils.

— Juste là, répondit Riki en hochant la tête et en montrant du doigt la salle commune.

Doucement, il lâcha sa sœur. Ayant compris les mots « tacos », « flautas » et « fajitas », elle courut vers la porte sans autre invitation.

— Ça doit être son plat préféré, remarqua Riki. Le mien aussi.

La mère embrassa son fils sur la tête et suivit sa fille. Mais, avant de bouger, le garçonnet fourra une main dans sa poche et en sortit un penny sale.

— *Gracias.*

— Non, refusa Riki en agitant la main. C'est moi qui paye.

Il insista, tendant la monnaie devant le visage de Riki jusqu'à ce qu'il ouvre sa main.

— On a dû payer l'autre homme aussi.

— L'autre homme ?

— Carlos.

Le garçon s'essuya le nez avec son poignet. Ses yeux ne brillaient plus de soupçon, mais de colère.

— Il a fait pleurer ma mère, dit-il, sa lèvre inférieure tremblant de rage, les épaules redressées. Il nous a mis dans la voiture parce qu'on n'avait plus d'argent à lui donner. Après, il est parti.

— Carlos, répéta Riki.

Le garçon hocha la tête.

— Il y avait combien de personnes dans le groupe ?

— Beaucoup.

— Tu sais où ils sont maintenant ?

Dans l'autre pièce, la fillette poussa un cri de délice.

— *Espera !*[1] somma la mère.

— Aux États-Unis, affirma l'enfant en franchissant le seuil de la porte.

Riki attendit qu'il soit dans le couloir pour sortir son portable de sa ceinture. Dans sa paume, il tenait le penny usé. Il poussa un soupir. Pour attraper Carlos, il devrait mettre la main sur tous ceux qu'il gardait sous son emprise, les hommes, les femmes, les enfants, les jeunes et les vieux, au Mexique, au Salvador et en Colombie. Des gens simples et travailleurs qui payaient des pourris et des criminels pour leur faire passer la frontière, sacrifiant tout et subissant les pires traitements pour n'avoir même pas la garantie de réussir. Il détestait ce trafic d'espoir, mais il avait un travail à accomplir.

Il glissa la pièce dans sa poche et composa le numéro de Bert.

— Désolé de te déranger pendant ton dîner, mais on a une piste.

---

1. « Attends ! »

17

Lebensborn
Steinhöring, Allemagne

4 janvier 1945

Chers Papa et Mutti,

Heil Hitler et Grüss Gott. C'est une lettre difficile à écrire. Comme vous le savez, l'objectif de l'association est de produire de bons Allemands pour notre nation. Je suis venue ici pour faire mon devoir et honorer à la fois notre famille et la mémoire de Peter, et j'ai la conviction que j'ai apporté ma contribution à la patrie.

Il y a quelques mois, je vous ai annoncé la naissance des jumeaux dans l'association. La fille est parfaite. Son frère, en revanche, est sans cesse malade et faible. Les dirigeants de l'association ont décidé que, malgré nos efforts, il ne sera jamais de bonne qualité. Par conséquent, ils me demandent de signer des papiers pour le renvoyer de l'association. J'ai demandé qu'on vous contacte pour que notre famille puisse s'occuper de l'enfant, mais ils refusent de confirmer leurs intentions. Je suis très inquiète pour lui. Même s'il a été jugé déficient, il a le nez des Schmidt, des cheveux blonds et une légère courbure au niveau des lèvres comme Mutti. Ils ne me permettent pas de le voir, craignant que je me montre émotive et que je trouble l'organisation de la journée. Mais l'organisation de la journée ne devrait-elle pas être troublée par quelque chose d'aussi grave ? Je maudis ces médecins et ces infirmières qui ont si peu de considération pour les enfants de l'Allemagne ! Vous vous souvenez quand j'étais faible et malade pendant mon enfance, mais regardez-moi maintenant ! Si seulement ils attendaient ! Si seulement ils voyaient son caractère ! Il est fort, je le sais. Je l'ai senti en moi. Oh, Papa, Mutti, j'ai tellement mal pour lui. Si je ne peux pas le sauver, au moins lui dire au revoir... La douleur est la même que quand mon bien-aimé Peter a péri si subitement. Peter m'appelle dans mes rêves et j'ai peur que mon nouveau fils me hante de la même façon. Je sais que cela ne vient que de ma propre faiblesse, il n'existe pas d'esprits dans ce monde. Le soleil se lève et se couche, la mer monte et descend, la vie commence et se termine. C'est la nature qui l'ordonne, comme le dit le Führer. Mais, parfois, j'en viens à penser qu'il doit y avoir plus. Parfois, je le sais.

Je me suis investie dans la patrie de toutes les façons possibles, me sacrifiant moi-même, mais c'est trop dur à supporter. J'aurais voulu que vous soyez là pour me réconforter.

Heil Hitler.

Hazel

P.-S. : une femme qui travaille au marché va poster cette lettre pour moi, encourant d'importants risques pour sa vie. Elle comprend ma souffrance. Après avoir donné naissance à un enfant mongolien au printemps dernier, elle a été renvoyée de l'association. L'enfant a été emmené par la garde SS moins d'une minute après avoir vu le jour et, depuis, elle ne sait pas où il a été placé. Elle s'appelle Ovidia. C'est mon amie. Je prie pour que vous receviez cette lettre.

*

Lebensborn
Steinhöring, Allemagne

6 janvier 1945

Chère Elsie,

Ils ont renvoyé hier Friedhelm de l'association. Je n'ai pas fermé l'œil de la nuit, mais j'ai dû jouer la comédie et cacher mes larmes pour ne pas risquer de révéler mes vrais sentiments à mes compagnes de chambre, Cata et Brigette. Comme je l'avais imaginé, ce ne sont que de vulgaires Lutzelfrauen[1] ! Brigette a rapporté les moindres de mes mots et de mes actions à l'Oberführer. Elle m'a espionnée comme si j'étais une traîtresse alors que je n'ai rien fait qui mérite un pareil comportement. Tout ce que je peux avouer, c'est que j'aime mes bébés ! L'association n'approuve pas que les mères fassent preuve de possessivité maternelle concernant les enfants de la patrie, mais je ne peux pas taire mes sentiments. Ils étaient en moi pendant neuf mois, pas dans le ventre du Führer ! Friedhelm est la chair de ma chair, le sang de mon sang. Comment pourrais-je accepter de l'abandonner sans sourciller ? Ce serait comme demander aux saisons de s'arrêter parce que le Führer l'exige. Impossible ! Ne me demandent-ils pas de changer les bases mêmes de la nature ? Après ce qui s'est passé hier, je m'interroge sur mon engagement ici. Ma foi dans notre objectif a été détruite. Je veux savoir où est mon fils ! Je ne peux pas continuer comme s'il n'avait jamais existé. Quel genre de mère serais-je si je le pouvais ? Quel genre de femme ? Prie pour moi, Elsie. Le

---

1. Dans le folklore germanique, c'est une sorcière qui, le jour de Noël, vole dans le ciel sur son balai et jette des mauvais sorts aux mortels qui ne lui donnent pas de petits cadeaux.

monde n'a jamais paru aussi sombre et cruel qu'aujourd'hui. La seule façon pour moi de faire ce qu'ils exigent et d'éteindre mon instinct maternel serait d'empêcher mon cœur de battre. J'ai prié pour cela cette nuit, mais j'ai tout de même vu le soleil se lever. Je n'en veux pas à Dieu de ne pas m'avoir écoutée. Je l'ai rejeté quand Peter est mort et j'ai rejoint l'association. Je ne mérite pas sa miséricorde.

Je comprends que mon discours est un acte de traîtrise. Si cette lettre venait à tomber aux mains des autorités, je serais envoyée dans les camps avec les autres ennemis du Reich ou abattue sur place. Mais je ne peux plus me taire. Le poids de ma tristesse est trop lourd. A toi, je ne peux qu'écrire mes vrais sentiments, Elsie, je sais que tu ne me dénonceras pas.

Comme mes compagnes de chambre ne me quittent pas d'un œil, j'ai donné cette lettre à Ovidia. Avec un peu de chance, tu la recevras. Une fois que tu l'auras lue, s'il te plaît, déchire-la et brûle-la dans le four de Papa. Pas pour moi, mais pour ta sécurité et celle de notre famille.

Je t'aime,
Hazel

Lebensborn
Steinhöring, Allemagne

8 janvier 1945

Elsie, je t'écris l'esprit torturé par la colère et un désespoir irrémédiable. Je vis avec des démons, alors, je dois déjà être en enfer. Ma compagne de chambre, Cata, ayant récemment donné naissance à un vaillant fils de l'association, a eu l'autorisation d'accéder à l'intérieur de la pouponnière pour allaiter. Elle y a vu ma fille, ronde et blonde comme un ange, mais elle a entendu les infirmières parler de Friedhelm. Une d'elles a dit que le docteur Ebner était déçu que les traitements médicamenteux et les vitamines que le jumeau Friedhelm avait reçus se soient soldés par un échec. A cela, une autre infirmière a répondu que, si la mère a des défauts cachés, elle les transmet inévitablement à toute sa descendance. Par conséquent, a ajouté Cata, ils ont commencé à effectuer des tests sur ma fille pour s'assurer qu'elle ne présente pas des mutations ou des déviations de notre race aryenne. Incroyable ! Quant à mon fils, Brigette affirme qu'après avoir bu trop de vin, un Gruppenführer lui a confié sur l'oreiller que les enfants rejetés par l'association sont empoisonnés, jetés dans le feu et que leurs os sont enterrés avec ceux des juifs exterminés dans les camps ! Oh, Elsie ! Si ces histoires sont vraies, alors, ils sont maudits et finiront en enfer tout comme moi. Je prie pour que les Américains et les Russes arrivent. Je les attends les bras ouverts et j'espère que nous serons tous réduits en cendres pour les péchés que nous avons commis ici. Je ne pense pas que je pourrai jamais plus trouver de repos. Il fait presque jour maintenant et je dois apporter cette lettre à Ovidia avant que le marché du lundi débute. Je t'aime de tout mon cœur, Elsie. Sache-le… quoi qu'il arrive.

Hazel

*

Bäckerei Schmidt
56, Ludwigstrasse
Garmisch, Allemagne

12 janvier 1945

Chère Hazel,

La dernière lettre que j'ai reçue de toi était datée du 27 décembre. J'ai demandé au chef du bureau de poste, Herr Hoflehner, si le courrier ne circulait plus à cause des combats dans le nord. Il m'a assurée du contraire et que le ministère postal du Reich fonctionne selon les plus hauts standards de l'efficacité allemande, même si la ponctualité est légèrement contrariée. Ensuite, il m'a confié en guise de preuve une lettre de Herr Meyer à transmettre à Papa. Je lui ai dit qu'une hirondelle ne faisait pas le printemps. Herr Meyer habite à Partenkirchen ; je pourrais m'y rendre à vélo et revenir en moins de temps que cette lettre mettrait pour arriver au bureau de poste de Garmisch.

Je ne peux m'empêcher de me faire du souci. Je me suis réveillée plusieurs nuits avec toi dans mes rêves. Une idée qui refuse de quitter l'esprit est un signe, à ce que dit Mutti. Un signe de quoi, elle ne l'a jamais précisé. J'essaye de ne rien lui dire qui l'inquiéterait. Elle est si facilement tracassée et ne comprend rien à l'époque que nous vivons. Le monde n'est pas comme il était quand elle avait notre âge. Par conséquent, je garde mes cauchemars et mes pensées pour moi. Tu étais la seule à qui je pouvais parler, Hazel. Je comprends désormais qu'il faut que nous soyons prudentes pour chaque mot que nous employons. Peut-être que, dans mes dernières lettres, j'ai commis l'erreur de me montrer impertinente. Je prie pour qu'elles ne soient pas tombées entre de mauvaises mains et que cela n'explique pas ton silence ! Je ne pensais pas au danger que cela pouvait te causer, je ne me suis préoccupée que de moi et de mon désir de me confier à toi. S'il te plaît, pardonne-moi et considère cela comme les gribouillages absurdes d'une idiote. Est-il possible de n'avoir que dix-sept ans (presque) et de se sentir âgée d'une centaine d'années ?

Tu te souviens de l'histoire que Mutti nous avait racontée au sujet de Frau Grunwald, dont les cheveux passèrent du rouge fraise au blanc neige quand elle avait trouvé dans l'étable ses trois fils pendus par les Français à la fin de la Première Guerre mondiale ? Jusqu'à ce jour, la vieille mère de Herr Grunwald paraissait plus jeune que sa femme. Je pensais que rien ne pourrait être plus tragique que cela. Mais maintenant je crois que je comprends. Je sens le poids de cette guerre sur mes épaules, je le vois sur les visages de Papa et de Mutti. Nous vieillissons tous trop vite. Je nous reconnais à peine. Parfois j'oublie ton visage et cela me fait peur, alors, je prends ta photo et je la regarde assez longtemps pour m'assurer qu'il s'est imprégné dans mon esprit.

Je voudrais que tu sois ici, Hazel. Ma sœur me manque. Si seulement tu étais auprès de nous. Si seulement, si seulement, si seulement. Je prie pour ta sécurité et ta santé, et aussi pour celles de tes enfants.

Heil Hitler.

Ta sœur qui t'aime,
Elsie

*

Lebensborn
Steinhöring, Allemagne

13 janvier 1945

Elsie, promets-moi de prendre soin de Julius. Il est tout ce qu'il me reste de la vie heureuse dont je rêvais. Sachant ce que je fais ici, je ne peux supporter un jour de plus dans cet endroit. Elsie, j'espère que tu comprendras pourquoi j'ai agi comme il me semblait devoir le faire. J'aime mes enfants, tous mes enfants. Mais je ne suis pas la mère qu'ils méritent, impure dans mon amour pour eux. Je prie pour qu'il y ait vraiment un Dieu et qu'il soit miséricordieux. Essaye de l'expliquer à Papa et Mutti. Je vous aime tous et vous me manquerez. Toi, ma chère sœur, le plus.

A toi pour toujours,
Hazel

18

Bäckerei Schmidt
56, Ludwigstrasse
Garmisch, Allemagne

19 janvier 1945

Elsie faillit renverser son plateau de *Honigkuchen* sucrés quand Josef entra dans la boulangerie en milieu de matinée. Il avait été appelé loin de Garmisch pendant trois semaines. C'était la première fois qu'elle le revoyait depuis la soirée de Noël. Utiliser son statut de fiancée d'un officier SS pour sauver sa famille de la Gestapo était une chose, mais assumer la responsabilité d'épouser un homme qu'elle n'aimait pas en était une autre. Elle portait la bague, même si le seul fait de baisser les yeux dessus la remplissait de honte. Il fallait qu'elle dise la vérité ou elle risquait de vivre dans le mensonge pour toujours. Mais garder Josef proche d'eux était sa seule garantie que sa famille et elle seraient protégées. Avec Tobias caché à l'étage, elle ne pouvait prendre le risque de lui révéler ses vrais sentiments.

— Vous êtes rentré ! le salua-t-elle.

— Oui, depuis hier soir, dit-il en lui baisant la main.

— Papa, Josef est ici ! appela Elsie par-dessus son épaule.

Elle retira le foulard de sa tête et se lissa les cheveux.

— C'est bon de vous voir, Josef, mais qu'est-ce qui vous amène à cette heure ?

Il n'était jamais venu avant midi jusque-là.

— Votre père m'a envoyé un télégramme ce matin.

Son visage se tendit.

Elsie sentit ses mains devenir moites. Un télégramme, c'était du sérieux. Et le fait qu'elle n'était pas au courant, vraiment inquiétant.

Josef jeta un œil aux rubis à son doigt. Elle lui adressa un sourire timide. La séparation l'avait rendue nerveuse. Elle ne savait plus où en étaient leur relation et leur projet d'union.

Ils savent pour Tobias, songea-t-elle, en s'interrogeant sur les affaires secrètes de Josef en dehors de Garmisch qui avaient peut-être également un rapport avec elle. Elle se demanda si quelqu'un avait pu voir l'enfant par la fenêtre de sa chambre. Il était petit et elle fermait toujours sa porte à clé, ses volets étaient toujours baissés jusqu'en bas. Seuls les nuages et les oiseaux auraient pu l'apercevoir. Peut-être que la Lufwaffe survolait la ville pour surveiller sa chambre. Elle avait entendu dire qu'ils disposaient d'une telle technologie. Mutti et Papa ne montaient jamais pendant la journée et elle avait bien expliqué à Tobias qu'il devait rester plus silencieux qu'un fantôme s'il ne voulait pas qu'on le découvre et qu'on le tue.

Son imagination s'affolait et son pouls avec elle.

— Papa ? appela-t-elle.

Bien que sa fièvre fût depuis longtemps passée, ses joues s'embrasèrent.

Papa arriva en époussetant ses mains.

— Josef, mon futur gendre, quel plaisir de vous voir ! Merci d'être venu si vite.

Il lui donna une tape dans le dos, une expression sombre sur le visage.

Elsie se reprocha d'avoir fait courir des risques à sa famille. Elle n'allait pas tarder à en payer le prix. Sa tête se mit à tourner.

Papa les invita à s'installer à une table dans le coin. L'attirant par le coude, il murmura à son oreille.

— Je ne veux pas que ta Mutti le sache.

Elle s'écroula sur la chaise en bois du café et s'agrippa à la table pour empêcher ses bras de trembler. Josef s'assit tout près d'elle. Jetant un dernier coup d'œil derrière lui, Papa sortit une lettre de la poche de son tablier.

Une angoisse muette envahit la boutique. Elsie se dit que la Gestapo avait intercepté ses lettres à Hazel et qu'elle allait recevoir un sermon en bonne et due forme pour ses remarques cavalières. Elle essaya de se souvenir de tout ce qu'elle avait écrit mais en fut incapable. Son esprit allait à cent kilomètres à l'heure, de son stylo à sa chambre, à la bague gravée en hébreu qu'elle portait au doigt et au tissu rêche de l'uniforme de Josef qu'elle sentait sur son bras.

Quoi que ce soit, elle en assumerait l'entière responsabilité. Elle dirait aux autorités que ses parents ne connaissaient nullement le contenu de ses lettres, pas plus qu'ils n'étaient au courant de la présence de Tobias. Tout venait d'elle.

Soudain, Mutti passa la tête par la porte.

— Tu veux que je prépare le *Pumpernickel,* Max ?

Elle leva ses mains couvertes de pâte.

— *Ja, ja,* le *Pumpernickel.*

Il attendit qu'elle retourne dans la cuisine pour déplier la lettre.

Elsie reconnut tout de suite l'écriture de Hazel.

— J'ai reçu cette lettre hier. Merci, mon Dieu, c'est moi qui l'ai ouverte et pas Luana.

Papa lissa la lettre de sa paume comme s'il pouvait étaler les mots comme de la pâte.

— Hazel a des problèmes. Elle n'a pas... toute sa tête.

Ses gros doigts, tachés d'épices, contrastaient avec la page ivoire.

— Vous devez comprendre, Hazel est une jeune fille entièrement dévouée au Reich, malgré ce qu'elle dit ici. S'il vous plaît, Josef, je vous fais confiance pour que ce que je vous confie reste entre nous.

Sa respiration s'accéléra et il enchaîna avant que Josef puisse s'exprimer.

— C'est une des meilleures Allemandes. Elle traverse une période difficile. Si nous pouvions trouver un moyen de nous rendre à

Steinhöring, nous pourrions l'aider à retrouver ses esprits.

Ce ne fut qu'après tout son discours qu'il leur permit de lire.

Elsie sentit son cœur se serrer. Papa avait raison. Hazel était en danger. De toute sa vie, Elsie n'avait jamais entendu sa sœur s'exprimer avec tant de désespoir, de colère et avec un tel mépris de l'autorité. Si la Gestapo trouvait cette lettre, Hazel serait arrêtée ou pire. Et qu'en était-il du bébé ? Était-ce possible qu'ils veuillent se débarrasser de sa chair et de son sang ?

Elsie posa les poings sur la table, la peur égoïste qu'elle avait ressentie quelques minutes plus tôt se changea en panique.

— Papa, ça ne peut être vrai ! Ils ne feraient pas une chose pareille, arracher un enfant à sa mère…

Elle tourna la tête vers Josef, mais son regard restait rivé sur la lettre.

Sa rage grossit et elle ne put la garder pour elle.

— C'est barbare ! s'exclama-t-elle.

Josef se redressa telle une marionnette au bout d'un fil.

Elsie se couvrit la bouche, mais ses yeux lançaient des éclairs.

Une cliente entra, le claquement de la porte cingla l'air.

— Bonjour ! lança une voix qu'elle ne connaissait pas.

La dame frappa ses gants sur le comptoir, puisque personne ne lui répondait.

Depuis la cuisine, Mutti cria.

— Elsie ! J'ai les mains dans la farine. Nous avons une cliente.

Papa se leva légèrement et fit une petite révérence.

— Je suis désolé, Frau. Je suis à vous dans une minute.

La dame renifla et inspecta le plateau de pâtes d'amande.

— Très bien, siffla-t-elle.

— Les voyages de nuit sont pratiquement impossibles, affirma Josef après s'être éclairci la voix. Si vous voulez vous rendre à Steinhöring, vous devrez partir tôt et vous faire escorter.

Papa hocha la tête fermement.

Josef s'adossa à sa chaise, se frottant le menton.

— Ce ne sera pas un voyage facile, je vous préviens. Vous ne pourrez pas rester loin très longtemps, cela attirerait les soupçons. Mais…

Il se tourna vers Elsie et son visage se radoucit.

— Hazel compte beaucoup pour nous tous.

Elsie avait les yeux gonflés.

— Demain, à l'aube, dit-il à Papa.

— *Ja*, à l'aube.

La cliente claqua sa langue sur son palais.

— Je suis prête à commander.

— Elsie, vas-y.

Même si elle regrettait d'avoir à quitter la conversation, ce n'était pas le moment de désobéir. Elle se leva et partit vers les panières de pains.

— Que puis-je vous servir ?

— Le *Bauernbrot*, demanda la femme en indiquant le pain de campagne.

S'emparant de la boule, Elsie tendit l'oreille pour entendre ce que Josef et Papa se disaient. Cela concernait leur trajet. Elle était contente de ne pas avoir encore refusé la demande en mariage de Josef. Elle ferait tout ce qu'elle pourrait pour aider Hazel. Quel qu'en soit le prix.

La femme paya en coupons de rationnement et partit. Papa appela Mutti.

— *Ja, ja*, qu'est-ce qui se passe maintenant ? demanda-t-elle, les mains couvertes de la farine SS qui se mélangeait comme du béton et durcissait aussi vite.

— Luana, nous devons aller à Steinhöring, annonça Papa dans un soupir.

Mutti leva les poings vers sa poitrine. Des morceaux de pâte grise tombèrent par terre.

— Que s'est-il passé ? C'est Hazel ? Julius ?

Papa la prit par les épaules.

— Va te laver et fais nos valises. Hazel est...

La lèvre inférieure de Mutti se mit à trembler.

— Elle est malade.

— Malade ? répéta Mutti.

Ses mains enrobées de farine laissèrent des traces sur son *Dirndl*.

— Il y a une épidémie de fièvre ? demanda-t-elle à Josef qui détourna le regard. De la poudre de Dover et du thé, voilà le remède, affirma-t-elle en refoulant ses larmes. Et la *Bäckerei* ?

— Elsie devra gérer les affaires pendant notre absence, expliqua Papa.

— Mais les routes ne sont pas sûres. Les rapports disent...

Papa posa une main sur la joue de Mutti.

— Hazel a besoin de nous.

— Je vous escorterai, Frau Schmidt. Vous serez en sécurité avec moi.

19

Chapelle Saint-Sébastien
Cimetière
Garmisch, Allemagne

23 mai 1942

Josef était allé au cimetière en fin de journée. Des coquelicots poussaient entre les croix en ardoise ou en granite. Le soleil couchant projetait de longues ombres, donnant aux fleurs de la hauteur et de la vie. Elles bougeaient à chaque souffle de brise, tendant leur pétales écarlates vers les esprits invisibles tout là-haut.

Il revenait d'un après-midi à jouer aux cartes et manger des *Kuchen* aux raisins avec Herr Schmidt quand il vit la pancarte de la chapelle Saint-Sébastien. La mort de Peter le hantait toujours, qu'il soit éveillé ou qu'il rêve, mais il s'était habitué à sa présence spectrale, une douleur dans sa vision qui ne diminuait que rarement. Les métamphétamines, ainsi que les week-ends qu'il passait à Garmisch, l'aidaient un peu. La ville lui était devenue aussi familière que la sienne, mais jamais il ne s'était promené là auparavant. Inutile, puisque les cendres de Peter avaient été emportées par le vent d'ouest et s'étaient sûrement posées sur les ciguës et les trèfles du *Hofgarten* de Munich. Il imaginait les visiteurs du parc marchant sur la terre grasse sans se douter que leurs chaussures foulaient la poussière d'un homme qu'ils n'avaient jamais connu.

Cet après-midi-là, il ne savait pas vraiment ce qui l'avait poussé vers l'église. Pourtant, il se tenait là, devant la petite inscription : PETER KLAUS ABEND, NOTRE BIEN-AIMÉ. 1919-1938.

Un ruban de marguerites sèches entourait les dates et Josef se demanda qui l'avait placé ici. Trudi, la sœur de Peter, peut-être. Josef n'avait ni sœur ni frère. Son père avait été percuté par un automobiliste quand Josef était encore trop jeune pour s'en souvenir. Aigrie par ce drame, sa mère était devenue une personne stricte et sévère, persuadée que seuls le travail et le zèle leur permettraient de retrouver le bonheur. Elle avait encouragé Josef à s'inscrire à la branche Memmingen du Mouvement de la Jeunesse de la Grande Allemagne hitlérienne et avait vécu assez longtemps pour le voir devenir officier. Deux ans après son départ pour Munich, elle était morte dans son sommeil. Un voisin l'avait trouvée, raide comme une bûche, et tachée de sang du cou au nombril. Les médecins avaient diagnostiqué une tuberculose foudroyante. Il n'était pas retourné chez lui depuis si longtemps et, à chaque fois, pour un séjour si court, qu'il ne se souvenait même pas de l'avoir entendue tousser. Comme sa mère était une couturière réputée pour ses broderies florales d'une infinie précision, il avait payé le prix fort pour que son cercueil soit enveloppé de toutes les fleurs possibles. Cela lui aurait fait plaisir, avait-il songé.

Un coquelicot rouge effleura la pierre tombale de Peter. Josef se demanda qui le pleurerait quand il mourrait. Il n'avait pas de sœurs qui feraient pour lui des couronnes de marguerites, pas de frères pour transmettre le nom de sa famille. Il était assez apprécié de ses amis, mais son absence ne les toucherait pas à ce point. Debout dans la lumière qui faiblissait au-dessus de la tombe de Peter, il essaya d'imaginer son enterrement. Sa propriétaire à Munich viendrait sûrement par respect et obligation. Peut-être une fille ou deux qu'il avait courtisées. Frau Baumann le pleurerait, mais n'oserait pas se montrer, une prostituée de renom ne s'affichait pas à des funérailles. Cela le réconfortait tout de même de penser qu'il lui manquerait, sans doute plus qu'à tous les autres, d'ailleurs. Et les Schmidt, espérait-il. Il s'était beaucoup rapproché de Herr et Frau Schmidt et regardait Elsie mûrir et devenir une vraie jeune fille. C'étaient des gens bien. Honnêtes entre eux et avec les autres. Oui, eux aussi seraient présents. Il imaginait Elsie, un bouquet de bleuets dans une main, séchant ses larmes avec un mouchoir. Adorable, malgré son chagrin.

— Tu étais plus intelligent que je ne l'avais pensé, dit-il tout haut, avant de secouer la tête et de rire, gêné de se retrouver à parler à un mort qui n'était même pas là.

Mais il le pensait sincèrement. À ce qu'il avait entendu, Hazel Schmidt était encore plus charmante que sa sœur, sa beauté n'égalant que sa réputation d'amante généreuse. Il avait tenté de la rencontrer au Lebensborn à Steinhöring, pas en tant que compagnon, mais pour savoir s'il pouvait les aider, elle et son fils. Sa demande avait été rejetée à cause de son dossier médical déficient. Les noms des femmes de l'association étaient si protégés que même une centaine de *kreppels* n'avaient pas réussi à convaincre la secrétaire de lui donner le dossier de Hazel. Par conséquent, il avait arrêté d'essayer de la voir directement. Ses migraines continuèrent et ses injections se multiplièrent.

Il restait éveillé des nuits entières à ressasser la douleur qu'il avait causée : une femme, veuve avant d'être épousée, deux familles dévastées par la tristesse, l'exil d'une fille, un enfant sans père. Et il luttait encore avec la partie de lui qui se rappelait la famille Hochschild avec attachement. Mais cela n'affectait pas le moins du monde son engagement farouche auprès du Reich. Il rejouait la scène de la Nuit de Cristal dans son esprit, rationalisant chacune de leurs actions et se disant que, même si les Hochschild étaient juifs, Peter s'était montré trop impulsif. Josef ne regrettait pas sa colère, plutôt son manque de contrôle. La mort de Peter était une mauvaise chose, cela, il ne pouvait ni l'excuser ni le nier. « Il faut bien prendre soin de ne pas nier des faits avérés », était-il écrit dans *Mein Kampf*.

Même après avoir rendu visite à Frau Abend deux ans plus tôt, Josef était incapable de se débarrasser de la culpabilité qu'il portait sur ses épaules. Il avait essayé de retourner une fois de plus chez les Abend, mais Trudi lui avait déclaré que personne n'était à la maison, malgré les cris de sa mère depuis le petit salon. Il l'avait pris comme une indication peu subtile que sa présence causait plus de peine que de réconfort. Mais de qui attendait-il l'expiation ? Lors de cette deuxième visite, il s'était ensuite rendu à la *Bäckerei*, troublé par le rejet des Abend. Les Schmidt l'accueillirent comme leur propre fils. Ils étaient son seul lien avec la vie de Peter et, à travers eux, il voulait réparer ce qu'il avait fait.

Il se pencha sur la pierre tombale et ramassa la fleur. L'odeur lui rappela les roulés au pavot.

20

Boulangerie allemande d'Elsie
2032 Trawood Drive
El Paso, Texas

16 novembre 2007

Reba entra dans la boulangerie un quart d'heure avant la fermeture. Au-dessus de sa tête, la petite cloche retentit, familière et accueillante. En l'entendant, Jane jeta un œil à travers les rideaux de la cuisine.

— Eh ! Bonjour, vous ! lança-t-elle avant de prendre Reba dans ses bras.

Les muscles de Reba se tendirent légèrement. Elle répondit quand même un peu à l'étreinte et s'étonna du plaisir que lui procurait cet échange.

— Comment allez-vous ? demanda Jane.

— En vie…

— Qu'est-ce que c'est que cette réponse ? La moisissure sur du pain est en vie. J'espère que vous vous en sortez mieux qu'elle, la taquina-t-elle. Si vous voulez parler à maman, elle est sortie cet après-midi. Elle avait un rendez-vous chez le docteur. Un pressé-roulé.

— Un quoi ?

Jane rit.

— C'est le petit nom que nous donnons à un examen gynéco. On traite la pâte mieux qu'ils ne traitent nos parties intimes. Ils vous pressent les seins comme s'ils ne ressentaient rien et finissent de vous humilier avec leurs étriers et leurs chemises de nuit en papier. Ça fait au moins quatre ans que j'insiste auprès de maman pour qu'elle se fasse examiner. Elle déteste les médecins, même si mon père en était un, expliqua-t-elle en se grattant la tête. Enfin, peut-être qu'il n'y a que les gynécologues qu'elle déteste. En tout cas j'ai enfin réussi à la convaincre. Vous ne le savez pas encore, mais quand on atteint un certain âge, on a des boules et des bosses qui poussent de partout. Vous allez vous coucher et vous vous réveillez avec un pamplemousse collé à l'arrière-train. Ça fait peur...

Elle jeta son torchon sur son épaule.

— Bref, qu'est-ce que je peux faire pour vous ?

Reba ne savait pas exactement pourquoi elle était venue. Elle était sortie de chez elle, convaincue qu'il lui fallait plus d'informations concernant les traditions allemandes de Noël, mais elle aurait pu aussi bien regarder sur Internet. Sur le chemin, elle s'était dit qu'elle voulait prendre encore quelques photos de la boulangerie au cas où le photographe chargé de le faire n'en aurait pas pris assez, mais elle avait oublié son appareil. Dans le parking, elle s'était souvenue qu'elle n'avait mangé que deux saucisses pour le petit déjeuner, alors, son estomac pouvait tout aussi bien lui avoir soufflé la direction de la boulangerie. Mais maintenant que Jane lui posait la question, elle n'en était plus sûre du tout.

— Je... je, bafouilla Reba en se pinçant l'arête du nez et en respirant profondément.

Riki avait officiellement déménagé la semaine précédente. Il lui avait dit qu'il lui donnait l'espace qu'elle voulait vraiment. Pendant les premiers jours, elle s'était sentie soulagée, même reconnaissante pour cette liberté. Mais trop vite, la tristesse qu'elle connaissait bien avait pris la place que Riki avait laissée vacante.

Elle avait appelé son rédacteur en chef pour parler nombre de mots, titres et mise en page. Cela lui avait fait du bien pendant une heure, mais après, le vide lui avait paru encore plus grand qu'avant. Riki lui avait téléphoné dans la soirée de dimanche, alors qu'elle choisissait un plat à emporter au supermarché du coin. Il avait laissé un message, disant qu'il venait aux nouvelles. Des enfants riaient en fond sonore et elle s'était demandé où il était. Elle avait réécouté le message des dizaines de fois en mangeant sa salade de poulet pleine de sauce, directement dans sa barquette en plastique, toujours morte de faim après la dernière bouchée.

Peut-être que Bert l'hébergeait, songea-t-elle. Il ne restait à Riki aucune famille en ville. Ses parents étaient morts, tous les deux enterrés de l'autre côté de la frontière, à Juárez. Il lui avait demandé de l'accompagner sur leur tombe le jour des Morts, mais elle avait prétexté un article à terminer et était allée se cacher dans la salle de rédaction pendant que tout le monde défilait avec des crânes en sucre et des masques. Elle redoutait une journée dédiée aux morts. Cela lui semblait morbide, pas naturel et surtout trop intime de musarder au-dessus des os des êtres aimés. Reba n'était jamais retournée sur la tombe de son père et elle n'en avait aucune envie. Riki disait que les morts revenaient rendre visite aux vivants le jour des Morts, une superstition religieuse qui pour elle ne tenait que du mythe. Parce que, si jamais elle revoyait son père, elle savait qu'elle ne pourrait contenir toute la peine qu'elle emprisonnait au fond d'elle. Elle lui dirait qu'il n'était qu'un lâche de les avoir abandonnées, de ne pas les avoir aimées assez pour se battre pour lui et pour sa famille, de ne pas avoir été un homme meilleur. Elle lui dirait qu'elle ne laisserait plus personne lui faire autant de mal ni s'approcher d'elle assez près pour pouvoir essayer.

Jane la contemplait.

— Vous êtes ici pour votre article ou…

Reba se mordit l'intérieur de la joue. C'était épuisant d'être constamment sur ses gardes. Peut-être que Riki avait raison. Peut-être qu'elle avait besoin de quelqu'un pour l'aider à transporter son fardeau.

— J'ai faim, affirma Reba dans un soupir.

— *Wunderbar!* s'exclama Jane en partant derrière le comptoir. Voyons ce que nous avons.

Maman a fini de cuire des *Schaumküsse* avant de partir.

Elle tira un plateau de boules en chocolat soigneusement alignées.

—Des truffes? demanda Reba, l'eau à la bouche.

La mère de Reba préparait des truffes à la cerise tous les Noël. C'était une recette transmise par sa grand-mère, qui avait remporté le premier prix de pâtisserie dans la catégorie truffes. Le ruban bleu encadré trônait dans la cuisine. Selon la petite histoire, sa grand-mère n'avait jamais plus participé à aucune compétition de cuisine, déclarant que ce n'était pas juste pour les amateurs. La mère de Reba donna la recette à ses deux filles, mais quand Reba se mit à défendre la cause des vaches, elle renonça à la tradition familiale. Comme pour tout, elle piquait une ou deux truffes quand tout le monde avait le dos tourné. Cachée dans le garde-manger, elle savourait chaque bouchée, même si en les mangeant seule, les friandises n'avaient pas aussi bon goût.

—Non, rien d'aussi sophistiqué. Ce sont des bisous au chocolat. Comme des têtes-de-nègre, expliqua Jane. Mais maman les prépare avec une base de biscuit *Springerle* et un cœur de meringue mousseuse. Ensuite elle trempe le tout dans du chocolat au lait. Bon sang! J'adore, mais on ne les fait que les mois les plus froids parce que la chaleur du désert fait fondre la meringue et le chocolat.

— Je peux goûter ? demanda Reba en fouillant dans son sac pour trouver un dollar.

— Oh, mon cœur, je n'ai pas l'intention de vous faire payer, mais…, dit-elle en se pinçant les lèvres. Ils sont faits avec du lait. Ça ne va pas à l'encontre de vos principes ?

Reba tapota le plateau avec son ongle. Elle ne voulait plus de cette mascarade. Ne pouvait-elle pas simplement être elle-même ? Debout devant l'étalage de pâtisseries alléchantes, elle examina toute la crème, le beurre et le fromage qu'elle avait rejetés en public, pour les manger plus tard, avec un sentiment de culpabilité. Son reflet dans la vitre lui rendit son regard. Elle était grande et robuste, avec un visage fort, mais pâle malgré le soleil aride. Ses cheveux noirs ondulaient sur son dos. Jamais ils ne faisaient cela dans l'humidité de Virginie. Elle n'était plus le garçon manqué négligé qu'elle avait été à l'université ni la petite fille apeurée avec ses couettes de travers. Elle avait grandi pour devenir quelqu'un. Reba Adams. Quand arrêterait-elle de faire semblant ?

— J'ai changé d'avis, lâcha-t-elle avec un haussement d'épaules.

— Comme ça ? demanda Jane en claquant des doigts. Eh bien, félicitations ! Je me demandais quand vous retrouveriez vos esprits. Dieu nous a donné les créatures de cette terre pour une raison. Je ne crois pas à tous ces trucs hindous, la réincarnation, se laver le visage dans la pisse de vache…

Elle s'essuya les mains sur le tablier.

— Maman sera si contente ! Maintenant vous pourrez goûter à tout – les *Kreppels*, les pains au beurre, la forêt-noire, et… oh, mon Dieu ! Le monde s'ouvre à vous !

Reba plissa les yeux un moment, avec l'impression que son mensonge ressortait au grand jour, même si personne n'était au courant. Mais Jane lui tendit un bisou au chocolat et en prit un pour elle également.

— La bonne façon de les manger, c'est surtout de ne pas tout mettre dans la bouche. Ils sont spéciaux. On croque un petit bout sur le côté…

Elle fit la démonstration.

— Et… vous voyez… le chocolat colle aux dents et le cœur jaillit.

Elle avait la bouche pleine, mais continuait à parler.

— Et enfin, on mord dans le biscuit. (Elle ferma les yeux de plaisir.) Hmmm… bon sang !

Reba suivit les instructions, mordant dans le chocolat et ensuite dans le biscuit.

— C'est vraiment bon !

— Maintenant, vous êtes prête à manger ces gâteaux-là comme une bonne Allemande ?

Jane lui adressa un clin d'œil et ouvrit un *Brötchen*. Elle en retira la mie, plaça dedans un bisou en chocolat et coupa le tout en deux.

— On appelle ça un *Matschbrötchen*, un « petit pain de boue ».

Elles cognèrent leur moitié l'une contre l'autre, comme si elles trinquaient avec des coupes de champagne, et croquèrent en même temps dans le pain chaud. Reba ne se souvenait pas de la dernière fois qu'elle avait goûté quelque chose de si réel.

*

Le lendemain, elle trouva la boulangerie plus animée que d'ordinaire. Sergio était assis à sa table habituelle. Deux femmes discutaient devant des assiettes de cake à la cerise, leurs trois enfants jouant avec des poupées et des voitures de course sous la table voisine. Dans la queue, un vieil homme plissait les yeux pour lire le nom des pâtisseries tandis qu'une adolescente, vêtue d'un tee-shirt « Les Latines s'y connaissent mieux », écrivait un texto sur son portable.

— Maman, Reba est revenue ! annonça Jane en direction de la cuisine. Vous arrivez au bon moment ! Maman vient d'enfourner les petits pains. Pendant l'heure qui vient, elle n'a aucune excuse. J'aurais bien aimé me joindre à vous, mais comme vous voyez, les clients se pressent dans la boulangerie, aujourd'hui.

— Pas de problème. Je n'ai pas grand-chose de nouveau à dire depuis hier.

Elle avait passé trois heures dans la boulangerie la veille, restant un long moment après la fermeture et retournant chez elle tellement enivrée de rire et de sucre qu'elle en remarqua à peine l'absence de Riki. Pour la première fois depuis bien longtemps, elle se sentait pleine d'énergie et elle travailla jusque tard à revoir son CV et sa lettre de motivation pour les envoyer à plusieurs magazines en Californie. Quand elle alla enfin se coucher, l'obscurité était devenue une amie et non plus une ennemie à redouter. Elle se demanda si c'était ce que les gens éprouvaient tous les jours. Si oui, elle les enviait.

— Vous avez des boules Mozart ? demanda l'homme d'un certain âge dans la file d'attente. J'ai mangé les plus délicieuses de ces bouchées à la pistache à Salzbourg. Vous êtes de là-bas, toutes les deux ?

— Désolée, monsieur, ma maman est allemande, pas autrichienne. Nous ne faisons pas de *Mozartkugel*, mais je pense qu'on peut les commander sur Internet.

— Bon, alors, je vais prendre un bretzel. Mais vraiment, vous devriez penser à faire des boules Mozart. Vous vous feriez beaucoup d'argent.

— Je transmettrai vos conseils à la patronne, assura Jane en prenant un bretzel avec une pince et en le plaçant sur une feuille de papier.

— *Dank-eu sheun*, lança l'homme en se dirigeant vers la porte.

— Je suis sûre que Mozart serait enchanté de savoir qu'il était allemand, plaisanta Reba, une fois qu'il fut parti.

— La plupart des gens ne connaissent pas la différence, de toute façon. Je vous le dis, nous autres, Américains, nous sommes très forts.

Elle rit.

— J'ai vu cette gamine à la télé, une célébrité, Kelly quelque chose, elle ne savait pas que la

France était un pays. Vous imaginez ça ? On aurait dû lui coller le nez sur un globe.

Mlle « Les Latines s'y connaissent mieux » rangea son portable et s'approcha du comptoir.

— S'ils savent que l'Allemagne est en Europe, on leur donne vingt sur vingt pour leurs efforts. Qu'est-ce que je vous sers, mon cœur ?

— Ouais, eh ben, je voudrais du pain au fromage, demanda-t-elle en sortant son chewing-gum de la bouche. À emporter, s'il vous plaît.

— Pas de problème, dit Jane en s'emparant de sa pince avec une dextérité surprenante.

Reba s'installa à une table vide, en face de Sergio. Elle se retint de le saluer, préférant lui tourner le dos pour éviter tout contact.

— Vous revoilà ! s'exclama Elsie en déboulant dans la boulangerie.

Même les trois enfants s'interrompirent dans leur jeu pour la regarder, avant de recommencer à renverser leurs poupées avec leurs voitures.

Elsie portait une jupe marron à franges avec un chemisier au col en V bleu cobalt. Ses cheveux étaient tirés en arrière et attachés avec un foulard de la même couleur, qui mettait son visage joliment en valeur, selon Reba.

— Jane m'a dit que vous étiez venue hier, dit-elle en s'asseyant.

Ses mains fraîchement lavées étaient humides et sentaient le savon.

— J'étais chez le médecin, rien de grave.

— Le pressé-roulé ? demanda Reba en rougissant dès qu'elle eut prononcé ces mots.

— Exactement ! confirma la vieille dame en riant. Jane vous a révélé notre petit code, à ce que je vois.

Reba lança un regard autour d'elle pour s'assurer que ni les enfants ni les mères n'avaient entendu. Les dames étaient plongées dans leur conversation, les enfants déambulaient à genoux sur le carrelage.

— Vous n'êtes pas non plus là pour parler de toutes les pâtisseries que Jane et vous avez englouties, n'est-ce pas ? l'interrogea Elsie avec un clin d'œil.

— C'était trop bon, avoua Reba. Mais je suis venue pour l'interview.

L'échéance de Reba était passée et son rédacteur en chef avait insisté pour que l'article soit bouclé d'ici au lendemain matin. Sinon, il ne pourrait pas figurer dans le numéro des vacances. Reba avait une mission à terminer. Du moment que son esprit restait concentré sur son objectif, elle pouvait oublier Riki et tout le reste. Il lui fallait une bonne citation sur Noël en Allemagne et elle était impatiente d'entendre la phrase qui l'arrangerait : *Noël est une période merveilleuse, nous avons plusieurs traditions que nous perpétuons où que nous soyons dans le monde*. Voilà, le tour serait joué. Une déclaration sans ambiguïté qui ne mentionnerait pas les nazis. Elle sortit son magnétophone et son stylo.

— Voyez-vous, je n'ai pas fait correctement mon travail la dernière fois, expliqua Reba. Ce que je veux dire par là, c'est que je n'ai pas posé les questions qui me permettraient d'écrire ma colonne. J'ai besoin d'en connaître plus sur Noël, sur les fêtes, sur la façon dont vous les célébrez avec votre famille et vos amis.

Elsie se frotta le menton en dévisageant Reba.

Les deux femmes à côté d'elle parlaient d'hyperactivité, essayant de comprendre si c'était un symptôme du déficit de l'attention ou simplement une conséquence de trop de chocolat et de Coca-Cola.

Reba tapota son stylo sur la table en attendant une réponse.

— Pour vous dire la vérité, je ne me souviens pas de ce que nous faisions avant la guerre. J'étais très jeune quand le Führer est arrivé au pouvoir et, quand il en est parti, c'était une nouvelle Allemagne. Nous devions nous réinventer, nos traditions, nos familles. Ce n'était plus pareil. Comme je vous l'ai dit, ces années-là furent... traumatisantes.

Elsie haussa les épaules.

— Même les moments heureux sont voilés de chagrin. Donc, vous voyez, je ne peux pas vous parler des fêtes de Noël en famille ou avec des amis sans trahir.

— Trahir qui ? s'enquit Reba, perplexe.

— Moi-même. Ce serait un mensonge, une histoire inventée de ce que vous voudriez entendre. Oh, nous dansions et chantions au rythme de la musique bavaroise, nous trinquions à la bière, nous marquions la naissance du Christ et attendions la venue de saint Nicolas dans nos maisons alpines enneigées. C'est ce que vous voulez que je vous dise ?

— Oui, oui, exactement. Reba se pinça l'arête du nez.

Elsie haussa de nouveau les épaules.

— Je suis désolée. Ce ne sont pas les souvenirs que j'en ai.

— Alors, quels sont vos souvenirs ? Dites-moi uniquement la vérité, la pria Reba.

Elsie réfléchit un moment, puis commença.

— En Allemagne, je me souviens de juifs sans rien à manger, mon père essayant de faire tourner notre boulangerie avec une tasse de sucre par semaine. Des Noël froids. Si froids qu'on pouvait geler sur place. Des soldats ivres en uniforme de laine. Des marques de bottes sales sur la neige. Des familles incapables de se réunir et des secrets qui n'avaient rien à voir avec saint Nicolas, les rennes ou la magie...

21

Bäckerei Schmidt
56, Ludwigstrasse
Garmisch, Allemagne

24 janvier 1945

— Réveille-toi, Tobias, réveille-toi !

Elsie tapait sur le mur doucement, mais avec insistance. Tobias poussa la planche, glissa à l'extérieur en bâillant et s'étira longuement. Le trou dans le mur était juste assez grand pour qu'un petit garçon reste assis et se couche les jambes pliées, mais elle savait bien qu'il n'y avait rien de tel que de pouvoir s'étendre du bout des doigts aux orteils. Elle essayait de lui en offrir la possibilité aussi souvent que cela était possible et prudent.

Ses parents étaient partis à Steinhöring pour cinq jours et Elsie était contente de leur courte absence. Ainsi, elle n'avait pas besoin de se faire du souci au moindre craquement du plancher. Le dimanche, elle avait même osé laisser Tobias travailler avec elle aux petites heures du jour. Il était incroyablement doué pour dessiner les bretzels, sachant exactement comment rouler et tordre la pâte pour former des nœuds parfaits.

Elsie soufflait et pestait contre le froid, tandis que Tobias enfilait une paire de chaussettes en laine qui lui arrivait à mi-cuisses. Il se coiffa d'un bonnet de nuit tricoté à la main, lui rappelant les déguisements du défilé de carnaval de son enfance. Elle ne put s'empêcher de sourire, malgré la migraine matinale qui la tenaillait.

— Allons, petit, dit-elle en lui tapotant la tête, j'ai déjà allumé le four, nous manquons de *Brötchen*. Il n'en reste même pas de rassis, alors, je dois en cuire une fournée en plus ce matin, ce qui fait que tu dois t'occuper des bretzels.

Comme elle était la plus jeune de la famille, on ne lui avait jamais donné trop de responsabilités dans la cuisson à proprement parler, jusque-là en tout cas. Avec la boulangerie et Tobias à sa charge, elle se sentait plus âgée et plus sage et cela lui plaisait bien.

— Je sais qu'il est horriblement tôt, mais c'est la vie d'un boulanger et de ceux qui vivent avec lui, soupira-t-elle. Peut-être que, quand tu seras plus grand, tu deviendras un boulanger chanteur, dit-elle en lui adressant un clin d'œil. Je parie que tu toucherais deux fois plus que nous pour un petit pain avec une chanson.

— Je préparerais des *Babka* avec plein de cannelle.

— Excellent. Tobias, le grand chanteur des *Babka*. Ce sera ton surnom.

Elle se tourna pour s'assurer que Tobias était bien derrière elle, protégé par son ombre, avant d'ouvrir la chambre et de descendre l'escalier. Même si elle baissait les stores tous les soirs, elle craignait toujours la surveillance de la Gestapo, aussi avait-elle mis au point un plan pour la routine du matin. Tobias travaillait à la table en bois, sous laquelle Mutti rangeait le faitout géant pour les soupes. Dès qu'elle percevait un danger, elle sifflait et Tobias entrait dans le faitout avant de fermer le couvercle. Cela ne durait que le temps des préparatifs du matin. Une demi-heure avant l'ouverture, elle le remontait dans sa chambre.

Il se disait dans toute la ville que ses parents s'étaient rendus à Steinhöring sous escorte rapprochée. Personne n'osait demander ce qui les avait poussés à partir précipitamment. Trop de gens avaient déjà quitté leurs maisons pour des destinations inconnues et cela ne semblait déranger personne. Mieux valait ne rien savoir. Par conséquent, ils passaient leurs commandes habituelles sans se soucier de l'absence des parents d'Elsie et emportaient leur pain chez eux où ils pouvaient manger et chuchoter entre eux.

Elsie avait pris l'habitude de fermer pendant la pause-déjeuner, chose que son père ne faisait jamais. Quand elle poussait la porte entre midi et 13 h 30, pas un seul client ne venait se plaindre. Cela lui donnait tout le temps d'étaler la pâte qui était montée et de voir si tout allait bien avec Tobias.

Bien qu'il fût dans sa chambre depuis déjà un mois, ce n'était que récemment qu'Elsie s'était mise à lui parler librement. La première fois qu'elle l'entendit prononcer plus que quelques mots, ce fut la nuit précédente, au sujet d'une saucisse.

— C'est interdit, dit-il en repoussant l'assiette.

Mais Elsie n'avait rien d'autre pour lui. On ne trouvait plus ni agneau, ni bœuf, ni poulet, ni poisson. Ils étaient en hiver et en période de guerre. Avait-il oublié qu'il était un juif caché dans son mur ? Ce n'était pas un hôtel de charme. Elle l'aurait reprise et mangée elle-même, si elle n'avait pas eu devant les yeux les coudes du garçonnet. Quoi qu'il porte, ils ressortaient telles les ailes d'un oiseau, lui rappelant que, même s'il s'était un peu remplumé depuis Noël, il était encore maladivement mince.

Au cours de la semaine passée, il avait développé un léger sifflement, pas plus fort qu'un pépiement de souris. Quand il s'arrêtait, Elsie redoutait que le froid ait eu raison de lui et l'ait congelé. Il avait besoin de prendre des forces. Un régime de pain et de légumes ne suffisait pas. Elle avait grandi avec des juifs dans le village, alors, elle connaissait la gravité de son offre, mais cela la frustrait et l'agaçait profondément que, même maintenant, en plein chaos, avec la mort autour d'eux et le sang qui se déversait partout, leurs coutumes comptent plus que sa vie.

— Mange. En de pareilles circonstances, Dieu ne peut pas être si buté, affirma-t-elle.

Il croisa les bras, faisant saillir ses petits coudes.

— S'il te plaît ! supplia-t-elle.

— Je ne peux pas, insista-t-il.

Elle poussa un soupir de frustration et considéra la possibilité de le forcer, mais elle avait peur de lui faire mal.

— Tobias, si tu ne manges pas autre chose que des panais, tu vas…

Elle se frictionna les tempes avant de finir sa phrase.

— Mourir ! Et tu ne veux pas mourir. Tu es mon ami, je me fais du souci. Allez, s'il te plaît, mange. Si tu ne le fais pas pour toi, fais-le au moins pour moi.

Tobias déglutit et baissa la tête.

Elsie lui tendit un morceau de saucisse au bout de la fourchette.

— S'il te plaît…

Il murmura une prière en hébreu, la cadence de sa voix aussi lyrique que quand elle lisait un poème de Robert Frost.

— Dieu me remplira.

— Peut-être bien, songea Elsie, mais le corps humain était avant tout physique, imparfait et certain de trahir nos désirs d'immortalité les plus sincères. » De ce qu'Elsie avait vu de Dieu, elle savait qu'il était plus miséricordieux qu'aucune religion et plus aimant qu'aucune loi. Elle aurait tant aimé en convaincre Tobias.

Il examina la saucisse dans l'assiette.

— Une fois, ma mère s'est coupée en préparant mon repas. Son doigt a saigné et ça a laissé une cicatrice. Juste là, dit-il en montrant son index. J'en étais désolé, mais elle a dit que les marques sur nos vies sont comme des notes de musique sur une page : elles chantent une chanson.

Elsie posa la fourchette. Elle ne l'avait jamais entendu parler autant et, soudain, il n'était plus simplement Tobias, le petit garçon. Il avait de la famille, une mère quelque part. Même si Josef lui avait parlé de ses parents, ils ne lui semblaient pas réels. Tout comme Tobias ne lui avait pas paru réel avant de le devenir.

— Où est ta famille ? demanda Elsie.

— Je ne sais pas où sont mes parents, répondit-il en haussant les épaules. Mais je suis arrivée avec ma sœur dans le camp.

Elle pensa à Hazel et une douleur vive la saisit en pleine poitrine.

— Comment s'appelle-t-elle ?

— Cecile.

— Plus petite ou plus grande que toi ?

— Plus petite. Elle a cinq ans et elle aime les rubans bleus. Elle a pleuré quand ils les lui ont pris.

Il arracha une peluche de sa chaussette en laine.

— Qui lui a pris ?

— Les soldats, lança-t-il, les yeux soudain aussi ternes que des pièces de monnaie poussiéreuses. Quand nous sommes descendus du train. Ils les lui ont arrachés des cheveux. Elle a pleuré. Un soldat l'a frappée et elle est tombée sur les voies ferrées.

Ses poings serrés se posèrent sur ses genoux, comme deux petits nids tremblants.

— J'ai essayé de les arrêter. J'ai tenté de la relever, mais je n'ai pas réussi. Il y avait trop de gens qui poussaient en hurlant et le train sifflait si fort. Elle ne m'entendait pas l'appeler.

— Tobias, je suis désolée, murmura Elsie, une boule dans la gorge.

Il leva la tête vers elle et son expression s'éclaira.

— Un jour, je lui achèterai de nouveaux rubans.

Elsie imagina une enfant avec des boucles brunes attachées par des rubans bleus comme ceux que Hazel et elle avaient sur la tête, petites filles.

— Je suis sûre que cela lui fera plaisir, dit-elle à bout de souffle. J'ai une sœur, moi aussi. Elle s'appelle Hazel. Elle est plus âgée que moi et elle a trois enfants. L'un d'eux a ton âge, il s'appelle Julius.

Ses yeux s'ouvrirent grands de curiosité.

— Vous êtes un peu pareils, continua-t-elle. Vous aimez tous les deux chanter.

Il détourna le regard et passa un doigt sur son crâne dégarni, où ses cheveux repoussaient légèrement.

— Je ne devrais plus chanter, chuchota-t-il. Quand je chante, on fait du mal aux gens.

Elsie se souvint de ce que Josef avait dit au sujet de Tobias qui chantait dans les camps.

— Tu as chanté pour moi et tu m'as sauvée, lui rappela-t-elle.

Tobias ne la regardait toujours pas.

Elle lui prit les mains, touchant sa peau plus fine que de la pâte cuite.

— Un jour, tu chanteras devant toute une salle. La foule se lèvera pour t'applaudir et jettera des roses à tes pieds.

Tobias leva enfin des yeux remplis de douceur et d'espoir à la lumière de l'ampoule électrique.

— Promets-le-moi ! exigea Elsie.

— Mais comment pourrais-je promettre quelque chose que j'ignore ?

— Je crois en toi. Si tu le dis, alors, tu le feras.

Il fallait qu'il croie en quelque chose. Elle aussi en avait besoin.

Il sembla rêver un instant. Enfin, il se tourna vers elle, résolu.

— Je te le promets.

Sans se donner le temps de réfléchir ou d'avoir peur, elle se pencha vers lui et lui embrassa le front.

— Merci.

Après, elle était partie dans la cuisine et avait soigneusement retiré la moisissure sur la faisselle. C'était ce que Papa préférait et Mutti la rationnait précieusement pour le petit déjeuner, mais ils n'étaient pas là et elle ne savait pas quand ils reviendraient. Elle en tartina généreusement un *Brötchen* pour Tobias. Ensuite, elle mangea la saucisse froide qu'elle eut du mal à digérer et qu'elle sentit jusqu'au matin, plus lourde qu'une pierre dans son estomac.

Une alouette chantait au loin. Tobias l'aida à verser de la pâte levée sur la planche en bois.

— On va faire deux fournées. Demain, on saupoudrera d'eau ceux qui resteront et on les réchauffera. Personne ne sentira la différence. Je commence les *Brötchen.*

Elle se dirigea vers les boules et y plongea profondément les mains. La pâte lui collait aux doigts et se glissait entre les pierres de sa bague. L'anneau en or de Mutti n'avait pas de creux. C'était une bague faite pour une boulangère, pas celle d'Elsie. Elle était pour quelqu'un d'autre, une chanteuse ou la femme d'un banquier. Une dame aux mains manucurées, avec de la lavande Yardley sur les poignets. Les mains d'Elsie étaient sèches et abîmées et, depuis la fermeture du magasin des Grün, elle sentait la levure et la transpiration. Leurs savons lui manquaient tant, ainsi que les eaux de toilette françaises et les eaux de Cologne au citron. Le flacon de shampooing à la rose dans sa cachette était trop précieux pour qu'elle le gâche lors d'une toilette quelconque. Elle préférait le placer ouvert sous son nez et imaginer son parfum l'envelopper.

La température de la cuisine augmenta. Le bois brûlait dans le four et Elsie se laissa bercer par le rythme relaxant du pétrissage. Une fois qu'elle eut préparé une douzaine de *Brötchen*, le bleu trouble de l'aube s'était infiltré dans la cuisine sombre. C'est à cet instant qu'elle remarqua la pile de bois à côté du four : pas plus haut que deux bûches. Elle avait oublié de reconstituer le stock. Le bois dehors était humide de neige, il mettrait du temps à sécher dans la cuisine avant de pouvoir brûler. Si elle n'en ramenait pas à l'intérieur tout de suite, ils ne pourraient jamais maintenir le four chaud. Ses mains étaient couvertes de farine et de morceaux de pâte. Tobias avait mis la bassine des bretzels avec la levure à bouillir et retroussait désormais ses manches. Le bois était juste à côté de la porte de derrière. Il pourrait prendre quelques bûches en attendant. Le jour ne s'était pas encore levé, personne en ville ne serait dehors à cette heure.

—Tobias, on a besoin de bois, dit-elle en montrant la porte.

Il la regarda un long moment.

Elle lui sourit, rassurante.

—Entrouvre la porte et jette un œil d'abord.

Il hocha la tête, ouvrit d'un centimètre et se tourna.

—Personne, murmura-t-il.

Le cœur d'Elsie s'accéléra.

—Enfile tes bottes et fais vite, demanda-t-elle, mettant dans sa voix toute la certitude qu'elle ne ressentait pas.

Il s'exécuta et défit la chaîne doucement, s'arrêtant une seconde de plus qu'Elsie l'aurait jugé nécessaire.

—Dépêche-toi !

Son souffle se dessina dans l'air glacial et, soudain, il n'était plus là, un nuage blanc le remplaçant.

Elsie pressa trop fort la boule qu'elle tenait dans les mains, l'aplatissant comme un disque. Elle compta les boules sur le plateau : une, deux, trois… six, sept, huit… dix, onze, douze. Elle regarda la porte. Il ne lui fallut pas plus de dix secondes pour paniquer. Elle essaya de se concentrer mais perdit le compte, alors, elle glissa le tout dans le four. Le charbon flambait, orange vif. Elle put même espacer chaque petit pain à l'intérieur et refermer la porte. Ses joues et ses avant-bras avaient pris une teinte rouge écarlate. Tobias n'était toujours pas revenu.

— J'aurais dû y aller moi-même, se gronda-t-elle.

De la farine prise en paquet lui pendait aux doigts. Elle ne prit pas la peine de se laver, se précipitant vers la porte.

Tobias lui sourit sur le seuil.

— Ça suffit ?

Ses coudes tremblaient sous le poids de cinq bûches.

Elsie l'entraîna à l'intérieur et il déposa le bois à côté du four. Elle soupira, soulagée, quand soudain on gratta à la porte. Frau Rattelmüller attendait là. Ils n'avaient pas pris le temps de fermer.

22

Service des douanes et de la protection
des frontières des États-Unis
8935 Montana
Avenue El paso, Texas

26 novembre 2007

Une demi-douzaine de véhicules des gardes-frontières et de la police arriva sur la piste en béton faite pour les joggeurs, les cyclistes et les parents qui poussaient leurs landaus le soir le long du Rio Grande. Elle était vide maintenant et, au son du grondement des moteurs, les canards barbotèrent en direction d'un abri sous la rive. Une grue blanche s'envola vers un nid secret dans un fourré sur la rivière.

Ils avaient été prévenus par une autre voisine : le mobile home cadenassé avait de nouveaux occupants. C'était typique des passeurs qui logeaient les clandestins dans des planques pendant un à trois jours avant de les transporter dans le désert où ils étaient lâchés à la tombée de la nuit et devaient se débrouiller seuls. Ainsi, ils contournaient les points de contrôle sur l'autoroute dans l'obscurité. De l'autre côté, le passeur récupérait les survivants et continuait vers le nord.

Il fallait agir vite. Les gardes-frontières devaient faire une descente maintenant pour ne pas rater le groupe. La police d'El Paso les assistait pour procéder aux arrestations.

Riki et Bert menaient le convoi. Sur le siège passager du camion, Bert vérifiait le chargeur de son pistolet, le classique P2000, un semi-automatique allemand. Il le gardait dans son holster à la taille.

Riki remua sur son siège. C'était une procédure standard, mais les armes chargées l'avaient toujours mis mal à l'aise. Il avait vu trop de leurs hommes s'énerver et tirer prématurément, se prenant certainement pour Wyatt Earp. Les gens qu'ils appréhendaient n'étaient pourtant ni des as de la gâchette ni des hors-la-loi, simplement des fermiers ou des maçons.

— Est-ce qu'on va enfin être équipés de balles en caoutchouc ? demanda Riki.

Ces munitions assommaient les victimes, mais ne pénétraient pas dans le corps. Ce n'étaient pas des criminels dangereux. Le rôle des gardes-frontières consistait à leur interdire l'entrée aux États-Unis, pas à les tuer.

— Pour quoi faire ? demanda Bert. Un type vient vers moi, je l'abats direct. Je vais quand même pas attendre qu'il me balance une boule de feu à la tronche ! dit-il en resserrant les lanières de son gilet pare-balles. Carol l'aime bien, ce visage, et je dois avouer que je m'y suis moi-même habitué.

Riki gardait une main sur le volant et gratta sa barbe naissante avec l'autre.

— Beaucoup de femmes et d'enfants, de nos jours. Les armes les effrayent plus qu'autre chose.

— C'est le but ! s'exclama Bert en lâchant un petit rire caustique. Les effrayer assez pour qu'ils ne s'avisent pas d'enfreindre la loi une deuxième fois ! Attention à ne pas devenir sentimental, Rik. Les Américains deviennent trop tendres. Oh, les droits de l'homme, les droits de l'homme, ils pleurnichent. Et les droits de ceux qui essayent de faire respecter la loi dans notre pays ? Qu'est-ce qu'on fait d'eux, hein ? C'est bien beau de rester sur son cul à parler philosophie en se bâfrant de bagels au fromage dans le New Hampshire, mais ici... c'est la merde.

Il se redressa.

Un homme qu'il jugea d'origine mexicaine se tenait sur le sentier en face des mobile homes que Riki avait contrôlés deux semaines plus tôt. Bert alluma le gyrophare du camion. Le type partit à toutes jambes. Riki ralentit l'allure au niveau du mobile home qu'ils visaient et Bert ouvrit la portière côté passager.

— On a affaire à un sportif, on dirait, déclara-t-il avant de descendre.

Un nuage rose se souleva quand Riki appuya sur le frein.

— 10-33 ! appela-t-il dans le micro. Un individu s'enfuit vers le sud le long du Rio Grande. Ne devrait pas poser de problème à repérer. Homme d'origine hispanique portant une veste verte.

— 10-4, chef Garza en ligne. On envoie une de nos voitures pour le coincer.

Un véhicule de police s'élança à sa poursuite.

— Bien reçu, lança Bert. Nous, on entre dans le mobile home pour voir ce qu'on y trouve.

À contrecœur, Riki sortit son arme de son holster.

Une fourgonnette grise et sans fenêtre était garée devant. Le mobile home était toujours cadenassé, mais maintenant les planches avaient été retirées de deux petites fenêtres.

— Bien joué, Riki, le félicita Bert en baissant la visière de sa casquette. Tu nous as déniché un joli trou à rats.

Les hommes dans les autres voitures les rejoignirent et se répartirent rapidement autour du mobile home.

— La fourgonnette est vide, indiqua un policier.

Bert et Riki se dirigèrent vers l'entrée avec, à leurs côtés, quelques officiers.

Riki frappa du poing sur la porte.

— Ouvrez ! *¡ Abre !*

Sans attendre de réponse, Bert explosa le cadenas avec le bout de sa matraque, l'aluminium rouillé ne résistant pas au choc. Le chef Garza passa un peigne en métal dans la fente de la porte pour l'ouvrir. En moins d'une minute, ils pénétrèrent dans le mobile home.

À l'intérieur, des gens se collaient au mur, recroquevillés les uns contre les autres.

— *¡ Abajo, abajo !* commanda Riki, en montrant les matelas sales par terre.

Les immigrés obéirent aussitôt, s'allongeant, le visage contre le sol, alignés comme des sardines en boîte.

— Les mains levées ! cria Bert en tapant sa matraque contre le mur. En l'air, bon sang !

— *Ponga sus manos*, traduisit Riki.

Les femmes tendirent les bras, prenant aussitôt une posture ridicule de superhéros, les hommes plaquèrent leurs mains contre leur têtes.

Des agents et des officiers partirent inspecter les autres pièces, entraînant tout le monde dans l'espace principal.

— Il y en a d'autres ? demanda Bert.

— Je crois que c'est tout, répondit Garza.

— Combien ça fait ? demanda Riki en examinant la pièce remplie de tant de corps que la température avait augmenté de quelques degrés.

Il dégoulinait de sueur, son uniforme lui collant au dos comme de la cire chaude.

— Vingt-cinq, trente peut-être. Pas sûr, répondit Bert. Ça fait un paquet.

Il rangea sa matraque dans sa ceinture.

— Je comprends pas comment ces gens peuvent supporter ça ! s'indigna-t-il en essuyant la transpiration sous son nez. Un seul chiotte, pas de bouffe, des cafards et des toiles d'araignées partout. Ça pourrait pas être pire. On va les renvoyer d'où ils viennent, ce sera toujours mieux que ça.

Il s'empara de son micro.

— El Paso, vous me recevez ? On va avoir besoin d'un putain de bus.

Un jeune homme dans un tee-shirt Timberland osa lever légèrement la tête du matelas.

— Vous... vous parlez anglais ? demanda Riki.

— Oui.

— D'où venez-vous ?

— Mexique, répondit-il rapidement.

Riki hocha la tête. Guatémaliens, Honduriens, ils auraient même pu être chinois, mais ils affirmaient tous qu'ils venaient du Mexique, espérant n'être reconduits qu'à un kilomètre de la frontière et pas plus loin. Riki comprenait leur manège.

— Vous avez quel âge ?

— Dix-sept ans.

— Où est votre famille ?

Il haussa les épaules.

La fille à sa droite se mit à pleurer et Riki remarqua que ses yeux étaient fendus et gonflés.

— Qu'est-ce qui vous est arrivé, *señorita* ?

Elle gémit et détourna la tête.

— Bert, il nous faut le kit médical qui est dans le camion, lança Riki par-dessus son épaule. On dirait que cette fille...

Soudain l'adolescent se leva, brandissant un couteau. Il frappa Riki en pleine mâchoire et transperça le gilet pare-balles d'un agent sur sa droite, avant de foncer vers la porte.

La pièce tournoya autour de Riki, alors qu'il tombait contre la tôle ondulée. Un souvenir d'enfance lui revint en mémoire, il se revit en train de manger de la pastèque tiède à l'arrière du pick-up de son père. À l'origine, ses parents avaient été métayers, labourant des champs à Canutillo et vendant leurs produits sur l'I-10. En échange de leur travail, le fermier du coin les hébergeait sur ses terres et leur donnait un pourcentage de ses revenus. À cet instant, Riki sentit de nouveau sur sa langue le goût de la pastèque tiède, sur son dos la sensation du métal de sa couchette. Il cracha. Les pépins se matérialisèrent devant ses yeux, des petits points noirs dans une mer rose.

La confusion s'empara de la pièce.

— Baissez-vous ! hurla Bert. Lâche ce couteau ou je tire !

La fille cria.

Le coup de feu retentit dans l'air.

Des bottes résonnèrent sur le sol.

Une tête se dessina au-dessus de lui, planant parmi les pépins.

— Rik ? Ça va ? Hoche la tête si tu m'entends.

Riki obéit, clignant des yeux de toutes ses forces. Le rose se dissipa et il comprit qu'il était allongé sur le dos et regardait le plafond grêlé.

— L'ambulance arrive, déclara une voix.

— Je... je n'ai pas besoin... d'ambulance, bafouilla Riki.

Il essaya de se relever, mais ne parvint pas à retrouver son équilibre. La pièce tournait toujours.

— Elle va pas tarder, assura la voix.

— J'ai dit..., commença Riki en attrapant Bert par la manche. Que j'allais bien.

Bert lui tapota la main et Riki perçut le tremblement dans sa voix.

— Je sais que ça va, toi, affirma-t-il. Mais pas lui.

La fille pleurait.

— *Lo siento. Tuvimos que hacerlo para nuestra familia. Mi hermano. Por favor. Señor, señor, señor,*[1] appela-t-elle en rampant doucement vers Riki.

Un garde-frontière lui plia le bras derrière le dos et la força à se lever, l'escortant dehors.

— Le gars avait trois cents grammes de cocaïne dans son froc, expliqua Bert en se raclant la voix. Il s'est dit que, de toute façon, il était fait. Autant...

Il essuya de nouveau les gouttes de sueur sur sa lèvre.

— J'ai visé dans la jambe, juste pour l'arrêter. Les secours arrivent.

Riki posa une main sur son visage. Quand il la regarda, elle était trempée de sang. Bert l'aida à s'asseoir.

— Il t'a touché au visage, dit Bert, sa pomme d'Adam tremblant un peu.

Riki respira profondément.

— Ça fait un mal de chien !

---

1. « Je suis désolée. Nous devions le faire pour notre famille. Mon frère. S'il vous plaît. Monsieur, monsieur, monsieur. »

Il ressentait une douleur lancinante entre ses orbites et l'arrière de son crâne.

Les officiers entraînaient tout le monde dehors.

— Agent Mosley, appela le chef Garza. Il semblerait que le gars et sa sœur soient des mules. Le passeur dit qu'il n'était pas au courant. Quand il l'a découvert, ils ont eu droit à un sacré savon.

— Vous l'avez attrapé ? demanda Riki.

Ouais, affirma Garza. Il s'appelle Carl Bauer. Le plus drôle, c'est qu'il n'est même pas hispanique. Il vient du Nebraska. Des antécédents. Il a trouvé l'idée d'aller au Mexique pour exploiter à fond la population là-bas. Un des clandestins a dit qu'ils lui ont tous donné quatre mille dollars pour le voyage.

— Et le type sur le Rio Grande ? interrogea Bert.

— Non, ça, c'était un gars du coin. On a vérifié, il a des papiers.

— Merde ! lança Bert. Il avait l'air tout à fait mexicain, lui. Pourquoi il s'est enfui, alors ?

— Parce qu'on lui courait après, déclara Riki.

— Carl se cachait dans la caravane voisine. Il a dit à la dame et à son gamin qu'il leur donnerait dix mille dollars s'ils se taisaient. Il a fait tellement peur au môme qu'il s'est pissé dessus. La mère a appelé les secours quand il a eu le dos tourné.

— Quel con ! s'écria Bert. Il ne savait pas que c'était elle qui nous avait contactés au départ.

Riki se souvint du visage sévère de la femme quelques semaines plus tôt, son petit garçon sur son tricycle : « Au revoir ! » Elle était aussi d'origine mexicaine. Peut-être qu'elle pensait comme lui, que les règles existaient pour de bonnes raisons, même si elles n'étaient pas évidentes. Mieux valait être de ce côté de la barrière.

Pourtant, quand les ambulanciers arrivèrent et pointèrent leurs lampes dans ses yeux, Riki ne put s'empêcher de penser qu'il devait y avoir une meilleure solution – souffrance inutile, pertes gratuites. Il devait trouver un moyen de rester fidèle à son pays sans trahir ses convictions personnelles.

— Vous avez une belle entaille et une commotion cérébrale, annonça le secouriste avec un lourd accent espagnol, rendu encore plus fort par le chewing-gum qu'il avait dans la bouche. Vous avez eu de la chance, on m'a dit que le type avait failli vous casser le cou. Éteignez.

Il tendit à Riki deux analgésiques.

— Prenez un peu de repos et n'allez pas vous cogner la tête pendant une semaine. Quelqu'un peut s'occuper de vous à la maison ?

Riki ne répondit pas. Il avala les comprimés sans eau. Ils lui raclèrent la gorge en passant.

Il avait accusé Reba d'être celle qui avait un problème, mais peut-être qu'au fond, c'était lui. Comment pouvait-il exiger que les autres prennent des décisions quand lui-même en était incapable ? Avant de pouvoir se montrer honnête avec elle, il devait l'être envers lui-même.

23

Bäckerei Schmidt
56 Ludwigstrasse
Garmisch, Allemagne

24 janvier 1945

— Quelle surprise ! lança Frau Rattelmüller en toussant dans la manche de son manteau.

Un vent glacial s'infiltra dans la cuisine.

— J'ai vu la fumée dans la cheminée, dit-elle en cognant sa canne contre le montant en bois de la porte. Votre four chauffait de bonne heure, alors, je me suis dit que j'allais venir prendre mes *Brötchen*.

Elsie déglutit avec peine et vint se placer devant Tobias, le protégeant avec sa jupe.

— Six heures. Vous savez que nous n'ouvrons pas avant cette heure. Avec mes parents en voyage, je n'ai pas le temps pour des commandes spéciales. Je suis désolée, mais vous devrez attendre comme tout le monde.

Frau Rattelmüller se tordit le cou pour regarder derrière Elsie.

— On dirait que vous avez trouvé un second, s'écria-t-elle en le montrant du bout de sa canne. Un petit elfe.

Elsie se raidit.

— Je dois vous demander de partir.

Elle avança vers la porte, impatiente de remettre la chaîne, de remonter Tobias dans sa cachette et de faire comme si tout cela n'était qu'un mauvais rêve. Les conséquences de cet instant lui étaient trop insupportables. Même Josef ne serait pas capable de la sauver, à présent.

Tobias courut se blottir derrière le four aux braises incandescentes.

— C'est un juif ? demanda Frau Rattelmüller, ne renonçant pas.

Les genoux d'Elsie se mirent à trembler. Elle ne pouvait plus jeter la vieille dame dehors maintenant, parce qu'elle se rendrait droit à la Gestapo.

— Un juif ? répéta-t-elle dans un rire forcé. *Nein*, c'est…

— Parce qu'il semble correspondre à la description de l'enfant juif que la Gestapo recherchait le soir de Noël, continua Frau Rattelmüller en faisant un pas dans la cuisine et elle ferma la porte derrière elle. Ils sont venus chez moi aussi et ont effrayé ma vieille Matilda qui s'est pelotonnée sous le fauteuil.

La femme s'assit sur un tabouret et posa son menton ridé sur la poignée de sa canne, les inspectant tous les deux.

— Vous faites erreur, assura Elsie.

Ses joues étaient aussi chaudes que les braises du four. Sa voix un rien trop aiguë sonnait faux à ses propres oreilles. Elle essaya de reprendre sa respiration.

— Viens par ici, mon garçon, appela Frau Rattelmüller.

Elsie le prit par la main.

— C'est mon neveu, Julius. Le fils de Hazel.

Frau Rattelmüller plissa les yeux, sans lâcher Tobias du regard.

— Alors, dites-moi depuis quand ils ont commencé à marquer les enfants allemands comme les juifs dans les camps ?

Les manches de Tobias étaient retroussées au-dessus de ses coudes. Des numéros à l'encre noire se dessinaient sur son bras gauche. Il les couvrit rapidement.

Frau Rattelmüller poussa un soupir et posa sa canne sur le sol carrelé.

— Ne me mentez pas, mon enfant. Je connais trop bien votre famille. Il n'est pas de votre sang, ça se voit comme le nez au milieu de la figure.

Elle sourit, révélant des dents jaunes qui rappelèrent à Elsie un disque que son père leur avait apporté : *Pierre et le Loup*. Le cor du loup et les violons aigus de Pierre résonnèrent dans sa tête.

Même si le soleil se levait dans le ciel, la pièce resta sombre et floue. Elsie se redressa, enfonça ses ongles dans les paumes de ses mains. Elle devait réfléchir, trouver une justification, mais son esprit ne percevait que les crépitements des bûches dans le four.

— Vous cachez cet enfant depuis quand ? Un mois, maintenant ? Je suis très impressionnée. Vos parents le savent ?

Elle ne pouvait plus s'en sortir, mais Elsie n'entraînerait pas sa famille avec elle dans le précipice.

— Non.

— *Gut,* ponctua Frau Rattelmüller en hochant la tête. Alors, puis-je vous faire une suggestion ?

Elle s'approcha tout près d'Elsie.

— Sortez-le d'ici. Vous ne savez pas ce que vous faites. S'ils le trouvent, toute votre famille le paiera. Herr Hub aussi.

Une violente douleur foudroya Elsie. Elle émit un bruit sourd tel le canard enfermé dans le ventre du loup. Elle sentit sa bouche s'assécher, ses doigts s'engourdir. Tobias s'éloigna des deux femmes. Il tremblait de tout son corps.

L'expression sur le visage de Frau Rattelmüller se radoucit.

— N'aie pas peur, mon garçon, dit-elle en tendant une main abîmée.

Il se ratatina et se cacha sous la table.

Elsie posa les bras autour de ses épaules et l'attira à elle.

— S'ils le trouvent, ils le tueront.

— *Ja,* c'est certain, confirma Frau Rattelmüller.

Elsie ferma les yeux un moment pour retrouver son calme. Mieux valait que ce soit lui, plutôt que sa famille. Dans les tréfonds de son cœur, elle se dit que oui, c'était peut-être mieux. Elle ne pourrait pas cacher Tobias dans son mur pour toujours. Mais si elle le dénonçait, son sang serait sur ses mains. Pourrait-elle vivre avec cela sur la conscience ?

— Il y en a d'autres, affirma Frau Rattelmüller d'une voix aussi douce que le craquement des miettes sous les pieds.

— D'autres ? répéta Elsie dans un murmure.

— Pourquoi penses-tu que j'achète tant de *Brötchen* le matin ? demanda-t-elle, les yeux bleus pétillants, en haussant les épaules. Un chat et une vieille femme ne mangent pas autant.

Elsie éprouva soudain un profond soulagement, comme si on venait de la décharger d'un poids. Elle prit une inspiration et sentit les petits pains qui cuisaient dans le four.

— J'ai des amis en Suisse. J'essaye de les y faire passer, les faire sortir d'Allemagne.

Frau Rattelmüller se tourna vers Tobias.

— Comment t'appelles-tu ?

Elsie tenait sa main fermement dans la sienne. Elle ne savait plus à qui faire confiance.

— C'est un musicien de talent, comme sa mère et son père, et il prépare très bien les bretzels. Il s'appelle Tobias.

Tout d'abord, elle voulait tester Frau Rattelmüller, s'assurer qu'elle saurait garder le secret.

Tobias leva les yeux vers Elsie, candide et reconnaissant, et une vague de culpabilité la submergea. Dans un monde où tout semblait être une illusion et où rien n'était ce qu'il devrait être, une pensée la frappa avec une clarté glaçante : Tobias était sous sa responsabilité désormais et il fallait qu'elle lui sauve la vie.

24

3168, Franklin Ridge Drive
El Paso, Texas

4 décembre 2007

Le numéro de décembre du *Sun City* arriva au courrier de l'après-midi. Reba s'assit à la table de la cuisine pour voir où son article avait été placé. Elle avait envoyé à son rédacteur en chef une tout autre histoire que celle qu'il lui avait commandée. Jouer sur les sentiments des Américains à l'époque de Noël comptait plus que les informations ou les documentaires éducatifs. Son rédacteur avait adoré et avait même changé la couverture du magazine. L'article de Reba occupait une place de choix. De la main, elle lissa la photo glacée. Un jeune soldat dans son treillis du désert, avec au bout de son fusil un ruban rouge, tenait dans sa main la photo de son arrière-grand-père en uniforme de la Seconde Guerre mondiale. Au-dessus du jeune homme : « Chants de Noël en temps guerre ». C'est Reba qui avait trouvé le titre.

L'histoire s'était pratiquement écrite toute seule, après le coup de téléphone que Reba avait passé à United Service Organization[1], ainsi que ses nombreuses visites à la boulangerie d'Elsie. Elle était fière de la sincérité de l'article. Aucun sentimentalisme à l'eau de rose pour tirer des larmes. Des hommes et des femmes étaient loin de leurs familles, seuls et apeurés, tout comme ils l'avaient été soixante ans plus tôt. À travers les cultures et les générations, ils partageaient une réalité douce-amère : le père Noël et ses rennes n'atteignent pas toujours votre cheminée et la guerre vole jusqu'à l'espoir qu'ils pourraient y arriver.

Reba et Riki se rataient au téléphone continuellement depuis trois semaines. Ils ne s'étaient plus parlé directement depuis le soir où il était parti. Il était venu à l'appartement avec un camion de déménagement alors qu'elle était au travail et lui avait laissé une petite note écrite à la main :

Reba, j'ai récupéré mes affaires. Je loue un studio en ville. Appelle-moi si tu as besoin de quoi que ce soit.

Riki

Les bureaux du magazine se trouvaient sur Stanton Street en plein centre-ville. Quand elle venait travailler, elle se garait exprès en face du Plaza Theatre et traversait tout le quartier historique, se demandant s'il allait regarder par la

---

1. Organisation privée, à but non lucratif, qui soutient les soldats et leurs familles.

fenêtre et l'apercevoir. Bien sûr, cela ne changerait rien s'il la voyait, mais elle aimait bien l'imaginer. Elle portait toujours sa bague sur sa chaîne autour du cou.

La veille, Jane lui avait demandé pourquoi elle ne la retirait pas. Reba lui rendait souvent visite à la boulangerie. Elle appréciait beaucoup sa compagnie ainsi que celle d'Elsie. Elle avait l'impression d'être plus en famille qu'avec sa propre mère et sa sœur, ces derniers temps.

— Aucune idée, avait-elle répondu en haussant les épaules et en jouant avec la bague entre ses doigts.

— Parce qu'elle représente plus pour vous que ce que vous pensiez, était intervenue Elsie depuis la caisse.

Reba ne confirma ni ne contesta. Elle trempa plutôt un *Lebkuchen* dans son chocolat chaud et se dépêcha de l'enfourner.

Au centre du magazine, elle trouva une série de photos d'Elsie, posant devant des *Christstollen*, des biscuits aux noisettes et des *Lebkuchen* en forme de cœurs. « Pendant les périodes de guerre, Noël signifie moins de cadeaux sous le sapin, mais plus de cadeaux du cœur. » Elle citait Elsie et avait dû travailler dur pour lui sortir ces mots de la bouche.

Reba se demanda si Riki avait déjà vu l'article, avant de payer à la caisse du supermarché, dans la salle d'attente d'un dentiste ou dans un restaurant, n'importe où. Elle prit son téléphone et, automatiquement, composa le numéro de portable de Riki. Elle alla jusqu'au dernier chiffre, mais n'eut pas le courage de continuer et raccrocha. Le combiné dans sa main lui parut radioactif. Elle le posa, mais ses doigts brûlaient toujours. Pensait-il à elle ? Avait-il déjà composé son numéro avant de raccrocher ? La pendule de la cuisine indiquait 16 h 45. Non, sans doute que non. Il était bien trop occupé avec son travail.

Elle décida d'appeler Jane pour l'informer de la sortie du magazine, mais si près de l'heure de la fermeture, elle doutait qu'on lui répondrait. Elsie évitait les commandes de gâteaux de dernière minute en bannissant toute technologie de communication après seize heures. Reba se dit qu'il serait préférable de s'y rendre le lendemain. Elle leur apporterait un exemplaire. Elle reposa le téléphone sur son socle. Au même instant, il s'alluma et se mit à jouer la mélodie de *Vive le vent*.

Pour essayer d'être de meilleure humeur, Reba avait changé la sonnerie le 1er décembre. Sur l'écran, « Deedee Adams » s'afficha.

Reba avait envoyé à sa sœur une série de mails d'une ligne et lui avait laissé des messages quand elle la savait au travail, évitant ainsi une longue conversation au téléphone tout en ayant la conscience tranquille. Avocate de profession, sa grande sœur avait le don pour arracher à tout le monde les confessions les plus intimes sans jamais se dévoiler elle-même. C'était différent avec Jane et Elsie. Elles choisissaient quand et comment révéler leurs secrets. C'était un des axiomes de leur relation : rien n'était forcé, tout venait de soi, en temps voulu. Mais, dans la famille, les règles n'étaient pas les mêmes. La mère de Reba avait la fâcheuse habitude de mettre les pieds dans le plat et d'enchaîner comme si de rien n'était. Elle fuyait les conflits et encourageait ses filles à en faire autant. C'était peut-être de là que venait la vocation de Deedee : déterrer les vérités des autres pour compenser des années à vivre dans le déni.

La sonnerie du téléphone résonnait joyeusement dans l'appartement vide. Reba se mordit les cuticules. Elle ne pourrait pas ignorer Deedee indéfiniment. C'était sa sœur et, au fond d'elle, Reba l'aimait plus que quiconque sur cette terre.

Juste avant que la messagerie s'enclenche, elle répondit.

— Allô !

— Bonjour, ma sœur préférée ! salua Deedee d'une voix chaleureuse et pétillante comme du cidre.

— Salut, Deedee, lança Reba en s'installant devant le magazine ouvert.

— Maman ! Reba est au téléphone ! hurla Deedee. Oui, en ce moment même ! Sur mon portable ! Maman dit que tu ferais mieux de l'appeler. Elle serait venue te parler, mais nous sommes à l'anniversaire d'oncle Vance et elle a la bouche pleine de saumon. Tu manges toujours du saumon ? Ça ne met pas en danger tout l'océan ou un truc du genre ?

— Oui, j'en mange et non, aucun danger, soupira Reba.

— C'est bien ce que je pensais. Et le porc ? Oncle Vance s'est offert ce nouveau joujou qui grille un cochon en moins de deux heures. On est tous impatients d'essayer son barbecue dernier cri. Personnellement, pour moi, son machin vaut pas tripette, ajouta-t-elle dans un murmure. Il l'a acheté sur eBay, bon sang ! Et on pourrait croire qu'il a réinventé la roue, tellement il se vante. D'ailleurs, ça fait plus de deux heures et le cochon est encore rose comme un nouveau-né. Heureusement que tante Gwen a préparé ses grogs, délicieux comme toujours. Ils ont mis tout le monde de bonne humeur. Tu ne le croiras pas, mais oncle Vance s'est déjà sifflé quatre mojitos et il se chante « joyeux anniversaire » à lui-même. Et maman, tu n'imagines pas, boire la rend nerveuse. Du coup, elle engouffre les hors-d'œuvre et rit comme si on était dans un cirque, ce qui n'est pas tout à fait faux d'ailleurs, commenta-t-elle en ricanant.

Reba imaginait très bien.

— J'aurais tant aimé que tu sois ici avec moi. J'ai demandé à maman si elle avait eu de tes nouvelles récemment, elle m'a dit que non. En fait, quand on y réfléchit, personne n'en a eu. Alors, j'ai pris mon portable et je t'ai appelée. Franchement, je m'apprêtais à laisser un autre message, mais non !

Elle s'interrompit et Reba ne sut pas si c'était pour reprendre sa respiration ou pour boire une gorgée de sa boisson.

On entendait l'album *Mud Slide Slim and the Blue Horizon* de James Taylor en fond sonore.

C'était le même CD que maman mettait à chaque réunion de famille – une bonne musique d'ambiance, disait-elle. Une vague de nostalgie l'envahit et elle serra dans sa main la bague qui pendait à son cou.

— Tu n'as pas le droit de rester aussi longtemps sans nous appeler. Je sais que ton travail et le décalage horaire n'aident pas, mais, ma chérie, tu as des gens qui s'inquiètent pour toi, ici, affirma Deedee.

— Je sais. Je suis désolée.

— Ma petite sœur me manque.

— Tu me manques aussi.

Reba s'adossa contre sa chaise et s'efforça de parler posément. Elle se sentait au bord des larmes, mais ne pouvait pas se permettre de craquer. Pas maintenant.

— Comment vas-tu ?

— Bien, bien.

— Oui, ça s'entend, remarqua Deedee.

— Je suis fatiguée.

— Prends des vacances ! Reviens plus tôt à la maison. C'est pour ça que je t'appelle, en fait. Je voulais savoir quand tu venais pour Noël.

— Je... eh bien...

L'année passée, elle n'avait pas fait le voyage, prétextant que son nouveau travail la retenait, mais en réalité, elle ne pouvait supporter l'idée d'un autre Noël avec les souliers de son père à côté des leurs et sa mère essayant d'être plus gaie que jamais. C'était à cette époque qu'elle avait commencé à fréquenter Riki et l'idée d'un Noël romantique à deux l'avait enthousiasmée.

Pas de traditions, aucune attente. Une ardoise blanche. Maman et Deedee avaient accueilli son excuse avec une profonde déception, mais elle se doutait bien que, cette année, ça ne passerait pas.

— Ne me dis surtout pas que tu ne viens pas. Je jure devant Joseph et Marie que je te fais une scène !

— Deedee, s'il te plaît, lança Reba en roulant sa bague de fiançailles autour de son pouce.

— Pas de s'il te plaît. Je ne veux rien entendre, siffla-t-elle. Je ne peux pas te forcer à monter dans un avion.

Reba se détendit un peu. Deedee n'avait pas tort, là.

— Alors, c'est moi qui vais devoir me rendre à El Paso.

— Quoi ? s'écria Reba en se levant d'un bond et en faisant glisser le magazine par terre.

— Je me disais que tu allais encore nous gratifier d'une de tes excuses, alors, j'ai déjà pris mon billet. Je serai là la semaine entre Noël et le jour de l'An.

— C'est de la folie. J'ai du travail et toi aussi…

— Qu'est-ce que tu comptes faire ? M'interdire l'entrée de ta maison ? Je viens et il n'y a rien d'autre à ajouter. Alors, ne te mets pas la rate au court-bouillon et fais-toi à cette idée.

25

Bäckerei Schmidt
56, Ludwigstrasse
Garmisch, Allemagne

2 février 1945

Elsie célébra son dix-septième anniversaire avec un pique-nique de minuit sur le sol de sa chambre. Tobias avait saupoudré un peu de graines d'anis sur la pâte de seigle et l'avait façonnée en forme de couronne. Elle avait cuit noire et parfumée comme de la réglisse. Ils placèrent une bougie au centre. Malgré la modestie de la fête et l'absence de sa famille, Elsie nourrissait beaucoup d'espoir pour sa dix-septième année et fut reconnaissante à Tobias d'être là pour l'accueillir avec elle. Quand la pendule sonna les douze coups, elle souffla la flamme et plongea la chambre dans l'obscurité.

Trois jours plus tard, Papa, Mutti et Josef revinrent avec un garçon qu'Elsie n'aurait jamais reconnu s'il n'était pas entré dans la boulangerie en se présentant immédiatement.

— Je suis Julius. Ce n'est pas chez moi ici.

Il était si différent de sa mère et de son père, à la fois physiquement et de caractère, qu'elle avait tendance à être d'accord avec lui.

— Ravie de faire ta connaissance, le salua-t-elle plutôt. Il faut que j'apprenne à mieux te connaître. Je suis ta tante.

— *Doch !* Je sais, dit-il, méprisant. C'est quoi cette puanteur ?

Elle venait de terminer une fournée de pains aux oignons et fit semblant de ne pas avoir entendu la réflexion désobligeante de son neveu.

— Où est Hazel ? demanda-t-elle.

Papa tendit sa valise à Mutti.

— Monte ça, Luana, pria-t-il en se tournant vers Josef. Merci encore pour tout ce que vous avez fait pour nous.

Les hommes échangèrent un regard lourd qui se dispensait de mots.

— Quoi ? demanda Elsie à l'un, puis à l'autre. Quoi ?

Autoritaire, Papa leva la main.

— Plus tard. La journée a été longue, Elsie.

Il prit gentiment Julius par les épaules.

— Viens. On va te trouver quelque chose à manger avant que tu ailles au lit.

Une fois qu'ils furent seuls, Josef se tourna vers elle.

— Vous devez me dire ! supplia-t-elle.

— Hazel a quitté l'association, expliqua-t-il en replaçant son chapeau, mal à l'aise.

— Elle l'a quittée ? Elle est partie où ? Elle devrait être ici, *ja* ?

— Vos parents vous expliqueront...

Elle savait quand il fallait arrêter de poser des questions. La semaine précédente, la Gestapo avait abattu Achim Thalberg, l'agriculteur. Son crime : il avait annoncé au *Biergarten* la retraite de l'Allemagne en Slovénie. Quelques officiers de la Gestapo étaient assis à une table de la brasserie. Après un rapide échange, ils sortirent leurs pistolets et, en moins d'une minute, le pauvre Achim gisait à terre, sa chope de bière mousseuse et froide sur la table.

Frau Rattelmüller continuait à acheter ses *Brötchen* tous les matins et lui avait apporté d'autres détails. Elsie ne lui faisait pas encore entièrement confiance, mais avec chaque jour qui passait, elle s'avérait une confidente précieuse. En l'absence de ses parents, elle lui avait offert des petits pains et des boules au miel en plus de sa commande habituelle. Rien que son père risquât de remarquer à son retour. Tobias était toujours aussi douloureusement mince, mais elle se disait que c'était naturel en ces temps de guerre, elle-même nageait dans ses robes. On ne trouvait plus de viande, si ce n'est un lapin chétif au marché noir. Les forêts avaient été vidées de tous leurs animaux. Elle cachait le peu de légumes qu'ils avaient encore dans un sac en toile de jute qui pendait dans la cuisine et priait pour que le printemps arrive vite. Sans cela, elle était persuadée qu'ils finiraient tous avec la peau sur les os.

Elle triturait les poignets trop larges de ses manches. Josef lui prit la main et passa son pouce sur la bague qu'il lui avait offerte. Elsie la portait toujours, comme une sorte de talisman. Quelque chose se préparait. Elle l'avait senti depuis des semaines, la peur s'insinuant en elle telle une tempête qui grondait.

— Je suis désolé, je ne peux pas rester, affirma Josef. On m'ordonne de partir pour Dachau.

— Vous nous quittez ? Pour combien de temps ?

— Jusqu'à ce que nos forces repoussent les Alliés.

Une vague de nausée l'envahit. Qui les protégerait désormais ? La rumeur courait que l'Armée rouge était bien plus puissante que prévu et qu'elle n'allait plus tarder à entrer dans Berlin. Malgré la terreur qu'elle avait de ses ennemis, elle n'osait imaginer ce que ses propres concitoyens étaient capables de lui faire. Elle en ressentait une profonde panique. La famille Grün avait disparu dans la nuit, mais comme l'épisode d'Achim Thalberg le prouvait, les soldats devenaient plus outrecuidants et prêts à montrer l'exemple avec quiconque les énerverait. Josef était de son côté, mais il partait, Hazel avait disparu, Julius leur était confié, Tobias était caché dans son mur et l'Allemagne perdait la guerre. Tout cela la dépassait. Elle en avait les mains moites.

Josef prit sa réaction pour de l'inquiétude concernant sa sécurité.

— Tout ira bien pour moi, assura-t-il. Vous verrez. Tout ira bien.

Il se pencha pour l'embrasser.

Automatiquement, Elsie lui présenta la joue et vit la déception sur le visage du jeune homme. Le gentil Josef qui ne voulait rien d'autre que la protéger. Et pourtant, elle ne l'aimait pas.

— Je vous écrirai, conclut-il en s'éclaircissant la voix.

Elle hocha la tête et ne se tourna pas pour le regarder sortir de la boulangerie. Ils étaient livrés à eux-mêmes, désormais.

*

Elsie monta jusqu'à la chambre de Mutti et frappa à la porte.

— Mutti ?

— Entre, ma chérie.

À l'intérieur, Mutti défaisait ses valises, rangeant ses affaires dans l'armoire en cèdre, le visage concentré.

— Julius a-t-il dîné ? Le jambon que nous avons acheté ne lui a pas plu. Un peu rance, je suppose, mais qu'est-ce qu'on y pouvait ? Je l'ai donné à ton papa. Gâté ou non, c'était déjà ça à se mettre sous la dent. Il faut qu'il garde ses forces. Ce n'est plus le jeune homme qu'il était autrefois.

Tout en pliant les pulls de son mari, elle leva rapidement la tête vers Elsie, les cernes sous ses yeux plus sombres que jamais.

— Nous sommes partis si précipitamment. Mais, comme papa aime me le rappeler, vous avez bien grandi. Vous pouvez prendre soin de vous. Je t'ai montré plusieurs fois comment préparer un goulasch. À vos âges, je ne dois plus m'inquiéter de la façon dont vous vous habillez ni de là où vous allez, continua-t-elle en prenant une profonde inspiration. Vous n'êtes plus des enfants et je n'en ai pas le temps avec la boulangerie, les clients et le ménage, et maintenant il y a Julius sur lequel on doit veiller. Bien sûr, ce n'est pas un bébé comme les jumeaux..., dit-elle en tirant un fil sur un des pulls. Mais il a besoin d'une mère. Donc, tu comprends, tu vas devoir aider davantage ton père en bas. Je ne pourrai plus être aussi souvent à la cuisine maintenant que Julius est avec nous...

— Mutti, s'il te plaît, l'interrompit Elsie en posant une main sur le pull de Papa. Où est Hazel ?

Mutti mit les mains sur ses hanches.

— Hazel ? répéta-t-elle en clignant des yeux. On ne sait pas. Ils nous ont seulement dit qu'elle était partie.

— Qui vous l'a dit ?

— Les responsables de l'association. Ses compagnes de chambre. Ils ont dit qu'elle était allée au marché et qu'elle n'était jamais revenue. Elle est partie, c'est tout.

Mutti se mordit la lèvre inférieure, effrayée et perdue. Cette histoire ne lui convenait pas, à elle non plus. Ce n'était pas dans le caractère de Hazel de s'enfuir et, si elle l'avait fait, elle les aurait prévenus. Elle aurait d'abord écrit à Elsie. Même si Hoflehner, le receveur des postes, lui avait garanti que le courrier circulait, ils n'avaient reçu aucune lettre qui provenait de plus loin que la vallée de Garmisch-Partenkirchen depuis des semaines.

Celle de Hazel datant du 4 janvier était la dernière. Et si sa correspondance avait été interceptée ? Peut-être qu'elle se cachait dans le grenier de quelqu'un, comme Tobias dans son mur, et qu'elle ne pouvait plus les contacter. Mais elle n'aurait jamais abandonné Julius. Hazel n'aurait jamais quitté ses enfants sans une bonne raison, à moins qu'elle n'ait pas eu d'autre choix. Elsie sentit son crâne chauffer, comme si ses cheveux avaient été serrés trop fort.

— Où sont les jumeaux ?

Une ride se creusa entre les deux yeux de Mutti.

— Ils appartiennent à la patrie.

— Julius aussi, mais ils vous l'ont rendu.

— Julius est le fils de Hazel et Peter.

— Et les autres, n'ont-ils pas le même sang que ta fille ? Ça ne compte pas ? cria-t-elle d'une voix suraiguë.

— Tais-toi ! siffla sa mère.

Son ton glaça Elsie jusqu'aux os. Elle n'avait jamais entendu sa mère parler ainsi.

— N'oublie jamais ta place. Nous sommes des femmes, déclara-t-elle en fixant Elsie. Nous devons nous montrer sages dans nos paroles et nos actions. Tu comprends ?

Mutti sortit de la valise un chemisier froissé et le lissa sur le lit.

— Josef nous a beaucoup aidés pour sortir Julius de l'association. Nous avons failli l'y laisser. Josef connaît une femme qui travaille dans les bureaux des nazis. Il dit qu'elle lui procure des informations. Nous retrouverons Hazel. Nous retrouverons mes petits-enfants.

Elle déglutit avec peine et fit un signe de tête en direction de la valise ouverte.

— Pourrais-tu remettre ma brosse et mes peignes à leur place, ma chérie ?

Elsie posa le tout sur la coiffeuse.

— La chair de notre chair. Le sang de notre sang, murmura Mutti.

— Pardon ?

— C'est ce que le Führer a dit à Nuremberg, c'est dans la Bible et nous ne devons pas l'oublier. Avant nous vient l'Allemagne, en nous est l'Allemagne et après nous sera l'Allemagne.

Elle souleva le chemisier diaphane.

Elsie observa le col en dentelle dans le miroir.

— L'Allemagne a changé, lâcha-t-elle tout bas.

Dans la lumière faible de la bougie, Mutti soupira. Une larme coula le long de sa joue, qu'elle s'empressa d'essuyer.

— Va aider Papa à fermer la maison pour la nuit, dit-elle en suspendant le chemisier, l'expression sur son visage cachée par l'ombre de l'armoire.

26

Boulangerie allemande d'Elsie
2032, Trawood Drive
El Paso, Texas

27 décembre 2007

L'intérieur de la boulangerie était décoré du sol au plafond de guirlandes électriques en plastique, d'images en couleurs de la Nativité et de flocons de neige répandus le long de la vitrine.

— Joyeuse semaine de Noël ! salua Jane au bout d'une longue file de clients.

Bien que les fêtes fussent passées, elle portait un chapeau de père Noël. Des boules en pendaient qui s'agitaient à chacun de ses mouvements.

— Bonne semaine de Noël ! répondit Reba.

La boulangerie débordait de monde. C'étaient les vacances scolaires, des jeunes aux joues rouges attendaient dans la queue en bavardant et en montrant du doigt des gâteaux au chocolat ou recouverts de glaçage. Des chants de Noël s'échappaient des enceintes et les clients fredonnaient en chœur, sans même s'en apercevoir, créant une ambiance de fête dans la boutique. Même la clochette de la porte sonnait joyeusement.

Reba fut portée par la bonne humeur générale. Deedee était arrivée la veille et, après presque vingt-quatre heures enfermées dans le petit appartement, Reba était pressée d'aller se divertir ailleurs. Elle ne voulait pas laisser l'occasion à sa sœur de lui faire subir un interrogatoire. Elle y avait échappé de peu, le matin même.

Dans un tiroir rarement utilisé de la cuisine, Deedee avait trouvé une photo de Riki et Reba au *Mundy's Gap* sur les montagnes Franklin.

— C'est qui ce type ? avait demandé Deedee.

— Riki Chavez, avait répondu Reba sans mentir. Il travaille comme garde-frontière.

Deedee avait ponctué d'un hochement de tête avant de ranger la photo à sa place et de poursuivre sa recherche des filtres à café. Mais cet incident avait suffi à mettre Reba sur les nerfs. Elle n'était pas prête à parler de Riki. Elle savait que sa sœur piquerait une crise en apprenant qu'il l'avait demandée en mariage et qu'elle n'en avait jamais parlé, même si c'était de l'histoire ancienne désormais. Comme le lui avait dit Riki, ils faisaient une pause pour prendre des décisions. Elle avait toujours la bague. C'était trop compliqué pour en discuter maintenant. Elle pouvait à peine y penser sans avoir une migraine.

Quand Deedee fouilla dans la salle de bains pour trouver du papier toilette, la tension devint insoutenable pour Reba. Riki avait forcément oublié quelque chose dans un tiroir, qui le trahirait : des lames de rasoir, du déodorant *Old Spice*, un préservatif…

— Tu veux qu'on déjeune dehors ? avait-elle proposé depuis le bas de l'escalier, essayant de prendre une voix neutre. Je connais une boulangerie allemande. Elle est tenue par des amies. Elles font le meilleur pain de la ville pour les sandwiches.

Deedee avait accepté avec plaisir après un petit déjeuner de céréales rassises. C'était la seule chose dans les placards qui ne nécessitait pas l'utilisation d'un ouvre-boîte. Reba avait jeté tous les restes de friandises et biscuits apéritif avant l'arrivée de Deedee, mais avait oublié de refaire des réserves de nourriture saine. Pour comble de misère, Deedee avait dû avaler ses céréales sans lait. Reba avait tout sifflé avant son arrivée.

— Qui est-ce ? demanda Deedee en indiquant Jane derrière la caisse.

— Jane. La boulangerie appartient à sa mère, Elsie. Elle a une pêche du tonnerre. À soixante-dix-neuf ans, elle travaille encore tous les jours.

Deedee ouvrit grands les yeux.

— Waouh ! Impressionnant.

Elles s'installèrent et posèrent devant elles sur la table leurs sachets de dinde et de fromage.

— Quand j'aurai soixante-dix-neuf ans, je veux dormir jusqu'à midi et ne manger que des beignets à la crème, sans quitter mon pyjama. Je me ficherai complètement de ma ligne et de la mode. Je serai la vieille folle du quartier et je profiterai de chaque instant !

Reba rit. Malgré tout, elle adorait sa sœur. Elle savait relativiser.

— Tous les pains sont frais du matin, affirma Reba. Elles ont aussi d'excellentes pâtisseries. On devrait demander à Jane de nous conseiller pour le dessert.

— Elle semble occupée.

— Ça va se calmer, assura Reba en consultant sa montre. C'est la foule de midi.

— Tu dois venir souvent.

— Une ou deux fois par semaine, reconnut Reba en haussant les épaules. Jane et Elsie sont devenues ma minifamille.

— Vraiment ? demanda Deedee en levant un sourcil. Tu ne m'avais jamais parlé d'elles. Vu la rareté de tes appels et de tes messages, ça ne m'étonne pas. Je sais que tu es une grande fille, mais maman se fait du souci pour toi.

— J'ai été *super* débordée. Boulot, boulot, boulot, déclara Reba en agitant une main dans l'air. De toute façon, quels dangers y a-t-il dans ma vie de tous les jours ? Je traîne dans une boulangerie avec des femmes de deux à trois fois mon âge. Allons, Deedee !

Elle rit trop fort.

Deedee la gratifia d'un rictus qui manquait de conviction, avant de se tourner vers les corbeilles de pain.

— Est-ce qu'elles font des *Pumpernickel* ? Ça fait des années que je n'ai plus mangé un bon *Pumpernickel*. Ceux qu'on trouve en supermarché ont un goût de carton.

Reba poussa un soupir de soulagement.

Elles se mirent d'accord pour commander un petit p*umpernickel,* mais préférèrent attendre que la file d'attente diminue un peu pour se lever.

— Eh, mesdames ! appela Jane. Désolée de ne pas avoir eu une seule minute à vous consacrer. C'est Mlle Deedee ?

— Eh oui, répondit cette dernière en tendant la main.

Jane la serra avec enthousiasme.

— Ravie de vous rencontrer. Reba parle de votre venue depuis deux semaines déjà. J'aime bien voir à quoi ressemble la famille de mes amis. Ça en dit long ! assura-t-elle, avant de faire un geste vers la cuisine. Je préfère ne pas imaginer ce que les gens disent sur moi !

Elle rit et les boules de son chapeau s'agitèrent dans tous les sens.

— Alors, qu'est-ce que je vous sers ?

— Nous avons apporté de la dinde et du fromage pour nous faire des sandwiches. On s'est dit qu'on pourrait les mettre dans du *Pumpernickel.*

Jane se dirigea vers l'étagère et attrappa une grosse miche.

— Toujours un bon choix. Maman l'a fait ce matin. Attendez, je vais vous le trancher.

Elle partit un instant en cuisine.

Les premières notes de *Petit Papa Noël* retentirent.

— C'est ma préférée ! lança Deedee en donnant un coup de coude à Reba et en se mettant à fredonner. « ... quand tu descendras du ciel... »

C'était la préférée de Reba aussi, mais à cet instant, l'entendre la fit grimacer.

Jane revint avec le pain tranché.

— Alors, comme ça, vous êtes originaires de Virginie, c'est ça ?

— Et comment ! Pratiquement toute notre famille y a vécu depuis toujours. Reba est une des rares à être partie, déclara Deedee en touchant la joue de sa sœur. Et elle nous manque...

— J'imagine, acquiesça Jane en tendant le *Pumpernickel* à Reba. Maman a laissé ses parents en Allemagne. Oma et Opa sont morts quand j'étais encore en couches-culottes, mais je crois que j'ai encore des cousins là-bas. Je comprends pourquoi ma mère est venue habiter aux États-Unis, mais parfois je me dis que j'aurais bien aimé avoir la chance de connaître ma famille. Je suis sûre qu'elle leur a beaucoup manqué.

— Tu vas me faire pleurer ! lança Elsie depuis la porte de la cuisine en frappant dans ses mains pour épousseter la farine.

— Je suis sérieuse, affirma Jane.

— Ne verse pas dans le sentimentalisme, ma chérie, gronda Elsie. On a assez de ces bêtises à la télé. Vous regardez ce genre de chose ? Rien que des larmes, des morts et des gamines de quinze ans enceintes jusqu'aux dents, lança-t-elle dans un sifflement exaspéré. Et c'est ce qu'on appelle un divertissement de nos jours !

Deedee se racla la gorge pour réprimer un éclat de rire.

— De mon temps, on avait Bogart et Hayworth, des films qui avaient un sens et ne servaient pas simplement à mouiller des mouchoirs. Vous devez être Deedee, la sœur de Reba ?

— Vous devez être l'amie de Reba, Elsie, répliqua Deedee.

— La *vieille* amie, corrigea Elsie en montrant la boule de pain que Reba tenait dans ses mains. C'est la recette de mon père. Il en faisait souvent pendant la guerre. Le seigle était plus facile à trouver que la farine blanche. Vous savez ce que *Pumpernickel* signifie ?

— Maman…, commença Jane.

— « Le pet du diable ».

Deedee pouffa si fort que Reba ne put se retenir d'éclater de rire.

Jane leva les yeux au ciel.

— Je suis désolée… les choses qui sortent de sa bouche…

— Ne t'excuse pas pour moi, rétorqua Elsie. Je doute qu'un membre de la famille de Reba puisse s'offusquer si facilement.

— En effet ! assura Deedee. Je comprends pourquoi Reba aime passer du temps ici.

— Oui. Ça n'a rien à voir avec mes gâteaux. Elle vient pour mes vulgarités, déclara Elsie en gratifiant Reba d'un clin d'œil.

— Exactement. Vous m'avez percée à jour, confirma Reba en allant se rasseoir à leur table.

Vous avez déjà déjeuné ? Nous en avons assez pour vous aussi.

— Merci, mais j'ai déjà grignoté quelque chose tout à l'heure, expliqua Jane.

Un autre client arriva.

— Bonjour, monsieur, qu'est-ce que je vous sers ?

Elsie fit le tour du comptoir et prit les deux jeunes femmes par le bras.

— Il reste vingt minutes avant que mes *Brötchen* soient cuits. Quel type de fromage avez-vous apporté ?

— Du suisse, répondit Deedee.

— *Ach, ja !* J'ai de très bons amis suisses. *Sehr gut.*

Elles s'assirent et préparèrent leurs sandwiches. Reba ouvrait les tranches de pain, tandis que Deedee sortait la dinde et Elsie le fromage.

— Oups, lança Deedee en regardant les trois piles. Pas de fromage pour Reba…

Elle tendit la main pour retirer la tranche, mais Elsie l'arrêta.

— Foutaises ! Elle a fini par retrouver ses esprits. En plus de ça, le fromage est obligatoire avec du *Pumpernickel*. Ça atténue l'amertume.

Deedee pencha la tête.

Reba confirma d'un sourire discret et referma les trois sandwiches.

— C'est prêt ! annonça-t-elle.

— Maintenant, elle ne jure que par les produits laitiers, plaisanta Elsie en mordant à pleines dents dans le pain.

— Vraiment ? s'étonna Deedee en croisant les bras.

— Je meurs de faim ! esquiva Reba en enfournant à son tour son en-cas.

— C'est une bonne chose, les produits laitiers, continua Elsie. Il paraît qu'ils modifient les hormones. Je l'ai entendu dans une émission de santé. Une étude scientifique a prouvé que les femmes qui souffrent du syndrome prémenstruel subissaient moins de changements d'humeur, de crises de nerfs et de dépressions si elles mangeaient plus de laitages. Les médecins se documentent, assura-t-elle. Et je crois en la médecine. Reba en est l'exemple vivant : elle a recommencé à consommer des produits laitiers et, du coup, son esprit s'est éclairci, si bien qu'elle a pu prendre une décision au sujet de son fiancé.

Reba ferma les yeux, sonnée.

— *Um Gottes Willen !* Il était grand temps, affirma Elsie sans cesser de mastiquer son *Pumpernickel.*

*

— Je n'y crois pas ! Il a fallu que j'apprenne les fiançailles de ma petite sœur par une vieille Allemande de soixante-dix-neuf ans que j'avais rencontrée moins de cinq minutes plus tôt ! C'est incroyable ! s'écriait Deedee en arpentant la cuisine de Reba.

Assise à la table, Reba regardait la lune monter au-dessus des crêtes des montagnes et regrettait de ne pas se trouver là-haut.

— C'est lui, n'est-ce pas ? interrogea Deedee en montrant le tiroir de la cuisine. Pourquoi ne m'as-tu pas dit que c'était ton fiancé ?

— Ex, corrigea Reba.

— Et alors ? Tu as dit oui à un homme et tu n'as même pas pris la peine d'en parler à ta famille… de me le dire à moi ! (Elle se frappa la poitrine de façon théâtrale.) Ta propre sœur !

Reba picora quelques miettes du *Pumpernickel* qui leur restait.

— Tu es enceinte ? demanda Deedee dans un soupir.

— Bon Dieu, mais non ! s'offusqua Reba. On n'est pas dans une émission de téléréalité !

— J'essaye de comprendre pourquoi tu m'as caché une nouvelle pareille…

Elle posa une main sur chaque tempe, les massant et plissant les yeux.

— Je savais que tu ne comprendrais pas, marmonna Reba. C'est pour ça que je ne te dis rien.

Deedee s'assit à côté d'elle, posant la joue sur son poing.

— Qu'est-ce qu'il y a à comprendre ? Tout ce que tu as à dire c'est que tu es tombée amoureuse. Mais tu ne l'as pas fait !

Elle adressa à Reba un regard plein d'espoir.

— Tu l'aimes, ce type ?

Reba plaça ses deux mains devant son nez. Elles sentaient le gruyère. Elle ne savait comment répondre à cette question. C'était compliqué. Elle aimait Riki, mais peut-être pas assez ? C'était comme un *cheesecake*. Elle pensait l'aimer, mais peut-être seulement parce qu'elle avait fait une croix dessus. Maintenant qu'elle pouvait en manger à sa guise, pourquoi ne pas essayer tout le reste : les roulés au cheddar, les pâtisseries à la crème, les cheeseburgers, le bœuf au saté, le hachis parmentier, les pancakes et de la chantilly sur tous ses desserts ? Le monde s'offrait à son palais. Alors, comment pouvait-elle se contenter de son vieux *cheesecake*, même si elle aimait toujours ça ? Et comment le faire comprendre à Deedee ?

Elle bougea les doigts devant sa bouche et murmura dans la paume de sa main.

— C'est comme pour le *cheesecake*...

— Hein ? Quoi ? Et voilà autre chose aussi ! Je croyais que tu ne mangeais plus de produits laitiers. Tu m'as obligée à adopter une vache, bon Dieu !

Reba grogna, n'en pouvant plus. Elle se cacha le visage dans ses bras croisés comme elle le faisait pendant les pauses au cours préparatoire.

— Parle-moi, Reba ! supplia Deedee en lui posant une main sur le dos.

Tout était calme dans l'abri que constituaient ses bras. Seul son souffle faisait du bruit.

— Je mange des laitages maintenant, concéda-t-elle, se disant qu'il fallait bien commencer par quelque chose.

— D'accord. Maman sera ravie. Ça lui brisait le cœur que tu ne goûtes plus à ses beignets au fromage. Tu sais qu'elle a quelques recettes qu'elle considère dignes de gagner des prix et toutes sont à base de crème, de fromage et de bœuf.

La voix de Deedee se fit plus douce.

— Alors, comment est-ce que tu as rencontré Riki ?

Reba leva le menton de la table.

— J'ai écrit un article sur l'immigration en zone frontalière. Je l'ai interviewé. Il était si différent des gars de chez nous... Il portait des bottes de cow-boy avec un Stetson et pas parce que c'était à la mode. Il y avait vraiment de la boue et du crottin dessus !

Deedee rit et Reba l'imita.

— Et il me traitait comme si j'étais... raffinée parce que je venais de la côte Est et que j'avais voyagé. Il n'arrivait pas à croire qu'on n'avait que deux heures de route pour être sur la plage. Il était fasciné par mes photos de Sandbrige Beach et, franchement, personne d'autre n'est impressionné par la domination gériatrique de cet endroit. Mais il a vécu ici toute sa vie. Emprisonné dans le désert. Il n'a jamais vu l'océan, tu imagines ?

Deedee secoua la tête.

— Et surtout, il avait l'air de tellement m'aimer... Je n'ai jamais été aimée comme ça. Si fort, tu sais ?

— Non, je ne connais pas. Je préfère ne pas aborder le sujet de tous les hommes horribles que j'ai fréquentés. Au cas où tu ne le saurais pas, il y a pas mal de tarés dehors en quête d'un joli minois et d'un peu d'amusement, affirma

Deedee en lâchant un profond soupir de colère. Pour tout te dire, je suis jalouse…

Reba se redressa.

— Ne sois pas jalouse ! C'est complètement terrifiant.

— Trop tard, je suis déjà verte. J'ai vu la photo, ce type est canon, complimenta Deedee en souriant. Je n'arrive toujours pas à comprendre pourquoi tu ne m'as pas annoncé qu'il t'avait demandée en mariage. Tu étais gênée ?

— Non, pas gênée, la contredit Reba en fixant la pleine lune, bien au-dessus du sommet de la montagne à présent. Pas sûre de moi. Je ne voulais en parler à personne avant de savoir ce que je désirais vraiment. Avant de ressentir le même genre d'amour fou.

Reba sortit la chaîne de sa cachette sous sa chemise et joua avec la bague.

— Elle est magnifique ! s'exclama Deedee.

— Je ne l'ai jamais portée, avoua Reba.

— Mais pourquoi pas ? Si j'avais un diamant pareil, il ne quitterait plus mon doigt !

— Je ne le trouvais pas à sa place, expliqua Reba.

— C'est pour ça que tu as annulé ?

— J'imagine. On n'a jamais officiellement annulé. On s'est disputés et il est parti. Je n'ai pas eu de nouvelles depuis plus d'un mois.

Quelque chose se coinça dans sa gorge. Ses yeux la piquèrent.

— C'est plus facile comme ça, hein ? lança Deedee.

Reba détourna la tête pour cacher ses larmes qui montaient. Elle ne pouvait les arrêter.

— Tu n'as pas essayé de l'appeler ?

Reba haussa les épaules. Combien de fois avait-elle composé tous les chiffres de son numéro, sauf le dernier ? Elle priait pour qu'il lui téléphone, mais il n'en faisait rien, alors, elle non plus. Et les jours devinrent des semaines de silence. Il lui manquait, bien plus qu'elle ne l'aurait imaginé.

Deedee prit la main de sa sœur et fit glisser un doigt de son poignet jusqu'au bout des ongles.

— Tu te souviens de ce que maman disait toujours quand nous étions petites ? Si tu aimes vraiment quelqu'un, tu le suis où qu'il aille ; tu abandonnes tout ce que tu as, même ta vie. Enfin, ça ne veut pas dire que tu dois t'ouvrir les veines pour n'importe quel abruti simplement parce qu'il fait battre ton cœur...

Reba savait bien qu'elles pensaient toutes les deux à la même chose : c'était précisément ce que leur mère avait fait. Pas au sens propre, bien sûr, mais toute leur vie, elles l'avaient vue saigner, se consumer petit à petit, pour faire bonne figure et jouer la carte de la famille parfaite. Leur mère avait essayé de cacher à tout le monde l'affreuse réalité, y compris à elle-même. Mais ni Reba, ni Deedee n'étaient dupes. Elles avaient toujours su.

— Ce que je veux dire, c'est que quand il s'agit de la personne que tu vas épouser, tu dois savoir à quoi tu t'engages, reprit Deedee.

Et voilà la vieille blessure qui s'ouvrait de nouveau. Reba en avait assez. Elle voulait tout déballer.

— Parce que tu penses que maman savait à quoi elle s'engageait quand elle a épousé papa ?

Deedee cligna des yeux une fois. Deux fois. Le côté droit de sa bouche trembla nerveusement. C'était un sujet sensible pour toutes les deux.

— Papa avait un cœur trop tendre. La guerre l'a déchiré, et personne, ni nous ni maman, ne pouvait le recoller, affirma-t-elle dans un soupir. J'imagine qu'il faut se préparer, même pour ce genre de chose : que la personne que tu aimes te quitte, dans son corps ou dans sa tête. La mort se présente sous différentes apparences.

— Un loup affamé, murmura Reba.

Deedee passa une main sur sa frange et poursuivit.

— Je n'ai jamais douté que maman aimait papa. Quoi qu'il se soit passé d'autre, pour ça, au moins, ils ne faisaient pas semblant.

Reba ne mettait pas en cause la relation entre son père et sa mère. Elle se souvenait bien de leur amour. Elle se souvenait des bons jours de son père. Lui et elle, se promenant dans les bois derrière la maison : maman s'éventait avec une feuille d'érable plus grande que la patte d'un ours, le bras de papa autour de sa taille. La façon dont maman le regardait à l'autre bout de la table de la salle à manger comme si son rire était de la musique. Le sourire de maman quand il lui offrait un bouquet de tournesols.

Quand Reba était arrivée à El Paso, cela lui avait paru ironique que les tournesols poussent ici, sauvages, au bord des champs de luzerne. De la mauvaise herbe. Elle s'était demandé si, ailleurs dans le monde, les roses vivaient le même genre de double vie.

—Peut-être pas, mais ils étaient très forts pour jouer la comédie. Maman mériterait un oscar.

Reba se mordit la lèvre inférieure pour l'empêcher de trembler.

—Quand je repense à notre enfance, je ne sais plus ce qui était vrai et ce qui ne l'était pas. Ça me fait tourner la tête. J'en arrive presque à comprendre ce que papa ressentait.

—Papa... en a bavé, affirma Deedee en se calant sur sa chaise.

—Quoi? s'écria Reba en riant. Bon Dieu, Deedee, c'est tout ce que tu trouves à dire?

Des années de ressentiment accumulé comme des braises incandescentes et Deedee venait de déclencher l'incendie.

—Tu as toujours fait ça! Quand tu es partie en pensionnat, tu faisais comme si tout allait pour le mieux à la maison. Eh bien, ce n'était pas le cas, loin de là! Papa était sérieusement dépressif. Je suis tombée sur son dossier médical. Il a subi des traitements par électrochocs. De l'électroconvulsivothérapie, tu sais ce que c'est? demanda Reba, furieuse, en posant un doigt sur sa tempe. Des décharges électriques dans le cerveau. C'est ce que tu appelles « en baver » ? Moi, je dirais que c'est un peu plus que ça ! Et il a commis des atrocités au Vietnam, Deedee. Des choses affreuses. J'ai lu un des rapports de ses séances de thérapie. Il était une tout autre personne dont nous ne savons rien !

Son esprit courait plus vite que sa bouche ne pouvait former les mots.

— Tu te souviens... tu te souviens, quand je t'ai dit qu'il avait frappé maman ? Tu m'as répondu que c'était un rêve. Un rêve ! C'est toi qui rêvais ! À faire comme si tout allait bien alors que papa avait clairement besoin d'une aide qu'il ne pouvait trouver dans une bouteille de whisky. Mais non, tout le monde était content de faire semblant et de fermer les yeux. Je suis ravie pour toi. Ravie que tu aies pu te sauver, jouer les Mademoiselles Parfaites à l'école, mais ça n'allait vraiment pas bien à la maison et il ne fallait pas être un génie pour s'en apercevoir. Tu le savais aussi, j'en suis persuadée !

Son visage était rouge vif.

— Il s'est tué, Deedee !

Elle ravala un sanglot.

— Maman avait déjà coupé la corde quand je suis rentrée de l'école. Elle était au téléphone avec la police. Tu n'étais pas là, tu ne l'as pas vu. Et le pire de tout, c'est qu'il n'avait même pas l'air mort. Il semblait s'être évanoui après une de ses crises.

Elle n'avait jamais parlé de ce soir-là. Elle avait l'impression d'être un feu déchaîné, lançant ses flammes vers le ciel.

— Quand l'ambulance est arrivée et que les secouristes ont annoncé qu'il était mort, je me suis sentie soulagée, avoua-t-elle en se couvrant les yeux d'une main. Soulagée, Deedee ! Je l'aimais tellement, mais j'avais peur de lui, aussi. Comment est-ce possible ? Peut-on aimer ce dont on a peur ?

Les larmes coulaient sur les joues de Deedee, mais Reba n'arrivait plus à pleurer. Le feu qui brûlait en elle était trop envahissant.

— Nous n'en avons jamais parlé, poursuivit Reba. Ça me fait toujours aussi peur, parce que je me compare à papa...

— Oh, Reba ! lâcha Deedee en prenant ses mains dans les siennes. Je suis désolée...

De sœur à sœur, leurs regards se croisèrent. Le pouls de Reba se calma.

— Je ne voulais pas t'abandonner, promit Deedee en se mordant la lèvre. Mais il fallait que je parte. Je voulais me libérer de toute cette tristesse. J'avais tellement peur et je ne voyais aucun espoir...

— Pourquoi ne pas m'en avoir parlé ? demanda Reba, enfin en phase avec sa sœur.

— Nous étions des enfants, commença Deedee en reniflant. Je pensais te protéger en t'épargnant tout cela. Chaque fois que papa nous parlait de ses terreurs, de ses démons, ça te chamboulait. Je ne voulais pas t'inquiéter encore davantage. Je voulais que tu penses que tout allait bien, mais c'est devenu trop difficile à supporter. Il fallait que je parte, pour ne pas devenir folle. Je voulais te protéger de ma douleur, aussi.

— Et maman ? Il lui faisait du mal.

— Maman comprenait papa bien mieux que nous deux, dit Deedee en essuyant son mascara qui coulait, le frottant entre ses doigts. Le droit m'a appris qu'en dépit de tous les faits que nous pensons connaître, la vérité peut être une chose incroyablement difficile à saisir. Elle est embrouillée par le temps et l'humanité, et par la façon dont chacun vit sa propre expérience.

— Il n'y a qu'une seule vérité, chuchota Reba.

— Oui et non. Tous les jours, j'entre dans le tribunal avec ma vérité dans les mains, et cela ne cessera jamais de me surprendre que l'autre avocat en fasse autant. Qui a raison ? questionna-t-elle en haussant les épaules. Je suis heureuse de ne pas être juge.

— Donc, tu dis qu'il faut accepter l'anarchie ? On baisse les bras et on vit dans le mensonge, sans jamais affronter la réalité ? Regarde tout le bien que ça a fait à papa…

— Non, ça veut dire qu'on laisse Dieu décider. C'est un trop gros travail pour toi ou moi. Il faut arrêter d'avoir peur des ombres et accepter que le monde est fait de teintes de gris, de lumière et de ténèbres. On ne peut pas avoir l'un sans l'autre.

Elle serra les mains de Reba.

— Papa était trop préoccupé par son passé et il l'a laissé détruire son présent. On ne pouvait rien pour lui, si ce n'est l'aimer le mieux possible. Tu ne peux pas obliger quelqu'un à croire ta vérité, pas plus que tu ne peux forcer le pardon. Nous ne sommes responsables que de nous-mêmes.

Deedee attira Reba contre elle.

— Je suis désolée de ne pas avoir été là quand tu avais besoin de moi. Je suis désolée qu'il nous ait fallu tant de temps pour parler de la mort de papa…

Reba s'appuya sur l'épaule de sa sœur.

— Je suis désolée, moi aussi.

Et pour la première fois depuis ce qui semblait une éternité, plus aucune comédie ne les séparait. La paix s'installa enfin en Reba, une paix qu'elle avait attendue toute sa vie.

— Deedee, commença-t-elle, appuyant sa tête sur sa sœur, je ne veux pas être comme papa.

Deedee posa la tête sur celle de Reba.

— Sa plus grande erreur a été de ne pas voir que notre amour pour lui était immense.

Reba pensa à Riki et elle éprouva une douleur sourde dans la poitrine.

— Riki est l'homme le plus sincère que j'aie jamais rencontré… et j'aime les *cheesecakes*.

Ah, les *cheesecakes*, répéta Deedee. Alors, ce n'est peut-être pas un *cheesecake*, mais carrément le crémier.

Elles gloussèrent, serrées l'une contre l'autre.

— Je n'ai jamais compris ta phase antilait. Ça ne te ressemblait pas, déclara Deedee en embrassant le front de Reba.

— J'essayais d'être quelqu'un d'autre, avoua Reba, soulagée que le mensonge soit enfin révélé.

La vérité était une bouffée d'air frais.

27

Bäckerei Schmidt
56, Ludwigstrasse
Garmisch, Allemagne

23 mars 1945

La lumière du jour était aussi pâle que l'infusion de pissenlit que préparait Mutti avec les premières feuilles qu'elle avait cueillies dans la matinée. Dans la nuit, un orage leur avait fait courber la tête, tels des écoliers punis. À présent, la brise, mordante et humide, charriait l'odeur des vers de terre qui se tortillaient sous les fraisiers en hibernation. Elle avait beau s'emmitoufler sous plusieurs écharpes et travailler le plus vite possible, le froid s'insinuait dans sa nuque. Les clients habituels formaient déjà une file d'attente, leurs estomacs gargouillant et leurs voix grommelant à l'idée de la journée à venir, du parfum du pain chaud et des murmures de la défaite des troupes allemandes.

Elsie jetait des boules et des miches rassises dans des sachets en tissu et des carrés de papier, acceptant les bibelots, les pièces et les billets à ordre sans faire de différence. Ils n'avaient déjà presque plus de pain. Le panier de *Brötchen* était pratiquement vide et Frau Rattelmüller n'était pas venue prendre sa commande habituelle.

— J'ai payé pour trois, se plaignit un homme qui portait un fedora rigide. Vous ne m'en avez donné que deux.

Il pointait un doigt accusateur en direction des petits pains sur le papier.

— Je suis désolée, s'excusa Elsie en lui en tendant un autre.

Il partit en poussant un bruyant soupir de mécontentement et en grommelant pendant qu'il s'enveloppait de son écharpe.

Le client suivant passa sa commande, mais Elsie n'entendit pas un seul mot. L'absence de Frau Rattelmüller la troublait, l'empêchant de se concentrer. Elle était préoccupée, son esprit survolait la ronde des clients du matin et dérivait vers la porte de Frau Rattelmüller. Elle se demandait ce qui l'avait retenue.

Un changement de saison se préparait et il n'y avait pas que le printemps qu'on sentait approcher à grands pas. La Gestapo patrouillait dans les rues de jour comme de nuit, mitraillettes suspendues à l'épaule. On racontait que les forces alliées étaient arrivées jusqu'au Rhin et qu'elles n'allaient plus tarder à le traverser. Le *Volksempfänger* annonçait que les Américains, les Britanniques et les Russes arrivaient pour les violer et les assassiner, mais Elsie se demandait s'ils pouvaient vraiment être pires que leurs propres soldats. Depuis l'exécution d'Achim Thalberg, beaucoup de gens avaient été placés en quarantaine, arrêtés ou simplement abattus. Avoir Tobias sous son toit était la garantie d'une mort immédiate, pour elle et sa famille. Avec

Julius constamment dans ses pattes, garder la présence de Tobias secrète exigeait des efforts de tous les instants.

Au début, Mutti avait proposé que Julius partage la chambre d'Elsie. Le seul fait d'envisager une offense pareille déclencha chez Julius la première de ses grosses crises. Très vite, ils comprirent que ces scènes étaient habituelles. Il refusait de dormir dans la même pièce que le sexe opposé et se hérissait au moindre geste affectueux que Mutti et Papa pouvaient échanger, qu'ils se tiennent la main ou s'embrassent sur la joue. C'était déconcertant quand on connaissait la nature chaleureuse et tendre de Hazel. Mutti lui trouvait des excuses.

—Il a été élevé selon les principes moraux très exigeants du Reich. Peut-être qu'il nous faut à tous prendre exemple sur lui.

Papa acquiesçait d'un hochement de tête, mais fronçait les sourcils.

Dans le but d'apaiser Julius, Mutti confectionna un matelas à partir de vieilles nappes et de paille et vida le garde-manger de la cuisine. Cela devint sa chambre. Il n'était pas ravi, mais accepta, étant donné qu'il n'y avait pas d'autre endroit libre dans la maison. Maussade et grincheux dans son nouvel environnement, il passait le plus clair de son temps à aligner ses petits soldats dans les sillons et les tranchées entre les planches en bois du sol. Comme du lait caillé, il semblait aigri par une profonde tristesse que personne ne pouvait consoler.

Comment lui en vouloir ? Il ne connaissait pas les Schmidt. Hazel était partie à Steinhöring quand elle était enceinte de lui et ils ne lui avaient pas rendu visite à sa naissance. Sa famille, c'était l'association. Il n'arrêtait pas de parler de ses instructeurs, des pratiques nazies et de dire combien il exécrait les étrangers. Personne n'osait le reprendre, mais de tels propos dans la bouche d'un petit garçon de sept ans les mettaient mal à l'aise. Julius était incollable sur la discipline et l'autorité, mais ne savait rien de la famille et de la compassion.

Même s'ils avaient le même âge et les mêmes yeux clairs, Julius et Tobias étaient aussi différents que le jour et la nuit. Julius restait de marbre, sans émotion, même quand Mutti lui avait montré des photos de sa mère, Hazel, en lui caressant la joue du dos de la main. Cela ne suscita pas le moindre retour d'affection ou de gratitude. Il refusait de porter le pull tricoté par Mutti, sous prétexte que la laine sentait les excréments de mouton comme le matelas sur lequel il dormait. Il semblait que seule la nourriture lui donnait du plaisir, même s'il formulait toujours une critique au sujet de ce qu'on lui servait, rechignant à manger les légumes et affirmant que les *spätzle* avaient un goût de lacets de chaussures, alors que c'étaient de purs produits issus de ses bien-aimés SS. Rien ne lui convenait. Rien n'était assez bon.

Mutti l'adorait quand même, mais Papa était plus réservé. Elsie le connaissait bien : il n'appréciait pas que le garçonnet se croie supérieur à eux parce qu'ils étaient boulangers. Après tout, c'était le fils de sa fille, son propre sang. Par conséquent, la première semaine, il le fit travailler. Mais Julius se plaignait et râlait tant qu'il redouta que l'ambiance dans la boulangerie gâte le pain et les pâtisseries. Après cette semaine, Mutti demanda à Papa de le dispenser de cette tâche et il passa tout son temps à jouer à la guerre dans son garde-manger.

Avant le lever du jour, alors que Papa allumait le fourneau et que Mutti s'occupait de Julius, Elsie avait souvent tout le premier étage pour elle seule, profitant de ce temps pour être avec Tobias jusqu'à ce qu'elle doive descendre aider son père.

D'avoir entendu Elsie décrire son neveu sous toutes les coutures, avant son arrivée, Tobias était curieux de découvrir Julius. Pourtant, elle fut surprise le matin où Tobias lui parla de lui.

— Je ne l'ai jamais entendu chanter.

Elsie était pressée de lui donner les chaussettes en laine que Mutti avait tricotées pour Julius, mais que le garçonnet avait jetées par terre parce qu'elles le piquaient. Il ne les porterait jamais et Mutti serait encore une fois vexée de le voir rejeter ce cadeau. Elsie s'était dit qu'il valait mieux que quelqu'un en profite.

— Je colle mon oreille sur le plancher, mais je n'entends que les casseroles, les poêles et les clients, continua Tobias, alors qu'Elsie montait les chaussettes jusqu'à ses genoux. Quelles chansons te chante-t-il ?

— Mais de qui parles-tu ?

— De Julius. Tu m'avais dit qu'il chantait. Comme moi je ne peux plus, je pensais que je pourrais l'entendre.

Il battit des cils.

Elsie lui tendit le petit déjeuner que Mutti avait préparé à sa fille : un bretzel tordu enveloppé dans une serviette.

— Il n'en a pas encore eu l'occasion, affirma-t-elle en lui baissant son bonnet de nuit sur les oreilles pour qu'il n'attrape pas froid. Allez, mange.

— Je n'ai plus chanté depuis un long moment, moi non plus, pas vraiment. Les officiers me faisaient chanter, mais leurs chansons ne sont pas si belles. Pas comme celles que mon père écrivait et que ma mère, ma sœur et moi chantions.

Il fourra sa serviette entre ses genoux.

— Parfois, j'ai peur de les oublier. Parfois, je me dis que j'ai déjà oublié ma voix.

Elsie fit une grimace et passa une main sur la tête du petit.

— Je n'oublierai jamais ta voix, le rassura-t-elle. Et tu ne l'oublieras pas non plus. Elle est en toi et le restera pour toujours. Crois-moi.

Il hocha la tête et retourna se blottir sous les couvertures parmi les objets cachés dans le mur. *A Boy's Will* était ouvert à la page de « L'épreuve par l'existence ».

— C'est un beau poème, affirma Elsie. « Et l'esprit volette et le cœur chante et un cri accueille les audacieux », récita-t-elle de mémoire.

— « Mais c'est toujours Dieu qui parle à la fin », chuchota Tobias, alors qu'Elsie replaçait la planche sur le mur.

*

Papa avait été satisfait des prouesses d'Elsie pendant leur absence et lui confia d'autres recettes de famille qu'elle ne connaissait pas encore. La jeune fille aimait ses nouvelles responsabilités dans la cuisine et s'était habituée à accueillir Frau Rattelmüller à la porte de derrière avant l'ouverture. Elle le faisait depuis si longtemps maintenant que Mutti et Papa ne trouvaient rien à redire. Ses commandes quotidiennes devinrent une sorte de code muet. Une douzaine de *Brötchen* signifiait que tout allait bien. Son absence en ce jour ne laissait rien présager de bon.

La file des clients avait diminué. Elsie en était soulagée. Les pains que Papa avait enfournés ne seraient pas cuits avant une demi-heure.

Julius sortit du garde-manger, le visage fraîchement lavé et les traces du peigne dans les cheveux. Mutti avait repassé son pantalon et sa chemise, exactement comme à l'association.

— Tu es très beau comme ça, le complimenta Mutti en lui prenant la main et en caressant son bras. Dis bonjour à tante Elsie.

Son regard la transperça.

— Je voudrais des *Lebkuchen* pour le petit déjeuner.

— Voyons, il ne faut pas manger de sucre le matin. Ils ne te laissaient pas en manger à Steinhöring, n'est-ce pas ?

— *Nein*, confirma Julius en levant les yeux au ciel. Nous avions des œufs durs et des saucisses, du pain blanc avec du beurre, de la confiture d'abricot et un fruit cueilli à chaque coin de l'empire allemand. Mais je ne vois rien de tout cela ici.

Il libéra sa main et croisa les bras.

— *Doch*, j'imagine bien que tu ne vois rien de tout cela, confirma-t-elle en joignant les deux mains. Elsie, donne à Julius un *Lebkuchen* et un verre de lait.

Elsie n'avait pas le temps de s'occuper de son neveu gâté. Elle s'empara du dernier pain d'épice, une grande maison blanche suspendue de façon décorative à la huche à pain depuis Noël, le cassa en deux et le tendit à Mutti.

— Elsie ! gronda Mutti.

— Un *Pumpernickel* aux raisins, commanda la cliente suivante, son enfant assis sur sa hanche.

Le petit dormait, la joue contre la poitrine de sa mère, la bouche ouverte.

— Pas de raisins. Seulement du *Pumpernickel*, répondit Elsie.

La femme fouilla dans sa poche et en sortit une croix en or.

— C'est tout ce que j'ai.

Elsie la regarda assez longtemps pour remarquer ses pommettes saillantes et ses lèvres grisâtres.

— Gardez-la, dit-elle en lui tapotant la main, avant de s'emparer de la miche.

Les yeux de la femme se remplirent de larmes et elle embrassa son bébé endormi.

— Merci du fond du cœur.

— Elsie, le lait ? appela Mutti.

— Je suis désolée, mais tu vas devoir te servir toute seule, Mutti. Je suis occupée, affirma Elsie en poussant un soupir.

Le regard glacial de Julius perfora sa nuque. Mutti l'entraîna avec elle, vraisemblablement pour chercher du lait, mais Elsie savait qu'ils n'en trouveraient pas. Cela faisait des semaines qu'ils n'en avaient plus. Papa s'était débrouillé en mélangeant de l'eau à la crème et en faisant du troc pour avoir des restes de petit-lait.

— Personne suivante ! appela Elsie et une femme avança d'un pas.

— Je peux te parler une minute ?

Elsie ne la reconnut pas tout de suite dans son manteau long jusqu'aux chevilles, coiffée d'un chapeau noir bordé de dentelle. Frau Rattelmüller souleva son voile, révélant une expression tendue et des yeux gonflés. Les clients derrière elle râlaient, impatients.

— Donnez-moi un instant, je vous retrouve à côté du bois, derrière, chuchota Elsie.

Elle enveloppa une petite tranche de *Christstollen* et la tendit par-dessus le comptoir.

— Merci.

Frau Rattelmüller sortit avec le pain.

— Mutti, appela Elsie, pourrais-tu me remplacer une minute ? J'ai oublié de rentrer des bûches.

— Ce n'était pas entièrement faux, la pile était basse.

Mutti arriva sur-le-champ, souriant aux clients.

— *Grüss Gott,* Herr Baumhauer.

Elsie alla dans la cuisine, passa à côté de Papa qui nouait ses *Schwarzbrötchen* noirs et Julius qui mâchonnait paresseusement son *Lebkuchen* sur un tabouret. Elle enfila ses bottes, passa un châle autour de ses épaules et sortit dans la froide journée de mars.

Frau Rattelmüller patientait derrière les bûches. Elsie dut se planter fermement sur ses jambes pour ne pas éveiller les soupçons au cas où elle serait observée. Si elle avait finalement décidé de la dénoncer, Elsie voulait au moins donner l'impression d'être innocente, peut-être accorderaient-ils une remise de peine à la pauvre fille d'un boulanger. Mais si c'était Frau Rattelmüller qui avait été découverte, alors, ce rendez-vous la désignait comme sa complice. Elle ralentit et s'arrêta à côté du bois, soigneusement empilé.

— *Ja?* demanda-t-elle, plus froidement qu'à son habitude. De quoi vouliez-vous me parler ?

Frau Rattelmüller perçut l'hostilité dans la voix de la jeune fille.

— Je suis venue seule et sans mauvaise intention, lui garantit-elle. Je ne serais pas ici si j'avais le choix, continua-t-elle en s'appuyant lourdement sur sa canne. Je connais des gens à l'intérieur du camp de Dachau. Ils disent que les nazis préparent l'expulsion des juifs. Les Russes et les Américains approchent. Ils envisagent de transférer les juifs à pied vers Tegernsee.

— Maintenant ?

La pluie de mars s'était transformée en aiguilles glacées, lui piquant le front et le nez.

— Ils vont mourir congelés !

— Je suis certaine que c'est leur objectif. Économiser les balles pour les soldats à Berlin.

— Mais, Josef…, lâcha-t-elle, son cœur s'arrêtant de battre. Il est à Dachau.

— *Ja,* confirma Frau Rattelmüller. C'est un des officiers en charge.

— En charge de cette marche vers la mort ?

Josef n'avait jamais discuté de ses missions avec elle. Elle avait toujours cru qu'il s'occupait des troupes sur les montagnes et pas des camps. Les rumeurs des violences perpétrées à Dachau et de ses charniers couraient depuis un moment déjà. C'était tellement affreux que la plupart des gens préféraient ne pas y croire. Il s'agissait de leurs concitoyens, Elsie ne voulait pas imaginer Josef capable d'une telle brutalité. La pluie lui fouettait les joues.

— Je connais un homme qui peut soudoyer un garde pour fermer les yeux pendant que les femmes juives sortiront des ateliers et des dortoirs, déclara Frau Rattelmüller en se rapprochant d'Elsie. Il y a deux filles, des membres de la famille de mes…

Un arbre craqua. Elle fit volte-face aussitôt. Un moineau prit son envol d'une branche. Elle continua en murmurant.

— Une fois que je les aurai récupérées, elles partiront directement en Suisse où des amis de confiance les attendent.

— Vous partez aussi ?

— Je suis trop vieille, je les retarderais. Je suis venue te demander ton aide, pour le pot-de-vin. J'ai donné tout ce que j'avais, mais ça ne suffit pas.

Elsie recula d'un pas. C'était donc la raison de sa venue. Achetait-elle ainsi son pain ? Avec de l'argent volé sous couvert de charité ? Elsie fixa longuement Frau Rattelmüller. Son voile était chiffonné sur les bords. L'ourlet de sa robe pendait sur ses talons, elle ne portait pas de collant malgré le froid. Et ses mains osseuses étaient irritées et rouges. Ce n'était pas une femme qui s'empiffrait de pain et de friandises.

Mais Elsie n'avait rien à donner. La caisse ne contenait qu'une toute petite somme d'argent dont l'absence ne passerait pas inaperçue. Elle se frotta le front, essayant de réchauffer sa peau, glacée par la pluie. C'est là qu'elle la vit : une lueur rouge sur la neige fondue. Comme elle avait pu facilement oublier sa promesse à Josef, scellée par aucun écrit.

— Tenez, dit-elle en faisant glisser la bague de son doigt. Cela devrait suffire.

— Ta bague de fiançailles ? demanda Frau Rattelmüller en la prenant, mais en fronçant les sourcils derrière son voile. Que diras-tu à Josef et à ta famille s'ils t'interrogent ?

Elsie se massa les doigts, soudain plus chauds qu'ils ne l'avaient été auparavant.

— Je leur dirai que je l'ai donnée pour sauver la patrie.

— Ta sœur, Hazel, était courageuse, mais toi, Elsie, tu as le cœur du prophète Daniel, déclara la femme.

Elsie fit la grimace en entendant parler de Hazel au passé. Elle détourna le regard et secoua la tête.

— Cette bague n'a jamais vraiment été à moi.

Frau Rattelmüller prit la main d'Elsie dans les siennes.

— Il y a encore des gens pour se rappeler que les lois de Dieu prévalent sur celles des hommes. Ces énergumènes ne nous entraîneront pas dans la voie de la destruction. J'ai appris très jeune que les morts ne peuvent sauver les vivants. Nous seuls pouvons le faire. Tant qu'il y a de la vie, il reste de l'espoir.

Elle tourna les talons pour partir.

Elsie l'arrêta. Il fallait qu'elle saisisse l'occasion.

— J'ai un service à vous demander en échange.

Elsie prit une profonde inspiration. L'air mordant l'étouffait. Les branches craquèrent sous la neige. Chaque murmure mettait en danger, chaque déplacement rendait suspect, mais Tobias était devenu trop important pour Elsie. Chaque heure qu'il passait dans son mur le rapprochait de sa découverte et de la mort. Si une possibilité de le sauver s'offrait à elle, il ne fallait surtout pas qu'elle la laisse passer.

— Quand vous avez vu Tobias dans notre cuisine, vous avez proposé de le prendre avec les autres. Le feriez-vous à présent ? Pourriez-vous le faire sortir d'Allemagne ?

Frau Rattelmüller s'agrippa à la poignée de sa canne des deux mains et baissa encore la voix.

— Elsie, c'est trop dangereux désormais. Le déplacer de la boulangerie jusqu'à chez moi pourrait tous nous condamner.

Le vent fit tourbillonner des nuages de bourgeons.

— Et par ce temps, il est trop petit et trop faible.

Elle secoua la tête.

Elsie se représenta les coudes et les genoux cagneux du petit garçon, ses toutes petites oreilles sous son bonnet de nuit. Sa santé était fragile. Elle avait raison. Il risquait fort de ne pas pouvoir lutter contre les éléments.

— Je suis désolée, s'excusa Frau Rattelmüller. Je t'en prie, crois-moi, s'il y avait un moyen de le transporter en toute sécurité, je l'aurais fait. Les patrouilles de la Gestapo rôdent autour de votre boulangerie de jour comme de nuit. Peut-être que c'est Josef qui a donné l'ordre de vous protéger. Mais, en tout cas, ils ne vous lâchent pas. Je dois d'abord penser à mes amis.

Elsie hocha la tête. Elle avait vu les phares des voitures tard dans la nuit, mais avait supposé que toutes les maisons à Garmisch étaient surveillées de la même façon. Savoir que ce n'était que la sienne l'affola.

— Je t'aiderai de toutes les façons possibles, assura Frau Rattelmüller. Mais ça, je ne le peux pas.

Elsie ne pouvait pas reprocher à la vieille femme son excès de prudence. Il fallait prendre les plus grandes précautions. Agir sous l'effet de l'impulsion coûtait des vies. Par conséquent, pour le moment, Tobias resterait caché dans sa chambre.

Soudain, Elsie se souvint.

— Il dit que sa sœur est dans le camp. Elle s'appelle Cecile. Pourriez-vous la faire sortir avec les autres ?

Ça, elle pouvait le faire pour Tobias.

— *Ja*, dit Frau Rattelmüller en tapant sa canne sur la glace. Si elle y est toujours, nous l'emmènerons en Suisse.

— Dites-lui que son frère va bien et parle d'elle avec un immense amour. Dites-lui qu'il promet de la revoir, continua-t-elle en soufflant une plume blanche. Il l'attendra avec des rubans bleus.

— Des rubans bleus ?

— Elle comprendra.

Un chien aboya et les deux femmes sursautèrent.

— Partez, maintenant.

La vieille dame s'éloigna dans la ruelle glissante.

Ébranlée, Elsie ramassa quelques bûches, des échardes s'enfonçant dans sa peau. À l'intérieur, Julius avait terminé son *Lebkuchen* et s'attaquait désormais à un *Brötchen* avec les restes de la confiture et du beurre qu'ils avaient chez eux. Elsie posa le bois à côté du fourneau et toussa pour s'éclaircir la voix de toute la peur qu'elle venait d'éprouver. Connaissant la nature de Julius, elle ne pouvait pas prendre le risque d'exposer ses émotions.

— Est-ce que ta grand-mère a mangé ? demanda-t-elle.

Le garçonnet mordit dans un bout de son petit pain et secoua la tête.

— Alors, peut-être que tu pourrais lui en proposer un peu avant de tout finir.

Papa se détourna de ses boules de pâte noires. Julius continuait à mâcher.

— Tu as entendu tante Elsie, fiston ?

— Je ne suis pas ton fiston ! s'exclama Julius en avalant avec peine.

Papa agrippa son rouleau à pâtisserie à pleine main.

— Elsie, gronda-t-il, sa voix retentissant dans la cuisine, rebondissant sur les casseroles et les poêles. Apporte son petit déjeuner à ta mère, je dois parler à mon petit-fils.

Mutti avait ouvert le dernier pot de confiture de cerises pour Julius. Elsie en versa une cuillerée sur une assiette, prit un *Brötchen* sur l'étalage et partit vers la boutique, heureuse que son neveu reçoive enfin une petite leçon de discipline, le genre que seul un père pouvait donner.

La foule du matin était partie. Mutti était en train d'arranger un plateau de biscuits pour que la pénurie se remarque moins.

— *Ach, ja,* c'est mieux comme ça, dit-elle pour elle-même.

Elsie lui tendit l'assiette.

— Je t'ai apporté quelque chose à manger.

— Mets le pain avec les autres, ordonna Mutti d'un geste de la main. On a besoin de cet argent. Je n'ai pas faim.

Elsie posa l'assiette à côté de la caisse.

— Mange, Mutti. Ça ne nous aidera pas si tu tombes malade et que tu doives rester au lit.

Mutti mit la main sur le pain, mais ne le coupa pas.

— Cerises. Ta confiture préférée, affirma Elsie en lui donnant une cuillère.

Elle mangeait très peu depuis son retour de Steinhöring. Cela inquiétait Elsie.

Mutti examina la substance rouge et sucrée.

— Dès que je goûte la confiture de cerises, je pense au cerisier dans le jardin d'Oma.

— Je m'en souviens bien. Hazel et moi y avons joué des étés entiers comme si c'était un château enchanté avec des fruits magiques. Pour chaque cerise que nous mangions, nous faisions un vœu. Je croyais vraiment que tous mes vœux se réaliseraient. Certains ont été exaucés. Une fois, Hazel avait souhaité une bouteille de parfum à la lavande et moi, je voulais du shampooing à la rose, et quand nous sommes venues rendre visite à Oma, la semaine suivante, les deux nous attendaient.

Elsie sourit en pensant à l'odeur de sa fiole cachée.

— Oma était une bonne mère, dit Mutti. Elle me manque beaucoup, avoua-t-elle en s'essuyant le coin de l'œil. Quelle idiote je fais, une vieille dame qui parle comme une enfant…

— *Nein,* la contredit Elsie. Une femme qui parle comme une fille.

— Tu es devenue une merveilleuse jeune fille, déclara Mutti en passant son pouce sur la joue d'Elsie. Belle et sage. Ce sont des dons de Dieu, ma chérie.

Elsie posa une main au-dessus de celle de sa mère et sentit son cœur se remplir d'amour. Mutti ne l'avait jamais complimentée ainsi.

— Tu dois manger quelque chose, insista Elsie en lui tendant de nouveau l'assiette. S'il te plaît.

Mutti retira la main de sous celle d'Elsie et coupa le *Brötchen* en deux.

— Oma dit toujours que le meilleur pain est celui qu'on partage, rappela-t-elle en tartinant une moitié de confiture. Toi aussi, tu dois manger.

Elle avait raison. Elsie avait donné son bretzel à Tobias. Elle mourait de faim.

Mutti lui donna l'autre moitié et lécha la cuillère. Elsie mangea, repensant à tous les fruits magiques qu'elle avait goûtés avec sa sœur, sa grand-mère et sa mère. Tous les rêves qui vivaient encore en elle. Même si ce n'était pas grand-chose, ce fut le meilleur repas qu'elle ait pris depuis des mois, comblant bien plus que son estomac vide.

28

3168, Franklin Ridge Drive
El Paso, Texas

------Message ------
De : leigh.goldman@sanfranmonthly.com
Envoyé le : 3 janvier 2008, 8 h 52
À : reba.adams@hotmail.com
Objet : *San Francisco Monthly*, poste à pourvoir

Chère mademoiselle Adams,
Notre secrétaire de rédaction et moi-même avons examiné votre CV et vos extraits de publications. Nous avons été particulièrement intéressés par votre récent article intitulé « Chants de Noël en temps de guerre ». Un poste se libère car un de nos éditeurs part à New York en février, laissant une place vacante. Par conséquent, nous voudrions vous la proposer et convenir d'un rendez-vous téléphonique pour la semaine prochaine. Si vous acceptez de rejoindre notre équipe, je ferai en sorte de vous assurer une installation facile et rapide à San Francisco. N'hésitez pas à me contacter par e-mail ou téléphone dès que possible.
Dans l'attente de vos nouvelles, je vous souhaite une très bonne journée.
Cordialement,
Leigh Goldman

Rédacteur en chef
San Francisco Monthly
122, Vallejo Street
San Francisco, CA 94111

*

------Message------
De : reba.adams@hotmail.com
Envoyé le : 3 janvier 2008, 19 h 52
À : deedee.adams@gmail.com
Objet : Fw : *San Francisco Monthly*, poste à pourvoir

Deedee,
Jette un œil à l'e-mail que je te transfère. Aujourd'hui, Leigh Goldman m'a écrit. La Leigh Goldman du *San Francisco Monthly* qui a reçu un prix ! Oui, je sais, j'ai failli m'évanouir en lisant l'e-mail. Ils me veulent, Deedee. Tu y crois, toi ? San Francisco ! La Californie !
Tu te souviens quand on était petites et qu'on passait les vieux 45 tours de papa, déguisées avec les longues chemises de nuit en soie de maman et que nous chantions en chœur *La Californie...* Ça m'a toujours rendue tellement heureuse. Je la fredonne en ce moment même.
Je suis vraiment ravie, D. C'est la chance dont j'ai toujours rêvé depuis que j'ai quitté la maison. Je ne peux pas la laisser passer.
Je n'ai toujours pas reçu de nouvelles de Riki. Ça fait vraiment longtemps maintenant et avec cette proposition d'emploi, je ne suis pas sûre de ce que je vais lui dire, même si c'est moi qui appelle : « Salut, je pars. » Il me manque, mais je prends cette offre comme un signe. Il faut que j'aille de l'avant.
Je t'aime,
Reba

*

------Message------
De : deedee.adams@gmail.com
Envoyé le : 4 janvier 2008, 11 h 11
À : reba.adams@hotmail.com
Objet : Fw : *San Francisco Monthly*, poste à pourvoir

Félicitations, Reba ! C'est la meilleure nouvelle que j'aie entendue depuis des mois. Envoie-moi le contrat avant de signer quoi que ce soit, je le vérifierai.

J'ai ri aux éclats en repensant à nos spectacles musicaux. Quel tintamarre ! C'était le moyen infaillible de faire sourire papa. Sois heureuse, Reba. Promets-moi que tu te le permettras. Je suis enchantée pour toi. Et impatiente de le dire à maman, elle sera si fière !
En parlant de maman : j'y ai beaucoup réfléchi, et je pense qu'on devrait lui parler de ce que tu as trouvé dans le dossier médical de papa et de sa mort. Nous devrions en discuter ensemble comme une vraie famille. Il est mort depuis dix ans maintenant. Les choses ont changé. Nous ne sommes plus des petites filles, le passé ne peut plus nous faire mal. Le loup de papa n'est désormais qu'un vieux chien errant qui a perdu toutes ses dents. Tu manques beaucoup à maman. Et à moi aussi. Essaye de venir nous rendre visite, bientôt.
Je suis contente de lire que tu vas de l'avant, mais assure-toi que tu ne confonds pas évolution et peur. Sinon, ce ne serait qu'une façon cachée de fuir. Fais-moi confiance, je sais de quoi je parle. Si le « crémier » ne t'appelle pas, peut-être que c'est parce qu'il y a un fromage en Californie qui est fait pour toi. Il paraît que leur cheddar est un régal.
Moi aussi, je t'aime,
Deedee

29

Bäckerei Schmidt
56, Ludwigstrasse
Garmisch, Allemagne

29 avril 1945

Le silence qui régnait dans les rues était étrangement pesant. Les oiseaux perchés en couple sur les bardeaux du toit pépiaient à l'attention d'une saison qui semblait vide et muette. Leurs chants résonnaient sur les pavés et les maisons à colombages.

La Gestapo avait arrêté de leur fournir des ingrédients après le départ de Josef et, petit à petit, leurs réserves s'épuisaient. La première semaine d'avril, ils s'étaient trouvés à court de sucre. Elsie en était réduite à faire fondre de la pâte d'amandes. Pendant un moment, ils s'en étaient accommodés, mais désormais, ils n'avaient plus rien – pas même une cuillère de miel ou de mélasse. Le sac de farine ne contenait pas plus que quelques tasses. Les moulins ne tournaient plus. Papa avait chargé Julius de ramasser des noisettes et des châtaignes dans la forêt, ce qu'il avait fait à contrecœur après avoir été appâté par le chocolat caché d'Elsie. Papa avait moulu les noisettes pour remplacer la farine des *Brötchen*. Ses mains en avaient souffert, plus calleuses et abîmées que jamais. Malgré tout, chaque matin, il continuait à allumer le four et parvenait à faire du pain aussi doré et riche que les autres jours.

Mais ils ne pourraient plus continuer longtemps ainsi. Ils devraient fermer. De toute façon, la caisse était vide. Ils ne faisaient plus que du troc avec les clients depuis des semaines.

Quand Elsie alla chez le boucher pour échanger des *Brötchen* contre des morceaux de viande, elle ne trouva plus rien.

— Ma famille ne mange plus que des rats bouillis et des panais pourris. Nous ne sommes pas les rois d'une boulangerie comme vous.

Les rois d'une boulangerie ? Il y avait de quoi rire. Comme c'était facile de supposer que l'herbe était forcément plus verte chez le voisin. Parfois, la nuit, elle rêvait de la publicité dans le magazine *Texas USA*, imaginant un pays regorgeant de pains frais aux fruits merveilleux, de friands à l'agneau, de pâtisseries recouvertes de sucre, de biscuits au gingembre et de gros gâteaux au chocolat imbibés de kirsch. Elle se réveillait avec un filet de bave qui coulait de sa bouche.

Malgré le manque de ressources, la forêt-noire de Papa avait miraculeusement survécu. Du haut de ses couches de chocolat amer et de ses cerises alcoolisées, le gâteau était bien trop cher pour que quiconque puisse se le permettre. Par conséquent, alors que les autres pâtisseries partaient en un clin d'œil, il trônait majestueux et intact sous la vitre. Elsie se surprit à le contempler avec le genre d'envie irrésistible qui transcende la faim. Elle observait la moindre cerise, toutes les courbes des copeaux de chocolat. Pour elle, le gâteau symbolisait tout ce qu'elle avait eu et la promesse de ce qui l'attendait de nouveau. Quelque part dans le monde, il y avait du vrai beurre, du vrai sucre, de la farine et des œufs, et des gens souriants avec des pièces sonnantes et trébuchantes dans les poches. Papa prendrait d'ici peu un couteau pour trancher des parts et les donner aux clients affamés et à sa famille.

Un rayon du soleil d'avril pénétra par la fenêtre, rendant les cerises encore plus rouges et lumineuses. Oui, songea Elsie, le soleil brille encore.

Mutti et Papa arrivèrent dans le magasin depuis la cuisine, leurs chapeaux et gants du dimanche dans les mains.

— Julius ne vient pas, annonça Papa.

Ils se rendaient à l'église luthérienne. Elsie avait prétexté une forte migraine pour ne pas les accompagner, de peur que le trajet n'aggrave la douleur. Dieu pardonnait les pieux mensonges du moment qu'ils étaient formulés pour le bien d'autrui, se disait-elle.

Elle voulait rester seule à la maison avec Tobias. Ses cheveux avaient poussé et elle lui avait promis de les lui laver à l'eau chaude.

— De l'eau chaude, vraiment ? s'était étonné Tobias.

Il n'avait jamais pris de bain chaud. Dans le quartier juif, ils se lavaient avec de l'eau de pluie et, dans le camp, avec un tuyau. Cela attristait Elsie d'entendre ses récits de Dachau, à la fois à cause des mauvais traitements qu'il avait subis et aussi parce que Josef y participait.

Un bain tiède semblait un petit cadeau. Si elle arrivait à préparer une tasse de thé, elle réussirait forcément à chauffer assez d'eau pour laver les cheveux et la nuque d'un petit garçon. Elle aurait dû y penser avant et elle comptait utiliser le reste de son shampooing à la rose pour compenser tout ce qui lui avait été refusé.

Elsie n'avait pas parlé à Tobias de Frau Rattelmüller ou de Cecile, et n'avait pas l'intention de le faire. Comme elle n'était pas certaine du succès de l'entreprise, elle décida de garder cette nouvelle pour elle. Elle souffrait trop de la douleur que représentaient les faux espoirs. Parfois, elle se disait que ce serait un soulagement d'apprendre la mort de Hazel, plutôt que de se demander si elle était encore en vie. Ces pensées lui faisaient tellement honte qu'elle en avait développé des migraines affreusement douloureuses.

Julius ne se sent pas très bien. Infusion d'aubépine et de reine-des-prés. J'en préparerai une théière en rentrant, lança Mutti.

—Julius était allé à l'église à quelques reprises depuis son arrivée. Lors de sa première visite, il s'était plaint, durant tout le service, du froid qu'il faisait dans la chapelle et jura que, s'il restait là, il finirait dans la tombe comme son père… et sa mère. Une pique amère destinée à faire mal.

— Mieux vaut mourir dans la droiture que vivre sans âme, avait répliqué Papa. C'est ce que pensait ta mère. C'est là-dessus qu'est fondée notre communauté.

Cela rabattit le caquet de Julius. Il savait bien qu'il ne valait mieux pas discuter les dogmes nazis et il avait vite appris qu'il ne fallait pas provoquer Papa non plus. Il ne s'était plus jamais resservi du nom de Hazel pour se venger, mais l'église était devenue son cheval de bataille. Mutti avait arrêté d'insister pour qu'il vienne quelques semaines plus tôt, quand il avait voulu porter son uniforme des Jeunesses hitlériennes, malgré le froid dehors qui rendait son short complètement inapproprié. Il avait eu gain de cause et était resté à la maison pour jouer aux petits soldats dans son placard.

Ce dimanche, Elsie avait espéré que Papa ferait preuve d'autorité et forcerait le chenapan à porter un pantalon et à les accompagner. Pas de chance.

— Mais, Papa..., commença Elsie.

Il leva la main pour l'interrompre.

— Il me faudra plus de noisettes pour la semaine. Je voudrais que Julius aille en chercher au moins deux douzaines avant notre retour.

— S'il ne se sent pas bien, ce n'est pas une bonne idée qu'il sorte, riposta Mutti.

Papa lâcha un sifflement et se coiffa de son chapeau de feutre.

— Allons-y, Luana. Je ne veux pas que nous soyons en retard. Ferme les portes et les fenêtres, ordonna Papa par-dessus son épaule. L'orage menace vers l'ouest.

Elsie leva les yeux vers le ciel. Le soleil brillait sans entraves. Elle alla à la cuisine pour rappeler à Julius ses corvées. Elle espérait, durant son absence, donner à Tobias le bain qu'elle lui avait promis.

Julius était allongé sur le sol, ses soldats de plomb alignés devant lui.

— *Ja ?* dit-il sans lever les yeux.

— Papa ne t'a-t-il pas demandé de rapporter des noisettes ?

— Si.

— Il va peut-être pleuvoir, tu devrais y aller maintenant.

Julius remarqua le beau soleil par la fenêtre de la cuisine et tourna le dos à Elsie.

— Il nous faut des noisettes pour la semaine à venir, insista Elsie.

— Personne ne vient plus, de toute façon, rétorqua Julius en bâillant. Alors, pour quoi faire ?

Elsie tapa du pied, renversant une rangée de soldats.

— Tu ne veux pas manger ?

— J'irai quand je voudrai ! affirma Julius en la regardant dans les yeux. Et là, je n'en ai aucune envie, alors, sors de ma chambre.

Il ferma la porte du garde-manger, qui cogna le front d'Elsie.

Trop c'était trop ! Elle en avait assez. Il était là depuis trois mois et elle n'en pouvait plus de le traiter avec des pincettes alors qu'il ne montrait aucune considération envers eux ou sa mère. Impulsivement, elle ouvrit la porte et le prit par le col pour le porter à sa hauteur.

— Tu vas m'écouter, maintenant. Ta mère, ma sœur, n'aurait jamais toléré une telle insolence ! Et ton père, paix à son âme, t'aurait emmené dans la grange avec une ceinture pour te corriger. Crois-moi, je le connaissais bien. Ce n'était pas un homme à accepter ce genre de comportement. Et en ce qui concerne ta précieuse association... essaye de voir un peu plus loin que le bout de ton nez ! Tu as entendu parler des bombardements à Vienne, à Berlin ? Espèce d'imbécile ! Le Troisième Reich est en train de s'écrouler. Il va complètement disparaître et tous tes compagnons et tes enseignants seront fusillés par les Russes.

Il ouvrit de grands yeux.

— C'est terminé. L'association est morte et j'en ai assez d'avoir tout le temps faim. J'en ai assez de voir Papa et Mutti souffrir. J'en ai assez qu'on humilie de bons Allemands et pourquoi ? Parce que leurs origines ne sont pas assez pures ! Eh bien, sache que tu es le fils d'une simple fille de boulanger avec le même droit à une bonne vie que... Isaac Grün !

Et que Tobias. Elle se sentit vaciller. Ses poings tremblaient sous son poids.

— Je suis fatiguée de toute cette haine, de cette peur, de ces horreurs, et surtout, je suis fatiguée des petits garçons ignorants qui sont trop égoïstes pour voir que les gens autour d'eux sont en train de mourir pour eux et à cause d'eux ! J'en ai assez !

La lèvre inférieure de Julius se mit à trembler. Son cou devint écarlate là où le col frottait contre sa peau.

Elle le lâcha. Il trébucha sur ses pieds. Elle posa ses deux mains sur ses tempes, la migraine lui dévorait le crâne.

Julius pleurnicha, et quand elle baissa les yeux, elle ne vit plus le garçonnet méprisant, mais sa sœur, Hazel. Elle lui manquait tant. Sans nouvelles depuis des mois, Elsie ne pouvait qu'imaginer le pire. Julius était le fils de Hazel, un membre de sa famille et un petit garçon effrayé. Elle tendit la main pour la passer sur sa chevelure blonde et douce.

— Excuse-moi, Julius.

Il se ratatina, des larmes de colère coulant sur ses joues.

— Je te déteste ! hurla-t-il. Je vous déteste tous !

Il s'empara de sa veste brune des Jeunesses hitlériennes et sortit par l'arrière.

Les mains d'Elsie s'engourdirent, sa vision se troubla. Les pulsations dans sa tête se firent encore plus insupportables. Elle sortit en chancelant de la cuisine et monta l'escalier. Il fallait qu'elle s'écroule sur son lit si elle ne voulait pas s'évanouir sur place.

Elle poussa une légère plainte quand sa tête toucha l'oreiller.

— Elsie ? chuchota Tobias depuis sa cachette dans le mur. Elsie, qu'est-ce qui s'est passé ?

Devant les yeux d'Elsie, la chambre n'était plus qu'une myriade de points gris.

— Je ne me sens pas bien, gémit-elle, avec le reste de force qu'elle avait en elle.

La planche se déplaça et des petits pas foulèrent le plancher. Comme quand elle avait eu de la fièvre après Noël, Tobias monta dans le lit à côté d'elle et fredonna à son oreille. La douce mélodie calma la douleur. Il sentait bon la laine de mouton et les bretzels.

— Merci, Tobias, dit-elle en posant la joue contre lui.

Un instant, elle voulut oublier tout le monde : Julius, Hazel, Frau Rattelmüller, Cecile, Josef, Mutti et Papa, et aussi elle-même. Elle ne voulait plus que Tobias et sa jolie voix dans la pénombre.

*

— Je savais que vous étiez une traîtresse !

Elsie fut réveillée par un martèlement de bottes. Elle n'avait pas dormi très longtemps, mais assez pour se sentir assommée et désorientée. Avant que ses yeux aient eu le temps de se fixer, quelqu'un l'agrippa par les cheveux et l'entraîna hors du lit jusqu'au rez-de-chaussée où elle fut accueillie par des soldats de la Gestapo armés.

— Traîtresse ! répéta la voix derrière elle.

Au-dessus d'elle, des pas résonnaient, une lampe se cassa en tombant au sol, les meubles étaient retournés avec violence, ce qui fit trembler le plafond.

— Tobias, songea-t-elle. Ils ont trouvé Tobias ! Son cœur s'emballa. Elle n'arrivait pas à respirer posément.

Le garde qui la tenait par les cheveux lui tourna la tête pour qu'elle regarde en face son accusateur.

— Kremer ! lâcha-t-elle.

— Fräulein, répondit-il, ses lèvres formant un rictus hautain.

Le soldat la lâcha et elle tomba à genoux aux pieds de Kremer.

Josef sera déçu d'apprendre que sa petite boulangère se révèle être un Judas, dit-il en haussant les épaules. Mais je le savais. Je le savais.

Il retira ses gants en cuir, un doigt après l'autre, et les jeta sur la table en bois.

Un de ses hommes pointa son fusil sur la tête d'Elsie, si près qu'elle sentait le métal du canon contre sa tempe.

Kremer caressa sa moustache.

— Nous avons l'autorité de disposer des traîtres en privé, mais je crois fermement au pouvoir de la punition publique. Vous n'êtes pas de mon avis ? Ceux qui trahissent leur pays doivent servir d'exemple, ne trouvez-vous pas ? Alors, que préférez-vous ? Une balle ou une corde, hmm ? Comme vous êtes allemande, je vous donne le choix.

Elle se fichait bien de ce qui pouvait lui arriver. Elle exécrait cet homme et, s'il se retrouvait avec son sang sur les mains, elle priait pour une vengeance divine. Mais qu'allaient-ils faire à Tobias ? Elle ne supportait pas de penser aux tortures qu'ils lui réservaient.

— Ce n'est qu'un petit garçon ! gémit-elle.

— Ça ne change rien à votre trahison, affirma Kremer. Quel dommage. Herr Schmidt fait les meilleurs *Lebkuchen* de toute la Bavière.

— Papa et Mutti ? Non, elle ne les laisserait pas être sacrifiés par sa faute.

Un petit bol de noisettes attendait sur la table à côté d'un casse-noix. Kremer en prit une, la plaça entre les pinces en métal et serra. De petits morceaux tombèrent par terre, exposant le cœur tendre. Il le fourra dans sa bouche.

— Je vous en conjure, épargnez ma famille ! Ils sont innocents ! supplia-t-elle en prenant sa jupe dans les mains. Je vous donnerai tout ce que vous voudrez. *Tout.*

Il sourit et cracha la noisette dans le bol.

— Véreuse.

De l'étage leur parvint un cri et l'homme armé à côté d'elle se tourna vivement.

Kremer lui fit un signe.

— Monte, ordonna-t-il en sortant son arme de son holster pour la diriger vers Elsie. Rien que vous et moi, Fräulein.

Le garde obéit et les laissa seuls dans la cuisine.

— S'il vous plaît, capitaine Kremer ! implora Elsie. Ce n'est qu'un juif. Qu'est-ce que ça peut faire, maintenant ?

Sa voix se cassa.

La guerre était pratiquement finie. Tout le monde le savait. Hitler se terrait dans un bunker à Berlin, prêt à se rendre. Pourquoi faire couler plus de sang? Même un homme comme lui devait avoir une conscience capable de reconnaître la sauvagerie gratuite. L'enfer et le paradis ne distinguaient pas les races et les croyances. La mort emporterait Kremer tout comme elle les emporterait, Tobias et elle. Mais c'était le choix qu'il ferait maintenant qui déterminerait quelle porte il emprunterait.

Kremer s'approcha d'elle, les yeux pétillants.

— Un juif?

— Si vous croyez en Dieu, je vous en supplie!

— Amenez-moi l'enfant! hurla Kremer pardessus son épaule, avant de se baisser vers Elsie. « Des gens qui s'abâtardissent, ou se laissent abâtardir, pèchent contre la volonté de l'Éternelle Providence », c'est ce que dit le Führer, déclara-t-il en lui adressant un clin d'œil. C'est le seul Dieu auquel je crois.

— Laissez-moi partir! Je vous ai raconté ce qu'elle m'a dit! C'est une traîtresse! criait Julius, se débattant contre le soldat de la Gestapo qui le retenait.

Kremer l'examina et lâcha un grondement animal.

— Incroyable! Pas facile à repérer, parfois. Il n'a même pas l'air d'un rongeur, commenta-t-il en penchant la tête. Peut-être dans les dents… La forme des yeux, peut-être…

— Moi? Je ne suis pas juif! se défendit Julius.

Kremer leva son pistolet. Le soldat s'écarta.

— *Nein!* s'exclama Elsie, faisant un bond pour protéger son neveu avec son corps. C'est le fils de ma sœur Hazel et de votre compagnon, Peter Abend. C'est un pur Aryen, né et élevé au Lebensborn.

Kremer le menaçait toujours avec son arme.

— Ce n'est pas moi qui l'ai appelé juif, c'est vous…

Avec son petit doigt, il décoinça un morceau de noisette de son incisive.

— Menteuse ! cria Julius en frappant Elsie dans le dos. Traîtresse !

Elle fit la grimace et se pencha en avant.

— Je te crois, mon garçon, assura Kremer en gloussant. Trop de vigueur en toi pour que tu sois de race inférieure.

Les hommes de la Gestapo qui avaient mis sa chambre sens dessus dessous descendirent.

— Rien, capitaine.

Elsie leva les yeux. Tobias était-il à l'abri ? Baissant la tête, son regard s'arrêta sur Kremer.

Il fixa le plafond et fit claquer la langue dans sa bouche.

— Je crois qu'il y a quelque chose, moi, affirma-t-il en adressant un sourire à Elsie. Une souris dans les combles ?

Le cœur d'Elsie se mit à tambouriner, s'arrêta, puis recommença. Elle secoua la tête.

Les deux soldats s'apprêtèrent à remonter, mais Kremer les arrêta.

— Stop ! C'est vous qui allez nous ramener le juif, somma-t-il à l'attention d'Elsie.

— Il n'y a que moi et mon neveu, assura Elsie en déglutissant avec peine. Mes parents sont à l'église.

— Une traîtresse et une menteuse, en effet, confirma Kremer.

Il la poussa au sol et attrapa Julius, sa main sur la bouche du garçonnet, le canon de son pistolet enfoncé sur sa tempe.

— Il est allemand ! s'écria Elsie.

Les hommes dans la cuisine trépignaient, mal à l'aise.

— Bien sûr, bien sûr. C'est le bâtard d'une putain. Une bonne putain, au demeurant. Je l'appréciais bien, personnellement, mais franchement, notre race n'a nul besoin de telles dépravations. Ce serait plus humain d'épargner à cet enfant la misère, plutôt que de le laisser grandir dans une maison de dépravés. Des traîtres et des Marie-couche-toi-là.

Les yeux de Julius étaient tout gonflés, rouges de larmes et de panique. Ses bras étaient raides. Le devant de son pantalon prit une teinte sombre et humide.

Kremer le gronda.

— Ce n'est pas un enfant de la patrie, il n'est même pas encore propre !

Il se pencha à l'oreille de Julius.

— Retardé, peut-être. Vous savez ce que l'association fait des retardés ? Du cyanure dans le biberon du matin, expliqua-t-il en pressant encore le canon. Une balle rapide dans la tête. C'est ce qu'ils ont fait avec ton frère.

Les larmes de Julius redoublèrent.

Elsie se redressa sur le carrelage froid. Sa vision se resserra comme si l'univers était sur le point d'imploser.

— Je vais vous dire ce que je vais faire, lança Kremer en libérant Julius et en le poussant sur Elsie. Vous me ramenez le juif et je laisse vivre le fils de pute. Bien évidemment, je ne peux pas vous offrir le même marché, Fräulein, mais je peux vous promettre d'abréger votre souffrance.

Poupée de chiffon trempée et catatonique, Julius s'appuyait de tout son poids contre Elsie. Sa vie valait-elle mieux que celle de Tobias ? Que la sienne ? Tobias n'avait rien fait d'autre que lui faire confiance et l'aimer. Il ne méritait pas qu'elle le livre comme monnaie d'échange. Mais abandonner sa famille ? Elle ne pouvait ni vivre ni mourir avec cette culpabilité. Elle croyait en la vie après la mort et n'avait aucune envie de rencontrer Dieu en portant l'un ou l'autre de ces fardeaux.

Elsie ferma les yeux, des étoiles flamboyant derrière ses paupières. Le cauchemar était si proche de la fin. On disait que les Américains et les Russes étaient déjà dans les champs en dehors de la ville. Elle aurait préféré mourir entre leurs mains qu'avoir à faire ce choix.

— Qu'est-ce que vous décidez ? demanda Kremer.

Les pensées affluaient, déchirant son esprit en deux. Elle n'arrivait pas à trouver de solution. La logique n'était d'aucune aide. Elle ne pouvait qu'espérer une intervention divine et priait que cela suffise à l'absoudre. Doucement, elle se releva.

— Je vais l'amener, lança-t-elle d'une voix gazouillante comme celle d'un pinson malade.

Mais vous devez me laisser y aller seule. Il ne sortira pas si je suis accompagnée.

Les soldats se tournèrent vers Kremer.

— Vous avez cinq minutes et ensuite j'abattrai votre neveu, déclara-t-il en passant la langue sur ses dents. Je trouverai le juif moi-même et je l'abattrai aussi. Et je vous fusillerai en dernier pour que vous puissiez voir les autres saigner.

30

La route entre Tegernsee et Garmisch,
Allemagne

29 avril 1945

Josef Hub n'était plus que l'ombre de l'officier qu'il avait été. La marche de Dachau à Tegernsee n'avait réussi ni aux prisonniers ni aux SS. Il vit des choses à la lumière du jour qui ébranlèrent son esprit et aggravèrent ses migraines. Vint un moment, au cours des trois jours que dura le trajet, où il arrêta de manger et de dormir. Au lieu de cela, il s'injectait autant de métamphétamines que possible. À côté de Percha, il retira du dos d'un vieux berger allemand son manteau de laine. Il l'enfila et le manteau pendit sur ses os telle une grosse peau d'ours. Il se sentit aussi bestial qu'il en avait l'air. Il ne s'était plus rasé ni lavé depuis des semaines. Sa barbe blonde, teintée de roux, cachait ses traits. Ses yeux gonflés et ses tremblements repoussaient tout le monde et il trouvait une liberté anonyme dans sa dégradation.

Les quelques voyageurs qu'il rencontrait partaient de l'autre côté de la route quand il approchait. Ils font bien, se disait-il. S'ils savaient ce que j'ai fait. La plupart d'entre eux étaient des familles aryennes, des mères avec leur bébé, des enfants en chaussettes en laine portant des baluchons au bout de bâtons, des pères armés de râteaux et de faux pour se protéger. Voilà donc ce que l'Allemagne était devenue : un pays de vagabonds ?

Quel que soit l'endroit où allaient ces gens, ils seraient toujours allemands. Lui aussi serait toujours allemand. Alors, où aller quand votre maison ne constituait plus un abri – quand le monde n'avait plus aucun sens ? À quel moment prendre la décision de partir ou de rester ?

Pour Josef, elle s'était imposée quand il avait vu une jeune prisonnière juive traîner sa mère morte pendant plus d'un kilomètre. Les jambes de la vieille femme, bleues et glacées, traçaient deux sillons sur le chemin, comme des skis dans la boue. Lorsqu'un garde avait dit à la jeune fille d'abandonner la dépouille de sa mère, elle avait refusé, alors, il l'avait abattue sur place. Son sang avait éclaboussé les joues couvertes de givre de sa mère.

C'était là que Josef avait fait tourner son cheval, abandonnant les juifs et son poste. Il avait défié tous les hommes de le fusiller alors qu'il s'éloignait. Pendant qu'il galopait, il priait pour que quelqu'un le fasse. Son cheval succomba d'épuisement à mi-chemin vers Garmisch. Il le laissa agoniser sur le bord de la route et continua à pied, les pas des prisonniers juifs résonnant encore dans sa tête. Quand il accélérait, leur cadence augmentait. Il se mit à courir, mais ils le rattrapèrent. « Meurtrier, traître ! » Ils se pressaient contre son dos. Il tomba, trébuchant sur une carcasse livrée aux vautours. Sa tête s'enfonça dans la boue. Sortant son arme de sous la peau d'ours, il tira en l'air.

« Allez-vous-en ! » hurla-t-il.

Mais, quand il leva les yeux, il n'y avait personne. La longue route déserte s'étendait jusqu'à l'horizon. Le seul son était celui du vent qui sifflait dans ses oreilles. Un pinson battit des ailes à côté de lui, avant de se laisser emporter par le courant, vers le ciel couvert. La douleur dans sa tête le vissa au sol. Il resta allongé près de la bête morte, observant les rapaces festoyer avec ses entrailles, sentant le sang pourri et revoyant les charniers à Dachau.

Au cours de toutes ces années en tant qu'officier SS, il n'avait jamais personnellement ôté la vie à quiconque, à l'exception de Peter Abend, mais il avait été présent. Il avait vu la mort autour de lui et avait donné des ordres pour la causer, sous couvert de faire son devoir. Il baignait dans le sang, plus coupable qu'un simple soldat armé d'un fusil. Il ferma les yeux, mais l'assemblée de cadavres se fit encore plus précise dans son esprit.

Il était persuadé que leurs fantômes vengeurs demeureraient en Allemagne. Si seulement il pouvait partir, il serait libéré d'eux et de toutes les atrocités de la guerre. Günther Kremer et ses compagnons à Garmisch avaient un moyen de s'enfuir. Un bateau pour le

Venezuela les attendait à Brunsbüttel. Il fallait qu'il les rejoigne. Mais il devait trouver de quoi payer – de l'or et des bijoux cachés dans son appartement de Garmisch. Il les emporterait et emmènerait Elsie avec lui. Ils pourraient recommencer de zéro en Amérique du Sud, elle l'aiderait à trouver le bonheur. Fidèle et honnête, elle lui apporterait l'absolution.

Avec cette idée à l'esprit, il serra les dents et s'extirpa de la saleté. Au loin, les cheminées de Garmisch soufflaient leur fumée grise. Il savait que l'une d'elles était celle de la boulangerie des Schmidt.

31

Bäckerei Schmidt
56, Ludwigstrasse
Garmisch, Allemagne

29 avril 1945

Elsie monta l'escalier, une marche après l'autre, chaque pas lui paraissant insurmontable. Sans doute comme lors du chemin de croix, songea-t-elle. Elle priait pour être sauvée, mais contrairement au Christ, elle ne possédait aucun pouvoir surnaturel pour vaincre l'enfer. Morte depuis trois jours, elle sentirait le pourri.

Elle n'avait pas besoin de se retourner, le regard de Kremer lui brûlait le dos.

La porte de la chambre était entrouverte, quelque chose coinçait derrière. Sa table de chevet retournée bloquait le passage. Elle la poussa et se dirigea directement vers le mur, aplatissant la paume contre la longue planche.

— Tobias, appela-t-elle.

Même s'il ne laissait échapper aucun son, elle sentit son souffle chaud telle une flamme solitaire dans une église.

Elle posa la joue sur le bois rugueux.

— Il faut que tu sortes.

Elle savait qu'il se tenait juste à côté d'elle, à moins d'un doigt d'épaisseur.

La planche s'ouvrit de quelques centimètres.

— Ils sont partis ?

La chaleur se répandit dans la chambre sens dessus dessous. Elsie frissonna. Elle eut la sensation que ses os s'entrechoquaient à force de grelotter et dut s'envelopper de ses bras.

Tobias se faufila hors de son refuge.

— Qu'est-ce qu'ils voulaient ?

Elle l'attira contre sa poitrine.

— Écoute-moi, Tobias, murmura-t-elle. Il y a des hommes en bas qui attendent pour t'emmener.

Il tressaillit.

— Je suis désolée.

Elsie tremblait, ses genoux vacillant, incontrôlables.

Tobias l'étreignit plus fort encore, la retenant.

— Ne sois pas triste, rassura-t-il. Je vais pouvoir retrouver ma famille.

— Pardonne-moi, supplia-t-elle. S'il te plaît, pardonne-moi.

Elle lui retira son bonnet de nuit et lui embrassa le haut de la tête. Avant qu'elle puisse le lui remettre, la porte s'ouvrit en grand, percutant la table de chevet. Des bottes claquèrent sur le plancher. Elle ferma les yeux et ne les ouvrit pas tandis que Tobias lui était arraché des bras en silence.

— « Et alors le choix doit être fait, mais l'ultime choix est toujours le même », récita-t-elle.

Ses paumes étaient encore chaudes de sa présence contre elle. Elle les serra et les porta contre son cœur.

— « Et Dieu a pris une fleur d'or et l'a brisée. »

Elle appuya la tête contre le mur, s'amarrant à la dernière cachette de Tobias.

Le claquement des pas s'éloigna pour finalement quitter la maison.

— On va s'occuper du juif, affirma Kremer en arrivant derrière elle. Votre famille et vous êtes assignés à domicile.

— Mais vous aviez dit..., commença-t-elle en faisant volte-face.

Kremer empoignait toujours Julius, son visage de chérubin plus rouge que jamais.

— Il n'y a jamais qu'un seul rat dans un nid, lança Kremer en s'approchant d'Elsie et en lui glissant une mèche rebelle derrière l'oreille. Et d'ailleurs, je ne pense pas être prêt à vous tuer. Votre sœur était d'une grande beauté et vraiment douée dans son commerce, mais vous, vous avez un réel tempérament allemand. Nous avons été interrompus, le soir de Noël.

Il l'attrapa par le cou et la jeta à plat ventre sur le lit.

— Je finis toujours ce que j'ai commencé.

Julius gémissait doucement, recroquevillé dans un coin.

La main de Kremer était chaude et épaisse dans le cou d'Elsie. Le visage contre le lit, elle fixa les draps en coton, chaque fil distinctement relié au suivant. Son corps était aussi rigide que les épines de pin contre les vitres des fenêtres. L'ourlet de sa robe lui arriva sous les oreilles, la couture de Mutti nette et précise. La peau de

Kremer, rugueuse, frottait contre l'arrière de ses cuisses. Ce qui suivit fut comme détaché d'elle. Son esprit partit sur le seuil de la porte. Pas de larmes. Elles étaient réservées aux vivants. Seules demeuraient les ténèbres.

Et soudain, un coup de feu. Puis deux autres détonations de mitraillette.

— Capitaine ! s'exclama un soldat en faisant irruption dans la pièce. Il s'est enfui !

Les narines de Kremer s'écartèrent.

— Quoi ? hurla-t-il, et d'un seul mouvement, il frappa le soldat et remonta son pantalon. Comment un enfant a pu échapper à quatre officiers de la Gestapo ?

Le garde posa une main sur son menton, la mâchoire rose. Il rougit en voyant Elsie, prostrée sur son lit.

— Il a mordu le lieutenant Loringhoven et s'est enfui en courant, expliqua-t-il, les yeux baissés. On l'a poursuivi, mais soudain, j'ai vu… je n'en suis pas certain, mais c'était comme si… il s'était évaporé, capitaine.

— Évaporé ?

— *Ja*, confirma le jeune homme, vraisemblablement ébranlé par la gifle, mais aussi par ce dont il venait d'être témoin. Un brouillard s'est levé, puis un orage, et un son comme je n'en avais jamais entendu dans ma vie a retenti et… il s'est évaporé dans les airs, murmura-t-il. Un fantôme…

— Je n'ai rien entendu. De quel côté est-il parti ? demanda Kremer en saisissant son pistolet.

— Vers l'est. Vers la forêt de la montagne Kramer.

— Imbéciles ! Vous avez trop lu les frères Grimm !

Il se précipita en bas, le garde sur les talons.

Les minutes passèrent, les cris de la rue parvenaient par les fenêtres, Julius reniflait dans un coin, un train sifflait quelque part au loin, la pluie commença à tomber, puis s'arrêta, la terre continuait de tourner.

Elsie sentit une douleur vive dans les jambes et s'aperçut que le bord du lit en métal lui avait râpé les genoux. Les draps étaient tachés de sang.

— Elsie ! Julius ! appelèrent Papa et Mutti depuis l'escalier.

Julius se leva et accourut vers eux.

Papa et Mutti restèrent sans voix quand ils entrèrent dans la chambre.

— Oh Elsie... Elsie ! sanglota Mutti. Qu'est-ce qu'ils t'ont fait, mon bébé ?

Elle plaça ses mains au-dessus des draps tachés de sang comme un prêtre faisant un sacrement.

— Pas ma fille...

Papa se détourna en entraînant Julius. Mutti prit Elsie dans ses bras pour la bercer.

— C'est ma faute. Je nous ai tous trahis, avoua Elsie.

Elle resta dans l'étreinte de Mutti et se sentit replongée en enfance, en sécurité, protégée.

— Chut... je suis là.

Elle la berçait et essuyait la transpiration de son front.

— Nous sommes revenus dès que nous avons entendu la nouvelle, expliqua Mutti. Tout le monde quitte la ville.

Papa ramassa le pied cassé de la table de chevet et remit le petit meuble à sa place. Julius se cacha dans le manteau de son grand-père, se couvrant le visage et pleurant.

— C'est la fin du monde, annonça Mutti. Les Américains ont pris Dachau. Ils peuvent arriver d'une minute à l'autre.

Josef, songea Elsie, avant de se blottir dans l'odeur rassurante de sa mère.

— Tous les soldats SS ont reçu l'ordre d'évacuer pour aller à la rencontre de l'ennemi, continua Papa.

— Ils nous abandonnent, lança Mutti.

C'est à cet instant seulement qu'Elsie sentit les larmes poindre.

— Ne pleure pas, ma chérie, la consola Mutti.

— Merci, mon Dieu, chuchota Elsie.

Mutti arrêta de se balancer.

— Nous sommes sauvés ! s'écria Elsie, incapable de contenir plus longtemps ses pleurs. Nous sommes sauvés ! C'est terminé...

Papa l'observa, sévère :

— Dieu n'est pas responsable de la fin de la patrie. Ce sont les hommes.

Une profonde peine se lisait dans ses yeux sombres.

— « Ce que l'homme a semé, il le récoltera », cita Elsie.

Papa leva la tête vers elle.

—Elle est en état de choc, Max, rappela Mutti.

—Qui t'a fait ça?

Ses concitoyens nazis, un ami officier de Josef, des hommes capables d'atrocités dont elle ne voulait pas parler devant Papa. Parce qu'elle avait caché un petit garçon juif, parce qu'elle ne croyait pas en l'homme auquel Papa se référait, parce qu'elle n'était plus d'accord avec ce pays. Elsie ne savait pas par où commencer, ni même si elle le devait. Elle serra ses genoux contre sa poitrine et regarda ailleurs.

—Doit-on également partir? demanda Mutti.

Papa respira bruyamment.

—C'est notre boulangerie, notre maison. Je ne vais pas la laisser se faire piller et détruire. Nous allons barricader les portes et en appeler à la miséricorde de Dieu.

Mutti pressait la main d'Elsie en petites secousses nerveuses.

—Je vais apporter un broc d'eau. Il faut soigner tes blessures immédiatement, affirma-t-elle en se tournant vers Papa. Le fourneau est froid. Allume un feu, Max.

—Viens, Julius.

Julius leva les yeux vers elles, examinant le visage des deux femmes avant de poser son regard sur les draps ensanglantés. Son pantalon était toujours mouillé d'urine, ses yeux plus rouges que des cerises mûres. Il rentrait les épaules de honte. Papa posa un bras sur lui et ils sortirent ensemble de la chambre sans un bruit.

Peut-être révélerait-il le secret d'Elsie, mais pas aujourd'hui. Aujourd'hui, il avait enfin pu voir que le monde ne se limitait pas au leurre de son reflet parfait. Aujourd'hui, il était le témoin privilégié de la fin de son enfance.

*

Une forte pluie tomba toute la nuit et la journée du lendemain, lavant les pavés des rues. Le 1er mai, toute la ville sentait la terre mouillée et les aiguilles de pin descendaient dans la vallée entraînées par la neige fondue depuis les sommets de la montagne.

Bien qu'Elsie eût fouillé toutes les ruelles et les routes autour de la boulangerie, elle ne trouva aucun signe de Tobias. Comme l'avait dit le soldat : il s'était évaporé dans les airs. Dans la brume du matin, quand le brouillard s'élève des rues tels des fantômes qui se réveillent, elle était presque sûre que c'était ce qu'avait fait Tobias. Il avait été conduit au ciel sur des chevaux de feu tel le prophète Élie.

Depuis le magasin, elle voyait les tanks américains avancer dans la ville. Avec leurs drapeaux aux étoiles et aux bandes colorées, on aurait presque dit un défilé de carnaval, s'il n'y avait pas eu les chaînes géantes autour des roues qui crissaient et aplatissaient les décombres, les voitures et tout ce qui se trouvait sur leur passage. Incapable de les arrêter ou de retrouver Tobias, elle ne pouvait que prier, mais pas pour la paix et la compréhension. Ces choses-là, elle le savait, elle ne les regagnerait que dans l'au-delà. Elle priait simplement pour un répit.

Hitler était mort. Il ne fallut pas plus d'un jour pour que l'information circule d'un bout à l'autre de l'empire germanique. Une balle dans la tête avec un pistolet Walther. Devant la défaite indéniable et l'extinction de l'autorité nazie, l'opinion fut divisée. La moitié de la ville pleura sa mort et considéra sa fin comme noble. L'autre moitié le traita de lâche et de déserteur. Après tout, ils étaient restés pour affronter ses adversaires. Et même si les Américains étaient entrés, avec leurs fusils pointés et l'expression victorieuse, Elsie découvrit vite qu'ils étaient bien moins effrayants que le portrait qu'en avait dressé la propagande nazie, bien moins effrayants que leur propre Gestapo.

La veille, une poignée de soldats américains avaient débarqué dans la *Bäckerei* et avaient vidé les étalages. Mutti s'était enfermée dans la salle de bains avec Julius, mais il fallait plus qu'une arme ou qu'un accent étranger pour faire peur à Elsie désormais. Elle avait tenu à faire face à l'ennemi. Ces hommes n'avaient rien à voir avec ce que leur avaient fait croire les nazis.

Un jeune soldat sourit en apercevant dans la vitrine la forêt-noire de Papa, rassise et affaissée. Malgré son manque de fraîcheur et ses bords qui s'émiettaient, le visage du jeune homme s'éclaira, révélant des fossettes sur les deux joues. Ses compagnons se mirent également à sourire. Bientôt, tous les hommes de l'unité coupaient et tenaient dans leur main des parts de gâteau dans du papier, tels des cadeaux de Noël. La scène plut à Elsie et une partie d'elle fut ravie de voir le gâteau partir de cette façon.

Papa resta morne et indigné par cette invasion.

— J'espère que ça va leur pourrir l'estomac ! grommela-t-il.

C'était son gâteau, son pain, son domaine qui étaient volés par des mains ennemies. Mutti enterra son alliance dans le pot de fleurs de peur qu'on la lui confisque.

Papa sermonna Elsie une fois que les soldats furent dehors. C'étaient des étrangers qui pouvaient autant les violer et les assassiner qu'échanger un sourire pour une part de gâteau. Mais elle avait déjà vu ses concitoyens agir ainsi. Elle s'était retrouvée aux portes de la mort, avec le diable dans le dos. Elle avait vécu ce que son père n'aurait pu imaginer et ne croirait sans doute jamais. Le sourire de l'étranger semblait bien innocent en comparaison. Papa était de la vieille génération. Hitler était mort, le gouvernement nazi effondré et l'Allemagne sous le contrôle des troupes alliées. S'ils voulaient survivre, Elsie comprenait qu'il faudrait qu'ils s'accoutument à ces nouveaux visages, ces étrangers. Et elle serait la seule dans sa famille à le faire.

Aujourd'hui, la boulangerie était vide et calme. Papa avait eu assez de noisettes et de rations de poudre pour faire des *Brötchen*, mais personne n'était venu. Les habitants de la ville restaient murés chez eux, terrorisés par les tanks, les hommes et l'incertitude quant à leur avenir.

— Qu'est-ce qu'ils vont faire de nous ? demandait Mutti à tout le monde et à personne en particulier.

Ils se rassemblèrent tous les quatre dans la boutique désertée, regardant par la devanture les rues jonchées de débris, d'ordures et de visages inconnus.

— Max ? insista Mutti.

Papa lisait *Das Brüderliche Jahr* de Möller.

— Je ne pense pas qu'ils le savent, répondit-il sans interrompre sa lecture.

Mutti murmura une prière et but une gorgée de camomille. Julius se cachait derrière la plante et dirigeait son doigt en forme de pistolet sur tous les hommes qui passaient. Elsie se tenait à la porte, incapable de détourner son regard de la scène chaotique de la rue, quand soudain, elle vit un petit papier blanc à ses pieds, sale et distinct des autres déchets seulement par sa forme. Les coins étant repliés avec soin. Elle le ramassa, le déplia et reconnut immédiatement l'écriture de Josef.

— Qu'est-ce que c'est ? demanda Mutti.

— Rien, des saletés que le vent a poussées sous la porte.

Elsie chiffonna la feuille dans sa main.

— Si personne n'achète notre pain, j'en prendrais bien un petit bout. Papa ?

Il grommela sur son livre, tandis qu'Elsie partait vers la cuisine.

Dans le coin, à côté du four, elle lissa la note.

Elsie,

Des amis sont prêts à nous accueillir dans un climat meilleur. N'ayez pas peur. Nous nous bâtirons une nouvelle vie ensemble. Je suis conscient qu'il vous sera difficile de quitter votre famille, mais ils n'ont aucun rapport avec le parti. Ils seront en sécurité. Nous, en revanche, il nous faut quitter l'Allemagne dès que possible. Je vous attends à la gare à dix-huit heures. N'emportez que le strict nécessaire, nous avons une longue route devant nous.

"Votre mari, Josef"

« Votre mari » ? Elle serra le poing gauche. Eh bien ! Elle le connaissait à peine. Le lieutenant-colonel Josef Hub qui travaillait au camp de Dachau. Combien d'hommes avait-il tués ? De femmes et d'enfants ? Elsie se demanda si c'était lui qui avait ordonné que l'on recherche Tobias, la nuit de Noël, et s'il sanctionnait les manières brutales de Kremer. Un goût aigre lui vint à la bouche. Elle déchira le papier en petits morceaux qu'elle jeta dans les cendres du four. Non, elle ne le retrouverait pas à la gare. Elle resterait. Malgré tout ce que ses parents avaient vu sans rien faire, malgré l'éducation austère de son neveu et le sacrifice de sa sœur, ils étaient tout de même sa famille. Josef, non. Même si elle avait porté sa bague, elle ne lui avait jamais consacré son cœur. Elle se tint la tête, honteuse de tous ses mensonges, gros et petits. Elle en avait assez de faire semblant de croire ce qu'elle ne croyait pas et d'être ce qu'elle n'était pas.

Sur les étagères, une demi-douzaine de petits pains, dorés et croquants, refroidissaient. Elsie en ouvrit un et mangea la mie chaude et douce. Demain, elle aiderait son père à trouver du vrai lait, de la farine et des œufs. Ensuite, ils allumeraient le four et feraient du pain.

32

3168, Franklin Ridge Drive
El Paso, Texas

7 janvier 2008

Reba fut surprise de voir « Jane Meriwether » s'afficher sur l'écran de son téléphone. Elle avait donné à Jane son numéro des mois plus tôt, mais c'était la première fois que cette dernière l'utilisait.

Reba coupa le son de la télévision. 20 h 15. Anthony Bourdain était sur le point de manger des tripes de cochon rôti en Namibie. Elle laissait se succéder les émissions de téléréalité toute la soirée dans le but d'occuper son esprit. Elle avait parlé à Leigh dans la matinée au cours d'un entretien de quarante-cinq minutes. Tout s'était bien passé, jusqu'à ce que Leigh lui annonce qu'elle hésitait avec un autre candidat. Ce rival inconnu rendait Reba paranoïaque. Leigh avait promis de lui envoyer une réponse par e-mail dans les vingt-quatre heures pour l'informer de sa décision finale. L'attente la rendait plus nerveuse qu'un chiot devant sa gamelle.

— Jane ! répondit-elle, ravie de la distraction.

— Reba, je suis désolée de vous déranger si tard, lança Jane d'une voix tendue. J'ai des problèmes. Je me disais que vous pourriez peut-être m'aider...

Reba se redressa sur le canapé.

— C'est Elsie ? demanda Reba, son cœur se mettant à battre plus vite.

— Non, maman va bien. Je ne veux pas la mettre au courant. C'est Sergio, expliqua-t-elle, au bord des larmes. Ils l'ont arrêté.

— Arrêté ? Mais pourquoi ?

Reba n'imaginait pas que Sergio ait pu faire du mal à qui que ce fût, excepté à un petit pain tartiné de beurre.

— C'est un clandestin. Il avait un visa, qui a expiré il y a des années et il ne l'a jamais renouvelé. Il n'avait pas l'argent pour. Ils le renvoient de l'autre côté de la frontière et il n'aura pas le droit de revenir avant dix ans !

Le silence se fit à l'autre bout du fil. Reba se demanda si elles avaient été coupées, mais juste au moment où elle allait prendre la parole, Jane enchaîna :

— C'est de lui que je vous avais parlé. L'homme avec qui je suis. Il m'aime et il aurait pu me demander de l'épouser pour obtenir la citoyenneté américaine depuis longtemps, mais il ne l'a jamais fait. Il savait de quoi ça aurait l'air, tant de gens ne se marient que pour avoir la carte verte. Cela me convenait de vivre ainsi et il le respectait. Quelle idiote ! J'aurais dû le faire pour lui. Reba, je ne peux pas vivre sans Sergio !

Reba commença à se ronger les ongles, pas trop sûre de ce qu'elle devait dire.

— Où est-il, maintenant ?

— C'est ça le truc. Il est en détention au poste.

Reba se mordit trop fort. Le sang jaillit de son doigt.

— Je me souviens que vous m'avez dit que votre ex est garde-frontière. Je pensais que, peut-être...

— Je peux essayer, acquiesça Reba en suçant le sang au goût de fer. Attendez une minute.

Elle raccrocha. Sur l'écran, le visage d'Anthony Bourdain était déformé par la nausée. Reba compatit. Elle composa le numéro de Riki. Il répondit à la deuxième sonnerie.

— Allô !

Sa voix lui coupa le souffle.

— Allô ! répéta-t-il. Reba ?

— Oui, c'est moi. Euh... désolée.

Elle essaya de se ressaisir. Il fallait absolument qu'elle laisse de côté son trouble et qu'elle en arrive directement au fait.

— Riki, un de mes amis a des problèmes. Il s'appelle Sergio Rodriguez. Il s'est fait arrêter par la police des frontières. C'est un clandestin, mais il vit ici depuis des années.

Longue pause. Reba coinça le téléphone entre son menton et son épaule, l'écoutant respirer. Bon sang, comme il lui manquait !

— Il est en cellule, finit-il par reconnaître.

— Y a-t-il un moyen de le libérer ? Il a juste besoin d'un nouveau visa, affirma-t-elle, sentant ses doigts trembler. On ne peut pas le laisser se faire expulser du pays.

— Reba, on suit des procédures et tu sais très bien que je ne peux pas enfreindre le règlement. Même pas pour toi. Je…

Il s'interrompit, se racla la gorge.

Reba prit conscience que c'était aussi dur pour Riki d'entendre sa voix à elle.

— Riki, je ne t'aurais pas appelé, mais tu es le seul en qui j'ai confiance. J'espérais que tu pourrais m'aider.

— Qu'est-ce qu'il a de si spécial, ce type ? En quoi est-il différent des autres ?

Son amertume l'alarma.

— Mon amie Jane est amoureuse de lui.

Elle suça de nouveau son doigt. Il piquait à présent.

— Ça pourrait me causer pas mal de tracas, soupira Riki. Mais il nous est déjà arrivé d'égarer des papiers. Ça ne lui fera gagner que quelques jours.

— Ça me va.

— Donne-moi une heure. Il sera devant le poste.

Reba appuya la joue contre le combiné, voulant se rapprocher de lui.

— Merci.

Un autre long silence.

— Je ferais mieux de…, commença Riki.

— Tu me manques.

Reba ne savait pas d'où c'était sorti. Elle se couvrit la bouche, laissant la place aux crépitements de la ligne.

— Oui, lâcha-t-il sèchement.

— J'avais tort, concéda Reba en déglutissant. J'avais… peur.

Elle entendit un clic. Sans doute un stylo qu'on rebouchait.

— Moi aussi, j'avais tort. Je demandais des choses que je ne pouvais pas offrir. Il faut que je change.

Reba sentit sa poitrine se gonfler, son esprit se remplir de joie, de soulagement et d'amour.

Une publicité passait à la télévision à cet instant : *La Californie. Vous vous y découvrirez.*

*

À la première heure, le lendemain matin, Reba se tenait aux côtés de Jane, Sergio et Riki dans le bureau du maire d'El Paso. Il leur fallait deux témoins. La présence de Reba allait de soi, mais trouver une deuxième personne à la dernière minute n'était pas aussi facile. Jane refusa de demander à Elsie. Expliquer toute son histoire dès l'aube n'était pas le meilleur moyen de lui présenter son gendre. Du même avis que Jane, Reba appela Riki une fois de plus. Il accepta de venir, prétextant que cela servirait à vérifier le statut de Sergio. Reba espérait qu'il avait également d'autres motivations.

Jane portait une chemise blanche, diaphane, et une jupe évasée à pois bleus. Son chignon accentuait sa blondeur, cachant ses cheveux gris. Elle rayonnait et ressemblait trait pour trait à la jeune Elsie sur le cliché en noir et blanc.

— Pour quarante-deux dollars, l'employé de la mairie dirigea une petite cérémonie honnête et leur adressa un certificat.

— Je vous déclare mari et femme.

Reba sentit l'émotion monter en elle. À ses côtés, la tension de Riki était palpable.

— Je n'imaginais pas que ce jour viendrait, lança Jane en embrassant Sergio.

— Félicitations ! les complimenta Reba.

Je voudrais vous remercier pour tout ce que vous avez fait, affirma Sergio en lui serrant la main, avant d'en faire autant avec Riki.

La sincérité dans sa voix fit rougir Reba. Tout ce qu'elle avait fait, c'était passer un coup de fil à Riki. Lui seul méritait les remerciements.

— Allons faire la fête, maintenant ! proclama Jane. Je vais m'offrir une immense part de gâteau et je vais lécher les miettes.

Elle s'arrêta net et posa une main sur son front.

— Enfin, une fois que j'aurai tout expliqué à maman, bien sûr. Que Dieu nous garde !

Sergio passa le bras autour des épaules de sa nouvelle femme.

— Il faudra bien qu'elle s'y fasse, conclut Jane en posant la tête sur l'épaule de son mari. Reba, Riki, vous venez, n'est-ce pas ?

— Je ferais mieux de retourner au poste, sinon, Bert va égorger quelqu'un pour avoir laissé filer Sergio. Je dois clarifier la situation avec lui.

Reba piétina, mal à l'aise. Cela faisait si longtemps qu'elle ne l'avait plus revu et c'était tellement agréable d'être à ses côtés. Elle ne voulait pas qu'il parte.

— S'il vous plaît, le pria Jane. Venez manger une part de forêt-noire. C'est la maison qui offre. J'insiste. Je voudrais vous remercier pour tout ce que vous avez fait pour nous. Vous savez, on vient de se rencontrer, mais j'ai l'impression que je vous connais depuis un bon bout de temps, grâce aux récits de Reba.

Reba croisa le regard de Riki.

— D'accord, je peux bien prendre quelques minutes, concéda-t-il, son estomac criant famine. Je n'ai pas pris de petit déjeuner et j'ai entendu dire que vous faisiez les meilleures pâtisseries de toute la ville.

— Et comment ! s'écria Jane en lui adressant un clin d'œil.

*

En arrivant devant la boulangerie, ils comprirent tout de suite qu'il se passait quelque chose. À 9 h 15, la pancarte « *Fermé* » pendait toujours à la porte, même si les lumières à l'intérieur étaient allumées.

Un client repartait vers sa voiture, furieux.

— Ils ne sont pas ouverts aujourd'hui ! hurla-t-il.

Jane tourna sa clé dans la serrure et entra.

— Maman !

— Où étais-tu passée ?

La voix d'Elsie leur parvint de derrière le rideau.

Tous les quatre poussèrent un soupir collectif.

— Je ne suis plus toute jeune. Je ne peux pas mélanger, pétrir, glacer et servir les clients en même temps. À un moment dans ma vie, j'en étais capable, mais plus maintenant.

Un bruit de casserole retentit.

— Je me réveille ce matin et tu as disparu. Je me dis que tu as dû partir tôt pour faire cuire les bretzels, alors, je prends ma voiture pour venir ici mais il n'y a personne dans la cuisine. La pâte est montée jusqu'au ciel !

Un autre coup.

— Les clients qui frappent à la porte toute la matinée. Je me dépêche mais... saleté de vieilles mains ! Saleté de nouveaux fourneaux ! Le gaz ne cuit pas aussi vite que le bon vieux bois.

Elle sortit de la cuisine, deux pains dans les mains, son visage plus pâle que la farine.

— Oh, tu étais sortie avec des amis. Comme c'est attentionné de ta part...

Elle jeta les boules sur les étagères et repoussa deux mèches derrière ses oreilles.

— Maman, c'était une urgence, expliqua Jane.

— Une urgence ? Ah, oui ? À tel point que tu ne peux pas réveiller ta *Mutti* pour la prévenir ?

Soudain son visage se tordit et elle se couvrit la bouche.

— Je suis désolée, maman, dit Jane en s'approchant d'elle et en l'attirant dans ses bras. Je suis là, maintenant.

Pour la première fois depuis que Reba la connaissait, Elsie faisait son âge, usée par les jours et les courtes nuits, les semaines et les années. Reba dut baisser le regard et fixer ses chaussures. Elle repensa à sa propre mère et tout ce qu'elle avait traversé.

Elsie se reprit sans tarder, chassa ses vieux fantômes cruels et leva la tête.

— Excuse-moi. Ce matin a été difficile. Tu m'expliqueras plus tard, déclara-t-elle en se raclant la gorge et en se remettant au travail. *Mach schnell!* Reba, pourriez-vous, s'il vous plaît, tourner la pancarte ? Nous sommes ouverts. Jane, apporte à Sergio son...

Elle se tourna vers Riki.

— Je ne pense pas qu'on se soit déjà rencontrés...

— Riki Chavez, se présenta-t-il en tendant la main.

— Le Riki de Reba ? demanda Elsie, les sourcils levés.

Riki ne sut que répondre.

— Oui, intervint Reba.

Il se tourna vers elle, comme s'il s'apprêtait à poser une question, mais revint à Elsie et hocha la tête.

— Enchantée de vous rencontrer enfin. Désolée pour mes mains, j'étais en train de pétrir.

Elle s'essuya sur son tablier et se lissa les cheveux.

— C'est la première fois que vous venez ici, il vous faut quelque chose de spécial... et pourquoi pas un *Lebkuchen* ? C'est du pain d'épice. Préparé ce matin.

— Alléchant, mais Jane a parlé d'un gâteau de fête...

— Un gâteau de fête ? C'est votre anniversaire ?

Reba grimaça.

— Non, euh...

Riki regarda tour à tour Reba, puis Jane.

— Ça a un rapport avec ce que je te disais... L'urgence de ce matin, maman... (Elle serra les poings et se tint bien droite.) Sergio et moi, nous nous sommes mariés ce matin. Hier, il a été arrêté parce qu'il n'avait pas de visa et Reba et Riki m'ont aidée à le sortir de cellule. Nous nous fréquentons... – enfin, tu vois – depuis des années, et je me suis dit qu'il était grand temps que je m'autorise à vivre. J'ai quarante-cinq ans, tout de même.

Elle tendit la main vers Sergio et respira profondément.

— Madame Meriwether, lança Sergio, les prenant tous par surprise et s'avançant d'un pas. Je sais que je ne suis pas ce que vous espériez pour votre fille, mais je vous respecte infiniment. Vous avez été gentille avec moi depuis mon premier bout de pain et je serais honoré de pouvoir vous considérer comme ma famille. J'aime Jane. S'il vous plaît, nous voudrions votre bénédiction.

Jane se mordit la lèvre inférieure. Reba déglutit. Un silence embarrassant les enveloppa, que personne n'osa briser. Ils attendaient la réaction d'Elsie. Doucement, elle baissa la tête et renifla.

— Maman, chuchota Jane.

Elsie la fixa avec un grand sourire.

— Merci, mon Dieu ! Je pensais que tu étais lesbienne !

— Quoi ? s'étonna Jane, les poings sur les hanches.

Elsie essuya ses larmes de joie.

— Tu l'as dit toi-même, tu es une femme de quarante-cinq ans, célibataire et toujours fourrée avec des garçons. Tu n'as jamais été particulièrement féminine et là-dessus, Mlle Reba entre dans ta vie.

— Hein ? Moi ? s'écria Reba.

— Elle est si volontaire et pas décidée pour… tu sais quoi. Je ne suis pas une *Dummkopf*[1], ce genre de chose existe depuis des années. Regarde Marlene Dietrich.

Elle posa les deux mains sur le visage de Sergio.

— Je vous bénis, je vous bénis ! dit-elle avant de l'embrasser.

Riki éclata de rire.

— Maman, tu es sérieuse ? Toutes ces années, je cherchais l'homme parfait pour *toi*.

— Il est mort depuis longtemps, déclara Elsie dans un haussement d'épaules. Si tu étais attirée par les femmes, ce serait ton problème, du moment que tu serais heureuse. Mais je ne te trouvais pas particulièrement heureuse et… j'aimerais bien avoir des petits-enfants !

---

1. Idiote.

— Oh, mon Dieu ! s'exclama Jane, virant au rouge pivoine.

— Ne t'en fais pas pour ton âge. Sur Internet, j'ai lu l'histoire d'une femme qui a accouché à soixante ans. Tu es une jeunette, comme ils disent, à côté.

Elsie se pencha et sortit un grand gâteau noir et blanc du réfrigérateur.

— *Ach, ja,* un gâteau de fête !

Avec un gros couteau, elle coupa à travers les tortillons de vanille et les copeaux de chocolat et divisa le gâteau en parts égales avec une cerise sur chacune.

— Venez manger ! les invita-t-elle en plaçant les morceaux sur des soucoupes.

— Lesbienne... franchement, maman, il faut que tu arrêtes avec Internet.

— Et toi tu aurais dû mettre un peu de fer dans ta cervelle, mais est-ce que j'ai dit quelque chose ?

— Du plomb, maman, corrigea Jane.

— Du plomb ?

— C'est « du plomb dans la cervelle ».

— Exactement ! confirma Elsie. J'ai toujours pensé que Sergio et toi feriez un joli couple. Sa façon de te sourire...

Elle tapota la joue de Jane, qui prit un air exaspéré avant de s'emparer de sa part de gâteau et de s'asseoir à côté de Sergio pour lui donner la becquée.

— Voilà pour vous, déclara Elsie en tendant une soucoupe à Riki, avant de commencer à couper une autre part.

Reba l'arrêta.

— Je partage avec Riki. Je mange des produits laitiers, maintenant, lui lança-t-elle.

— Vraiment ? demanda-t-il. Qu'est-ce qui a changé d'autre, depuis mon départ ?

— Beaucoup de choses avaient besoin de changer.

Il prit une fourchette et désigna une table.

— Tu as envie de me raconter ? lança-t-il

Après leur dernière bouchée, Jane installa Sergio derrière la caisse, pendant que sa mère et elle se mirent à travailler d'arrache-pied dans la cuisine. Riki et Reba restèrent longtemps assis, partageant leur part de gâteau jusqu'à la dernière miette de chocolat, alors que les clients défilaient les uns après les autres.

33

Garmisch, Allemagne

1er mai 1945

Le train de dix-huit heures arriva et repartit sans Elsie ni Josef. Josef s'inquiétait qu'Elsie n'eût pas reçu le message qu'il avait glissé sous la porte. Par conséquent, il se rendit à la boulangerie, n'empruntant que les ruelles. Il frappa à la porte de derrière. Personne ne répondit. Des voix résonnaient dans la maison. Il contourna le bâtiment pour les suivre jusqu'à la boutique où quelques ennemis américains attendaient. Il se cacha dans l'ombre, le soleil couchant allongeant le périmètre d'obscurité.

—Vraiment très gentil de votre part, mam'zelle, remercia un soldat musclé, une balle enfoncée dans son casque. On vit depuis des semaines de biscuits, de cigarettes et de chocolat. Ça fait du bien de manger quelque chose de frais !

Il croqua dans un petit pain.

—Vous devriez rencontrer notre cuistot. Ça lui ferait pas de mal d'apprendre une recette ou deux, grommela-t-il en mâchant. Eh, Robby !

Un jeune homme aux cheveux foncés avec une cigarette éteinte aux lèvres se tourna.

— Faut que tu apprennes à préparer du pain comme celui-là. Que tu nous fasses de la nourriture acceptable, pour une fois !

— Donne-moi les ingrédients et peut-être que j'y arriverai, rétorqua Robby.

— Vous habitez une bien jolie petite ville, la complimenta un autre soldat, plus mince, qui avait l'air cent pour cent aryen. Le climat me rappelle chez moi. Je viens de Gaylord, dans le Michigan. Vous en avez entendu parler ? Au nord de Detroit ?

— La ferme, Sam. On n'est pas supposés fraterniser ou parler à ces gens. Et de toute façon, elle ne comprend pas un mot de ce que tu lui baragouines, lança un autre.

Josef avança légèrement pour voir de qui il parlait. Là, il aperçut Elsie, un panier posé sur la hanche.

— Cette jeune dame nous a servi de la nourriture qui ne sortait pas d'une boîte de conserve, elle mérite au moins qu'on la remercie, ronchonna Sam en replaçant son fusil dans son dos. Et en plus, tout le monde connaît Detroit.

— Pas si t'es allemand et que tu connais pas la différence entre *hello* et *goodbye* ; alors, entre New York et Hollywood, tu penses, déclara le soldat robuste en se curant les dents avant de mordre de nouveau dans le pain.

— Hollywood ! s'exclama Elsie. Jean Harlow ?

Elle posa une main sur sa taille, leva le menton et récita dans un anglais parfait : « Vous n'en connaissez pas le dixième ! Vous n'imagineriez jamais les choses que j'ai vues. La première nuit, j'ai rencontré un gars qui m'a fait poireauter pendant deux heures. Et vous savez pourquoi ? Une bonne femme en jersey a eu des quadruplés. Et c'est tout le temps comme ça ! »

Le groupe se tut, puis éclata de rire à l'unisson.

Josef s'appuya contre le bâtiment froid. Une douleur effroyable lui transperça le crâne. Qu'est-ce qu'Elsie faisait, à leur donner du pain ? À leur parler, dans une langue étrangère ? Il se demanda si c'était une autre de ses hallucinations.

— Apparemment, tu te trompes, Potter, se réjouit Robby.

Il jeta son mégot dans la rue pavée et glissa le paquet de tabac derrière son oreille.

— Elle en sait plus que tu ne le penses. Oui, c'est bien Jean Harlow, confirma-t-il en hochant la tête. Mais, personnellement, vous me rappelez plutôt Lana Turner.

Quelqu'un siffla. Potter battit des cils et se tapa la poitrine. Les hommes rirent. Josef s'agrippa à la pierre derrière son dos, essayant d'empêcher le martèlement dans sa tête de le renverser.

— *Une fine mouche* ? s'enquit Elsie.

— Et comment ! plaisanta Robby en la gratifiant d'un clin d'œil.

Elsie sourit et lui offrit un petit pain.

— Je pourrais passer pour un traître à cause de ce que je vais vous dire, mais je m'en contrefiche. Merci beaucoup. *Danke schön*.

— *Bitte schön*, répondit-elle.

— Une vraie bosseuse, complimenta Potter. Pas comme la plupart de ces Allemandes.

— Vraie bosseuse, répéta Elsie.

— Ah ! s'écria Potter en donnant une tape dans le dos de Sam, lui faisant lâcher son morceau de pain. Elle apprend vite, en plus !

Sam le ramassa et l'épousseta avec sa manche.

— Peut-être qu'on devrait lui donner quelque chose ? La payer pour le repas ?

— Bonne idée, lança Robby en fouillant dans sa poche pour en sortir une barre rectangulaire. Vu qu'elle est boulangère, elle doit aimer le chocolat.

Elle examina ce que le jeune soldat venait de lui tendre, puis déchira le papier d'emballage. Ses yeux s'éclairèrent.

— *Schokolade !* s'exclama-t-elle en mordant dedans. *Ist gut !*

— Voilà qui est bien dit ! s'amusa Robby. Qu'est-ce que vous avez d'autre, les gars ?

— Un paquet de cigarettes, proposa Sam.

— Vous fumez ? demanda Robby en prenant le paquet des mains de son camarade.

Elsie en choisit une. Quelqu'un lança un briquet à Robby qui lui alluma. Elle tira sur sa cigarette et souffla un nuage de fumée avec l'aisance et la sophistication d'une star de cinéma.

Josef n'en croyait pas ses yeux. Elsie était une tout autre femme. Même sa posture était différente, si sûre d'elle et effrontée. Ce n'était plus la petite fille timide qui s'était agrippée à lui au bal de *Weihnachten*.

Soudain, elle fut prise d'une violente quinte de toux et les hommes accoururent pour l'aider.

— Ça va ? s'inquiéta Sam.

— Ça va, ça va ? répéta Elsie en prenant de grandes inspirations.

Elle tendit alors la cigarette à Robby.

— *Nein.*

Elle reprit une bouchée de la barre chocolatée, avant de la replacer dans son papier et de la ranger dans son panier.

— Merci.

De nouveau, les hommes éclatèrent de rire.

— C'est une dure, lança Potter en se grattant le ventre et en rajustant son fusil sur son épaule.

— *Wie ist* votre nom ? demanda Robby.

— Elsie Schmidt. *Und Sie ?*

— Sergent Robby Lee, répondit-il avec une petite révérence.

— Cuistot de talent, ajouta Potter. Je dois le reconnaître, si on lui donne le temps et les ingrédients, ce gars peut vous faire un barbecue de porc de folie.

— De Caroline du Nord, j'y suis né et j'y ai grandi, continua Robby en prenant une bouffée de la cigarette d'Elsie. C'est dans le sang. Ma mère ne mangeait rien d'autre que des barbecues pendant toute sa grossesse. Je suis quand même un peu rouillé en tant que cuisinier.

Elsie tendit un petit pain.

— *Brötchen.*

Tous deux se contemplèrent un moment. Une douleur foudroya Josef. Elle n'avait pas de bague à son doigt. Après tout ce qu'il avait fait pour elle, comment avait-elle pu les abandonner si vite, lui et son pays ? Traîtresse, songea-t-il, et soudain la voix qui fendait son cerveau en deux n'était plus la sienne, mais celle du fils de Herr Hochschild. Ses muscles se tendirent de la tête aux pieds, sa respiration s'arrêta. Il ferma les yeux, incapable de combattre les spasmes et le rétrécissement de sa vision.

34

Centre de récupération des forces armées
19, Gernackerstrasse
Garmisch, Allemagne

26 juin 1945

— Ajoute du kirsch à la crème, dit Elsie à Robby en anglais. Mélange jusqu'à ce que cela prenne.

— Je vois, acquiesça-t-il en battant.

— Plus de *oomph* ! encouragea-t-elle en lui faisant signe d'y mettre plus de force.

Il s'exécuta. Sous sa chemise vert olive, ses biceps remuaient en rythme avec la garniture sucrée qui tournait dans le bol. Elsie essaya de ne pas remarquer et de ne pas imaginer sa peau en dessous. Elle se concentra plutôt sur les copeaux de chocolat qu'elle confectionnait à l'aide d'un épluche-légumes.

Elle avait fait des *schwarzwälder Kirschtorte*[1] des dizaines de fois avant cela, mais jamais remuer de la farine et dénoyauter des cerises ne lui avaient paru si provocant. C'était irrationnel et absurde. Il s'agissait d'une cuisine normale avec un four, des casseroles et des poêles. Rien d'affriolant ou d'attirant à cela, hormis que

1. Forêt-noire.

c'était une cuisine américaine avec Robby Lee aux commandes.

Elsie se rendait au centre de récupération depuis son ouverture. Après une semaine d'occupation, les Américains transformèrent le complexe nazi de l'autre côté de la ville où s'était tenu le bal de Noël en une base GI.

Quand la guerre avait pris fin, toute sa famille avait espéré avoir des nouvelles de Hazel. Elsie s'attendait à la voir passer la porte de la boulangerie à chaque instant, mais cela ne se produisit pas. Et à chaque jour qui passait, leur cœur devenait de plus en plus certain de ce que leur esprit refusait d'imaginer. On racontait toutes sortes d'histoires sur des hommes, des femmes, des enfants assassinés à mains nues ou par des balles étrangères. Le Lebensborn et tous ses membres avaient disparu du jour au lendemain. Même ceux qui en parlaient avec estime et admiration quelques mois plus tôt secouaient la tête et haussaient les épaules. Cette attitude faisait enrager Elsie, qui la voyait comme une nouvelle forme de trahison. Elle se mordait la langue chaque fois que Papa parlait de Josef.

— Quelles sont les nouvelles ? Tu as regardé le courrier ? demandait-il quotidiennement, comme si rien n'avait changé et que les lettres circulaient normalement. Josef a peut-être envoyé un mot.

Elle n'avait plus entendu parler de Josef depuis sa petite note griffonnée et elle l'imaginait sur les côtes argentines ou brésiliennes, quelque part loin de l'Allemagne. Il ne pourrait pas tenir sa promesse de retrouver Hazel. Il n'avait plus aucun pouvoir. L'autorité allemande n'existait plus, Berlin avait été détruit, les archives étaient réduites en cendres.

Elle n'avait pas eu de nouvelles de Frau Rattelmüller non plus, depuis la journée glaciale où elles s'étaient tenues à côté des bûches, avant l'invasion des troupes alliées. Les Américains avaient confisqué sa maison et s'en servaient comme quartier des officiers. Au début, Elsie s'était inquiétée pour la vieille dame et ses protégés cachés, mais la demeure n'avait pas été fouillée par la Gestapo comme la boulangerie. Elsie était allée vérifier, jetant un œil par les fenêtres ouvertes. Rien n'avait été déplacé, pas une miette ne se trouvait sur le sol. Pas un poil de chat. Les coussins sur le canapé du salon trônaient à leur place habituelle, les figurines Hummel s'alignaient comme toujours. La maison avait été abandonnée de plein gré.

Elsie espérait que Frau Rattelmüller avait rejoint ses amis juifs, et cela la réconfortait de penser que Cecile pouvait se trouver en sa compagnie si chaleureuse. Cela aurait réjoui Tobias aussi, songeait-elle. Il lui manquait profondément. Elle avait l'impression qu'on avait arraché le cœur de sa chambre, désormais vidée du battement tranquille auquel elle s'était habituée. Elle se consolait en se disant que, malgré le ratissage de la ville et des forêts, les Américains n'avaient pas évoqué la découverte du corps d'un petit garçon. Il s'était enfui. Elle en était certaine et espérait seulement qu'un jour il la contacterait.

Julius ne parla jamais de Tobias, ni de l'agression de Kremer. Il ne parla jamais de ces tristes journées d'avril. Quelque chose en lui avait changé. Il était toujours un enfant morose, mais son tempérament prétentieux s'était largement émoussé. Il obéissait sans discuter et semblait très doué pour les chiffres. Il aidait Mutti à la caisse et se révéla excellent pour calculer les quantités de pâte nécessaires pour obtenir un compte exact. Ils étaient tous ravis de voir ses intérêts se diversifier, ses soldats de plomb oubliés dans une caisse de lait.

Pour retrouver un semblant de normalité, Mutti l'inscrivit à l'école dès l'ouverture des classes. Mais cela ne ressemblait en rien à l'éducation qu'il avait reçue au Lebensborn. Il bouda pendant deux jours parce que l'institutrice l'avait assis à côté d'une fille avec une tache de naissance sur l'avant-bras. Papa lui expliqua que la coloration de la peau n'influait en rien sur le caractère d'une personne. Il aurait aussi bien pu se passer de lui faire la leçon : quand deux soldats noirs entrèrent dans la boulangerie, Papa refusa de les servir.

Elsie trouvait ridicule de refuser ainsi de l'argent. Une caisse pleine signifiait un ventre plein pour les clients et pour eux aussi. Sans les allocations nazies, les comptes étaient mauvais. Des semaines après le début de l'occupation américaine, très peu d'anciens et de nouveaux clients venaient à la boulangerie. Même si Papa ne disait jamais rien, Elsie voyait bien à son humeur maussade qu'il comprenait la nécessité de faire des concessions. Comme personne d'autre n'était prêt à se plier à la nouvelle donne, elle prit sur elle et demanda à Robby s'ils n'auraient pas besoin d'un apprenti cuisinier au centre de récupération.

Les régulations militaires y étaient strictes et les Allemands considérés comme des suspects. Le commandant de Robby craignait d'être infiltré par des espions et de voir ses hommes empoisonnés. Mais Robby parvint à le convaincre qu'elle était inoffensive et qu'elle pourrait même contribuer au rétablissement des hommes. Une jeune fille de dix-sept ans qui avait l'air d'une pin-up était de fait assez facile à caser, mais son commandant le mit en garde de ne pas trop sympathiser tout de même. Des lois militaires de non-fraternisation avaient été mises en place, et tout soldat découvert engagé dans une relation avec une Allemande risquait des accusations de sédition. Heureusement, un océan séparait le département américain des Affaires militaires de Garmisch. Robby gratifia son commandant d'un clin d'œil et d'un hochement de tête et, trois jours plus tard, il reçut un permis de travail semi-officiel pour Elsie.

Elle travaillait pendant le service du soir, mais avait dit à Mutti et Papa qu'elle faisait la plonge au restaurant *Von Steuben*. Papa grommela. Le *Von Steuben* avait acquis la fâcheuse réputation d'accueillir les soldats américains qui venaient y boire de la bière brune et manger des

Bratwürste au son de la musique bavaroise. Cela le dégoûtait d'imaginer Elsie parmi les clients, cependant, il ferma les yeux, considérant la paye et le fait qu'elle n'était que dans la cuisine à laver les assiettes. La vérité aurait été plus difficile à accepter et elle n'avait tout simplement pas l'énergie pour en discuter avec son père. Ils avaient besoin de cet argent, point à la ligne. Elle finirait par lui en parler. Entre-temps, elle espérait qu'il ne lui demanderait jamais pourquoi ses mains n'étaient ni abîmées ni gercées, ni pourquoi elle sentait constamment la mélasse, les oignons et les tomates. Le barbecue de Robby était la spécialité du centre.

Elle n'aimait pas prendre les commandes et porter les plateaux de hamburgers, de frites, de fromage et autres mets américains, mais elle aimait le temps passé dans la cuisine. Après le service, Robby lui enseignait l'anglais – plus que ce qu'elle avait appris grâce à *Une fine mouche* – et comment cuisiner des plats typiques. En échange, elle lui apprit des recettes allemandes.

La première leçon de Robby fut la tarte aux pommes yankee, qui était en gros le *versunkener Apfelkuchen* de Papa, à un ou deux ingrédients près. Elle lui montra comment faire des *Bienenstich,* des petits gâteaux au miel. Il lui dit qu'il n'avait jamais rien goûté de tel et Elsie en fut ravie. Ensuite, les cookies aux pépites de chocolat. Robby lui expliqua qu'ils auraient pu être meilleurs s'il avait eu sous la main son chocolat Nestlé préféré. Selon Elsie, les cookies n'avaient rien de spécial. De la pâte avec des morceaux de chocolat éparpillés au hasard. Trop sucrés pour elle.

Les journées défilaient ainsi : aux petites heures du matin, elle était à la boulangerie et, jusque tard dans la nuit, dans la cuisine du centre de récupération. Elle aimait passer du temps avec Robby, ils s'entendaient bien et s'amusaient beaucoup en préparant leurs recettes.

Les gâteaux au chocolat avaient cuit et refroidissaient. Elsie les coupait.

— *Kirschwasser*, lança-t-elle en versant la liqueur de cerise sur chaque quart.

— Ce truc aurait très bien pu être de l'eau bénite allemande !

Robby entoura sa taille de ses bras et lui embrassa le cou. Les bras et les genoux d'Elsie faiblirent et elle versa toute la bouteille dans le cœur tendre du gâteau.

Avant les guerres, l'Église luthérienne avait proclamé que le sexe en dehors du mariage était un péché. Les vierges étaient célébrées dans la vie aussi bien que dans les écrits. Les filles de moins bonne réputation étaient humiliées et montrées du doigt, les enfants nés en dehors du mariage traités de bâtards. Mais tout cela avait changé. Hazel, à l'époque applaudie et admirée en tant que génitrice nazie, était à présent ignorée, réduite à une anecdote de guerre. Bien sûr, tout le monde en Allemagne avait des regrets. Des actes que personne ne pouvait justifier ou pardonner avaient été commis. La piété avait perdu de sa valeur et Elsie comprit vite que sa jeunesse et sa beauté pourraient se retourner contre elle si elles étaient placées entre d'autres mains que les siennes. Plus jamais, elle ne serait impuissante. Plus jamais, on ne la forcerait à faire ce qu'elle ne voulait pas. Ce qui se passa avec Robby n'avait rien à voir avec lui et tout à voir avec elle. Avec la décision de prendre son destin en main et de choisir avec qui elle désirait être.

Elle posa la bouteille de *Kirschwasser*.

— Tu vas détruire le *Kuchen*, l'avertit-elle.

— On fait quoi, maintenant ? murmura-t-il en l'attirant à lui.

— On met de la crème entre chaque couche, ordonna Elsie en désignant le bol de crème fouettée.

— Et après ? demanda-t-il en glissant les doigts dans son cou.

Les joues de la jeune fille s'embrasèrent, sa robe la serrant trop.

— On glace.

— Et après ?

Il défit les boutons de son corsage.

Tremblante d'hésitation et d'excitation, elle devait reconnaître qu'elle respirait bien mieux avec la robe légèrement ouverte, l'air frais lui caressant la peau.

— *Schokolade und...*

Il embrassa le creux entre ses seins. Elle en eut la chair de poule. Et prit sa décision.

— Les cerises.

Elle poussa le bol et les gâteaux, alors que Robby la soulevait sur le comptoir.

35

Boulangerie allemande d'Elsie
2032, Trawood Drive
El Paso, Texas

30 janvier 2008

— Joyeux an-ni-ver-saire, Elsie, joyeux an-ni-ver-saire ! chantèrent-ils en chœur.

Elsie était assise à une table, le visage éclairé par les bougies sur le grand gâteau que Jane avait réussi à préparer en secret.

Reba et Riki étaient venus ensemble. Réconciliés depuis le jour du mariage de Jane, ils avaient toutefois décidé de ne rien précipiter. Riki habitait dans son appartement en ville, mais Reba n'avait plus à essayer d'imaginer dans quel immeuble il vivait. Elle y allait souvent, apportant des plats qu'elle avait cuisinés chez elle, et enfin, ils mangeaient ensemble.

Jane et Elsie lui donnaient des cours de cuisine de base. Ses roulés à la cannelle firent fureur. Riki disait qu'ils lui rappelaient les *churros* que son père lui achetait chez un vendeur ambulant à Juárez. Le pain de campagne eut moins de succès. Il n'avait pas levé et il sortit du four aussi plat et dur que du carton. Riki loua ses efforts et décréta qu'ils n'avaient qu'à faire comme si c'était une tortilla rectangulaire géante. Ils avaient ri et mangé le pain avec de la sauce maison et du *queso fresco*. Reba ne s'était pas sentie aussi légère de toute sa vie.

Elsie souffla ses bougies, plongeant la pièce dans l'obscurité.

— Je suis heureuse d'être arrivée si loin !

Sergio alluma la lumière alors que Jane coupait le gâteau en carrés épais.

— J'ai fait un de tes desserts préférés, maman, un crumble aux épices.

— Crumble aux épices ? répéta Reba. Ma grand-mère en faisait aussi. C'est allemand ?

— Non, répondit Elsie en passant des assiettes aux convives. C'est un ami qui m'a donné la recette, un chef de la Caroline du Nord. Il était en poste à Garmisch après la guerre.

— Tu ne me l'avais jamais dit, déclara Jane. Je pensais que c'était une adaptation d'un gâteau allemand.

Elle mordit dans sa part.

— Tu vois, même à mon âge, j'ai encore des secrets…

Elsie engloutit un morceau de la surface caramélisée. Elle mâcha consciencieusement.

— Délicieux. Je ne l'aurais pas mieux réussi, dit-elle en gratifiant Jane d'un clin d'œil, avant de piquer de nouveau sa fourchette dedans.

Jane sourit. Sergio l'embrassa sur la joue.

— Donc, vous avez des recettes allemandes et aussi américaines. Vous n'avez jamais envisagé d'en apprendre des mexicaines ? demanda Riki. Vous auriez du succès, par ici.

Sergio hocha la tête, du même avis que Riki.

— On peut trouver des flans ou des *tres leches* à tous les coins de rue, mais personne d'autre que nous ne vend de l'authentique pain allemand, riposta Jane. C'est ce qui nous rend uniques. On a accaparé le marché.

— En fait, j'aimerais bien apprendre, affirma Elsie.

Le gâteau de Jane tomba de sa fourchette.

— Pourquoi pas ? On n'est jamais trop vieux pour apprendre, déclara Elsie en haussant les épaules. Ce ne sera pas aussi bon que ce que cuisine ma voisine, Maria Sanchez, mais je ne compte pas ouvrir une boulangerie mexicaine.

Elle se tourna vers Riki.

— Vous faites de la pâtisserie ?

— Pas vraiment. Mon répertoire se limite à une recette : *pan de muerto*. Le « pain des morts ». J'aidais ma mère à en faire pour *el Día de los Muertos*.

— Le pain des morts, répéta Elsie en articulant chaque mot. C'est de circonstance, plaisanta-t-elle, ne faisant rire qu'elle.

— Ne sois pas morbide, gronda Jane.

— *Ach, was !* C'est mon quatre-vingtième anniversaire. J'ai vécu assez longtemps pour savoir qu'on ne doit pas prendre sa propre mort trop au sérieux. Il y a un dicton allemand qui dit : *Alles grau in grau malen.* On n'a pas le droit de « tout peindre en noir » quand d'autres ont vécu bien pis.

Reba adressa à Jane un sourire de consolation.

—Le pain est en fait une affirmation de la vie, expliqua Riki. Les Mexicains voient la mort tout à fait différemment de la culture occidentale. On célèbre la mort et la vie comme un *continuum*, une coexistence, en quelque sorte. On parle même de la mort comme d'une femme élégante.

—Catrina, la Dame de la mort, confirma Sergio. Une femme désincarnée et intrépide portant un chapeau à fleurs.

Il sourit, de la cannelle collée à sa lèvre inférieure. Jane l'essuya avec son pouce avant d'ironiser :

—Ça va tout de suite mieux.

Elsie l'ignora.

—J'adore les chapeaux à fleurs. Après la fin de la guerre, j'ai assisté à une *Strassenfest* à Munich où j'ai porté un chapeau avec des géraniums rouges. Ça faisait longtemps que je n'avais plus repensé à cet été.

Elle tapota le bras de Riki.

—Cette Dame de la mort est mon genre de bonne femme. Vous m'apprendrez à faire le pain des morts. Ça pourrait être votre cadeau d'anniversaire. Jane et Reba apprendront aussi.

—Nous ? s'étonna Jane en regardant Reba.

—Vous devez enseigner leur culture à vos enfants, expliqua Elsie. Allemande et mexicaine. Pareil pour vous, Reba.

Reba s'étouffa avec la bouchée qu'elle venait d'avaler.

—Ça me va, déclara Riki en souriant.

— *Prost!* lança Elsie en levant son verre d'*Apfelsaftschorle,* du jus de pomme mélangé à de l'eau gazeuse. À mes nouveaux amis et à ma famille ! Et que Dieu m'accorde une autre année dans ce monde de fous !

*

La radio jouait une chanson douce. Reba et Riki se garèrent devant l'immeuble de Reba sur Franklin Ridge. Elle ne pouvait plus repousser le moment de lui parler de San Francisco.

Leigh avait appelé et laissé un message alors que Reba était à la boulangerie pour fêter les noces de Jane et Sergio. Elle avait obtenu le poste. La nouvelle l'avait laissée sans voix. Trop de bonheur pour un seul jour : les retrouvailles avec Riki, le mariage et enfin le travail de ses rêves. C'était tout ce qu'elle désirait. Alors, pourquoi avait-elle encore le sentiment que le soleil s'était caché ? Elle se rappela les mots de Deedee : « Sois heureuse, Reba. Promets-moi que tu te le permettras. »

Reba rappela Leigh, accepta l'offre et demanda à commencer le plus tard possible. Leigh n'avait pas vraiment cédé.

— Premier lundi de février, avait-elle dit, dernier délai.

Reba donna son préavis au *Sun City* et confia la vente de son appartement à une agence immobilière. Elle mit tout ce qu'elle put dans des cartons et offrit le reste à ses voisins, paya les factures du mois, annula son abonnement au *El Paso Times* et vida ses placards. Elle avait parlé à presque tout le monde de son départ imminent, sauf à Riki. Ça se passait si bien entre eux, elle ne voulait pas tout gâcher.

En écrivant la date sur la carte d'anniversaire d'Elsie, elle avait pris conscience qu'elle allait devoir se mettre en route dès le week-end suivant. La fête d'Elsie n'était pas le bon moment pour annoncer la nouvelle à Riki, mais ça ne l'était pas non plus maintenant. Ce travail était sa chance de se lancer dans le vrai journalisme. Elle devait le lui faire comprendre. Au moment où Riki baissa le volume de la radio, elle prit son courage à deux mains.

— Tu imagines avoir quatre-vingts ans ? demanda-t-il en grattant sa barbe naissante. Elle a vu tant de choses…

Reba acquiesça d'un hochement de tête, se demandant comment elle pourrait orienter la conversation vers San Francisco.

— Une vraie aventurière. Pas effrayée par l'inconnu.

Elle n'avait rien trouvé de mieux.

Riki se tourna vers Reba.

— Ce que je veux dire, c'est que, toute sa vie, elle est allée de l'avant.

Il pencha la tête.

Elle tournait en rond, il fallait qu'elle en vienne au fait.

— Moi, ça m'inspire. Ça me donne envie de prendre le taureau par les cornes, tu vois ?

Un petit jingle publicitaire retentit à la radio.

Finalement, Reba n'y tint plus :

— Riki, le *San Francisco Monthly* m'a offert un poste à la rédaction. C'est un magazine extra. Un boulot de rêve ! Je commence tout de suite.

Elle fixa les chiffres sur le poste de radio : 93.1, n'osant pas lever les yeux vers lui.

— Tu vas y aller ?

— C'est ce que j'ai toujours voulu…

— Hmm…

L'air conditionné bourdonnait bruyamment.

— San Francisco. C'est au bord de l'eau.

— La baie, confirma Reba. Tu pourrais venir…

Elle fit la proposition sans trop d'espoir, mais elle voulait au moins que Riki sache qu'elle y avait pensé.

Il inspira profondément.

— Ma vie est ici. Je ne peux pas tout remballer et partir. (Il expira enfin.) Je suis content pour toi, Reba. Sincèrement.

Il posa une main sur les siennes.

Elle leva la tête et vit qu'il le pensait. Dans ses yeux se lisaient une douceur infinie et une vérité douloureuse. Et plutôt que de ressentir du soulagement, une immense tristesse l'envahit.

36

Strassenfest
Leopoldstrasse à Schwabing
Munich, Allemagne

28 juillet 1945

— Ils ont de la moutarde avec les bretzels, par ici ! hurla Robby pour couvrir la musique bavaroise.

Il se fraya un passage parmi la foule, entraînant Elsie par la main. Sam et Potter suivaient avec de grosses pintes de bière mousseuse.

Elsie sentit la bile monter dans sa gorge en imaginant de la moutarde piquante. Elle se sentait mal depuis une ou deux semaines. À la fin de son service de nuit, elle avait à peine la force de dire au revoir à Robby et de repartir sur son vélo. Elle était épuisée du lever au coucher, et son manque d'appétit n'aidait pas non plus. Le boucher reçut une nouvelle livraison de porc, grâce aux Américains, et Mutti put acheter de longs morceaux de saucisses à la sauge, les préférées d'Elsie, mais l'odeur de graisse dans la cuisine la révulsait et elle n'en goûta pas un seul bout. Mutti expliqua son état par le fait qu'elle travaillait trop, comme tout le monde, d'ailleurs. Mais, après tant de mois de privation, ne pas manger ce qu'elle aimait tant autrefois était tout de même étonnant.

Une journée de repos, voilà ce qu'il lui fallait. La cuisine du centre de récupération était fermée ce samedi pour cause de fuites d'eau. Elsie demanda à Papa de ne pas travailler à la *Bäckerei*, non plus. Robby et quelques amis prenaient le train pour assister à une fête de rue à Munich. Comme les nazis avaient interdit tout événement sans rapport avec le parti, aucune ville n'avait pu organiser les célébrations traditionnelles depuis des années. Au fond de lui, cette culture avait manqué à Papa autant qu'au reste de la population. Il accepta donc qu'elle s'y rende avec une amie du *Von Steuben*, même si une telle amie n'avait jamais existé.

Le matin du festival, elle avait dormi plus longtemps que d'habitude et cela lui avait fait du bien. Elle s'était réveillée pleine d'énergie et apparemment rétablie. Elle avait même mangé une assiette de jambon bouilli pour le petit déjeuner, bien qu'il lui eût paru rance.

Mutti vint lui faire la surprise d'un nouveau *Dirndl* magnifiquement brodé de jolis pavots et d'un liseré rouge assorti. C'était le tissu que lui avait envoyé Hazel.

—Il faut que tu portes quelque chose de nouveau pour la fête, dit Mutti en passant la main sur la robe. Je sais que le rouge était la couleur préférée de ta sœur, mais elle aurait aimé que ce soit toi qui la portes. Avec tes yeux, tu peux mettre n'importe quelle couleur et être ravissante.

C'était la première fois que Mutti plaçait la beauté d'Elsie devant celle de Hazel et la jeune fille comprit très bien ce que cela signifiait : Mutti ne croyait plus que Hazel reviendrait à la maison.

— Tiens, ma chérie. Prends-la avant que je la salisse avec de la farine, dit-elle, alors qu'elle n'avait pas encore commencé à travailler à la cuisine. Promets-moi de me montrer comment elle te va avant de partir.

Mutti referma la porte de la chambre derrière elle.

Elsie posa le *Dirndl* sur le lit pour que la jupe marron s'étale comme une queue de paon. Hazel aurait été si belle dedans. Une tenue renversante, comme si Mutti avait cousu son cœur sur les manches et l'ourlet. Elsie n'avait plus rien porté d'aussi raffiné depuis le bal avec Josef la nuit de Noël. Mais cette robe était plus précieuse que tous les chiffons de Paris, toutes les soies de Shanghai, toutes les laines de Castille, à cause de tout ce qu'ils avaient vécu, parce qu'elle avait survécu. Elle retira sa robe en mousseline et ouvrit les boutons en cuivre à la taille. Des décharges électriques lui piquèrent les doigts.

Dans le miroir, elle se contempla, ébahie que la robe cousue selon les mesures de Hazel lui aille comme un gant. Sa silhouette s'était épanouie au cours des derniers mois. Malgré son manque d'appétit récent, sa poitrine et ses hanches s'étaient arrondies. Elle ferma le *Dirndl*, s'aspergea les poignets de shampooing à la rose, trouva un chapeau assorti dans l'armoire et examina une dernière fois son reflet. Elle était prête. Presque.

Il manquait quelque chose à sa tenue. Du peps, comme les jeunes filles sur les posters américains au centre de récupération. Une touche de rouge passa dans son champ de vision. Les géraniums qui remuaient à la fenêtre, agités par la brise. Elle cueillit le plus gros et le coinça sur son chapeau.

Dans la foule quelqu'un le fit tomber. La fleur se détacha et fut écrasée par plusieurs pieds. Elsie ajusta sa coiffe une fois arrivée devant l'échoppe de Johann. Les bretzels disposés artistiquement étaient restés, selon elle, trop peu de temps dans leur bain de sel et de levure, et trop longtemps au soleil.

— Deux, commanda Robby en faisant le signe de la paix avec ses doigts.

— *Nein*, protesta Elsie.

— Tu dois manger quelque chose, affirma Robby, l'air sévère. Tu veux être soûle ?

Elle avait bu une chope de bière à elle toute seule. Le malt avait comme par magie calmé son estomac. Elle en voulait une autre, mais savait que ce n'était pas très sage. Elle se sentait déjà bien trop légère. Papa lui avait dit que la bière brune, comme le chocolat noir, avait cet effet.

— Ils ont des *Kreppels* frits, ça te dit ? insista Robby.

— Des quenelles en sucre étaient posées sur des bouts de papier brun tachés d'huile.

Elsie en eut l'eau à la bouche.

— *Ja !*

Robby commanda un bretzel et un *Kreppel*. Sam et Potter se contentaient de leur bière et se concentraient sur deux filles plantureuses aux *Dirndl* bordés de dentelle et vraiment très échancrés.

Le *Kreppel* était chaud dans la main d'Elsie. Elle mordit dedans avec envie, mais le trouva tellement sucré qu'elle en fut écœurée. Elle se força à avaler sa bouchée et tendit le reste à Robby.

— Tiens, dit-elle en fronçant le nez, dégoûtée.

— Ça ne rivalise pas avec la qualité des pâtisseries Schmidt, le taquina-t-il.

— Schmidt ? répéta une dame dans la file d'attente derrière eux.

Elle avait un ventre rebondi et un gros bouton sur le bout de son nez.

— Hazel Schmidt ?

— C'est ma sœur, précisa Elsie, essayant de regarder autre chose que sa pustule.

— Oh ! Alors, vous connaissez sûrement Josef Hub ?

Le *Kreppel* faillit refaire surface. Elle essaya de s'éloigner, mais la femme la suivit.

— Il cherchait votre sœur, l'a-t-il trouvée ? Il était le commandant de l'unité de son fiancé, Peter Abend.

Elsie tourna le dos à Robby. La femme fit de même et continua :

— Je m'occupais des archives naz... j'étais secrétaire à Munich. Je n'oublie jamais un nom, assura-t-elle en se frottant le ventre.

Josef et moi nous sommes connus avant que je rencontre mon mari.

Elle indiqua d'un signe de tête un homme corpulent dans la queue.

—Josef m'avait demandé de lui montrer le dossier de Hazel Schmidt. Ce que je n'aurais jamais fait, bien sûr. Il s'agissait d'informations classées.

Elle se redressa, sur la défensive.

—Nous avons perdu contact. Je me demandais s'il avait réussi à la retrouver...

—Quand était-ce ? demanda Elsie, son cœur se remplissant d'espoir.

—Hmm..., lâcha-t-elle en tapotant son ventre. 1941-1942. Je ne me souviens plus. Ça me semble à des années-lumière, vous ne trouvez pas ?

Si, pour elle aussi. Elsie se rappelait la première fois où Josef avait passé les portes de la *Bäckerei* dans son uniforme rutilant et imposant. Une scène digne d'un film dans une salle obscure, floue sur les côtés.

—Ce fut un tel chaos quand le Reich est tombé. Je n'ai plus eu de ses nouvelles depuis des mois, dit Elsie.

—Alors, vous le connaissiez. Un homme bien, affirma-t-elle en s'éclaircissant la voix. Quel malheur...

Le soleil d'été tapait fort, malgré son chapeau.

—Un malheur ?

—Vous n'êtes pas au courant ?

Elsie secoua la tête. Ses oreilles bourdonnaient.

La femme jeta un œil vers son mari, puis s'approcha encore d'Elsie.

— On l'a retrouvé, avec un groupe d'officiers SS, dans un bateau à quai à Brunsbüttel. Suicide collectif.

Elsie cligna des yeux. Sa vision se troubla.

— Tout le monde a été abattu. Une horreur. Mais pas Josef. Lui, c'était une injection mortelle, à ce qu'on dit, murmura-t-elle.

Elsie inspira de l'air, mais cela ne lui fit aucun bien. De l'acide remonta dans sa gorge et, avant qu'elle puisse se détourner, elle vomit sur les sabots en bois de la dame.

Robby se précipita à ses côtés.

— Elsie ?

Elle s'agenouilla et agrippa une touffe d'herbe pour se ressaisir.

— Je suis désolé, s'excusa Robby. Trop de boisson. Elle est malade depuis une semaine, elle n'arrive à rien avaler.

La femme fit quelques pas en arrière, battant des pieds pour retirer la pâte frite de ses sabots.

— Aucun problème. Ça m'est arrivé, il n'y a pas si longtemps. J'ai souffert de terribles nausées quand je suis tombée enceinte.

Elsie fixa un pissenlit clair, son bourgeon jaune grand ouvert. Sa tête tournait toujours, mais le chahut de la foule s'était calmé. Elle posa une main sur son ventre. Impossible…

37

Service des douanes
et de la protection des frontières
des États-Unis
8935, Montana Avenue
El Paso, Texas

------Message------
De : reba.adams@hotmail.com
Envoyé le : 14 février 2008, 18 h 52
À : ricardo.m.chavez@cbp.dhs.gov
Objet : Je pense à toi

14 février 2008

Joyeuse Saint-Valentin, Riki !
J'ai essayé de t'appeler sur ton portable, mais tu dois encore être au poste. Je suis désolée de ne pas avoir été là pour regarder le soleil transformer le ciel en toutes nos couleurs de sorbet préférées. Combien en avons-nous compté cette fois-là ? Trente-trois goûts différents ? Ça fait deux de plus que ceux de Baskin-Robbins. Mes parfums préférés resteront toujours passion, ananas et Chamallow. Ce marchand juste au-dessus du Sunland Park, au Nouveau-Mexique, si tu y passes aujourd'hui, mange une glace pour moi.
Le coucher du soleil n'est pas pareil ici, sur la baie. Un peu délavé, selon moi. Mais l'appartement est magnifique. Ma rédactrice en chef, Leigh, m'a aidée à le trouver, il est déjà entièrement meublé. La liste d'attente était très longue dans la résidence, mais un mot d'elle et j'étais la première. Il te plairait. On peut voir l'eau depuis mon balcon. Leigh est un vrai tyran au travail. Elle me rappelle un peu Elsie, bio et locavore en plus. J'espère que ce n'est qu'une première semaine d'enfer et que les choses vont se tasser après mon « initiation ».

On m'a d'abord confié un papier à écrire sur les nouvelles tendances de restaurants-boîtes de nuit hybrides. Intéressant. Leigh dit qu'elle veut que je m'imprègne de l'ambiance de la ville, mais la plus grosse partie de mon travail se fera dans la salle de rédaction et pas sur le terrain. On verra bien.
San Francisco est bien plus grand qu'El Paso, ça, c'est sûr. Beaucoup plus grand que Richmond, aussi. Je suis allée me balader hier, j'avais envie de visiter quelques lieux touristiques de la ville – le Fisherman's Wharf, la Ghirardelli Chocolate Factory, la boulangerie Boudin. J'ai acheté des petits pains en forme de tortue. Franchement, ça en avait aussi le goût. Insipides comme de l'eau douce. Il faut que tu dises à Elsie que rien ne peut rivaliser avec ses *Brötchen* – même pas les fameuses boulangeries de la grande ville.
Tu es allé à la *Bäckerei* dernièrement ? J'ai appelé à quelques reprises, mais (bien évidemment) je suis toujours tombée sur la messagerie. Elsie devrait vraiment ouvrir un compte e-mail. Le filtre à spams supprimerait toutes les pubs porno et celles pour le Viagra. Dis-le-lui.
Tu me manques.
Tendresse,
Reba

38

Bäckerei Schmidt
56, Ludwigstrasse
Garmisch, Allemagne

2 août 1945

Elsie monta dans sa chambre se changer pour la soirée. Le centre de récupération américain attendait une foule importante pour le dîner, un escadron de bombardiers en repos pour huit jours. Toute l'unité arrivait de Fritzlar, dans le land de Hesse. Robby demanda à Elsie d'aider en cuisine, en plus du service en salle. Elle avait accepté à contrecœur, redoutant le chahut à venir. La journée avait déjà été longue à la *Bäckerei*. Papa s'était rendu à Partenkirchen où un moulin venait de rouvrir, laissant Elsie au fourneau. Elle était complètement épuisée et disposait d'une heure seulement pour changer de vêtements et se rendre au centre à vélo.

Juste après la *Strassenfest*, elle avait consulté son calendrier. Elle ne pouvait pas être enceinte, c'était impossible ! Elle n'avait plus eu ses règles depuis des mois. Sûrement parce qu'elle était tout le temps debout et ne mangeait pas assez, avait-elle conclu. Son cycle avait été capricieux pendant la guerre et là, c'était pareil. Ce n'était vraiment pas le moment d'être enceinte, s'était-elle dit, alors qu'une nouvelle semaine commençait. Pendant la journée, son esprit et ses mains étaient occupés à malaxer, pétrir et recevoir des ordres. Mais la nuit, sa peur de porter un enfant bâtard l'empêchait de dormir.

Le manque de sommeil et la fatigue physique rendaient même éprouvante l'ascension des quelques marches qui menaient à sa chambre. Elle s'arrêta à mi-chemin et s'appuya contre le mur, réprimant son envie de se laisser tomber en arrière. Elle se reprit, se tenant à la rampe, et continua jusqu'à l'étage.

Dans sa chambre, elle s'écroula tout habillée sur son lit, juste un court instant, pour faire croire à son corps qu'il pourrait se reposer, mais le coussin était chaud. Son oreille la brûla. Elle se rassit, se frotta le front et pria pour retrouver la force qu'elle ne pensait pas mériter.

— Tu n'as pas l'air bien, lança Mutti sur le seuil de la porte. Tu ne gardes pas grand-chose de ce que tu manges.

Elle indiqua la bassine d'un signe de tête.

— J'ai attrapé quelque chose, expliqua Elsie.

— *Ja*.

Mutti fit un pas dans la chambre et referma derrière elle.

— Je crois aussi.

Elsie sentit les poils de ses bras se hérisser.

— Julius est rentré de l'école ? demanda-t-elle pour changer de sujet.

— Il a demandé à aller chez un ami. Rory Schneider, l'aîné de Bitsy Schneider.

Elsie se souvenait bien d'eux. Bitsy et Hazel avaient été amies à l'école. D'une famille plus pauvre, Bitsy avait épousé le maréchal-ferrant, Henri Schneider, un ami de son père, de vingt ans son aîné. Tout le monde avait plaint Bitsy à l'époque : son mari était trop vieux pour assister aux fêtes des Jeunesses hitlériennes ou pour rejoindre les forces SS. Maintenant, trois enfants plus tard, avec un quatrième en route et un mari sain et sauf à la maison, plus d'une enviait son mariage paisible.

Les pieds d'Elsie étaient gelés dans ses chaussures.

— C'est bien qu'il se fasse des amis, commenta-t-elle.

— *Ja*, je lui ai donné du gingembre et des roses pour Bitsy. Le bébé lui frappe les côtes toutes les nuits. Je lui ai dit que c'était le signe d'un garçon robuste. Une bénédiction, en ces temps difficiles.

Elsie hocha rapidement la tête.

Mutti s'assit à côté d'elle.

— Je suis désolée que tu ailles si mal. C'est normal, au début.

Elsie se sentit faiblir.

— Je ne vois pas de quoi tu veux parler, Mutti. J'ai mangé du fromage gâté.

Mutti plaça les mains sur le ventre de sa fille.

— Je crains que ce ne soit bien plus que cela.

Elsie ne pouvait plus ni bouger ni parler.

— Tu es enceinte.

L'affirmation brutale de Mutti la sonna. Même si elle y pensait depuis des semaines, l'entendre prononcer à haute voix rendit la chose réelle. Mais non, comment était-ce possible ? Elle ne pouvait pas avoir d'enfant. Elle n'en voulait pas maintenant, pas ainsi. Ses épaules s'affaissèrent, suivies de son buste et finalement tout son corps s'écroula sur le sol. Elle était trop fatiguée pour pleurer. Elle n'avait plus les ressources nécessaires pour produire des larmes, gémir ou avoir la moindre réaction. Elle ne pouvait que rester là, immobile.

—Que Dieu me vienne en aide, murmura-t-elle.

Mutti s'accroupit à ses côtés et plaça son bras autour d'Elsie.

—Tu veux le garder?

—Je suis désolée, Mutti, lâcha Elsie en fermant les yeux.

Elle savait que c'était un péché de ne pas désirer son enfant, un péché envers Dieu et tout ce qu'il y a de sacré et de naturel. Elle pensa à Hazel, à la fierté qu'elle avait tirée de sa maternité et à la douleur déchirante de ses dernières lettres. Elles étaient arrivées il y a une semaine seulement. Ovidia n'avait pu les envoyer que récemment. Elsie lut ce qu'elle put déchiffrer entre les taches d'eau et de saleté, étouffant ses sanglots dans la nuit et se demandant où Hazel pouvait bien être. Elle n'arrivait pas à se résoudre à ce qu'elle soit morte. Sa peine était trop grande et aussi vive qu'une plaie ouverte. Si elle continuait à se laisser submerger par le chagrin, elle craignait de se perdre complètement. Elle avait décidé de ne pas montrer les lettres à ses parents. C'était une promesse qu'elle pouvait tenir, le moins qu'elle pouvait faire après avoir abandonné Hazel, comme elle avait abandonné Tobias et maintenant son propre enfant.

— Chut. Ce n'est pas ta faute, la consola Mutti en essuyant les larmes qui coulaient sur les joues d'Elsie. Mort ou en fuite, Josef est parti. Il t'a laissée sans protection contre… (Elle se racla la gorge.) Tu es trop jeune pour gâcher ta vie.

Elsie baissa la tête. Elle savait qu'elle aurait dû parler à Mutti de Robby, mais elle n'y était jamais parvenue.

Mutti lui leva le menton pour la regarder droit dans les yeux.

— Ça doit probablement faire trois mois. On s'y prend juste à temps pour l'arrêter.

Elsie avait entendu parler de femmes qui avaient failli mourir en insérant dans leur utérus des pics à glace, des rasoirs attachés à des porte-cigarettes et des aiguilles à tricoter. Elle tressaillit.

— Il existe un thé spécial, continua Mutti, ses yeux toujours sur Elsie. Infusion d'huile de menthe pouliot et d'actée à grappes. Six tasses par jour pendant cinq jours. Le sixième, les saignements commencent. Comme tous les mois.

Elsie n'en revenait pas. Du thé ? Cela semblait si inoffensif.

— Tu l'as déjà utilisé pour toi ?

— Comme je l'ai dit à ta sœur avant toi, commença Mutti en se pinçant les lèvres. Les hommes et la guerre ne changent pas. Des choses se produisent que nous ne pouvons maîtriser, mais ça ne veut pas dire que nous n'avons aucun contrôle. Ton père n'a pas été le premier. (Elle se mordit la lèvre inférieure.) Ce qui t'est arrivé m'est aussi arrivé. Pendant la Première Guerre mondiale, les soldats russes sont entrés dans ma maison, raconta-t-elle, entortillant son tablier. Je n'avais jamais eu de relation avec un homme et ils m'ont volé cela. Je n'ai rien pu faire. Je ne l'ai jamais raconté à ton père. Seulement à toi et à Hazel. Quand Peter est mort et que Hazel s'est retrouvée enceinte de Julius, elle a dû faire un choix. Son bébé a été fait par amour. Mais le tien et le mien…

Sa voix se cassa.

— Si seulement j'étais arrivée plus tôt… J'aurais dû mieux te protéger. J'avais juré que mes enfants ne connaîtraient jamais une telle souffrance…

Elsie tremblait de tout son corps. Presque trente ans plus tard, la culpabilité de Mutti n'avait pas disparu. Le même destin l'attendait-il ?

— Tu as fait tout ce que tu pouvais, la rassura Elsie avant de se croiser les bras sur le ventre.

Mutti ravala ses larmes et se tamponna les yeux avec son tablier.

— C'est l'été. La menthe pouliot est en fleur, dit-elle en embrassant Elsie sur la tête. Nous n'en reparlerons plus. Personne ne doit savoir. Nous continuerons simplement comme si de rien n'était et prierons pour la miséricorde de Dieu. C'est tout ce que nous pouvons faire.

Elsie s'accrocha au bras de Mutti. Elle respira son parfum d'herbes séchées et de lait au miel. Elsie aurait aimé en être baignée. Doucement, elle hocha la tête.

39

Service des douanes et de la protection
des frontières des États-Unis
8935, Montana Avenue
El Paso, Texas

5 mars 2008

Riki arriva tôt au poste, les yeux lourds de nuits sans sommeil. De rêves. Le genre qui le laissait anxieux et mal à l'aise malgré la douce pénombre et les draps lisses. Il ne se sentait pas chez lui dans son appartement. Il ne se souvenait pas exactement de quoi il avait rêvé. Dès son réveil, les visions avaient disparu à travers les murs.

Sa mère lui disait que les rêves étaient le moyen pour les esprits de communiquer avec les vivants. Il l'avait crue, enfant, jusqu'au jour où il avait rêvé que sa mère mourait dans un accident d'avion. Il décida qu'il ne pouvait y avoir que trois explications : 1. les esprits étaient tous des menteurs, 2. ils n'existaient pas, 3. les songes n'étaient que des inventions de l'inconscient. La troisième option était la plus crédible, sachant que sa mère n'avait jamais mis les pieds dans un avion. Elle était morte dix années plus tard de la tuberculose, suivie de près par son père. À leur mort, il regretta de ne plus croire aux esprits. Il aurait aimé les revoir, ne serait-ce que dans son sommeil.

Et surtout, maintenant, il regrettait que Reba ne soit plus là. Il n'était pas du genre à se mentir à lui-même. Elle lui manquait. Son corps endormi et ses cheveux étalés sur l'oreiller l'avaient toujours réconforté et, tant qu'il avait été allongé à ses côtés, ses nuits avaient été calmes et reposantes. Il avait essayé de l'imaginer près de lui pour recréer la même tranquillité, mais le lit était désespérément vide et froid.

Riki n'avait délibérément pas répondu à la plupart des appels et des e-mails de Reba. Il avait espéré que les semaines qui avaient suivi le mariage de Jane marqueraient un nouveau début pour eux. Mais il était clair désormais que Reba n'avait jamais imaginé son avenir avec lui. Il ne la forcerait pas, n'avait pas à le faire. Mais son cœur et son cerveau étaient en pleine lutte. Le travail lui donnait quelque chose à faire, pourtant, c'était devenu un devoir aliénant.

À cinq heures du matin, il se leva, mangea un bol de céréales, se doucha puis se rasa avant de partir au poste.

Bert était déjà à son bureau, une grande tasse de café devant lui.

— Tu as vu le rapport ? lui demanda ce dernier.

Riki s'écroula sur sa chaise, ressentant la lourdeur de ses os et son manque d'énergie.

— Le rapport ?

Il alluma son ordinateur et dut détourner les yeux de l'écran. La lumière scintillante lui brûlait les yeux.

— Oui, j'ai reçu l'appel à vingt-trois heures hier soir, expliqua Bert en buvant une gorgée. Pas toi ?

Le portable de Riki était éteint. Il l'avait mis à charger dans la nuit et avait oublié de le rallumer en se réveillant.

— Non, mon téléphone n'avait plus de batterie.

Bert s'empara d'un fax.

— Sérieusement, mec, il ne faut jamais éteindre ton portable, ni ta radio. Techniquement, c'est la propriété du gouvernement. Je comprends que tu doives le charger, mais…

Il poussa un bruyant soupir de désapprobation et jeta quelques pages sur le bureau de son collègue.

— C'est quoi ? questionna Riki en se frottant les yeux.

— Le gamin de Juárez s'est fait tuer.

Sur la première page figurait un communiqué de presse.

— Le *El Paso Times* voulait une citation pour le journal du matin, déclara Bert. Saletés de journalistes. Ils sentent le sang même dans l'eau et j'imagine qu'il y a pas mal de sang dans le Rio Grande en ce moment, hein ?

Il bâilla et se gratta la nuque.

— Je leur ai dit « Sans commentaire » jusqu'à ce qu'on obtienne plus d'informations de l'autre côté de la frontière. Ils sortent un article sur le fait qu'on a reconduit le môme et sa famille en novembre. Ça fait pas un pli qu'ils vont nous rendre responsables, plus encore que le gars qui a appuyé sur la gâchette.

Bert prit dans son tiroir un flacon de comprimés antiacide et en sortit deux.

— Saleté de presse libérale. Ils savent pas ce que ça veut dire « clandestin » ? C'est de l'anglais courant, pourtant. Ils n'ont aucun respect pour ceux qui tentent de les protéger.

Il avala les pastilles.

Riki prit le journal.

« EL PASO, Texas – Les habitants des deux côtés de la frontière pleurent aujourd'hui la perte de l'innocence. Un petit garçon de neuf ans a été pris dans une fusillade entre les gardes-frontières et un groupe de Mexicains qui entraient illégalement dans le pays, selon les autorités. »

« Lundi soir à 19 heures, à côté du pont Paso del Norte, des agents à vélo ont été visés par des jets de pierres lancées par les membres d'un groupe essayant de pénétrer aux États-Unis à travers un trou dans la clôture à la frontière, aux dires de l'officier Adrian Rodriguez. »

« Ils lançaient des pierres sur les agents des États-Unis, a dit Rodriguez. Nous entraînons nos hommes à réagir pour se défendre. »

Un garde-frontière a tiré avec son arme à plusieurs reprises. Alors que les tirs ont raté leurs cibles et arrêté le groupe de Mexicains, un enfant de neuf ans, Victor Garcia, a reçu une balle perdue en observant la scène depuis le côté mexicain du pont.

«Nous utilisons nos armes pour intimider, a expliqué l'agente spéciale Marsha Jenkins, porte-parole du FBI à El Paso. Ce qui s'est produit est un accident malheureux.»

Les gardes-frontières n'ont pas révélé l'identité de l'officier qui a tiré. Il a été suspendu temporairement, selon Rodriguez.

Le secrétaire d'État mexicain a condamné aujourd'hui la mort du petit garçon. Les Mexicains exigent que les autorités américaines mènent une enquête approfondie concernant les événements qui ont déclenché la fusillade.

L'utilisation d'armes à feu contre des jets de pierres est «un emploi disproportionné de la force», selon les dirigeants mexicains.

Reconduite à la frontière en novembre 2007, la mère de Garcia, Carmen, une habitante du quartier de Barreales, n'a tenu à faire aucun commentaire. Son père, Felipe, est actuellement incarcéré à la prison de Juárez pour trafic de drogue.

Le service des douanes et de la protection des frontières fait état de 398 morts en 2007. Le décès de Garcia marque un nouveau tournant alarmant dans la guerre qui se joue à la frontière.

Riki parcourut les faits: Carmen et Victor Garcia, le quartier de Barreales. Les battements de son cœur s'accélérèrent. Il se tourna vers son ordinateur, ouvrit le dossier des déportations de novembre et les trouva. Carmen, Victor et Olivia Garcia, reconduits le 12 novembre 2007. Pris de vertige, il se sentit mal et essaya de se lever pour aller aux toilettes. Ses genoux le lâchèrent.

— Ça va, Riki? demanda Bert.

Il secoua la tête. Si seulement il avait agi autrement, se dit-il. Si seulement. Contrairement au raid, il n'y avait personne à condamner. Pas d'attaque, pas de défense. Pas de bien ou de mal, de raison ou de tort. Les faits s'étalaient devant lui, noir sur blanc : Victor était mort et c'est lui qui avait mis le garçon en danger. Impensable, incroyable, mais vrai. Il se cacha le visage dans les mains. Ce n'était pas sa faute, mais d'une certaine façon, il était responsable.

40

El Camino Village
2048, El Camino Real
San Francisco, Californie

------Message------
De : reba.adams@hotmail.com
Envoyé le : 12 avril 2008, 00 h 18
À : deedee.adams@gmail.com
Objet : Il pleut ici… ENCORE

Deedee,
Quand on écoutait The Mamas and the Papas, je n'aurais jamais imaginé que les fleurs dans mes cheveux se retrouveraient *trempées* de pluie. Manifestement, ils devaient les fumer, les fleurs, parce qu'on est très loin du paradis estival promis.
Je t'ai déjà écrit au sujet du travail. Pas de changement. Les articles me font bâiller. Combien peut-on lire d'histoires sur les nouveaux crus de Bordeaux de la semaine avant de vouloir se fracasser une bouteille sur la tête ? B.A.R.B.A.N.T. Au moins, on pourrait penser qu'ils envoient au magazine quelques échantillons pour goûter. Peut-être que l'envoyé spécial sur place boit tout avant que je puisse en voir la couleur. Être éditrice n'a strictement rien à voir avec le travail d'écriture. Tu devrais voir mon bureau : c'est une mousson de papiers ! Parfaitement assorti à la météo et à mon humeur.
Et non, je n'ai pas oublié. Je consulte mon agenda et je fixe un week-end pour venir vous voir au plus vite, mais ça ne s'engage pas bien. Je n'ai pratiquement aucun jour de congé et il faut une bonne journée de voyage pour aller sur la côte Est. J'essaye de trouver un long week-end pour faire concorder mes vacances avec un pont, mais on m'a déjà demandé de couvrir les événements du Memorial Day. Peut-être que je pourrai

venir le 4 juillet, mais je crois que tu m'as dit que maman allait voir le feu d'artifice au Capitole avec son club, non ? Dis-le-moi vite pour que je ne me fatigue pas à tout organiser pour rien.
Riki va bien, je suppose. Je l'ai appelé la semaine dernière au poste, mais il était occupé. Il avait l'air tracassé. Je ne sais pas ce qu'il en est de lui, ni de nous depuis ce dernier mois. Tout ce que je sais, c'est qu'il me semble... distant. Est-ce que j'ai pris la mauvaise décision, D. ? Je me pose la question au moins trois fois par jour, comme les repas.
Voilà les nouvelles déplorables de l'océan Pacifique cette semaine. Comment va la vie du côté de l'Atlantique ? Tu me manques.

Bisous,
Reba

*

À la tombée de la nuit, Reba regarda un bateau entrer dans le port. Les nuages rageurs avaient déchargé leurs litres d'eau et la température s'était suffisamment adoucie pour qu'il soit possible de rester sur le balcon. Malheureusement, une brume macabre se leva, montant de plus en plus haut dans le ciel et cachant complètement le soleil et la lune.

Reba n'avait plus vu aussi peu le soleil depuis la Virginie, quand elle ressentait l'envie de pleurer de janvier à avril. À l'université, Sasha lui avait demandé si elle souffrait de dépression saisonnière. Reba pensa qu'elle se fichait d'elle, jusqu'à ce que son professeur de psychologie consacre tout un cours à ses symptômes et ses traitements. Ce qu'il décrivait correspondait trop à la dépression de son père pour qu'elle s'y associe, si bien qu'elle gardait ses larmes pour elle quand Sasha était dans le coin. Avec une moyenne de trois cent deux jours ensoleillés par an, El Paso avait été particulièrement thérapeutique.

Maintenant, elle éprouvait ce mal si familier dix fois plus fort. Ses lèvres tremblaient, ses yeux piquaient pour se débarrasser du trop-plein de tristesse qui menaçait de déborder comme la pluie dans les pots de fleurs vides sur le balcon. Ce désespoir subsistait même quand la lumière revenait sur la baie et que le ciel au-dessus de Crissy Field se peignait d'un bleu resplendissant. Alors, tout lui paraissait pire encore et une larme ou deux parvenaient à s'échapper.

Dans le port, en dessous, le bateau ne semblait pas plus grand qu'un jouet, de grosses vagues couleur charbon naissant dans son sillage. Un homme se tenait sur le pont vide, soldat de plomb séparé de l'océan par un fragile bout de bois. Sa petite taille donna à Reba la sensation d'être elle aussi minuscule.

Le magazine était plus grand qu'elle n'avait imaginé – tellement de signatures, d'échéances, de mots à compter, qu'elle voyait rarement deux fois les mêmes personnes à la machine à café. Contrairement au *Sun City*, le *San Francisco Monthly* lui demandait de travailler exclusivement au bureau et pas chez elle. Elle passait de longues nuits à manger des crevettes dans son box, le parfum aigre de l'ail imprégnant les tissus gris sur les murs. Elle ne savait pas ce qui était le pire : être seule au bureau ou seule dans son appartement. Rester devant la télé à regarder des rediffusions de *Sex and the City* lui rappelait cruellement le vide de sa vie, sans sexe, ni martinis, ni renommée internationale de chroniqueuse. Le plus affreux dans tout cela : ce n'était même pas le strass et les paillettes qu'elle regrettait. Elle pensait en permanence à Riki, Elsie et Jane. Elle avait parlé rapidement à Jane quelques semaines plus tôt et avait été envahie d'une profonde nostalgie en entendant le claquement des casseroles en fond sonore.

Riki s'était montré de plus en plus réservé au cours de leurs rares conversations téléphoniques. Il n'écrivait pratiquement jamais. Depuis mars, elle constatait que la distance les séparait de plus en plus, malgré ce qu'elle avait souhaité. Elle voulait lui demander s'il avait rencontré quelqu'un, mais avait trop peur d'entendre la réponse. Tout le monde semblait être passé à autre chose, à part elle. Quelle ironie ! Elle vivait enfin dans la ville de ses rêves, mais se sentait plus déroutée que jamais.

La corne de brume retentit, longue et plaintive. Reba aurait voulu l'accompagner et elle l'aurait fait si elle n'avait pas entendu une série de glapissements sur le balcon d'à côté. Attaché à la table en fer forgé de ses voisins, elle vit un chihuahua noir.

— C'est bon, je t'entends, mon gars.

Les oreilles triangulaires du petit chien se dressèrent dans sa direction. Elle avança d'un pas et il bondit vers elle, la laisse étouffant ses aboiements.

— Chut, petit. Je ne te veux aucun mal.

Riki avait ramené un chihuahua perdu, une fois, quand ils venaient d'emménager ensemble. Il l'avait appelé Nacho et lui avait acheté un mini-sombrero. Il l'aurait bien gardé si son propriétaire n'était pas venu le récupérer une semaine plus tard. À cette époque, Reba courait après le temps et les échéances, et s'agaçait de la présence de Riki et de son visiteur à quatre pattes. Mais l'idée d'élever un animal ensemble avait plu à Riki. Elle sourit à ce souvenir, même si cela éveillait en elle beaucoup de regrets.

Elle rentra chez elle pour prendre les restes de son plat chinois à emporter.

— Tu aimes les crevettes ? demanda-t-elle en soulevant une queue rose.

Le chien s'assit et pencha la tête sur le côté.

— Bon chien, le complimenta Reba, lui lançant la crevette sur le balcon.

Il l'attrapa au vol.

Reba en prit une autre, qu'elle engloutit.

— Tu sais, je viens de ton coin. Tu es déjà allé à Chihuahua ?

Soudain consciente qu'elle conversait avec un chien, elle se pencha au-dessus de la rambarde pour s'assurer que ses voisins n'étaient pas assis dans leur salon, pliés en deux. Les lumières étaient éteintes, la porte bien fermée.

Le chien se redressa et leva les pattes de devant. Bien dressé, se dit-elle.

— Très joli ! le complimenta-t-elle en lui jetant une autre crevette.

Le chien attrapa sa récompense, enthousiaste.

— Tu as un nom ?

Elle chercha une étiquette sur son collier, mais ne vit rien.

— OK. Et un surnom, alors ?

Plongée dans ses pensées, elle sortit une autre crevette de la boîte. Il n'avait pas l'air d'un Rover ou d'un Max.

Le chien recommença son numéro de charme, sa queue battant le sol en bois.

Elle brandit le plat.

— Crevette ?

Excité, il leva les pattes.

— Eh, ce n'est pas une mauvaise idée ! Et si je t'appelais Crevette ?

Ça lui allait bien. Elle lui jeta le crustacé et se lécha les doigts.

Arrivant à quai, le navire fit de nouveau retentir sa corne de brume, mais le son lui sembla moins retentissant cette fois. Le matelot sur le pont était parti.

— Tu aimes les *Kreppels* ? demanda Reba. Il y a des gens qui disent que ça ressemble à des *churros*. Je vais peut-être nous en réchauffer quelques-uns.

Crevette se lécha les babines et sortit la langue, donnant l'impression qu'il souriait.

*

------Message------
De : deedee.adams@gmail.com
Envoyé le : 14 avril 2008, 17 h 43
À : reba.adams@hotmail.com
Objet : Re : Il pleut ici… ENCORE

Reba,
Oublie les fleurs, on dirait un chat en train de se noyer ! Je déteste t'imaginer si triste et sombre. Ce n'est pas sain. Sors la tête de l'eau. Souviens-toi de ce que je t'ai dit : lève la tête, ma belle, ou tu vas rater l'arc-en-ciel ! J'aimerais tant que tu voies l'espace d'une seconde la Reba que je vois ! Tu es une battante, forte et déterminée. Je t'ai toujours admirée pour ça. Ne te laisse pas ronger de l'intérieur.
Oui, maman va avec son club à Washington, le jour de l'Indépendance. Ces dames honorent la mémoire des vétérans du Vietnam avec des bannières rouge, blanc et bleu faites de vêtements recyclés. (Ne me demande pas, il y a eu un grand « mouvement du tissu » pour « nos braves en uniforme », le mois dernier. Elles rivalisent avec Betsy Ross.) Donc, pas la peine que tu prennes un billet, ce week-end-là. Elle ne parlera que de tartes aux pommes et de John Philip Sousa. Tu ne pourrais pas venir à un autre moment, cet été ? Et pourquoi pas en automne – pour la fête du Travail ou le jour de Christophe Colomb ? Essaye, Reba, s'il te plaît.
Je suis désolée d'apprendre que Riki et toi traversez une autre période difficile. Les relations à distance ne sont pas simples. Je n'ai pas connu cela personnellement, mais aucune de mes amies n'a réussi à sauver son couple. J'espère que ça marchera avec Riki. Si c'est le cas, j'aimerais bien que tu me le présentes enfin. Une autre raison de prendre l'avion. Écoute ta grande sœur : plus aucune excuse. Viens avec Riki. Peut-être que vous avez besoin de prendre un peu de vacances ensemble. On pourrait faire du week-end une grande séance de thérapie.
Souris, ma petite sœur. Qu'on se trouve sur les plages de l'Atlantique ou du Pacifique, l'eau est la même.

Bises,
Deedee

41

Centre de récupération de l'armée américaine
19, Gernackerstasse
Garmisch, Allemagne

7 août 1945

Elsie tenait en équilibre sur un plateau plusieurs assiettes de pain de viande. Après le départ du 9e escadron de l'armée de l'air, le centre était sensiblement plus calme. Robby déclara une minitrêve pour l'équipe en cuisine et mit au menu le « pain de viande spécial de maman ». Tard dans la soirée, la veille, ils avaient mélangé, cuit et congelé plus de deux douzaines de briques de viande pour l'occasion. Le bol géant de bœuf haché avait presque envoyé Elsie directement aux toilettes, mais elle ne voulait pas prendre le risque de vomir le thé de Mutti.

Depuis une semaine, Mutti faisait infuser ses herbes tous les matins et en confectionnait des petits sachets pour qu'Elsie les emporte au travail le soir. Des branches de menthe pouliot et des grappes d'actée pendaient à la fenêtre de la cuisine pour sécher. Papa avait failli s'en préparer une tasse, prenant la menthe pouliot pour de la lavande. Mutti les accrochait depuis avec un ruban rouge pour les différencier.

C'était le cinquième et dernier jour de ce remède miracle pour Elsie. Jusque-là, les infusions n'avaient pas eu grand effet, hormis lui donner un teint jaune et une vessie toujours remplie.

— Dernière commande pour la table 2 ! annonça le chef.

Il tendit à Elsie une assiette garnie de ketchup et d'oignons frits et elle transporta le lourd plateau sur son épaule.

Cinq soldats buvaient de la bière à une table. Leurs yeux s'éclairèrent en la voyant approcher, mais avant qu'elle les atteigne, quelque chose entre ses côtes et son pubis se rompit, irradiant une effroyable douleur. Elle se plia en deux. Les assiettes glissèrent de son plateau et se brisèrent à terre.

Incapable de se relever, elle se fit soulever par deux hommes. Un troisième nettoya une giclée de sauce tomate et de légumes de son tablier, alors que les deux derniers ramassaient les bris de verre et la nourriture. Leurs visages remuaient, leurs bouches se mouvaient, mais elle n'entendait rien. L'éclat des assiettes sur le sol résonnait encore dans sa tête. Le nœud dans ses entrailles se resserra encore. Elle agrippa son ventre et ferma les yeux. Quand elle les rouvrit, Robby lui tenait le menton et se penchait pour voir la souffrance qu'Elsie ne voulait ou ne pouvait pas dire. Il parla à quelqu'un derrière lui et soudain tout se mit à tourner. Elle était sur le point de vomir, mais se souvint du thé et pencha la tête pour tout garder en elle. Puis elle se rendit compte que ce n'était pas la pièce qui tourbillonnait mais elle-même, portée en dehors de la salle et à travers la cuisine, vers le placard à linge.

Robby fit un lit avec des nappes couleur crème et un oreiller avec des serviettes pliées. Elle remonta les jambes contre sa poitrine et demanda qu'il lui déboutonne son *Dirndl*. Robby fit sortir les autres hommes et s'exécuta.

— Elsie, il faut qu'on appelle le docteur.

Elle lui attrapa le bras, enfonçant ses ongles dans sa peau. Un docteur informerait le jeune homme de sa grossesse.

— *Nein*.

Elle savait très bien ce qui se passait. Elle aurait simplement aimé que sa mère soit auprès d'elle pour confirmer les symptômes.

— Ma mère, murmura-t-elle, se souvenant qu'elle n'était pas du tout là où elle était censée être.

Elle n'avait pas encore parlé à ses parents de son travail au centre américain.

— Oublie cela, ne la préviens pas, reprit-elle.

Une autre crampe la frappa de plein fouet. Elle sut que ce ne pouvait être que le bébé qui s'agitait à l'intérieur.

Robby plaça une main sur le ventre de Reba.

— Ça fait mal ici ?

La pression de sa paume calma un peu la douleur et elle se demanda si l'enfant sentait son pouls à travers sa peau. Ses yeux la piquèrent, sa vue se brouilla et elle implora le pardon de Dieu.

— Un nouveau vient d'arriver avec les dernières recrues. Il a joué au foot l'autre jour avec nous. Il dit qu'il est médecin. Je peux l'appeler, personne ne saurait.

Avant qu'elle puisse refuser, il était déjà parti et elle se retrouva seule. L'ampoule du placard pendillait au bout d'un câble au plafond. Un gros papillon de nuit volait autour, touchant de temps en temps la chaleur de la lumière, pour s'éloigner aussitôt. Il touchait et repartait, touchait et repartait, plongeant, désespéré, vers la clarté. Ses ailes poudreuses battaient contre la barrière de verre. Elsie aurait voulu l'attraper pour le libérer et qu'il rejoigne la lune. Ses contractions devenaient de moins en moins douloureuses.

On frappa à la porte, et même si elle ne donna pas sa permission, elle la vit s'ouvrir. Un homme grand, les cheveux brun-roux descendant sur son front, entra. Il n'avait pas la même coupe que tous les autres soldats, avec leurs cheveux courts. Son visage était plus âgé, mais plus doux.

— C'est le docteur Meriwether. Je lui ai dit que tu te sentais mal depuis quelques semaines. Il va te soigner.

— Fräulein Schmidt, salua le médecin en hochant la tête, avant de s'agenouiller à côté du lit de fortune et d'ouvrir son sac de la Croix-Rouge.

— *Nein*, dit-elle en s'éloignant et en essayant de se mettre debout, réveillant les lancements.

Le docteur Meriwether lui toucha le front et ses doigts étaient si doux et attentionnés qu'elle se rallongea aussitôt.

— Un peu de fièvre, déclara-t-il en se tournant vers Robby. Pourriez-vous sortir, s'il vous plaît, pendant que j'examine cette jeune femme ?

— Elsie ? interrogea Robby en se dandinant d'un pied sur l'autre.

Elle acquiesça et il sortit.

— Et si vous me disiez où vous avez mal ? proposa le docteur.

Elsie ne sut ce qui était différent dans sa voix. Son anglais était plus lent, comme du miel qui ruisselle d'une ruche.

— Problèmes féminins, expliqua Elsie, espérant qu'il en resterait là.

Mais, au lieu de cela, il pressa la paume de sa main sur son bas-ventre. Elle suffoqua quand quelque chose à l'intérieur d'elle sortit. Un liquide chaud se répandit entre ses jambes.

— Hmm, ponctua-t-il, en lui écartant les yeux avec deux doigts. Regardez-moi.

Elle obéit. En fait, elle n'arrivait pas à se rappeler la dernière fois qu'elle avait fixé quelqu'un de si près. Bien sûr, elle croisait le regard de tous ceux à qui elle parlait et se souvenait souvent de la couleur de leurs yeux, mais il y avait plus dans ceux du docteur Meriwether. Ses yeux n'étaient pas simplement marron, ils avaient des taches dorées et tendaient vers le vert et le jaune sur les bords. Ses pupilles n'étaient pas d'un noir ordinaire. Leur centre pétillait de lumière et réfléchissait un monde entièrement différent qui l'attirait.

— Le sergent Lee dit que vous souffrez de vomissements chroniques, de manque d'appétit et de fatigue.

Il s'interrompit, attendant une réaction.

— À quand remontent vos dernières règles ?

Il détourna le visage en posant la question et Elsie comprit qu'il savait.

Elle se mordit la lèvre pour retenir ses larmes.

Il se déplaça vers le bas du lit de fortune.

— Excusez-moi, mademoiselle Schmidt, me permettriez-vous ? demanda-t-il en faisant signe vers sa jupe.

Elle ferma les yeux et la remonta jusqu'aux genoux. Cela ne prit qu'un instant avant qu'il la baisse.

— Vous êtes en train de faire une fausse couche. Est-ce que vous vous êtes fait quelque chose ? interrogea-t-il d'une voix calme. Je pose la question uniquement pour savoir s'il y aurait une plaie perforante. Vous mourrez si vous faites une hémorragie ou souffrez d'une infection.

— J'ai bu du thé, avoua Elsie.

Il fronça les sourcils, préoccupé.

— Menthe pouliot et actée, lança-t-il, agacé.

Une autre crampe la tordit en deux.

— Restez ici.

Il quitta le local un instant et revint avec une tranche de pain et deux verres d'eau, l'un clair et l'autre grisâtre.

— D'abord, buvez cela.

Il lui tendit le grisâtre.

Elsie but et recracha dans le verre. L'eau était graveleuse et avait un goût de bois carbonisé.

— Qu'est-ce que c'est ?

— Du charbon. Je vous jure que ça ne vous fera pas de mal. Ça n'a pas un bon goût, mais il faut le boire. La menthe pouliot peut être dangereuse si on en abuse. Ça aidera à éliminer le poison de votre corps.

— Du poison ? s'étonna Elsie en avalant le liquide amer. Je croyais que je perdais le bébé…

— C'est vrai, confirma-t-il en lui faisant signe de finir le verre.

Elle avala tout. Les morceaux de charbon cognèrent sur ses molaires et lui hérissèrent les poils.

— Mais les herbes vous empoisonnent vous aussi.

Il lui prit le verre.

— Je ne peux plus rien pour le bébé, maintenant. Mais je peux vous aider, vous.

Il posa le verre et sortit une boîte de comprimés de son sac.

— Ça soulagera les douleurs et les crampes.

Il lui donna une pilule blanche et crayeuse avec de l'eau claire.

Elle fit glisser le médicament avec l'eau, qui n'avait jamais eu meilleur goût.

— Maintenant, mangez, sinon le cachet va vous perforer l'estomac.

Le pain fondit dans sa bouche et elle fut soulagée de trouver enfin le réconfort dans des aliments ordinaires.

—La douleur devrait passer un peu d'ici quelques minutes, mais les saignements continueront un moment.

Il s'assit par terre et l'observa avec attention.

—Quel âge avez-vous ?

—Dix-sept ans.

—Ah, une enfant, remarqua-t-il en se grattant la tête.

—Pas du tout ! se défendit Elsie en s'asseyant du mieux qu'elle pouvait.

Le docteur Meriwether passa une main dans sa chevelure ondulée qui retomba comme une feuille portée par le vent.

—Quand j'avais dix-sept ans, je lavais le fumier dans l'étable de mon père. Je n'avais même pas encore de poils au menton. Vous êtes trop jeune pour être mêlée à tout ça, la guerre, les hommes...

Reba se souvint que Robby l'attendait dehors.

De la sueur coula entre ses seins.

—Avec tout le respect que je vous dois, docteur, j'ai vécu bien plus de choses que vous ne pourriez imaginer. Merci pour votre aide, et je voudrais vous demander un autre service : ne lui dites rien. S'il vous plaît.

Elle lança un regard en direction de la porte.

—Oh, je vois.

—Personne ne doit savoir.

Leurs regards se croisèrent et se fixèrent un moment. Le papillon de nuit au-dessus de leurs têtes continuait de se cogner à l'ampoule. Il sourit avec compassion et elle sut qu'il garderait son secret.

— Je suis sûr qu'il est impatient de savoir comment vous allez, dit le médecin en se levant.

Les surprenant tous les deux, Elsie lui prit la main.

— Merci.

Puis le docteur Meriwether ouvrit la porte.

— En pleine forme, annonça-t-il.

Robby entra, essuyant la sueur sur son front.

— Elle va bien ?

Elsie n'avait aucune crainte. Elle faisait entièrement confiance au médecin.

— Cette petite demoiselle a juste besoin de repos et de bien manger. Les gars, vous devrez faire sans son joli minois pendant une semaine.

Robby donna une tape sur l'épaule du médecin.

— Merci, doc. Je vais lui préparer du bouillon de poule dès que possible. Et euh…

Il se tourna de façon à ne pas faire face à Elsie.

— Mes supérieurs pourraient se faire de fausses idées, alors, si ça pouvait rester entre nous… Secret professionnel, vous voyez ?

Le docteur passa la bandoulière de son sac sur son épaule.

— Je connais le règlement, acquiesça-t-il avant de se tourner vers Elsie. Restez allongée tant que les crampes n'auront pas cessé. Ce soir et demain : repos. Vous allez devoir la ramener chez elle après la fermeture, dit-il à Robby. Je suis dans le coin si vous avez besoin de moi.

La lumière de ses yeux se posa sur elle et soudain elle voulut le suivre. Peu importe où. Mais la douleur dans son ventre et l'humidité de sa jupe la clouèrent au sol de honte.

42

El Camino Village
2048, El Camino Real
San Francisco, Californie

5 mai 2008

Après un lundi interminable, Reba s'installa sur le balcon avec un grand verre de vin blanc bon marché, une boîte de thon et deux biscuits qu'elle avait cuits la veille. C'était Deedee qui lui avait envoyé la recette « biscuits Chagrin », prise dans des magazines féminins de leur mère. Elle y avait joint un petit mot :

Ça me rappelle la comptine de notre enfance. Je la trouve pleine de bon sens. Du coup, je ne peux pas m'empêcher de sourire en mangeant ces biscuits. Je me disais que ça t'amuserait. « Saute, saute, saute mon petit lapin, et dépêche-toi d'embrasser quelqu'un... »

Reba était prête à tenter n'importe quoi. Les petits démons d'avril s'étaient transformés en un vrai marasme persistant de mai.

Elle sirota son vin.

—Les journalistes free lance doivent se mettre dans la tête qu'une date limite, c'est une date limite, expliqua-t-elle au chihuahua. Quand ils ont un jour ou deux de retard, ça veut dire que je dois mettre de côté tout mon travail de la semaine avant que ça puisse être imprimé, donc il y a forcément des loupés.

Elle jeta un bout de biscuit sur l'autre balcon pour Crevette.

—Je ne suis pas Wonder Woman ! Et où était Leigh ? N'est-elle pas censée tout vérifier avant que quoi que ce soit parte à l'impression ? N'est-ce pas le travail d'un rédacteur en chef ? Non, non, bien sûr, elle est trop occupée à serrer des mains et à se rendre à des déjeuners d'affaires au café *Chez Panisse*. Pendant ce temps-là, je mets en page ces inepties au sujet des régimes des stars, des chaussures à la mode et des restaurants utilisant du beurre bio ! Où sont passées les vraies histoires sur les vrais gens ?

Elle mordit dans un bout de biscuit, tirant fort avec ses dents.

—Hmm... un peu dense. Qu'est-ce que tu en dis, toi ?

Crevette avait terminé son biscuit et reniflait partout au cas où il aurait raté une miette.

—Bien sûr, tu aimes. Tu te lèches aussi les parties intimes, faut dire.

Elle lui jeta un autre morceau.

—Qu'est-ce que je disais ?

Elle en était à son quatrième verre de vin. La journée avait été particulièrement difficile : Leigh l'avait rabrouée devant toute l'équipe éditoriale pour avoir laissé le nom d'un célèbre chef mal orthographié dans le numéro de mai. Cela faisait au moins une semaine que

Riki ne répondait plus à ses appels. Deedee lui avait écrit qu'elle avait rencontré un avocat, Davison, et que, même si elle n'y avait jamais cru, maintenant elle était persuadée que le coup de foudre existait. Et pour couronner le tout, son évier fuyait et le lino de la cuisine était recouvert de plus d'un centimètre d'eau. Elle était désormais convaincue que le cosmos lui en voulait personnellement, par conséquent, elle était partie sur le balcon noyer son désarroi dans une bouteille de vin.

— Le message que tu dois retenir, mon petit gars, c'est que le travail, ça craint, l'amour, ça craint, la vie, ça craint. J'étais mieux à El Paso.

Elle posa son verre par terre et enfonça sa fourchette dans la boîte de thon.

— Au fait, où sont tes maîtres ? Tu vis seul, ici ? Non, quelqu'un doit forcément faire le ménage. C'est moi qui te nourris, ça, c'est sûr.

Elle prit son verre pour faire glisser le poisson.

— Bon sang, j'espère qu'on ne va pas m'intenter un procès parce que je donne à manger au chien des voisins ! Eh, si tu allais courir un peu sur ton balcon ? Va brûler un peu les calories de ces biscuits. Je ne veux pas que tu engraisses, comme ce type qui a attaqué McDonald's pour l'avoir fait grossir. Je ne suis pas le McDo, moi.

Elle ponctua son discours d'un hochement de tête.

Le ciel de la nuit avait des teintes cuivrées dues aux lumières de la ville. Étoiles artificielles blanches, jaunes et orange emmêlées autour de la baie. La lune d'El Paso lui manquait, entre autres choses.

— Tiens, dit-elle en lançant le reste du biscuit à Crevette et en l'écoutant lécher et mâcher. Je suis contente que ça plaise à quelqu'un. Je ne sais pas ce que j'ai fait de travers. Peut-être que j'ai mélangé trop longtemps, ou peut-être pas assez. Qui sait ?

Soudain, Crevette se raidit sur ses quatre pattes, les oreilles tendues, la queue droite comme une antenne de radio. La porte coulissante du balcon s'ouvrit et un homme sortit de son appartement. Crevette s'élança vers lui, dessinant des figures improbables entre ses pieds.

— Eh, Jerry-G, on dirait que tu as déjà dîné !

L'homme tenait dans la main une gamelle de croquettes. Un bout de biscuit pas encore complètement mâché maculait l'extrémité de sa chaussure droite.

« Merde », chuchota Reba pour elle-même avant de prendre une autre gorgée de vin.

— Euh... bonjour, salua-t-elle en se levant de sa chaise. Je suis Reba. Je viens d'emménager, enfin, en février, on ne peut pas vraiment dire que ce soit tout récent. Mais, comme on ne s'est jamais rencontrés jusqu'à aujourd'hui, j'aurais très bien pu avoir emménagé hier seulement. J'ai fait la connaissance de votre chien. J'ai l'impression qu'il est souvent seul, lui aussi, alors, comme ça, on se tient compagnie. Bref... (Elle respira profondément.) Bonjour, voisin !

lança-t-elle en tendant la main de l'autre côté de la séparation.

Son geste ressemblait plus à la menace d'un couteau de boucher qu'à une invitation à une poignée de main.

L'homme rit, posa la gamelle au sol et alluma la lumière du balcon.

— Reba, vous avez dit ? Jase DeLuca.

Un rapport avec la boutique gourmet Dean & DeLuca ? faillit-elle demander, mais la partie encore sobre de son cerveau l'arrêta de justesse.

Jase avait l'air tout droit sorti de la couverture d'un magazine pour hommes. Il devait avoir à peu près son âge, peut-être un peu plus. Sa chemise et son pantalon étaient impeccables, malgré l'heure tardive. Ses manches retroussées exposaient ses bras forts et bronzés. Sa mâchoire carrée n'avait pas l'ombre d'une barbe. Ses cheveux blonds étaient impeccablement peignés. Grand et débonnaire, cet homme avait l'air d'un acteur de cinéma. Une crème brûlée à sa porte !

Le regard de Reba s'attarda sur lui et elle se demanda si c'était cela qu'on appelait se pâmer. Peut-être que Jane et Deedee avaient raison et que l'amour vous frappait comme la foudre. BOUM. Bonjour, l'amour.

— Je suis nouveau dans le coin, moi aussi. On a dû emménager en même temps, dit Jase en soulevant Crevette dans ses bras. Je vous présente Jerry Garcia. Mais vous vous connaissez déjà.

Elle rit.

— Un chihuahua dénommé Jerry Garcia ?

— Jerry-G pour les intimes.

Le chien mâchonnait furieusement le reste de biscuit.

— Oh ! Je n'aurais pas dû lui donner ça, s'excusa-t-elle, embarrassée.

Jase tenait Jerry-G assez haut pour le regarder dans les yeux.

— Alors, c'est pour ça que tu m'empuantis l'appartement depuis des semaines ?

Il se tourna vers Reba.

— Vous avez une dette envers moi.

— Je suis vraiment désolée, dit-elle en rougissant et en sentant l'alcool dans son haleine. Tout ce que vous voudrez... je veux dire, s'il tombe malade à cause de moi...

— Offrez-moi un désodorisant, réclama-t-il en souriant.

Reba essuya la transpiration sur sa lèvre supérieure.

— Celui qu'on branche dans une prise ou le spray ?

— Vous voulez me brancher, c'est ça ? Sympa, plaisanta Jase. Vous savez, je retire ce que j'ai dit. J'ai passé une journée abominable. Partagez votre bouteille avec moi et on est quitte.

Il posa Jerry-G à terre.

— Hmm...

Reba s'empara de la bouteille, gênée d'avouer qu'elle était vide.

— J'en ai une autre au réfrigérateur. Vous voulez venir chez moi ?

Elle avait oublié son problème de plomberie. Apercevant l'état de sa cuisine par la porte vitrée, elle se demanda si elle devrait lui suggérer d'apporter des bottes. Est-ce que ça pouvait passer pour une proposition indécente ? Sa tête tournait légèrement. Elle aurait dû arrêter de boire pour la soirée, mais elle lui devait bien cela. Un geste de bon voisinage. Sans parler du fait qu'il l'attirait. C'était la première émotion agréable qu'elle ressentait depuis des mois, elle ne voulait pas la réprimer si vite.

Jase passa une main sur son menton.

— Je viendrais bien, mais j'ai commandé une pizza. Vous avez mangé ?

La boîte de thon et le reste des biscuits attendaient, misérables, sous sa chaise.

— Pas vraiment…

— J'ai choisi la Coit Tower : champignons, saucisse, salami et pepperoni. Ne me dites pas que vous êtes végétarienne, adepte de nourriture crue ou constamment au régime.

— Pff, pas moi ! Non, non, non, assura-t-elle en agitant le doigt comme une institutrice fâchée. Ces derniers jours, je mangerais volontiers tout ce qu'on veut bien me servir. J'ai tout le temps un trou… euh, un creux, je veux dire.

Elle se frotta les yeux pour y voir clair.

— Super, alors, prenez votre vin et venez chez moi.

Jase ouvrit la porte-fenêtre et Jerry-G essaya de se glisser à l'intérieur. Jase le repoussa avec le pied.

— Tu sais bien que tu n'as pas le droit d'entrer, mon gars.

Le chien poussa une faible plainte.

Reba se demanda à quoi lui servirait un désodorisant à l'extérieur, mais Jase enchaîna.

— On se retrouve dans cinq minutes ?

— *Cinco minutos*, répéta-t-elle, alors que Jerry-G tournait en rond sur le balcon.

*

Quand Reba se réveilla dans l'appartement de Jase le lendemain matin, il était déjà parti. Il était midi moins le quart. Paniquée et embrumée par sa gueule de bois, devoir composer le numéro de Leigh lui parut insurmontable.

— Je suis malade, annonça-t-elle, sans mentir.

Après avoir raccroché, elle se dirigea en chancelant vers les toilettes de Jase et vomit des petits morceaux épicés de salami et de fromage. Quand elle se rinça la bouche, les poils marron dans le lavabo lui donnèrent envie de recommencer.

« Oh, mon Dieu ! Plus jamais », jura-t-elle.

Tremblant de la tête aux pieds, elle retourna dans la chambre de Jase, une serviette autour de la poitrine couvrant son corps, au cas où.

Elle ne portait que ses sous-vêtements, ce qui contribuait à sa nausée. Sa tête tambourinait comme une vieille horloge. Elle n'osait imaginer jusqu'où irait le compte à rebours. Elle trouva son pantalon perdu dans les draps, à moitié sur le sol, sa chemise sur une chaise et une seule tong rose au milieu de la pièce. Elle rassembla ses affaires aussi vite que son estomac le lui permettait, enfila sa chemise par la tête et décida de filer chez elle, sans même mettre son pantalon.

Elle ouvrit la porte. Même si elle savait qu'il n'était plus là, tout ce qu'elle faisait ce matin lui semblait interdit. Elle ne voulait pas se faire attraper. Elle n'avait jamais connu ce genre de fuite honteuse à l'université et avait toujours regardé de haut ceux à qui c'était arrivé. Maintenant, dix ans plus tard, c'était elle qui allait traverser le couloir de l'immeuble sur la pointe des pieds, espérant ne pas se faire remarquer.

Par la fenêtre, elle vit Jerry-G sur le balcon, la gueule posée sur ses pattes de devant tel un enfant rêveur. Il ne l'aperçut pas derrière la vitre. La bouteille vide trônait sur la table basse en acajou, à côté de la boîte de pizza contenant une dernière part. Elle détourna le regard, pensant à l'odeur de la menthe pour ne pas vomir une nouvelle fois. Elle repéra son autre tong sous la table. Il fallait qu'elle la récupère, sinon, Jase risquait de venir la lui rendre. La dernière chose qu'elle voulait, c'était cette conversation, même si à ce stade plus aucune conversation ne serait possible avec lui de toute façon.

Faisant de son mieux pour ne pas attirer l'attention de Jerry-G par un mouvement brusque, elle se baissa sous la table, attrapa sa sandale entre le pouce et l'index et fit une gracieuse pirouette en arrière, manquant de peu percuter la bibliothèque. Une biographie de Bobby Kennedy, un vieil exemplaire de *Comment se faire des amis et influencer les gens*, un vase bleu avec de fausses branches de cerisier et une photo de Jase portant deux petites filles. Découpé avec des ciseaux pour ne garder que le trio, le cliché était trop petit pour son cadre.

Reba s'en empara pour l'examiner de plus près. Un anneau en argent à sa main gauche. Elle écarquilla les yeux en voyant les sourires radieux des fillettes et les gros rubans dans leurs cheveux blonds. Elles lui ressemblaient trait pour trait. Un mari. Un père. Son estomac n'en menait pas large.

« Oh, mon Dieu ! » chuchota-t-elle en reposant le cadre sur l'étagère.

De vagues souvenirs de la soirée lui revinrent : Jase qui l'invitait à manger une pizza avec lui, la bouteille de pinot sortie de son réfrigérateur, des éclats de rire autour de verres de vin, la main de Jase sur son dos nu, les draps entortillés autour de ses chevilles.

« Oh, mon Dieu, mon Dieu, mon Dieu ! »

Ses vêtements toujours serrés dans ses bras, elle s'assit sur la table basse, donnant des petits coups de pied à la bouteille vide, qui, du tapis en jute, partit rouler sur le plancher en chêne dans un cliquetis. Jerry-G se leva d'un bond et aboya furieusement à la porte-fenêtre.

La nappe lui colla aux cuisses, poisseuse. Elle se dit qu'elle allait de nouveau vomir et enfouit la tête dans son pantalon en boule. Il avait l'odeur familière et rassurante de chez elle, de la lessive que Riki aimait utiliser pour son linge. Il lui manquait tant. Même en pleine trahison, elle voulait être auprès de lui. Elle voulait qu'il la prenne dans ses bras et qu'il lui dise qu'il l'aimait encore, malgré tous ses défauts, passés et présents.

« Riki, murmura-t-elle. Je suis désolée. »

Mécaniquement, elle voulut toucher sa bague qu'elle portait en pendentif, mais ses doigts ne rencontrèrent que son cou. Elle l'avait retirée la veille pour la laisser tremper dans la bouteille de nettoyant pour bijoux. Elle devait briller comme une étoile, maintenant. Elle posa la paume à plat sur le bijou invisible, pressant son sternum.

Sans avertissement, la porte d'entrée s'ouvrit en grand.

— Oh, salut, je croyais que, vu l'heure..., lança Jase en consultant sa montre et en inspirant profondément. Je suppose que tu étais trop en retard pour aller travailler, dit-il en riant nerveusement. Moi aussi, j'ai failli l'être. Je suis revenu pendant la pause-déjeuner pour prendre quelques affaires que j'ai oubliées dans la course, ce matin. Quelle nuit, hein ?

Il se racla la gorge et fit tinter ses clés.

Les seules choses à portée de main étaient ses vêtements et la pizza. Elle n'allait sûrement pas sacrifier ses tongs Tommy Hilfiger. Par conséquent, elle lui balança la boîte de toutes ses forces. Le carton vola juste assez loin dans les airs pour que la dernière part de Coit Tower vienne s'écraser sur ses chaussures. Reba aurait voulu faire mieux.

Bouillonnante, elle se leva. Elle ne pouvait pas effacer ce qui était arrivé entre eux, mais elle pouvait prendre le contrôle de l'instant. Le plus dignement possible, elle se dirigea vers la porte.

— Attends une seconde ! lâcha-t-il en levant les deux mains devant elle, sans la toucher. Il ne s'est rien passé, Reba. Tu es tombée ivre morte avant…

Il grimaça, hautain.

Elle leva le menton.

— Tu n'es qu'un misérable connard !

Il passa une main dans ses cheveux.

— Bébé, si tu veux traiter les gens de tous les noms, tu ferais bien de commencer par *Señorita*-je-bois-trop.

C'était supposé être une plaisanterie. Reba ne la trouva pas drôle. Elle lui décocha un puissant coup de poing dans le ventre qui le fit se plier en deux.

— Tu devrais avoir honte de toi ! s'exclama-t-elle en montrant la photo dans la bibliothèque. Dis-moi, c'était ta femme ? Ce sont tes filles ?

— C'est compliqué, toussota-t-il, toujours courbé.

— C'est quoi ? Compli…

Elle lâcha ses vêtements et le roua de coups.

— Compliqué, mes fesses ! Oui ou non ?

— On est en plein divorce, expliqua-t-il en lui attrapant les poignets pour l'empêcher de le frapper. C'est pour cela que j'ai emménagé ici.

— Je ne tiens peut-être pas l'alcool, je suis une petite amie minable, une sœur négligente et une fille de seconde classe, gronda-t-elle, rouge de colère. Je suis même peut-être nulle comme voisine, mais au moins, je sais exactement qui je suis et qui je ne suis pas ! Je suis Reba Adams, bon sang !

Les mots lui brûlaient les lèvres.

— Et je n'ai rien à faire ici ! déclara-t-elle, les larmes aux yeux. Toi, tu es, tu es..., bafouilla-t-elle en regardant la photo. Pas le genre d'homme que je mérite.

Jase fronça les sourcils.

— J'avais bien mieux !

Elle se baissa pour ramasser son pantalon, ses chaussures et ravala des émotions qu'elle n'avait pas eu l'intention de déverser. Jerry-G était debout, les pattes de devant sur la vitre, les oreilles dressées.

— Crevette mérite mieux aussi ! Tu ne peux pas le laisser tout le temps dehors parce que ça t'arrange. C'est cruel !

Elle ouvrit la porte-fenêtre. Le petit chihuahua bondit à l'intérieur, sautant sur le tapis du salon et s'échappant vers le couloir en bois.

— Eh, c'est mon chien !

— Alors, prends soin de lui !

Elle laissa Jase chasser Jerry-G et claqua la porte de son appartement derrière elle. À travers le mur, elle entendit des cris et des meubles déplacés. Reba mit un disque de James Taylor et chanta *Fire and Rain* à tue-tête sous la douche.

Ayant un peu retrouvé ses esprits, elle mit sa chaîne autour du cou, avec la bague de Riki en pendentif et enfila un vieux jean. Elle passa la serpillière dans la cuisine, rangea son appartement et appela le concierge pour faire faire les réparations. Elle se sentait mieux. À l'intérieur, tout était propre et en ordre. Dehors, sur le balcon, la boîte de thon pourri et le biscuit rassis attendaient toujours. Elle n'y toucha pas.

« Je les laisse aux mouches », murmura-t-elle en avalant deux aspirines et en s'installant sur le canapé avec de l'eau de concombre et *Autant en emporte le vent* à la télé.

Juste après que Scarlett avait jeté le vase sur Rhett, le portable de Reba sonna dans son sac. Elle fouilla parmi la monnaie et les bonbons à la menthe, les rouges à lèvres et les stylos, ses vieilles cartes de visite et un flacon de pastilles antiacide, pour enfin trouver le petit objet rectangulaire qui vibrait et chantait. Un appel raté de Jane Meriwether. Elle coupa le son de la télévision et recomposa le numéro.

À la troisième sonnerie, Jane répondit.

— Reba ?

Reba n'avait rien pu manger de la journée et elle sentit un léger vertige en entendant la voix familière de Jane. Elle s'allongea sur le canapé.

— Oh, Jane, je suis si contente que vous appeliez !

Elle se frotta le front, comptant les jours et les semaines depuis leur dernière conversation.

— Vous me manquez tous tellement !

— Maman est dans le coma...

Tout s'arrêta, comme si elle avait reçu une décharge électrique en entendant ces mots.

— Elle est à l'hôpital, continua Jane. Je voulais déjà l'y emmener vendredi dernier, quand ses mains ont commencé à trembler, mais elle ne voulait pas y aller avant le Cinco de Mayo. Elle voulait faire une surprise à Sergio en lui préparant des *conchas*. Quelle bonne femme têtue !

Reba entendit le souffle de Jane à l'autre bout du fil et se rappela de respirer elle aussi.

— Et puis, ce matin, elle était en train d'étaler de la pâte et elle s'est écroulée. Comme ça. Quand je l'ai soulevée, c'était une poupée de chiffon qui bredouillait des mots en allemand. J'ai eu tellement peur que j'ai fermé la boulangerie sur-le-champ et je l'ai conduite aux urgences de Thomason. Le médecin a dit qu'elle avait eu une attaque.

Reba se tourna sur le côté et enfouit sa tête dans les coussins.

— J'aurais dû l'emmener dès que j'ai vu ses mains. J'aurais dû la forcer. J'aurais dû faire plus, se lamenta Jane.

— Ce n'est pas votre faute, balbutia Reba en se redressant. On ne peut pas obliger quelqu'un à faire ce qu'on veut, même si on pense que c'est pour son bien.

Elle s'interrompit, essayant de reprendre son souffle.

— Vous êtes aux petits soins avec elle. Vous l'aimez. C'est ce qui compte.

Reba parlait à Jane, mais elle s'adressait à elle-même aussi.

— Sergio et Riki sont avec moi. Le médecin ne pense pas que maman…

Reba plia ses genoux contre sa poitrine, regrettant de ne pas être auprès d'elle, regrettant d'être partie. Elle ne put lâcher son portable après que Jane ait raccroché. Elle parcourut tous les numéros, jusqu'à tomber sur celui de sa mère.

— Allô ! répondit cette dernière avec son accent du Sud.

Elle lui avait tant manqué, malgré tout. Reba poussa un long soupir dans le micro. Elle avait tellement de choses à lui dire, mais ne pouvait les formuler en mots.

— Reba, ma chérie, c'est toi ?

Reba hocha la tête et pressa le téléphone contre sa joue, l'espoir et l'amour se répandant à travers les milliers de kilomètres.

------Message------
De : reba.adams@hotmail.com
Envoyé le : 6 mai 2008, 23 h 50
À : deedee.adams@gmail.com
Objet : Retour à El Paso

Deedee,
Elsie a eu une attaque. Elle est dans le coma et les médecins pensent qu'elle ne va pas s'en remettre. Je m'en veux d'être aussi loin de la maison. Riki est avec Jane en ce moment et

je ne peux m'empêcher de l'aimer encore plus, parce qu'il a toujours été là – même quand je ne le lui demandais pas, même quand je pensais qu'il n'était plus là. Tu avais raison quand tu me disais qu'on ne peut pas forcer quelqu'un à voir notre vérité. Je pensais que tu parlais de papa, mais c'était moi qui devais ouvrir les yeux. J'ai fait tant d'erreurs. Je n'aurais jamais dû partir. J'ai appelé maman, elle m'a dit de prendre le premier vol pour El Paso.
Je pars dans six heures, mais je n'arrive pas à dormir. Mes valises sont prêtes et je tourne en rond dans l'appartement. Je pourrais partir pour de bon, rien ne me manquerait ici. Je pensais enfin atteindre mon rêve en venant à San Francisco, mais c'est ma tête qui mentait à mon cœur. Je sais où je suis censée me trouver, avec qui je devrais être. Maman dit que l'amour pardonne tout. Je pense que je la crois, ou du moins, je le voudrais, c'est déjà ça.
Je sais que tu es croyante, D., alors, pourrais-tu dire une prière pour Elsie ? Et une pour moi, aussi.

Je t'embrasse,
Reba

43

Centre de récupération de l'armée américaine
19, Gernackerstasse
Garmisch, Allemagne

13 août 1945

Elsie revenait au centre pour la première fois après ses quelques jours de repos. Elle se sentait remise physiquement, mais refusa tout de même d'aider Robby à préparer ses brioches. Elle n'était pas d'humeur. En outre, elle n'avait jamais vraiment apprécié ses recettes, trop riches pour convenir à la cuisine de tous les jours. Elle prétexta donc qu'elle devait encore se ménager sur ordre du docteur, ce qui était en partie vrai.

La nuit d'été était assez claire pour apercevoir tous les scintillements de la Voie lactée et pour voir une étoile éclater comme du maïs sur son épi. Son sillage lunaire traversa le ciel et Elsie se demanda si quelqu'un d'autre avait vu ce vol céleste. Elle marcha, les yeux fixés sur le ciel et les constellations, l'esprit léger et le corps libéré des douleurs qu'elle avait éprouvées ces derniers mois. Cette sensation était si nouvelle qu'elle avait l'impression qu'à tout moment elle pourrait s'envoler et rejoindre les anges. Ce serait tellement bien, se dit-elle, et elle soupira, songeant qu'il restait trop peu de nuits comme celle-ci avant le retour de l'hiver. Elle ralentit son pas, savourant la chaleur sur sa peau.

Son vélo était garé à côté des caisses de lait, trempées de pluie, sur le parking du personnel des cuisines. Elle le sortit à reculons mais s'arrêta quand la roue heurta quelque chose, ou plutôt quelqu'un. Le docteurMeriwether.

— Oh ! Désolée, lança-t-elle en rougissant.

— Non, c'est ma faute. Je n'aurais pas dû arriver derrière vous sans crier gare.

Il était habillé en civil : une chemise blanche ouverte et un pantalon large, incroyablement séduisant.

— Je me promenais. La nuit est belle. Vous avez vu la lune ? demanda-t-il en levant la tête.

La lune resplendissait, haute et brillante, comme une pièce en argent suspendue dans le ciel.

— Comme j'étais dans le coin, je me suis dit que j'allais prendre de vos nouvelles, expliqua-t-il en se grattant la tête. Le sergent Lee m'a dit que vous reveniez travailler aujourd'hui.

Elsie hocha la tête. Elle ne se rappelait pas avoir déjà été ainsi intimidée pour une raison autre que la peur.

— Alors, comment vous sentez-vous ?

— Mieux.

— Pas de complications, après mon examen ? Le saignement s'est arrêté ?

Elsie secoua de nouveau la tête et détourna le regard. Ses mots étaient secs et le souvenir de sa fausse couche encore trop vif dans son esprit et son corps.

— Je suis content de l'entendre, dit-il en se rapprochant.

Le cœur d'Elsie se mit à battre plus fort.

— En tout cas, vous avez l'air vraiment mieux. Vous rentrez chez vous ? demanda-t-il en montrant sa bicyclette.

— *Ja.*

— Comme je suis votre médecin, je ne pense pas pouvoir vous laisser vous fatiguer ainsi pour l'instant.

— J'habite tout près.

— Tout de même. Et si vous me laissiez vous ramener ? La Jeep de l'équipe médicale est par là et j'ai les clés, déclara-t-il en faisant tinter le trousseau. Je peux mettre votre vélo à l'arrière, pas de problème.

La Jeep était garée sur le parking des clients du centre devant le bâtiment. Cela leur prit tellement de temps d'y arriver et de charger le vélo qu'elle aurait déjà pu être chez elle, mais elle s'en fichait bien. Le trajet en voiture lui reposerait les pieds et elle aimait la compagnie du docteur Meriwether. Il sentait bon la menthe et les habits frais, des parfums qui annonçaient des jours meilleurs.

Leurs doigts se frôlèrent quand il posa les mains sur le guidon. Elsie sourit.

— Alors, commença le docteur en soulevant le vélo, comment avez-vous rencontré le sergent Lee ?

Elsie repoussa une mèche derrière son oreille.

— Quand les Américains sont arrivés. Il était devant la boulangerie de mes parents. Nous avions du pain qui allait rassir, expliqua-t-elle en haussant les épaules. Je le leur ai offert.

— C'est très généreux de votre part, dit-il en ouvrant la portière passager pour qu'elle monte. La plupart des gens ici auraient préféré donner ce pain aux cochons plutôt qu'aux Américains.

— Nous n'avons pas de cochons, plaisanta Elsie.

Le docteur Meriwether fit le tour de la voiture.

— Dans ce cas..., répliqua-t-il en lui adressant un sourire et en allumant le moteur. Donc, vous êtes la fille d'un boulanger ?

— *Ja*, et je suis boulangère moi-même, précisa-t-elle.

— Il faudra que je goûte vos spécialités, alors. D'où je viens, on ne trouve pratiquement que du pain de maïs poêlé.

Elsie n'avait jamais entendu parler de cela, mais elle se dit qu'elle n'avait peut-être pas compris son anglais.

— Vous êtes d'où, en Amérique ?

— Un petit État appelé Texas.

Un éclair la frappa.

— Haricots en boîte du Texas ?

— Vous connaissez ? s'étonna le docteur.

En nettoyant la cachette de Tobias, elle avait trouvé ses trésors secrets soigneusement alignés à l'intérieur. Des petits objets si insignifiants de son enfance prenaient désormais une importance unique : parce que Tobias les avait gardés, avait dormi à côté, en faisait en quelque sorte partie. Elle les avait tous rangés, y compris la publicité américaine, dans une vieille boîte de cacao en étain sous son lit. Seul son recueil de Robert Frost avait disparu. Elle avait passé la main sur chaque nœud du bois dans l'espace réduit, mais elle ne le trouva nulle part. « Dieu est un poète », lui avait dit Tobias et elle le croyait.

— « Fabriqué aux USA », récita-t-elle. Alors, vous devez être un cow-boy texan…

— Je suppose, dit-il, avant d'éclater d'un rire si franc et joyeux qu'elle ne put s'empêcher de l'imiter.

Ils accélérèrent sur la route. Le vent leur fouettait le visage, charriant un parfum de miel et d'eau des glaciers. Il tourna au mauvais virage, mais Elsie ne dit rien. Ils arriveraient bien chez elle, au bout du compte. Elle aimait être avec lui. Il lui donnait l'impression d'être plus que ce qu'elle était, plus grande que l'Allemagne et l'Amérique, et que toutes les guerres entre eux.

Quand ils arrivèrent enfin dans sa rue, Elsie l'arrêta devant les portes de la boulangerie.

— Docteur Meriwether, commença-t-elle.

— Albert. Al, l'interrompit-il.

— Al.

Même le son de son nom était agréable, comme de la musique.

— Je vous remercie beaucoup…

— Tout le plaisir était pour moi, dit-il en déchargeant son vélo.

— Pas seulement pour la course, continua Elsie en baissant les yeux. Je vous remercie pour tout.

— Elsie…

C'était la première fois qu'il l'appelait par son prénom. Il l'avait fait rouler sur sa langue, doux et harmonieux.

— Vous et… euh… le sergent Lee. C'est votre… je veux dire, vous êtes…

Il se tut, tapant légèrement dans le pneu du vélo du bout de sa chaussure.

— Oh, peu importe, conclut-il.

Elsie le regarda. Ses yeux brillaient dans le clair de lune.

— Non, assura-t-elle, utilisant le terme anglais. Nous étions, mais… c'est difficile à expliquer.

Robby symbolisait l'indépendance : étranger, jeune et grisant. Mais, au cours des mois où elle l'avait fréquenté, elle n'avait jamais ressenti ce qu'elle éprouvait à présent pour le docteur Meriwether. Avec Al, elle goûtait à la liberté et c'était bien différent de tout ce qu'elle avait connu jusque-là.

Une douce brise fit se balancer la pancarte de la boulangerie. Elle grinça sur ses charnières et ils levèrent tous les deux la tête.

— Est-ce qu'il serait possible que je vienne demain… pour manger un morceau et vous rendre visite ?

Elle savait que son père n'apprécierait jamais cet Américain aux yeux sombres, mais elle s'en fichait complètement. Elle se montrait honnête avec elle-même. Elle ne comptait plus se cacher.

Se dessinant sur le ciel étoilé, le visage du docteur était patient et attentif.

— J'aimerais beaucoup, affirma-t-elle.

Elle décida qu'elle ferait des roulés aux graines de tournesol. La nouvelle récolte venait d'arriver.

44

Fort Bliss
El Paso, Texas

10 février 1947

Chère Mutti,

Le Texas est un endroit étrange, différent de Garmisch. Les montagnes s'étendent, nues, vers le ciel bleu et, quand le soleil se couche, il peint le ciel de toutes les couleurs imaginables et de beaucoup d'autres que tu ne peux même pas imaginer. Il ne fait jamais froid ni sombre. Même la nuit, la lune est si pleine et brillante qu'on croirait voir le visage de Dieu. J'aime être ici, même si toi et Papa me manquez désespérément.

Nous sommes installés dans une maison sur la base militaire. Ça s'appelle Fort Bliss. J'espère que le lieu se révélera à la hauteur de son nom (bliss signifie « félicité » en anglais). Les gens sont gentils et m'aident du mieux qu'ils le peuvent. Il n'y a pas de Bäckerei ni de Metzgerei dans la ville. Les deux premières semaines, j'ai réchauffé des haricots en boîte tous les soirs. Mais on ne peut pas vivre que de haricots ! Ma voisine vient d'un endroit qui s'appelle Merry-land (le « pays du bonheur »). Elle dit que les femmes achètent leur viande et le reste de leurs emplettes au « Dépôt ». Elle m'y emmène demain pour que j'achète de la farine, du beurre et de la levure. J'ai l'intention de faire des petits pains dès que je le pourrai. Mon estomac gargouille à cette idée.

Je suis allée au magasin de l'armée aujourd'hui pour acheter des bols en bois, des cuillères et des plats à mettre au four. Nous n'avons rien chez nous. Quand j'ai payé mes ustensiles, l'homme à la caisse m'a dit : « Merci, madame Meriwether » et, l'espace d'un instant, j'avais oublié que c'était moi. « Madame Meriwether. » Ça sonne bien, accueillant, tu ne trouves pas ? C'est la nouveauté et j'attends avec impatience la première fois où je me présenterai ainsi.

Comment vont les affaires à la maison ? Pas de nouvelles de Hazel, j'imagine. Il y a une semaine, Al et moi étions à la boutique de tissus pour choisir des rideaux et j'aurais juré entendre la voix de Hazel. Je me suis élancée vers la personne d'où venait la voix, sûre de la voir, mais bien sûr, il n'en était rien. Ma déception fut si grande que je me suis mise à trembler, m'excusant auprès de la dame, et j'ai entraîné Al dehors aussi vite que me portaient mes jambes. Je ne perds pas l'espoir qu'un jour nous serons de nouveau ensemble.

Comment va Papa ? Je regrette amèrement notre séparation difficile. Je prie pour son pardon et sa bénédiction. Il me manque et j'espère qu'il finira par comprendre que le monde a changé et l'Allemagne avec lui. Personne n'est mauvais ou bon par naissance, nationalité ou religion. Au fond de nous, nous sommes tous maîtres et esclaves, riches et pauvres, parfaits et imparfaits. Je sais que je le suis et lui aussi, il l'est. Nous tombons amoureux malgré nous. Nos cœurs trahissent nos esprits. Al est un homme bon et je l'aime, Mutti. C'est un cadeau que je ne veux pas prendre à la légère.

Je t'écrirai dès que je pourrai. J'espère que tu me répondras, mais je ne t'en voudrai pas si tu ne le fais pas. Je comprends. Tu resteras toujours ma Mutti. Je t'aime et je continuerai à donner de mes nouvelles.

A toi pour toujours,
Elsie

*

Bäckerei Schmidt
56, Ludwigstrasse
Garmisch, Allemagne

27 février 1947

Ma chère Elsie,

Je joins à cette lettre une photographie de nous. Papa a fait développer une ancienne pellicule. Il m'a demandé de jeter ce cliché à la poubelle, toujours aussi blessé, mais je n'ai pu m'y résoudre. Tu es mon enfant et je ne veux pas perdre mes deux filles. C'est trop pour une seule vie. Voilà pourquoi je te l'envoie.

J'étais heureuse de recevoir ta lettre du Texas. Le même jour, nous avons reçu des nouvelles d'Ovidia, l'amie de Hazel. Elle affirme que la fille de Hazel a été emmenée à l'orphelinat de Waisenhaus à Munich. Ils l'ont appelée Lillian. Avec Papa, nous nous y rendrons samedi prochain, même si je ne suis pas sûre de ce que cela donnera. Nous ne savons toujours pas ce que sont devenus le garçon et Hazel.

Ma chérie, je comprends que l'amour nous fait faire des choses qu'on ne peut ni expliquer ni justifier. Par conséquent, je t'écris en espérant qu'un jour tu nous reviendras. Je pense souvent à Hazel et toi, enfants, en train de vous chuchoter des secrets à l'oreille et de vous déguiser dans votre chambre. Ces jours sont passés trop vite. Nous nous retrouverons tous ensemble seulement au paradis. C'est une certitude.

Avec tout mon amour,
Mutti

*

Bäckerei Schmidt
56, Ludwigstrasse
Garmisch, Allemagne

8 mars 1947

Chère Elsie,

Nous avons recueilli la fille de Hazel, Lillian, qui vivait à Waisenhaus. Elle vous ressemble beaucoup à toi et Hazel quand vous étiez petites. C'est une drôle de sensation d'avoir de nouveau deux jeunes enfants dans notre maison. Cela m'apporte beaucoup de bonheur de l'avoir auprès de nous. Même l'humeur de ton père s'est améliorée depuis son arrivée. C'est une enfant agréable, forte et de nature joyeuse.

Nous avons décidé de ne pas révéler à Lillian ses origines paternelles, puisque nous n'avons aucun document au sujet de l'identité de son géniteur. Même si le père de Julius est Peter Abend, le Lebensborn l'a enregistré sous le nom de famille de Hazel. Par conséquent, les deux enfants seront des Schmidt. La vérité est bien trop embarrassante. Julius est à un âge où il pourra garder des souvenirs, mais j'espère que Lillian aura tout oublié. Ces faits sont irréparables et les reconnaître ne pourra rien apporter de bon. Le Reich de mille ans était un fantasme auquel ton père s'accroche encore. Je le vois plus clairement désormais et j'ai honte de ma sottise passée. Là où Papa et moi sommes d'accord, c'est que ces enfants n'appartiennent pas à la patrie. Ce sont les nôtres.

Avec tout mon amour,
Mutti

45

Bäckerei Schmidt
56, Ludwigstrasse
Garmisch, Allemagne

23 décembre 1955

Lillian lisait *La Communauté de l'anneau* de J. R. R. Tolkien. Un pilote anglais de passage le lui avait offert. Il l'avait lu deux fois et voulait faire de la place dans sa valise avant de rentrer à Londres. La fillette était tout le temps plongée dans les livres et avait demandé ce roman comme cadeau de Noël. Son grand-père avait toléré le livre par souci éducatif uniquement, pour que Lillian améliore son anglais. Elle était la seule dans la famille à pouvoir communiquer avec les clients américains et anglais qui passaient la porte de la *Bäckerei*.

— Lillian, pose ce livre et viens aider Opa à terminer, lui demanda sa grand-mère. De grandes mains fortes comme les tiennes, c'est exactement ce dont il a besoin.

Lillian laissa échapper un soupir et ferma le roman. Frodon et ses amis venaient de partir pour Rivendell. Cela lui faisait mal au cœur de quitter leur grande aventure et de retourner au monde réel de la levure et du pain vieux d'un jour.

Oma couvrait les bonbons à la pâte d'amandes d'une bande de papier pour ne pas les retrouver infestés de mouches le matin. Dans la cuisine, Opa travaillait encore à la lumière de la bougie. La cire avait un peu coulé sur le verre, réduisant encore la clarté. Elle glissa les doigts sur le mur pour trouver l'interrupteur, mais se ravisa.

Elle l'observa dans l'ombre étaler la pâte en une peau fine et lisse sur la planche. Il prit un moule en forme de cœur géant, le positionna avec précision et l'appuya sur la pâte.

Pour les clients de dernière minute le soir de Noël, ils avaient déjà préparé une douzaine de *Lebkuchen* glacés sur les bords et décorés de motifs de fête. Mais ceux-là n'étaient pas pour leurs clients. Ils étaient spéciaux. Chaque Noël, Opa faisait cuire les pains d'épice avec leurs noms dessinés dans le glaçage.

Opa fredonnait *Douce nuit* en découpant et plaçant les biscuits sur une plaque du four. Les noms de leur famille : Max, Luana, Julius, Lillian, Hazel, Peter, Elsie et Albert. Il en préparait toujours huit, même si les quatre derniers restaient pendus dans l'arbre et y devenaient aussi durs que de la pierre.

Les parents de Lillian, Hazel et Peter, étaient morts pendant la guerre, à ce que lui avait dit Oma. Mais les enfants parlent entre eux, surtout dans des petites villes comme Garmisch. Quand elle était encore en primaire, dans la cour de récréation, on chuchotait la vérité sur sa paternité. C'était une de ses camarades de classe,

Richelle Spreckels, la fille de Trudi Abend-Spreckels, qui la lui avait finalement révélée, de rage, après avoir été éliminée à une partie de cache-cache.

— Ce n'est pas juste ! s'était lamentée Richelle. Tu ne devrais même pas être ici ! Personne ne sait qui est ton père !

Le groupe d'enfants s'était attroupé autour de Lillian. Le jeu avait brutalement pris fin.

— Mon père, c'est Peter et ma mère, Hazel ! s'était défendue Lillian.

— Ta mère est peut-être Hazel Schmidt, mais ma maman dit que Peter Abend n'est pas ton père ! Elle le sait bien, c'est sa sœur.

Sur ce, Richelle avait pris une poignée de terre mouillée qu'elle avait jetée au visage de Lillian, tachant sa jolie robe rose. Quelques enfants autour avaient étouffé des rires.

Elle était rentrée chez elle, salie et honteuse, et bien qu'Oma ait lavé sa robe du mieux qu'elle ait pu, la tache était restée.

— Qui t'a fait ça et pourquoi ? avait demandé Oma, mais Lillian avait refusé de parler, de peur d'accuser sa grand-mère d'être une menteuse et d'entendre la vérité de sa bouche.

Cela l'avait profondément blessée, comme le fait toujours la vérité, et elle décida de n'y croire que lorsqu'elle aurait des preuves pour étayer les faits.

Mais, à partir de ce jour, les accusations de Richelle restèrent gravées dans son esprit : « Tu ne devrais même pas être ici. » Cela devint sa quête : découvrir exactement qui elle était et où elle aurait dû être. Lillian se fit peu d'amis à l'école, préférant la compagnie de ses grands-parents, des clients fidèles de la boulangerie, des personnages imaginaires de ses livres et des lettres de sa tante Elsie.

Elsie et Albert habitaient aux États-Unis, dans un endroit appelé Texas, où les cow-boys montaient des chevaux fougueux et les Indiens confectionnaient des châles colorés teints avec des jus de baies. C'étaient les histoires que racontait Elsie. Ces lettres étaient pleines d'aventures et de descriptions imagées : le soleil du désert se profilant à l'horizon tel un œuf au plat géant, les lézards avec leurs grandes queues irisées filant dans l'ombre d'un cactus, la rivière Rio Grande serpentant à travers les dunes de sable, foisonnantes de reptiles et de gibier venus s'abreuver au seul point d'eau à la ronde. Quand elle était toute petite, Lillian suppliait Oma pour qu'elle lui lise ces lettres avant de se coucher. Dans le murmure envoûtant des histoires du soir, elle rêvait d'Elsie et se demandait comment la petite lune au-dessus du Zugspitze pouvait être la même que l'immense projecteur dans le ciel texan.

Tout ce que décrivait Elsie paraissait plus grand et plus merveilleux que ce qu'elle avait jamais vu en Allemagne. Parfois, Lillian parvenait à peine à cacher son excitation quand Elsie lui racontait ses promenades à cheval, galopant à travers les plaines, une tempête de sable dans son dos et le tonnerre grondant au-dessus d'elle. Elle poussait des petits cris sous sa couette et

Oma venait la gronder pour qu'elle ne réveille pas Opa. Très tôt, Oma l'avait prévenue de ne parler des lettres à personne.

— Certaines choses doivent rester secrètes, avait-elle expliqué, et Lillian l'avait accepté.

Cette complicité avec sa grand-mère lui tenait à cœur.

Opa ne parlait jamais d'Elsie et, avant de partir en pension à Munich, son frère, Julius, lui confia qu'il doutait qu'Elsie remettrait jamais les pieds en Allemagne. C'était un jeune homme taciturne, dont Lillian avait peur. Il revenait rarement à la maison et, même si elle ne l'avait avoué à personne, il ne lui manquait pas du tout. Elsie lui manquait, en revanche. Une tante qu'elle n'avait jamais rencontrée en chair et en os. Elle avait avoué à Oma qu'un de ses vœux les plus chers était de voir Elsie passer les portes de la *Bäckerei*. Oma lui avait dit qu'elle faisait la même prière.

Chaque fois qu'une femme qu'elle ne connaissait pas entrait dans la boutique, le cœur de Lillian s'emballait au point qu'elle avait du mal à entendre la commande. La cliente souriait de son manque de concentration, payait et partait. Lillian aurait voulu savoir à quoi Elsie ressemblait pour éviter d'avoir constamment de faux espoirs. Il n'y avait qu'une seule photo de sa mère avec sa tante à la maison : un cliché des deux fillettes assises sous les branches d'un cerisier. Lillian avait tant étudié l'image qu'elle savait exactement combien sa mère avait de taches de rousseur sur les joues et le nombre exact de dents dans le sourire d'Elsie. Pour le reste, elle n'avait que les lettres.

Elsie s'y montrait gentille, attentionnée, aimante, intrépide et elle connaissait plus d'histoires sur sa mère que quiconque. Elle commentait la photo du cerisier, partageant les vœux secrets de Hazel et ce qu'ils étaient devenus, expliquait l'amour de Hazel pour la musique et les belles robes, déclarait qu'elle était la plus gracieuse de toutes les femmes de Garmisch et la plus fidèle des sœurs. Lillian fit de la poupée qu'Elsie lui avait envoyée des États-Unis sa sœur à elle. Oma lui disait souvent d'être reconnaissante d'avoir Julius comme frère et elle l'aurait été volontiers s'il avait fait preuve d'un minimum d'affection fraternelle.

Opa plaça un linge sur les biscuits et mit le plateau de côté. Même s'il ne prononçait jamais leurs noms, Elsie et Albert figuraient sur les branches de l'arbre tous les ans, rappelant à Lillian et à tous les autres que, malgré tout, ils faisaient partie de la famille.

Opa se tourna.

— *Ach,* Lillian, tu m'as surpris.

— Désolée, Opa. Oma m'a demandé de venir t'aider.

— *Doch!* s'exclama-t-il en tapant des mains. Comme tu vois, j'ai terminé. Il faut juste qu'on jette ces restes, dit-il en roulant en boule la pâte autour des cœurs. Approche.

Lillian s'avança. Il sentait la cannelle, le gingembre et la cardamome. Elle se blottit contre lui. Il avait l'odeur de Noël.

— Tiens, goûte un bout, proposa-t-il en lui mettant un peu de pâte dans la bouche.

Sucrée et épicée. Lillian s'en régala.

— Délicieux !

Il lui embrassa le front.

— Ne le dis pas à Oma. Elle me gronderait de te donner des sucreries avant que tu te couches.

Elle sourit. Elle était forte pour garder des secrets.

Ce soir-là, Oma s'installa dans la chambre de Lillian pour repriser ses collants en laine. Lillian avait les pieds froids dans son lit et elle voulait entendre une histoire.

— Tu veux bien t'allonger un peu à côté de moi, Oma ? Je n'arrive pas à dormir, la supplia Lillian.

Elle savait qu'elle était trop grande pour qu'on lui lise des histoires avant de dormir, mais espérait qu'Oma accepterait tout de même.

Oma poussa un soupir, posa son fil et son aiguille et s'installa sous la couverture.

Lillian glissa les pieds sous les jambes de sa grand-mère.

— Tu es gelée, ma fille ! s'exclama Oma en lui frottant les pieds.

— Tu es contente que ce soit Noël ?

— *Ja*, répondit Oma. Et toi ?

Lillian remonta la couverture jusqu'à son menton et hocha la tête.

— Tu penses qu'on va recevoir une lettre de tante Elsie ?

Oma serra sa petite-fille dans ses bras.

— Elle écrit toujours à Noël.

Lillian le savait bien mais voulait que sa grand-mère la rassure.

— J'ai acheté la carpe aujourd'hui. Aussi grosse qu'une pomme de pin géante. Tu l'as vue ?

Lillian secoua la tête.

— Mais j'ai vu Opa préparer les *Lebkuchen* en forme de cœur, glousssa-t-elle en se cachant le visage contre Oma.

— Vraiment ?

Oma prit une profonde inspiration, son corps se soulevant et retombant lourdement.

— Tu crois que Julius dira quelque chose si je mange le sien, puisqu'il ne revient pas cet hiver ?

— Tu demanderas à Opa. Allez, maintenant tu es bien au chaud. C'est l'heure de dormir.

Elle s'apprêtait à se lever, mais Lillian l'arrêta.

— Reste encore, s'il te plaît. Tu veux bien me lire... la lettre dans laquelle tante Elsie raconte avoir aidé Onkel Albert à l'hôpital ? Celle où elle a donné une sucette au garçon avec le bras cassé.

— En Amérique, des volontaires travaillent dans les hôpitaux pour réconforter les malades, expliqua Oma.

Elle fouilla sous le matelas, là où elles cachaient les lettres d'Elsie.

— Quelle était la date ?

— C'était l'été. Parce qu'elle disait qu'ils avaient eu leur premier orage d'été et que des éclairs illuminaient la nuit.

Son cœur battit plus vite en repensant aux mots de sa tante.

— Le garçon avait eu si peur qu'il était tombé de sa chaise et s'était cassé le bras.

— *Ach, ja*. C'était en août, je pense.

Elle parcourut les enveloppes jusqu'à trouver la bonne.

Le 3 août.

Les pages se froissaient entre ses doigts.

— « Chères Mutti et Lillian », commença-t-elle.

Lillian ferma les yeux, se blottit dans ses draps et laissa son imagination l'emporter de l'autre côté de l'océan.

46

56, Ludwigstrasse
Garmisch, Allemagne

5 octobre 1967

Chère tante Elsie,

Merci encore pour le patron de la robe McCall's et l'album des Beatles que tu m'as envoyés. Nous captons une nouvelle station de radio ici. Elle s'appelle British Broadcasting Corporation. *En as-tu entendu parler en Amérique ? Elle diffuse toute la bonne musique, même Jim Morrison. Et aujourd'hui, Tony Blackburn (le présentateur sur Radio 1) parlait de tout ce qui se passe de l'autre côté de l'Atlantique, chez vous. C'est vrai que les gens manifestent dans les rues ? C'est difficile à imaginer, mais Oma dit que c'est toujours comme ça quand il y a une guerre. Elle se fait du souci pour toi. Je lui ai expliqué que les combats se déroulaient au Vietnam et que c'était loin du Texas. Pourtant, elle me demande de t'écrire de garder la petite Jane et Onkel Albert tout près de toi et les portes soigneusement fermées.*

Elle va également t'écrire, mais elle est déjà allée se coucher. Depuis quelques mois, elle dort bien plus que d'ordinaire. Elle ne voulait pas t'en parler avant, prétextant que ce n'était qu'un effet de ses allergies dues au changement de saison et qu'elle se soigne avec ses infusions pour ceci ou cela, mais nous sommes bien engagés dans l'automne maintenant et elle est plus fatiguée que jamais. Elle refuse d'aller consulter le médecin. J'ai beau lui dire qu'on trouve des médicaments pour tout, de nos jours, elle ne veut pas. Peut-être que tu pourrais lui parler. Demande à Onkel Albert ce qu'il en pense.

Sinon, nous allons tous très bien ici. Opa va bien. Il insiste toujours pour cuire la première fournée de Brötchen *lui-même, bien qu'on ait engagé deux apprentis boulangers et un chocolatier. Hugo est le meilleur des trois et celui qui est arrivé le plus récemment. Il a été formé auprès d'un chef pâtissier dans l'évêché de Liège en Belgique. Il a ajouté les gaufres à nos spécialités. J'ai pris plus de deux kilos depuis qu'il est là et je me régale! J'aurais voulu glisser une des* Waffeln *de Hugo dans cette enveloppe. Je suis certaine que tu les aurais aimées autant que nous. Notre chiffre d'affaires a augmenté de près de vingt pour cent et Opa ne pourrait plus se passer de lui. Il le considère comme le fils qu'il n'a jamais eu.*

Un magasin de glaces a ouvert à côté de chez nous, les touristes américains et les militaires en raffolent. Du coup, Hugo et Opa réfléchissent à la possibilité de leur vendre des cônes gaufrés. Les affaires marchent vraiment bien et nous en sommes tous ravis.

J'ai demandé à Opa la permission de partir à l'université au printemps, si nous faisons un bon chiffre à la fin de l'année. Je pense que ça me plairait bien d'étudier l'histoire et la littérature. Je ne me suis pas encore décidée entre les deux. En tout cas, j'ai déjà trop retardé mon départ. Dans mes rêves, je vais à l'université aux États-Unis. Il y a tant de facultés extraordinaires là-bas, mais je ne peux pas laisser Opa et Oma. Je postulerai sans doute à Munich. Opa a dit que c'était une bonne idée. Alors, maintenant, je dois seulement être acceptée. Prie pour moi. C'est ce que je souhaite le plus au monde.

Je dois te laisser. Il faut que je balaye la cuisine avant de me coucher. Ce n'est plus aussi barbant maintenant que je peux écouter la radio en même temps!

Bisous à toi, Jane et Onkel Albert.

Lillian

P.-S. : J'ai failli oublier! Julius s'est finalement marié! Il nous a appris la nouvelle le mois dernier. Elle s'appelle

Klara et elle vient de Lübeck. Son père est banquier. Ils ont déménagé à Hambourg où Julius dirige la succursale. Nous n'avons pas vraiment obtenu plus de détails. Tu connais Julius.

*

56, Ludwigstrasse
Garmisch, Allemagne

19 octobre 1967

Chère tante Elsie,

Il s'est passé tant de choses en si peu de temps, que je ne sais pas par quoi commencer. Opa ne me laisse pas t'envoyer un télégramme ni passer un appel longue distance, donc je t'envoie cette lettre et prie pour que tu la reçoives aussi vite que possible. Nous revenons juste de l'hôpital. L'état de santé d'Oma s'est beaucoup dégradé. Pendant trois jours, elle est restée au lit sans rien avaler du tout. J'ai eu si peur que j'ai appelé une ambulance d'urgence.

Les médecins ont dit que c'était le cancer. Oh, tante Elsie, si seulement j'avais agi il y a des mois! Si nous l'avions détecté plus tôt… mais maintenant, c'est trop tard. Ils la renvoient à la maison, et Opa et moi nous relayons à son chevet toutes les heures.

Je suis inconsolable et je ne t'aurais jamais demandé cela si la situation n'était pas aussi désespérée. S'il te plaît, reviens à la maison. Les docteurs disent qu'elle pourrait rester avec nous encore quelques semaines, ou seulement quelques jours. Opa refuse d'accepter la gravité du diagnostic. Je ne pense pas qu'il puisse imaginer sa vie sans elle – ni ne se le permettra. Cela lui brisera le cœur et le mien. Je ne pourrai pas affronter cela toute seule. Reviens-nous.

Ta nièce dévouée,
Lillian

47

Bäckerei Schmidt
56, Ludwigstrasse
Garmisch, Allemagne

2 novembre 1967

Arrivée deux heures avant l'heure prévue, Elsie avait pris un taxi depuis la gare centrale et s'était rendue jusqu'à Ludwigstrasse. Cela faisait plus de vingt ans qu'elle n'avait plus foulé le sol de cette rue. Claquant les talons sur les pavés, elle retrouva d'instinct l'allure qu'elle avait à l'époque. L'air de l'automne était mordant et propre comme les pins. Elle le respira aussi profondément qu'elle le pouvait. D'épais nuages gris voilaient le ciel au-dessus du Zugspitze. Une seule goutte de pluie lui mouilla la joue. Très vite, l'averse allait tomber et elle se félicita d'avoir pris le train plus tôt à Munich.

Un jeune couple sortit de la boulangerie avec une grosse boule de pain de seigle dans un papier marron. La pancarte « *Bäckerei Schmidt* » se balançait doucement au-dessus de la porte dans la brise alpine.

— *Guten Abend,* lança le chauffeur de taxi en lui tendant ses bagages.

— *Guten Abend,* répondit Elsie.

Ses mots sonnèrent maladroits et durs à ses oreilles. Cela faisait très longtemps qu'elle n'avait plus prononcé en allemand que des berceuses murmurées à Jane.

Une clochette tinta à la porte de la boulangerie, mais le parfum l'accueillit bien avant. Un nuage alléchant de délices à la levure. Les recettes de Papa. Seul son pain rendait l'atmosphère si riche et satisfaisante. Elle avait tenté de le copier pendant des années dans sa propre boulangerie, mais n'avait jamais vraiment réussi, utilisant trop de vanille et de cannelle.

Malgré tout ce temps et quelques modernisations, la *Bäckerei* des Schmidt n'avait pratiquement pas changé. L'aneth avait été replanté dans des pots plus grands mais décorait toujours les fenêtres de devant. Les paniers à pain s'alignaient sur l'étagère, exactement comme elle les avait arrangés. Des tables en Formica remplaçaient les vieilles en bois, mais dans le même espace réduit. Et voilà qu'elle se retrouvait là, comme dans un rêve... Pourtant, ce n'en était pas un.

— Qu'est-ce que je vous sers ? demanda un jeune homme derrière la caisse.

Soudain, elle se ne sentit plus à sa place, mal à l'aise et étrangère. Son chemisier indigo fleuri et sa coiffure ne cadraient pas. La partie d'elle qui avait été Elsie Schmidt se souvenait de cet endroit avec tendresse et tristesse, mais cette fille était comme le personnage d'un conte de Grimm. À présent, elle était Elsie Meriwether, avec un mari aimant, une merveilleuse petite fille et sa propre boulangerie qu'elle dirigeait sous le soleil texan. Elle n'était plus chez elle, ici, et, étonnamment, prendre conscience de cela lui apporta force et réconfort.

— C'est vous, Hugo ?

— *Nein*, je suis Moritz. Hugo est en cuisine.

Il replaçait des gâteaux sur un plateau : *Mandelkekse*, des biscuits aux amandes, à ce que reconnut Elsie.

— Lillian est là ?

Moritz s'interrompit, avant de retirer la plaque.

— Vous êtes une amie de la famille ?

— Je suis Elsie, se présenta-t-elle avec un pincement au cœur. La fille de Max et Luana.

Moritz ouvrit de grands yeux.

— *Ach, ja !* Vous êtes en avance.

Il fit le tour de la caisse pour venir lui serrer la main.

— Je suis Moritz Schneider.

— Schneider ? répéta Elsie en souriant. Un rapport avec Bitsy Schneider ?

— C'est ma mère ! s'exclama-t-il en posant le pouce sur son torse. Je suis son plus jeune fils.

— Je la connais bien. Je crois me rappeler que vous lui donniez beaucoup de coups, plaisanta-t-elle en touchant son ventre, ce qui fit rire Moritz.

— C'est ce que dit Frau Schmidt aussi.

En évoquant Mutti, son expression se rembrunit.

— C'est bien que vous soyez venue.

Elsie sentit son cœur s'emballer dans sa poitrine.

— Venez, dit-il en lui prenant sa valise. Ils sont avec elle.

Il l'accompagna jusqu'à une porte qu'elle ne reconnut pas. Un nouveau mur avait été dressé, pour séparer la boutique de la cuisine et de l'escalier montant à leur appartement, qui avait été refait. Le mur de sa chambre où elle avait caché Tobias avait été cassé pour créer une pièce de vie plus spacieuse avec une grande télévision. La chambre de Papa et Mutti n'avait pas bougé, mais ils avaient ajouté une extension tout au bout de l'étage. Une marche menait vers deux portes, les chambres à coucher de Julius et de Lillian, songea Elsie.

Elle se tint devant les images en noir et blanc que projetait sa mémoire, se disant : voilà où j'ai dormi et où je me suis déguisée avec Hazel. Elle avança : là où j'ai fêté mon dix-septième anniversaire avec Tobias. Encore un pas : là où Mutti m'a confié ses secrets. Cet endroit contenait tant de moments qu'elle ne pouvait oublier et, pourtant, rien n'était comme avant.

Moritz posa la valise à côté d'un canapé, où autrefois s'était trouvée la porte de sa chambre. Il se dirigea vers la chambre de Mutti et Papa.

— Lillian ? appela-t-il en frappant.

La porte s'entrouvrit et le visage de Lillian apparut.

— Elle est arrivée.

— Tante Elsie ? murmura Lillian en se glissant par l'ouverture. Ma tante !

Elle lui sauta au cou et la serra dans ses bras comme si elles avaient toujours vécu ensemble. Ses épaules tremblaient.

— Je suis si heureuse de t'avoir parmi nous.

— Voyons, voyons, la calma Elsie. Comment va-t-elle ?

— Aucune amélioration. Tu es arrivée à temps.

Lillian avait envoyé quelques photos avec ses lettres, mais c'était la première fois qu'Elsie voyait sa nièce en personne. La ressemblance avec Hazel était si frappante que les vieilles cicatrices d'Elsie se rouvrirent d'un seul coup. Ses yeux la brûlèrent en voyant sa sœur réapparaître.

— Tu ressembles tant à ta mère ! dit-elle en prenant les mains de Lillian pour s'assurer qu'elle ne rêvait pas.

— Je ne suis que son ombre, rétorqua Lillian, modeste.

— *Nein*, assura Elsie. Tu en es la lumière.

Elle entoura sa nièce de ses bras pour cacher ses larmes qui montaient.

— Viens, ils nous attendent, déclara Lillian en prenant Elsie par la main.

À l'intérieur de la chambre, les rideaux étaient fermés. Une petite lampe sur la table de chevet éclairait le lit d'une lueur rose.

— Elsie est là, annonça Lillian.

Les doigts délicats de Mutti bougèrent sur le couvre-lit brodé.

— Elsie ?

Les genoux d'Elsie menaçaient de ne plus pouvoir la porter. Elle s'accroupit à côté du lit.

— Ma chérie, laisse-moi te regarder.

Mutti lui souleva le menton et s'avança dans la lumière.

Elle avait les lèvres cireuses, le teint pâle et les yeux si noirs et fatigués qu'Elsie eut du mal à ne pas détourner la tête. Mais la caresse de Mutti était tendre et son parfum toujours aussi rassurant.

— Ma jolie fille…

Elsie lui embrassa la paume de la main.

— N'est-elle pas ravissante, Max ?

Papa était assis de l'autre côté du lit, la tête inclinée.

— *Ja,* Luana. Mes filles… les plus belles de toute l'Allemagne.

Il déglutit avec peine et joignit les mains.

— Comment va ma petite-fille, Jane ? demanda Mutti.

— Elle va bien, répondit Elsie, sa voix se cassant.

— Forte et bien portante ?

— Elle dévore mes *Lebkuchen*.

— Hmm, ponctua Mutti, heureuse. Je suis désolée de t'avoir obligée à les abandonner, elle et Albert.

— Ils vont bien. Je voulais venir, Al aussi, mais nous avions peur que…

Elle se mordit la lèvre et tourna la tête vers Papa.

Il s'éclaircit la voix et se leva, sa stature bien moins imposante que dans le souvenir d'Elsie.

— Je vais nous préparer de la soupe. Lillian, viens m'aider, s'il te plaît.

Lillian obéit et le suivit.

Quand elles furent seules, Mutti caressa les cheveux d'Elsie.

— J'aime bien quand ils sont lisses, affirma Mutti. Ça me rappelle quand Hazel et toi étiez enfants et que je vous les brossais avant d'aller au lit. Tu te souviens ?

— Je dois les lisser avec un fer pour obtenir ce résultat, avoua Elsie en reniflant. Sinon, ils frisent. Les cheveux de Hazel étaient comme de la soie, si raides et beaux.

Tu as les cheveux de ton père. Quand ils ont décidé de se rebiffer le matin, tu ne peux pas leur faire changer d'avis de la journée. Quelle vitalité ! Hazel avait mes cheveux et regarde-les maintenant, dit-elle en se touchant délicatement les tempes. Mous et sans vie. Tout ce que je peux faire, c'est les peigner en arrière pour cacher les trous.

Même si elle essayait de la contrôler, la respiration d'Elsie était saccadée et hachée.

— Ce n'était pas drôle, je sais, je sais.

Mutti lui tapota la main pour la réconforter et souleva ses draps.

— Viens t'allonger à côté de moi

Elsie retira ses ballerines bleues et se cala contre Mutti, dont le corps anguleux, d'une maigreur accablante, était bien trop froid sous la grosse couette. Elsie se blottit et frotta ses pieds contre les pieds nus de sa mère.

— Mes filles m'ont tant manqué, murmura Mutti avant d'embrasser la tête d'Elsie.

Contre sa poitrine, Elsie comptait les battements du cœur de Mutti et priait pour le suivant, celui d'après et encore un autre. Elle ne put plus retenir sa peine.

— Je suis désolée d'être restée loin si longtemps…

— Chut, ma chérie. Je ne t'en ai jamais voulu de faire ce que tu pensais être juste et pour le mieux. Je t'ai toujours admirée pour cela. J'aurais aimé avoir ne fût-ce qu'une once de ton courage. Peut-être que les choses auraient été différentes pour notre famille.

— Tu es la femme la plus forte que je connaisse.

— *Doch,* regarde dans le miroir et tu verras la plus forte des Schmidt.

Elle approcha sa bouche de l'oreille d'Elsie.

— Et ce sont les mots de ton père.

Elsie la serra fort dans ses bras et souhaita que ce moment se prolonge pour l'éternité.

— Avant que je parte, il y a des choses que je voudrais te dire, confia Mutti, en soulevant encore une fois le menton d'Elsie pour la regarder dans les yeux. Ton père t'aime profondément. Faites la paix. Il voit maintenant à quel point il a eu tort au sujet d'Albert et de la guerre. Sa fierté l'empêche de le reconnaître, mais il le sait.

La tristesse inonda la poitrine d'Elsie et elle ne pouvait plus la contenir.

— Mutti, j'avais tort, moi aussi. J'ai menti, parce que je pensais que je vous protégeais. J'aurais dû vous dire… tant de choses.

— Le passé est noir et lourd. Il calmera petit à petit nos esprits si nous le laissons faire. Il faut pardonner et aller de l'avant. Promets-le-moi.

Elsie hocha la tête.

— Ensuite…, continua Mutti en respirant lourdement, ses côtes se soulevant sous la tête d'Elsie. Tu dois savoir que ta sœur, Hazel, est morte, tout comme son fils, Friedhelm.

— Tu en es sûre ?

— Au fond de nous, nous le savions depuis des années, *ja* ? dit-elle en lui adressant un sourire triste. J'ai gardé contact avec Ovidia. En cherchant ce qu'était devenu son fils, elle est tombée sur les registres des naissances et des décès du Lebensborn pour les femmes de Steinhöring.

Mutti inspira profondément et colla la main sur une douleur invisible.

— Le fils jumeau de Hazel a été considéré comme handicapé et a été intégré à ce qu'ils appelaient l'« opération T4 », expliqua-t-elle en clignant des yeux. Un programme nazi d'euthanasie. Procédure habituelle, apparemment.

Un courant d'air glacial souffla dans la chambre. Elsie frotta ses pieds contre ceux de Mutti.

Le document listait également les décès des mères de l'association.

La lumière de la lampe baissa. Une bourrasque de pluie frappa le toit. En dessous, des voix d'hommes leur parvenaient.

— Comment ? demanda Elsie.

— Suicide, chuchota Mutti.

— Oh, Hazel, lâcha Elsie en fermant les yeux.

— Je ne l'ai jamais dit à ton père. Nous portons tous nos propres secrets. Certains sont plus à leur place enterrés avec nous dans la tombe. Ils ne font aucun bien aux vivants.

Elle serra la main d'Elsie.

— Il y a une pierre tombale sans nom dans notre caveau familial au cimetière Saint-Sébastien. Pourrais-tu veiller à ce que le nom de Hazel y soit gravé ?

Elsie hocha la tête.

— Je vais bientôt la revoir. C'est ma consolation. Dieu est bon et miséricordieux en tout.

Elsie espérait que Mutti avait raison. Elle voulait que justice soit faite pour tant de choses et, pour d'autres, elle souhaitait le pardon.

— Et enfin, j'ai un secret que j'ai honte d'avoir gardé, alors qu'il ne m'appartenait pas.

Elles avaient toutes les deux leurs secrets, certains qu'elles avaient partagés, d'autres non, mais Elsie n'imaginait pas que Mutti doive en confesser un maintenant.

Regarde sous la table de chevet.

Elsie s'exécuta et passa les doigts sous le meuble jusqu'à ce qu'ils touchent une pile de papiers, usés par l'âge. Elle les souleva à la lumière et reconnut l'écriture.

— Les lettres que je t'ai écrites ?

— Pas les deux dernières.

Elsie parcourut la pile et retira les pages du dessous, dont le papier était plus fin et abîmé que les autres. Doucement, elle les déplia et lut tout d'abord la signature, Frau Rattelmüller.

Elsie, j'ai entendu dire que la Gestapo était chez toi, hier, alors, je suis passée voir. Un effet de la providence divine, parce que je me suis retrouvée devant la boulangerie juste au moment où les soldats sont sortis avec Tobias. En me voyant, le garçonnet a poussé un cri plus fort que l'archange Gabriel. Dans la confusion de l'orage et de la panique dans les rues, j'ai réussi à l'emmener rapidement chez moi en passant inaperçue. Il est là maintenant. J'ai fait mes valises et j'ai l'intention de partir avec lui dans la nuit, en même temps que tous ceux qui quittent la ville. Je pense qu'il pourra passer pour un enfant allemand en partance pour la Suisse. Malgré mon âge, il faudra bien que mes vieux os résistent. J'ai promis de faire tout ce qui est en mon pouvoir pour t'aider. Je tiens cette promesse à présent. Avant que nous nous en allions, je voulais que tu saches que le garçon va bien. Ne t'inquiète pas. Je le protégerai au péril de ma vie. J'espère que ma lettre ne te mettra pas en danger. Je la laisse à la porte de derrière et prie pour que tu sois la première à la trouver sur le seuil. Que Dieu te bénisse et te protège, toi et ta famille, ma chère Elsie. J'essaierai de te recontacter quand ce sera plus sûr.

Frau R.

*

DE : 30, Plattenstrasse
Zurich, Suisse
Cachet de la poste : 25 juin 1945

Elsie, j'espère que cette lettre te parviendra. Tobias et moi sommes chez des amis à Zurich. La nouvelle de l'invasion alliée à Garmisch est douce-amère. Même si nous sommes allemands, notre patrie n'est plus une terre d'accueil. Les familles juives que je cachais depuis plus d'un an – les Mailer et les Zuckermann – ont pratiquement perdu tous leurs proches durant ces quelques années de terreur.

Grâce à ta bague de fiançailles, nous avons pu soudoyer les gardes SS et faire sortir Nanette Mailer et la nièce des Zuckermann, Tabita, du camp de Dachau avant la grande marche. Malheureusement, nous n'avons pas retrouvé la sœur de Tobias, Cecile, sans doute morte dès son arrivée au camp. J'ai annoncé la nouvelle au petit, sincèrement désolée de ne rien avoir pu faire pour elle et tant d'autres.

Les Mailer et les Zuckermann ont décidé de quitter l'Europe. Les Mailer partent pour Israël. Les Zuckermann, eux, ont choisi les États-Unis d'Amérique. Je suis trop vieille pour entreprendre un tel périple. Ma belle-sœur habite à Lucerne. Je vais aller chez elle et j'ai invité Tobias à m'accompagner s'il le voulait. Cependant, il s'est lié d'amitié avec les Zuckermann. Comme ils ont perdu leur fils de neuf ans à Dachau, Tobias est un baume sur leur cœur meurtri. Ils lui ont demandé de venir avec eux en Amérique. La proposition a fait naître un sourire – le premier depuis l'annonce de la mort de Cecile –, j'espère donc qu'il a l'intention d'accepter. Je suis sûre qu'il sera heureux auprès des Zuckermann. Ils comptent parmi les gens les plus extraordinaires que j'ai eu la chance de rencontrer. Tobias recevra l'amour qu'il mérite. Il est si jeune, avec toute la vie devant lui. J'espère que savoir cela t'apporte du réconfort.

Tobias et moi resterons à cette adresse jusqu'à la deuxième semaine de juillet quand nous partirons tous pour Zurich. Il attend avec angoisse de tes nouvelles et veut t'écrire, mais tant que nous ignorons si tu reçois ces lettres en toute sécurité, je préfère m'occuper de la correspondance. Je prie tous les jours pour ton bien et celui de ta famille.

Frau R.

Elsie sanglotait à chaudes larmes. Tobias était en vie ! Elle l'avait sauvé. Elle avait avalé les mots telle une affamée et les pressait désormais contre elle, si fort qu'elle laissa des traces de rouge à lèvres rose sur les pages fragiles. Tobias était en Amérique, comme elle. Elle aurait très bien pu passer à côté de lui dans un magasin sans le reconnaître. Les Zuckermann ? Avait-elle entendu ce nom durant toutes ces années ? Peut-être pas, mais son bonheur grandissait, menaçant de la soulever du lit.

Le visage de Mutti restait sombre et lugubre.

— Je suis désolée de te les avoir cachées.

Elle s'attrapa les mains et tourna son alliance autour de son doigt d'un geste fébrile.

— J'avais peur. J'ai trouvé la première lettre sur le pas de notre porte de derrière, la nuit après que la Gestapo... Je ne voulais pas qu'ils reviennent te faire du mal. Je ne voulais pas qu'ils fassent du mal à Frau Rattelmüller non plus. Quand la deuxième est arrivée et que les Américains étaient là, j'avais encore peur pour nous. Je ne pouvais pas prendre le risque de mettre en danger la seule fille qui me restait.

Elle posa une main faible sur la joue d'Elsie.

— J'ai caché les lettres et prié pour que Frau Rattelmüller cesse d'écrire. Je me disais qu'il valait mieux qu'on oublie toutes ces années noires. Quoi que tu aies fait, quels que soient les événements dans lesquels tu aies été impliquée, je ne voulais pas savoir.

De ses doigts, elle caressait la peau d'Elsie.

— Je voulais juste passer à autre chose. Toi, tu l'as fait, quoique différemment de ce que ton père et moi aurions souhaité.

Des gouttes de sueur perlèrent sur son front.

—Il était si en colère que tu aies accepté d'épouser un Américain. Je ne voulais pas apporter plus de tension dans notre maison en exposant ces lettres. Alors, je les ai gardées cachées et tu es partie en Amérique. Et avec les années qui passaient, elles m'ont paru moins importantes, moins pertinentes dans nos vies.

Sa main tomba sur le lit.

—Mais j'avais tort. Tort de ne pas te les montrer et tort d'avoir peur de ce qu'elles contenaient. J'aurais dû en être fière.

Elle se tourna, son visage plus intense et audacieux qu'il l'avait été depuis l'arrivée d'Elsie.

—Je *suis* fière. De tout ce que tu as fait pour aider cet enfant juif. Je suis fière de tout ce que tu as fait dans ta vie.

Son corps s'écrasa dans son lit, épuisé par la force que ces mots lui avaient coûtée.

Des pas résonnèrent dans l'escalier, un rai de lumière se faufilant sous la porte, suivi de l'odeur d'oignon et de carvi.

—*Schwarzbrotsuppe*, annonça Papa.

Lillian et lui portaient chacun deux bols.

Mutti pressa les mains d'Elsie, qui tenaient toujours ses lettres.

—Elles sont à toi et l'ont toujours été, murmura-t-elle.

—De la soupe au pain réchauffe l'âme, lança Lillian. N'est-ce pas ce que tu dis toujours, Opa ?

Mutti posa la main sur le bras de son mari.

—Mon Max. Aucune femme n'aurait pu souhaiter un meilleur époux. Merci.

Papa se racla la gorge deux fois, mais sa voix refusa de lui obéir.

—Mange, Elsie, somma-t-elle. Tu as fait un long voyage et je veux que tu me racontes pour Jane et Albert. Et ta boulangerie. Peux-tu y croire, Max ? Notre fille est boulangère et femme d'affaires. Les femmes, de nos jours..., se réjouit-elle en souriant à Elsie et en faisant un clin d'œil à Lillian. Le monde est tellement riche de promesses pour elles !

Papa les regarda toutes les trois et approuva d'un signe de tête.

Ils restèrent assis autour du lit, à manger, rire et écouter les histoires d'Elsie. Mais, alors qu'ils se régalaient, Mutti laissa sa soupe refroidir sur la table de nuit.

48

Entreprise de pompes funèbres de Sunset
9400 North Loop
El Paso, Texas

11 mai 2008

Le salon funéraire grouillait de monde dans une atmosphère surchauffée. Au centre trônait une urne en pierre contenant les cendres d'Elsie et, à côté, une plaque en or gravée de l'inscription : À LA MÉMOIRE DE NOTRE BIEN-AIMÉE ELSIE SCHMIDT-MERIWETHER, ÉPOUSE, MÈRE, CHÈRE AMIE ET BOULANGÈRE. 30 JANVIER 1928 – 7 MAI 2008. La simplicité de l'urne contrastait avec l'opulence de la plaque. Reba se doutait que c'était l'entreprise des pompes funèbres qui l'avait fournie. Elle était assortie aux rideaux tissés de fil d'or et au tapis de brocart.

Reba avait pris le premier vol de San Francisco pour El Paso, mais cela ne changea pas grand-chose. Au moment où elle avait vu les montagnes Franklin par son hublot, Elsie était déjà partie.

Tandis que Jane s'était occupée des démarches pour la crémation, Reba avait écrit la notice nécrologique et l'avait envoyée à tous les journaux du Texas. Elle savait que cette nouvelle n'intéressait personne en dehors de la ville, mais cela ne lui suffisait pas. De plus, cela lui avait donné quelque chose à faire, contrairement à maintenant. Elle allait du columbarium à l'urne, jouant des coudes avec les autres convives et échangeant une ou deux paroles maladroites avec des inconnus.

Quand elle aperçut Riki sur le canapé du salon funéraire, elle le rejoignit.

— Tu tiens le coup ? demanda-t-il.

Elle s'écroula sur les coussins.

— Tellement de gens ! Je ne connais personne.

Un bol rempli de bonbons était posé sur une table. Elle se pencha sur Riki pour en prendre un et sentit son after-shave épicé. Son cœur fit un bond dans sa poitrine. Tout, chez lui, lui manquait.

— Ce sont ses clients ? interrogea-t-il en scrutant la foule.

— Peut-être, répondit-elle en mettant un bonbon dans sa bouche. C'est formidable qu'une chose aussi simple que du pain puisse signifier tellement pour les gens.

Une dame blond platine s'approcha d'eux et fit un geste vers le canapé.

— Bonjour, je peux ?

— Bien sûr, acquiesça Reba, la bouche pleine de sa friandise.

La femme sortit un programme de son sac à main. L'entreprise de pompes funèbres en avait gracieusement imprimé quelques-uns en allemand.

— Comment avez-vous connu Elsie ? s'enquit Riki pour faire la conversation.

— Je suis sa nièce, Lillian.

— Sa nièce ? s'étonna Reba en croquant le bonbon. J'avais toujours cru qu'Elsie était fille unique.

— Non. Ma *Mutter*, la sœur d'Elsie, Hazel, est morte en Allemagne pendant la guerre. Tante Elsie est en quelque sorte la mère que je n'ai jamais eue.

— Vous avez fait toute la route depuis l'Allemagne ? demanda Riki.

— Non, Vich-ita.

— Wichita, dans le Kansas ?

— *Ja*, une Fräulein allemande au cœur de l'Amérique. Je suis venue aux États-Unis pour étudier à l'université et j'ai rencontré mon mari pendant ma thèse sur les Lebensborn. Il est professeur d'histoire allemande. C'est grâce à tante Elsie que je suis venue en Amérique. Mon grand-père est mort neuf mois après ma grand-mère. Elsie devait hériter de notre boulangerie de famille, mais elle m'a demandé de la vendre à notre pâtissier en chef et d'utiliser l'argent pour mes études. Cela n'aurait pas été possible sans sa générosité. Je n'aurais pas connu mon mari ni eu mes enfants. C'est à elle que je dois d'être qui je suis aujourd'hui.

— Je comprends, ponctua Reba.

Un homme âgé et sa femme entrèrent. Leurs regards balayèrent la pièce et s'arrêtèrent sur Lillian.

— Excusez-moi, je cherche Mlle Meriwether, la fille d'Elsie. Est-ce vous, par hasard ?

— Non, malheureusement, répondit Lillian.

— C'est sa nièce, expliqua Reba.

— La ressemblance est frappante.

Au centre de la foule, la tête de Jane apparut.

— C'est elle, la fille d'Elsie, indiqua Reba, et les invités partirent dans sa direction.

— Je n'aurais pu recevoir de plus beau compliment, sourit Lillian en se levant. Excusez-moi, voulez-vous ? Je voudrais me recueillir devant l'urne.

— Bien sûr. C'était un plaisir de vous rencontrer. Je considère Elsie et Jane comme ma famille, par conséquent, cela vous inclut vous aussi. J'espère qu'on se reverra.

Lillian les quitta en hochant la tête. Une fois qu'ils furent seuls, Reba s'appuya contre l'épaule de Riki et observa les personnes présentes. Certains riaient et souriaient, racontant des anecdotes sur Elsie et se souvenant d'elle comme d'un membre de leur famille, plus qu'une amie.

— Le seul autre enterrement auquel j'ai assisté était celui de mon père. Rien à voir avec ça. C'était comme être enfermée dans le placard d'une maison en feu. (Elle haussa les épaules.) Ici... on se sent bien.

— Elle aurait aimé que cela se passe ainsi, dit Riki en prenant la main de Reba dans la sienne. Elle rendait la vie des autres meilleure.

Reba confirma d'un hochement de tête. Elle passa les mains derrière sa nuque et défit sa chaîne.

— Il y a quelque temps, Elsie m'a dit que je devais soit porter cette bague, soit te la rendre.

Elle la serra dans son poing.

Riki fronça les sourcils et lui prit la main.

— Elle m'avait bien comprise. Elle voyait en moi comme dans un livre ouvert, dit-elle, un sanglot se coinçant dans sa voix. J'ai fait tant d'erreurs, Riki. Je ne sais pas comment tu pourrais me pardonner, mais j'espère que tu en seras capable.

Il fallait qu'elle parle maintenant, tant qu'elle en avait le courage.

San Francisco, c'était affreux. Je me sentais si seule et il y a eu ce type... Un type vraiment... vraiment stupide, assura-t-elle en secouant la tête. Mais je n'y retournerai pas. Je suis sûre de ce que je veux, à présent. Je vois mon avenir plus clairement que jamais jusque-là.

Jane l'interrompit en sifflant.

— Écoutez, les amis ! Maman n'aurait surtout pas voulu vous voir pleurer et gémir sur sa tombe. Donc, je voudrais tous vous inviter à la boulangerie. Nous pourrons célébrer la vie de maman dignement, avec quelque chose à nous mettre sous la dent !

Elle rit, s'essuya les yeux, puis s'empara de l'urne d'Elsie.

La pièce se vida rapidement, seuls restaient Riki et Reba.

— Je sais que c'est beaucoup te demander, mais je voudrais qu'on essaye une nouvelle fois, osa Reba en se mordant la lèvre et en tournant la bague encore et encore. La troisième fois sera la bonne.

Riki lui prit doucement la bague de la main.

— J'ai démissionné. Tout allait de travers.

Reba avait du mal à respirer. Elle savait qu'il risquait de ne jamais lui pardonner, qu'il était peut-être passé à autre chose.

— De travers ? répéta-t-elle.

Elle se raidit. Elle ne savait pas ce qu'elle ferait s'il ne voulait plus d'elle.

— Je vois ma vie clairement aussi et je veux que ça change. Je veux quelque chose qui serait bien pour moi.

Il lui pressa la main.

— OK. Donc..., commença-t-elle, sentant une vague de chaleur lui traverser le dos. Qu'est-ce qui serait bien pour toi ? J'imagine que ce que je t'ai dit de San Francisco a dû te faire un choc. Mais je t'aime et je veux être avec toi pour le reste de ma vie, si tu le veux aussi. Mais, si tu ne penses pas que ce serait bien pour toi, eh bien...

Sa voix partit dans les aigus et elle dut s'arrêter avant de fondre en larmes.

Le visage de Riki se radoucit.

— Je n'ai pas dit que tu ne serais pas bien pour moi. J'ai dit que c'était mon travail qui ne l'était pas.

— Oh, lâcha-t-elle, prenant conscience qu'elle se triturait les mains.

Elle les posa à plat sur ses genoux.

— Je suis désolée. Je suis dans un état déplorable.

— Nous avons tous les deux fait des choses dont nous ne sommes pas fiers, Reba. Tu dis que tu as fait de grosses erreurs ? Je peux en dire autant. J'ai laissé faire du mal à des gens. C'est dur pour moi d'accepter cette vérité.

Elle comprenait. Son père avait porté le même fardeau. Mais, cette fois, elle ne resterait pas les bras croisés à le regarder en faisant comme si ce n'était jamais arrivé. Ils trouveraient le pardon ensemble et cette perspective lui mit du baume au cœur.

— Tu veux toujours m'épouser ? Parce que moi, je veux toujours me marier avec toi, affirma-t-elle.

Il la contempla et passa une mèche derrière son oreille, puis glissa la bague à son doigt.

— Si tu veux bien accepter un Chicano sans emploi…

Elle se blottit contre son torse, se délectant de son odeur familière.

— Oui, murmura-t-elle contre lui. Et comment !

Tendrement, Riki lui souleva le menton pour la regarder.

— La route sera longue. Pour tous les deux.

Reba hocha la tête.

— Raconte-moi.

Il sortit de sa poche une pièce usée en cuivre.

— Un petit garçon de neuf ans, Victor, m'a donné ça. Il faisait partie d'une famille qu'on a arrêtée et reconduite à Juárez.

Il passa son pouce sur le visage de Reba.

— Il a été abattu. *Nous* l'avons abattu. Il est mort parce qu'il s'est trouvé au mauvais endroit, au mauvais moment. Parce que personne n'a rien fait pour le sauver de toute cette violence. Je n'ai rien fait, à part flotter dans le sens du courant.

Et Riki lui raconta l'histoire, de son point de vue. Celle que le reste du monde ne connaissait pas, ou ne voulait pas connaître. Tandis qu'il parlait, Reba glissa les doigts entre les siens. Le diamant blanc sur sa main fragmentait la lumière sur le mur en un arc-en-ciel parfait.

49

Chapelle Saint-Sébastien
Cimetière de Garmisch, Allemagne

6 novembre 1967

Des feuilles mortes recouvraient le cimetière tel un patchwork d'ombres. Brièvement dérangés par les coups de pelle et les pleurs des endeuillés au-dessus de leurs têtes, les tranquilles habitants du lieu retournèrent à leur repos, une fois le silence revenu, un nouveau tas de terre se tassant petit à petit, heure après heure, sous la pression des vivants.

Durant la cérémonie, Elsie avait pris la main de Papa dans la sienne, leurs callosités s'accordant à la perfection.

— Je t'aime, avait-elle murmuré.

Il l'avait attirée contre lui de ses bras tremblants et lui avait embrassé la tempe.

— Mon Elsie. Pardonne-moi.

Elle avait juste eu la force de hocher la tête et de pleurer jusqu'à ce que le poids amer de ces années d'horreur et de regret s'allège sous son étreinte.

— Je vais ramener Opa à la maison, avait proposé Lillian à la fin des obsèques. Reste autant que tu veux.

— Et c'est ce qu'avait fait Elsie, des heures après tout le monde. Elle n'avait pas quitté le cimetière, même quand le prêtre était parti.

La cloche de la chapelle sonna cinq coups. Le soleil commençait à se coucher, s'effaçant derrière les contours de la Forêt-Noire. Dans moins d'une heure, il ferait nuit et elle serait chassée de cet endroit. Puis le jour reviendrait et elle monterait dans son avion pour parcourir la moitié du globe et retrouver le sourire de sa fille et les baisers de son mari. Les jours se suivraient, laissant derrière eux cet instant et tout ce qu'il contenait.

Elle s'attarda, lisant l'inscription sur la pierre tombale encore et encore, essayant de lui donner le sens qu'elle pensait qu'elle devait avoir, essayant de s'en imprégner. LUANA SCHMIDT, ÉPOUSE ET MÈRE AIMÉE, 1897-1967. Luana Schmidt, épouse et mère aimée, 1897-1967. Luana Schmidt, épouse et mère aimée. Luana Schmidt. Luana. Mutti.

C'était une épitaphe modeste. Comme Mutti l'aurait souhaitée. Pourtant si insignifiante en comparaison de sa vie. Au printemps, l'herbe et les fleurs sauvages repousseraient sans elle. Durant les années à venir, ceux qui passeraient ici ne sauraient jamais quelle quantité d'amour se trouvait enfouie sous leurs pas.

Tout au bout à droite, elle vit la tombe de Peter Abend, une guirlande de houx autour de la stèle. Oh, Peter, songea Elsie, tu as manqué tant de choses…

À côté de Mutti, elle lut une inscription pour Hazel. Papa avait accepté qu'on grave la pierre sans poser de question ni demander d'explication et Elsie en fut soulagée. HAZEL SCHMIDT, FILLE ET SŒUR AIMÉE. Elsie n'avait pas indiqué les dates, ignorant ce qu'elle devait mettre et ne voulant pas alourdir le chagrin de son père.

Elsie serra ses poings gantés. La mort ne devrait pas être si anodine, songea-t-elle. Mutti, Hazel, Friedhelm, Peter, ceux qui sont nés et ceux qui ne le sont pas. Ils étaient aimés et méritaient plus. Plus que des mots sur une pierre, du marbre ou des diamants, ils méritaient qu'on se souvienne d'eux et qu'on commémore leur souvenir. Ils méritaient que les cieux s'ouvrent à eux pour tout ce qui était et n'est plus.

Dans un arbre voisin, un pinson s'envola, chantant *sip, sip, sip*. Mutti avait dit de Dieu qu'il était « juste et miséricordieux ». L'oiseau disparut haut dans le ciel, son chant se perdant dans le vent.

Le crépuscule voilait le cimetière d'une lueur ambrée. Les ombres des stèles s'allongèrent. Il était temps. Elsie se tourna pour partir et à cet instant une petite pierre tombale attira son attention, seule et à l'écart de l'alignement des tombes familiales. Elle plissa les yeux pour lire le nom qui y était inscrit et s'arrêta net.

JOSEF HUB. Pas de date, pas de texte.

Elsie s'en approcha, retira ses gants et traça les lettres de son doigt : Josef. Elle poussa un soupir. Il méritait également qu'on se souvienne de lui. Sa vie avait autant fait partie de l'histoire que les autres. Elle n'avait pas de fleurs à lui laisser, alors, elle détacha le ruban bleu de ses cheveux et le noua autour de la pierre.

Elle essaya de repenser à lui sans son uniforme nazi, mais elle n'avait jamais vraiment connu l'homme en dessous, le fardeau secret qu'il portait sur ses épaules. Elle dit une prière pour son âme : qu'il trouve le pardon et l'amour. Elle avait besoin de croire que c'était possible, même pour les morts.

50

Cimetière Panteón San Rafael
Juárez, Mexique

2 novembre 2008

Reba tenait son chapeau, tandis que Riki roulait dans les rues cendreuses en direction du cimetière. Elle portait son Stetson bordé des géraniums les plus rouges qu'elle avait pu trouver dans la boutique. C'était le *Día de los Muertos*.

Une brume matinale enveloppait les bâtiments délabrés, charriant une odeur de soufre et de cuivre depuis l'usine Asarco du côté américain de la frontière. Dans le jardin de devant d'une maison mexicaine ternie par le soleil, une pile de débris brûlait. De petits chihuahuas tournaient autour du feu, des enfants encore en pyjama les taquinant. À travers l'horizon, des volutes de fumée grise s'élevaient vers les cieux à côté de maisonnettes à flanc de montagne.

— Ce sont des feux de joie pour le *Día de los Muertos* ? demanda Reba.

Riki tendit le cou pour examiner le ciel tacheté.

— Non. Ça, ce sont les habitants de Juárez qui brûlent des déchets pour se réchauffer.

Reba avait entendu parler de telles pratiques, mais n'y avait jamais assisté. Cela rendait la matinée aussi apocalyptique que la fête.

Ils dépassèrent des quartiers d'habitations, dans la banlieue Sud de la ville où le cimetière s'étendait en longs sillons, rangée après rangée, tel un champ labouré. Les membres des familles se pressaient déjà dans les allées entre les colonnes funéraires, brandissant un butin de croix blanches, de bougies, de nourriture et de fleurs. Le champ de tombes s'étalait jusqu'au désert accidenté.

— Ils sont tellement nombreux, murmura Reba.

— Ils viennent honorer leurs êtres chers, se rappeler le passé, affirma Riki.

Mais Reba ne parlait pas des vivants. Elle pensait aux morts. Panteón San Rafael était ouvert depuis 1995. Un cimetière tout neuf, comparé aux autres, et pourtant on comptait déjà des milliers de morts sous sa terre consacrée.

Riki la conduisit à travers le labyrinthe des endeuillés et des sanctuaires, entre les femmes qui priaient la Vierge Marie, les plus jeunes qui chantaient des berceuses, les hommes qui inscrivaient leurs noms sur des crânes en sucre et les enfants qui entouraient d'œillets le périmètre des cercueils enterrés. Ils avancèrent encore dans la foule, dépassèrent les tombeaux les plus récents, vers les monticules qui semblaient se tasser, leurs occupants s'enfonçant sous la terre.

Riki s'arrêta au pied d'une pierre sans ornement: BETO CHAVEZ, 1933-1998. NATALIA CHAVEZ, 1936-1998. À JAMAIS DÉVOUÉS ET FIDÈLES. Ses parents. Reba l'enlaça pour lui apporter du réconfort.

Elle avait accepté de venir, même si elle ne savait pas à quoi s'attendre. Maintenant qu'elle se trouvait là, l'affection qu'elle ressentait pour des gens qu'elle n'avait jamais connus la surprit. Elle pensa à la grande tombe noire en marbre de son père, luisante et menaçante en plein centre du cimetière pimpant de Richmond Baptist. Elle l'avait détestée, redoutée, tout comme elle avait détesté la marée lugubre de famille et d'amis qui s'étaient rassemblés pour voir son corps mis sous terre, dans les ténèbres. Mais cet endroit était entièrement différent. Les plaques en grès étaient d'un blanc lumineux, le soleil baignait tout d'or, les fleurs et les décorations les transformaient en un cadre de fête multicolore.

Riki déplia un châle traditionnel en laine, aux couleurs vives, et le posa sur la tombe. Ensuite, à l'aide d'un mouchoir qu'il avait pris dans la poche arrière de son jean, il nettoya le sable sur les inscriptions.

—Maman, papa, chuchota-t-il. Je vous présente Reba.

Reba s'agenouilla sur le châle et tira de son sac une bougie de la Madone avec une boîte de *churros*, la recette adaptée de Jane, inspirée des *Kreppels* d'Elsie.

—Enchantée, dit Reba. Je ne suis pas très bonne cuisinière, mais j'ai fait de mon mieux.

Elle posa la boîte et l'ouvrit, laissant s'échapper le parfum de cannelle et de pâte frite.

— Riki dit que c'étaient vos préférés.

Il sourit et la prit dans ses bras. Ils s'assirent comme s'ils faisaient un pique-nique et, pendant plus d'une heure, Riki raconta des anecdotes sur ses parents, son enfance, son histoire. Alors que le soleil s'élevait dans le ciel, la foule grossit encore, apportant des guirlandes et des guitares, des paniers-repas et des rires. Le cimetière se remplit de chansons et d'odeurs alléchantes. Reba se dit que c'était le plus bel événement qu'il lui avait été donné de voir, une fête des morts, la célébration de la vie. Elle se demanda si les anges avaient vraiment déployé leurs ailes sur eux. Elle aimait le penser.

À midi et demi, ils ramassèrent leurs affaires, mais laissèrent leurs offrandes et deux géraniums pris sur le chapeau de Reba. Sur le chemin du retour vers la voiture, Riki s'arrêta subitement devant une tombe décorée d'un tapis de soucis orange et de jouets d'enfant : un vieux ballon de football, un avion en plastique, un tigre en peluche avec des rayures effacées. La veille, c'était le *Día de los Inocentes*, le jour commémoratif des enfants morts. Riki lâcha la main de Reba. Sur la croix en bois blanc, on pouvait lire : VICTOR GARCIA.

Le Victor de Riki, se dit Reba en reprenant sa main pour la serrer fort. Elle voulait qu'il sache qu'elle était avec lui, pour le meilleur et pour le pire, dans la joie et dans le chagrin.

*

Bien que ce fût un dimanche, Jane ouvrit la boulangerie de quatorze heures à dix-sept heures pour que les clients puissent se recueillir sur l'autel dédié à Elsie. Reba et Riki arrivèrent à 13h45, grattant sur la porte en verre.

Jane leur ouvrit avec un rire accueillant et la clochette tinta au-dessus de sa tête.

— Maman serait si contente ! lança Jane en voyant le chapeau fleuri de Reba et en les invitant à entrer. Je ne peux pas dire que Sergio et moi, on se soit habillés aussi élégamment, mais on a fait de notre mieux.

Des petits pains au lait en forme de croix refroidissaient sur un immense plateau à côté de la caisse.

— On a passé la nuit devant les fourneaux, expliqua-t-elle en offrant un gâteau à Riki. C'est vous l'expert. Sans indulgence, dites-moi s'ils sont au niveau.

Riki prit le *pan de muerto* et le contempla dans sa main.

— En tout cas, ils ressemblent à ceux de maman, assura-t-il avant de mordre dedans. Et ils ont le même goût.

Reba lui adressa un clin d'œil en glissant une main dans son dos. Passer à côté de la tombe de Victor dans le cimetière de San Rafael les avait tous deux pris au dépourvu. Riki lui avait confié qu'un jour il avait l'intention de réparer le tort fait à la famille Garcia. Non pas qu'il puisse changer quoi que ce soit au drame qui s'était produit, mais peut-être que dans la reconnaissance de leur souffrance et de leur perte, ils pourraient tous trouver l'apaisement. Reba était de son avis. Elle avait appris que le passé était une mosaïque floue faite de bon et de mauvais. Il fallait admettre sa part dans les deux et s'en souvenir. Si on essayait d'oublier, de fuir ses peurs, ses regrets et ses fautes, ils finissaient par vous retrouver et vous consumer comme le loup de son père l'avait fait pour lui. Reba n'était pas son père. Elle était plus forte et elle avait rencontré des gens qui lui avaient montré comment pardonner et être pardonnée. Elle était heureuse d'avoir été aux côtés de Riki devant la tombe de Victor. Il ferait la même chose pour elle.

— Super ! s'exclama Jane en frappant dans ses mains. C'est ce que je souhaitais.

Devant l'étagère des pâtisseries, une table avait été transformée en autel provisoire. Une photo d'Elsie et de Jane adolescente trônait en son centre, leurs visages étrangement similaires à ceux du cliché en noir et blanc sur le mur. À côté, Jane avait posé une photo du docteur Albert Meriwether dans son uniforme militaire. Les clichés étaient entourés de crânes en sucre, de bougies, d'une rose blanche, de lettres reliées avec de la ficelle de cuisine, d'une broche en forme d'edelweiss, d'un dessin de cow-boy, d'un livre usé et de deux *Lebkuchen* en forme de cœur.

— Quel étalage ! complimenta Reba.

— J'ai mis tout ce qu'elle aimait, rétorqua Jane en glissant son doigt sur le cadre de son père. Papa, bien sûr, et quelques affaires que j'ai trouvées dans une vieille boîte en étain sous la coiffeuse de maman. Cette broche, la publicité pour des haricots et des lettres, la plupart de ma grand-mère et de Lillian, mais il y en a d'autres aussi.

Reba hocha la tête.

Inutile de justifier les *Lebkuchen*. La spécialité de la maison.

— Maman serait sortie de sa tombe et m'aurait scalpée si je n'avais pas mis de pain d'épice, confirma Jane en souriant.

— Et ça ? demanda Reba en prenant le livre, déchiffrant péniblement le titre sur la couverture abîmée. *A Boy's Will*. Frost ? Je l'ai lu au lycée.

— Lillian me l'a donné pendant l'enterrement. Elle a dit qu'il y a un an environ un homme appelé Tobias Zuckermann l'avait envoyé à Elsie, à la boulangerie des Schmidt à Garmisch. Bien sûr, maman n'y était pas. Le nouveau propriétaire l'a à son tour envoyé à la seule adresse qu'il connaissait, celle de Lillian à Wichita. Maman est morte avant qu'elle ait eu le temps de nous le transmettre. Elle l'a apporté aux obsèques, expliqua Jane. Mais c'est là que l'histoire devient vraiment intéressante. Il a écrit une lettre à maman avec le livre. C'était un juif emmené à Dachau pendant la Seconde Guerre mondiale. Apparemment, maman et une de ses voisines l'ont sauvé de la Gestapo. Maman l'a caché dans le mur de sa chambre et elles ont réussi à le faire sortir d'Allemagne. Vous imaginez ? Maman ne m'en avait jamais parlé, s'offusqua Jane en secouant la tête. Je suppose qu'elle lui lisait ces poèmes. Il a indiqué ses préférés.

Reba ouvrit le recueil et tourna doucement les pages jusqu'à celle qu'il avait cornée, « L'épreuve par l'existence » :

« Même les plus braves qui furent tués
Ne doivent pas cacher qu'ils sont surpris
Voyant au réveil, le courage régner
Comme sur cette terre, au paradis. »

Elle garda dans ses mains le fragile exemplaire, sentant l'importance de l'âge, de l'espoir et de la peur entre les lignes des pages jaunies.

— Tobias lui a écrit qu'il avait émigré aux États-Unis, en Californie, qu'il s'est marié et a eu une ribambelle d'enfants. Il a même donné à l'une de ses filles le nom de maman. Tout est là, dans cette lettre.

Elle montra la pile attachée avec de la ficelle.

— Je me suis dit que cela lui ferait plaisir de lire son courrier aujourd'hui, lança Jane avec un clin d'œil.

— Incroyable, acquiesça Reba, consumée de curiosité.

— Vous pourrez la lire plus tard si vous voulez, proposa Jane. Maman aurait été d'accord. Je pense que ça en dit long sur la femme qu'elle était, à l'époque et encore maintenant. Elle était spéciale.

— Ça, c'est sûr.

— Jane, Reba ! appela Sergio. Vous voulez boire quelque chose ?

— Oui, on trinque ! Apporte les verres et nous, on se charge de la nourriture, dit Jane, faisant claquer ses tongs.

— Riki leur adressa un sourire avant de suivre Sergio dans la cuisine.

Riki est de bonne humeur, remarqua Jane. Je suppose que le Service de la nationalité et de l'immigration lui apporte un changement bienvenu.

Reba hocha la tête. Elle savait bien que cela y contribuait.

— Il aime son travail. Le beau-frère de Bert Mosley est le sous-directeur en fonction. Avec l'expérience de Riki à la frontière, ils étaient ravis de l'embaucher et il était plus que content de se retrouver de l'autre côté, pour accueillir les gens plutôt que de les mettre dehors.

Elle caressa la tranche du recueil de poésie.

— Tant de choses ont changé depuis un an. Parfois je me regarde dans le miroir et je n'en reviens pas de ma chance. Riki va rencontrer ma famille à Thanksgiving. Enfin !

— C'est vrai, vous deux, vous êtes dans la bonne direction, confirma Jane en retirant avec soin un petit pain du plateau. Le *Sun City* n'y a vu aucune objection ? Vous êtes de retour depuis quoi… cinq mois ?

Elle plaça le gâteau dans une assiette en étain.

— C'est l'avantage d'être rédactrice en chef : je ne suis pas nouvelle dans la boîte, c'est juste un nouveau chapeau sur une ancienne tête. Et en plus, je ne serai partie que pour une semaine.

Reba passa un doigt sur la mare de sucre qu'avait laissée la croix et le lécha.

— Je ne veux pas m'éloigner plus longtemps. Riki projette tout un tas de voyages, mais je veux qu'on rentre vite pour profiter de notre maison et commencer à vivre... vraiment vivre.

— On dirait bien que vous avez une nouvelle tête sous votre ancien chapeau, plaisanta Jane, avec un grand sourire. Je vous entends bien, ma chère. La roue tourne. Je ne remarque presque plus les trains et les avions. Quand on est heureux, l'herbe ne semble plus aussi verte chez le voisin. Peut-être qu'elle ne l'a jamais été, dit-elle en haussant les épaules. Vous prenez l'avion ou la voiture ?

La voiture, répondit Reba en traçant une carte approximative des États-Unis avec son doigt. On remonte le Panhandle, on traverse Nashville et on arrive en Virginie.

Elle lécha encore du glaçage.

— Ça fait déjà trop longtemps et il faut que je discute de certaines choses avec ma famille. Je veux que Riki soit à mes côtés quand je leur parlerai. C'est important qu'il connaisse toute la vérité sur moi. Le dernier arrêt est Virginia Beach. Riki n'a jamais vu l'océan.

— Il va adorer. Tout adorer, ajouta Jane en faisant un clin d'œil.

Elle posa le dernier petit pain en équilibre sur la pile et apporta l'assiette sur la table basse recouverte d'une nappe décorée de crânes.

Sergio revint avec des bouteilles de Bitburger, Riki sur les talons. S'arrêtant devant l'autel d'Elsie, il fouilla dans sa poche et en sortit le penny de Victor. Il le plaça à côté d'un crâne en sucre rouge, blanc et bleu. Reba le rejoignit.

— Je crois bien qu'on est prêts, lança Jane en levant son verre. À toi, maman. Et à tous ceux qui veillent sur nous de là-haut.

Les flammes des bougies sur l'autel dansaient en légères ondulations.

Reba but une gorgée de sa bière au goût de pâte fraîche montée dans la chaleur du four.

51

124, Eden Valley Lane
Escondido, Californie

8 mai 2007

Chère Elsie,

Pendant des années, j'ai espéré écrire cette lettre. Au début, je me retenais par appréhension et à cause des conséquences que j'imaginais pour toi et ta famille. Avec le temps, je dois le reconnaître, je n'ai pas écrit pour des raisons égoïstes. Me rappeler ces derniers jours en Allemagne me fait revivre des souvenirs insupportables. Je me réveille parfois en pleine nuit, croyant que je suis encore caché dans le mur de ta chambre, redevenu un petit garçon. Les tirs de la Gestapo me hantent. Même maintenant, je sursaute en entendant un ballon qui explose pendant un anniversaire, une balle de base-ball qu'on frappe, un feu d'artifice. Des amusements d'enfants faits pour divertir, mais mon cœur se glace dans ma poitrine et je reviens à Garmisch, priant pour qu'un miracle se produise. Mais alors, je vois mes enfants qui jouent avec leurs enfants, ma femme qui leur sourit, et je sais que c'est exactement ce que Dieu a voulu. Je ne parle pas seulement de ce printemps de 1945. Non, il a veillé sur nous deux pendant toute notre vie. En parallèle des souvenirs cruels que j'ai de cette époque, j'ai aussi ceux de toi, Elsie. Chaque fois que je passe à côté d'une pâtisserie dans les rues de la ville, d'un café dans un aéroport, ou même dans ma propre cuisine, chaude des gâteaux que vient de préparer ma fille, je m'arrête et me retiens avec peine de pleurer. Pas de tristesse, mais de joie et de reconnaissance. Je récite le Birkat HaGomel *pour toi, mon ange gardien. Ma première vraie amie de confiance sur ma route vers le salut. Tu étais la première. Ensuite sont venus Frau Rattelmüller et les Zuckermann.*

Frau Rattelmüller est morte peu de temps après son arrivée à Lucerne, et je n'ai jamais su si tu avais reçu ses lettres. Dans ces derniers jours de guerre, nous avons tous tant perdu, les vivants et les morts. Après que j'ai échappé à la Gestapo devant ta boulangerie, Frau Rattelmüller m'a caché dans son manteau et nous avons fui par les petites ruelles jusqu'à chez elle. Là, elle s'est empressée de faire ses valises, de me donner des Brötchen, *de m'habiller avec une* Bundhose *et un manteau afin de me faire passer pour un enfant aryen. Nous sommes partis dans l'heure, à l'arrière d'une charrette de fermiers et nous avons beaucoup marché. Nous n'avons pas dormi avant d'atteindre la frontière suisse où ses amis nous ont accueillis et transportés à Zurich. C'est là qu'on nous a annoncé la défaite des Allemands. La guerre était terminée, mais aucun de nous n'a osé revenir. Nous avons passé deux mois en Suisse.*

En juin 1945, quand les Zuckermann ont décidé de partir pour les États-Unis, je me suis joint à eux. Cette famille juive cachée dans le grenier de Frau Rattelmüller pendant plusieurs années difficiles avait perdu son fils Johan à Dachau où mes parents et ma sœur, Cecile, sont morts. À l'âge de sept ans, je croyais que ma vie était finie, mais maintenant je vois qu'elle ne faisait que commencer. Les Zuckermann sont devenus ma nouvelle famille en Amérique. Nous pleurions ensemble la mort de nos êtres chers et nous nous consolions grâce à la présence de l'autre. Je suis allé à l'école, puis à l'université de San Diego où j'ai obtenu un doctorat en musicologie et où j'ai commencé à enseigner. J'ai tenu la promesse que je t'avais faite : j'ai chanté. Et plus tard, j'ai composé mes propres orchestrations et écrit les paroles. De la poésie en notes de musique.

Aujourd'hui, ma petite-fille Jacquelyn m'a demandé si je pouvais écrire une chanson pour les Jonas Brothers. Elle joue leurs chansons sur son synthétiseur. Je lui ai dit qu'ils me rappelaient les Monkees. Elle m'a regardé, l'air incrédule et m'a dit : « Les singes chantaient, de ton temps ? » J'ai ri, mais je me rends compte à quel point je suis vieux pour ces enfants. Comme leurs esprits sont jeunes et ignorants de l'histoire. Je me demande s'il vaut mieux pour eux qu'ils restent ainsi, innocents et naïfs. Devrions-nous enterrer nos souvenirs barbelés pour éviter qu'ils ne transpercent leurs cœurs ? Il est certain qu'ils connaîtront leurs propres tragédies. Ou devrions-nous mettre en garde nos enfants contre la cruauté du monde et la méchanceté des gens ? Les prévenir pour qu'ils veillent les uns sur les autres et qu'ils aspirent à la compassion ? Voilà les questions qui me taraudent depuis quelque temps. Je médite, tandis que Jacquelyn tient son iPod comme un microphone et me chante de la musique « pop ». Je ne peux pas m'empêcher de sourire. Les jeunes ont le don de transformer même un vieil homme comme moi. J'ai dit à Jacquelyn que je préférais écrire une chanson pour elle plutôt que pour les Jonas Brothers. Je n'ai plus composé ni enseigné depuis plus de cinq ans, je suis à la retraite et profite de la compagnie de ma femme, de mes enfants et de mes petits-enfants.

J'ai épousé Kelly, une pianiste de San Diego, en 1970. Nous avons eu le premier de nos enfants en 1971. Ma fille, Elsie, à qui j'ai donné ton nom, vient de donner naissance à mon huitième petit-enfant le mois dernier. Il fait preuve d'un grand sens du rythme, réagissant à Frère Jacques *en ouvrant de grands yeux et en battant des pieds. Il s'appelle Robert, du nom de notre poète préféré. Je joins à ce paquet cet exemplaire de* A Boy's Will *qui a trôné dans ma bibliothèque pendant soixante ans. Je le lisais dans ma cachette quand tu m'as appelé, ce dernier jour qu'on a passé ensemble. Je l'ai glissé sous l'élastique de mon pantalon, sans savoir ce qu'il adviendrait de moi. Il est resté avec moi toutes ces années, seule preuve tangible que tu as bien existé et n'étais pas simplement le fruit de mon imagination. Il m'a apporté un infini réconfort et toute mon inspiration.*

En ce jour d'anniversaire de la fin de la guerre, je pense qu'il est temps qu'il revienne à sa propriétaire. Merci, Elsie. Ne doute jamais que tu m'as sauvé la vie. Ne doute jamais que c'était plus que suffisant. Je ne sais pas si tu vis encore à Garmisch ou en Allemagne ou quelque part dans ce monde, mais j'aime à penser que, où que tu sois, tu entendras ma voix.

Avec tout mon amour et mes sincères remerciements,
Tobias

Épilogue

El Paso, Texas
Décembre 2008

Reba,

Vous avez enfin fixé une date pour votre mariage ! Pour fêter cet événement, je vous envoie une douzaine de recettes de maman. Il s'agit des secrets des boulangers Schmidt précieusement transmis de génération en génération, mais je sais que maman serait contente que je les partage avec vous. Vous êtes pratiquement de la famille. Elle serait honorée de savoir que vous et vos enfants perpétuez son héritage en cuisine.

Je suis sûre qu'elle sourit depuis le paradis de vous voir enfin sauter le pas et j'attends avec impatience de faire cuire le plus gros, le plus sucré des gâteaux que je peux enfourner !

Guten Appetit !

Jane

Recettes de pâtisserie allemande d'Elsie Schmidt-Meriwether

*

Pain de Reba (sans lait)

En l'honneur de Mlle Reba Adams. (Très bientôt Mme Reba Adams-Chavez !)

1 tasse d'eau chaude
1 sachet de levure de boulanger
3 cuillères à soupe de sucre blanc
½ cuillère à café de sel
1 cuillère à café de cannelle
2 cuillères à soupe d'huile
3 tasses de farine pour tout usage
¾ de tasse de raisins secs

Saupoudrer la levure sur l'eau chaude. Dans un bol, verser le sucre, le sel, la cannelle et l'huile. Ajouter la levure et mélanger. Ajouter une tasse et demie de farine. Ajouter les raisins. Mélanger le tout avec le reste de la farine. Pétrir sur une planche en bois farinée jusqu'à ce que la pâte ne soit plus collante – environ dix minutes. Former une boule et la placer dans un récipient huilé, la retourner pour l'enduire d'huile. Couvrir avec un linge, mettre dans un endroit chaud, laisser gonfler de deux fois sa taille. Puis l'aplatir et lui donner la forme d'une miche. Placer sur un plat huilé. Couvrir et laisser de nouveau gonfler, seulement trente minutes cette fois, puis faire cuire trente minutes à 200 °C jusqu'à ce que la croûte soit dorée. Laisser refroidir et couper en tranche pour servir.

Note : maintenant que vous mangez des produits laitiers, je vous conseille d'enduire la pâte d'une couche de beurre pendant qu'elle dore. Cela rendra ce pain encore meilleur !

*

Petits pains Thomasplitzchen

Maman disait toujours que ces gâteaux pouvaient faire de vos ennemis vos amis ou de vos amis vos ennemis. Je prends deux kilos chaque Saint-Thomas à cause d'eux, alors, je dirais que ce sont mes meilleurs ennemis. Trop bons pour n'en manger qu'un.

2 tasses de farine
½ cuillère à café de sel
½ tasse de beurre
½ tasse de sucre blanc ou brun
2 cuillères à café de levure chimique
½ tasse de lait

Garniture

3 cuillères à café de beurre fondu
1 tasse de raisins de Corinthe, canneberges séchées ou n'importe quels petits fruits secs que vous avez sous la main
¼ de tasse de sucre
1 cuillère à café de cannelle
2 cuillères à soupe d'huile
3 tasses de farine pour tout usage
¾ de tasse de raisins secs

Glaçage

3 cuillères à soupe de beurre fondu
Quelques gouttes d'extrait de vanille
2 tasses de sucre glace

Mélanger tous les ingrédients pour les petits pains. Sur une planche en bois farinée, étaler la pâte avec un rouleau à pâtisserie sur une épaisseur de 2 cm. Mélanger les ingrédients de la garniture : beurre, fruits secs et sucre. L'étaler sur la pâte. La rouler comme une saucisse et couper des tranches de 2,5 cm d'épaisseur. Les placer en rond, sur le côté, sur une feuille graissée et les faire cuire dans un four préchauffé à 180 °C jusqu'à ce qu'ils soient dorés sur le dessus. Pour moi, c'est environ douze minutes les jours de chaleur et quinze les jours froids. Pour faire le glaçage, mélanger le beurre, l'extrait de vanille et le sucre glace. Quand les pains sont sortis du four, les saupoudrer généreusement de sucre et laisser refroidir.

*

Lebkuchen en forme de cœur

Ces friandises se gardent pendant des mois au congélateur et restent encore divinement bonnes ! Chut, ne le dites pas aux clients !

½ tasse de miel
½ tasse de mélasse
¾ de tasse de sucre brun
3 cuillères à soupe d'huile d'amande
1 gros œuf
2 tasses ¾ de farine
2 cuillères à café de cannelle moulue
1 cuillère à café de levure chimique
½ cuillère à café de bicarbonate de soude
½ cuillère à café de sel
½ cuillère à café de cardamome moulue
½ cuillère à café de gingembre moulu

Dans une casserole, faire bouillir le miel et la mélasse. Laisser refroidir, puis ajouter le sucre brun, l'huile d'amande et l'œuf. Dans un saladier, mélanger la farine, la cannelle, la levure, le bicarbonate de soude, le sel, la cardamome et le gingembre. Humecter les ingrédients avec de l'eau. S'assurer que tout est bien mélangé. (Parfois on ajoute des noisettes ou des amandes concassées, mais maman préfère à l'ancienne.) Couvrir la pâte et mettre au réfrigérateur toute la nuit.

Le matin, étaler la pâte et la découper en forme de cœur, ou l'étaler en carrés. Faire cuire jusqu'à ce que la pâte réagisse sous le doigt. Attention de ne pas se brûler ! Cela prend en général quinze minutes à 180 °C. Enduire le dessus avec le glaçage (voir recette ci-dessous). Laisser refroidir (sans laisser couler). Couper en carrés si c'est la forme choisie, et décorer avec des amandes effilées, du glaçage coloré, ou tout ce qui peut passer par la tête.

Glaçage des Lebkuchen

1 tasse de sucre
½ tasse d'eau
½ tasse de sucre glace

Faire bouillir le sucre et l'eau pendant cinq bonnes minutes, pour que le sucre se dissolve. Retirer du feu et mélanger le sucre glace. Enduire les *Lebkuchen* chauds.

*

Brötchen

Il n'y a rien de plus allemand que cette recette. La base pour tout vrai boulanger Schmidt. Ils sont encore meilleurs tout juste sortis du four accompagnés de beurre ou de confiture de cerises. C'est ainsi que maman les aimait. Allez, je vous donne aussi la recette de la confiture de cerises d'Oma.

2 ½ à 3 tasses de farine
1 sachet de levure de boulanger
1 cuillère à café de sucre
1 tasse d'eau chaude
1 cuillère à soupe d'huile
1 cuillère à café de sel
1 blanc d'œuf

Mettre deux tasses et demie de farine dans un grand saladier et creuser un puits au milieu. Verser la levure, le sucre et deux cuillères à soupe d'eau chaude (prélevée de la tasse) dans le puits. Mélanger la levure, le sucre et l'eau dans le puits, mais ne pas encore mélanger avec la

farine. Couvrir le saladier avec un linge et le placer dans un endroit chaud pendant quinze minutes pour laisser imprégner. Ajouter le reste de l'eau et l'huile et mélanger vigoureusement avec le sel et la farine. Poser la pâte sur une planche en bois farinée et pétrir. Ajouter petit à petit la demi-tasse de farine restante, autant qu'il en faut pour rendre la pâte lisse. Placer la pâte dans un saladier huilé, couvrir et laisser lever jusqu'à ce qu'elle double de volume. Environ une heure dans un endroit chaud.
Aplatir, puis diviser en 12. Leur donner la forme de petits pains et les placer à 8 cm d'écart sur une grille graissée et farinée. Couvrir et laisser lever jusqu'à ce qu'ils doublent de volume.
Tracer une croix sur chaque pain. Battre le blanc d'œuf avec une cuillère à café d'eau à l'aide d'une fourchette jusqu'à rendre le mélange mousseux et en enduire les pains. (Oh, j'ai oublié, il fallait préchauffer le four à 230 °C avant.) Ensuite faire cuire pendant quinze à vingt minutes jusqu'à ce que les petits pains soient dorés.

*

Confiture de cerises d'Oma

Maman aurait insisté pour que vous la mangiez sur des Brötchen afin de trancher le goût doux-amer. Elle prétendait que, sans cela, la confiture pourrissait les dents. Mais moi, je l'avalais à la petite cuillère directement dans le pot, quand j'étais enfant, et je n'ai pas perdu une seule quenotte.

1 kg (6 tasses environ) de cerises dénoyautées, entières ou coupées en deux, comme vous préférez
5 tasses de sucre
½ cuillère à café de beurre
Une goutte ou deux de kirsch

Note : certaines recettes ajoutent du jus de citron, mais Oma n'avait pas souvent de citron sous la main. Vous